Sylvia Benesch
Die Zerbrechlichkeit des Herzens

AF178664

Das Buch

Als Sonjas geliebte Großmutter Amalie stirbt, findet sie einen außergewöhnlichen handgetöpferten Teller mit einer Widmung in ihrem Nachlass. Getrieben von dem Wunsch, herauszufinden, wer dieses besondere Stück gefertigt hat, begibt sie sich in die Provence.

Sonjas Reise führt sie in die Vergangenheit, in das Jahr 1944. Mitten im Krieg trifft die junge Amalie den französischen Zwangsarbeiter Georges und verliebt sich in ihn. Fest entschlossen, ihre Liebe gegen alle Widerstände durchzusetzen, folgt sie ihm nach dem Krieg in seine Heimat, nicht ahnend, welche grausame Wendung ihr Schicksal dort nehmen wird.

Während Sonja in einem malerischen kleinen Dorf in den französischen Alpen auf den Spuren ihrer Großmutter wandelt, kommt sie einem lang gehüteten Familiengeheimnis auf die Spur.

Die Autorin

Sylvia Benesch wurde 1970 in Augsburg geboren, wo sie auch heute noch lebt. Die Geschichte ihrer Großeltern, die nach ihrer Vertreibung aus dem Sudetenland dort gestrandet waren, und die Leidenschaft für Stoffe inspirierten sie zu ihrem Bestseller »Der Stoff des Lebens«. »Die Zerbrechlichkeit des Herzens« ist ihr zweiter Roman. Wie ihre Protagonistinnen liebt es die Autorin, fremde Länder zu bereisen. Wenn sie nicht gerade an einem Buch schreibt oder unterwegs ist, arbeitet sie seit vielen Jahren als Redakteurin für ein Fachhandelsmagazin.

Sylvia Benesch

Die Zerbrechlichkeit des Herzens

Roman

Deutsche Erstveröffentlichung bei
Tinte & Feder, Amazon Media EU S.à r.l.
38, avenue John F. Kennedy, L-1855 Luxembourg
Januar 2020
Copyright © der deutschsprachigen Ausgabe 2020
By Sylvia Benesch
All rights reserved.

Umschlaggestaltung: zero-media.net, München
Umschlagmotiv: © Collaboration JS / ArcAngel; © Volosina / Shutterstock;
© Africa Studio / Shutterstock; © Ksu-Art / Shutterstock
1. Lektorat: Ute Köhler
2. Lektorat und Korrektorat: VLG Verlag & Agentur, Haar bei München,
www.vlg.de
Gedruckt durch:
Amazon Distribution GmbH, Amazonstraße 1, 04347 Leipzig /
Canon Deutschland Business Services GmbH, Ferdinand-Jühlke-Straße 7,
99095 Erfurt /
CPI books GmbH, Birkstraße 10, 25917 Leck

ISBN 978-2-49670-306-1

www.tinte-feder.de

Für Ursel. Danke!

1. Kapitel

Oberstdorf, 2008

Noch ein letztes Mal überprüfte sie ihren Klettergurt. Er saß perfekt. Die Haken und Karabiner waren alle an den vorgesehenen Halterungen angebracht und bestens in Schuss. Sonja streifte sich die Handschuhe über und warf einen Blick nach oben. Der Anblick der Felswand erfüllte sie mit Vorfreude. Beim Klettern war sie einfach in ihrem Element. Doch genau in dem Moment, als sie lossteigen wollte, rieselten auf einmal kleine Felsstückchen auf ihren Helm und den Boden. Gleichzeitig ertönte ein wütender Schrei, und einer der Kletterer, die sich schon in der Wand befanden, rutschte entlang der Felswand nach unten. Sein Seilpartner sorgte zwar dafür, dass der Absturz gebremst wurde – dennoch schlug er direkt neben ihr unsanft auf dem Boden auf. Als er sich zunächst nicht regte, beugte Sonja sich über ihn, um zu sehen, ob er sich möglicherweise doch verletzt hatte. Sie blickte in zwei gletscherblaue Augen, die sie zunächst wütend anstarrten, dann aber mit einem Mal interessierter wirkten, als sie Sonja genauer wahrnahmen.

»Na, da hat sich der Absturz ja wenigstens mal gelohnt. Wenn man hier unten so nett empfangen wird«, meinte er mit einem schiefen Grinsen.

»Hast du dir wehgetan? Kann ich etwas tun?«, fragte Sonja lachend.

»Ja. Mit mir später einen Kaffee dort drüben auf der Terrasse trinken. Das lässt meine Schürfwunden wahrscheinlich schneller abheilen als alles andere«, bat er frech.

Sonja blieb der Mund offen stehen, so überrumpelt war sie von seiner forschen Art. Doch als er fragend seine Augenbrauen hochzog, sie mit einem treuen Blick ansah und ganz offensichtlich auf ihre Antwort wartete, konnte sie gar nicht anders, als zustimmend zu nicken.

»Wunderbar«, freute er sich. »Dann sehe ich dir jetzt zu, wie du diese mörderische Wand hochkletterst, und freue mich auf später. Um drei?«

Sonja nickte lächelnd. So ein frecher Kerl. Aber seine Direktheit gefiel ihr. Während sie sich Schritt für Schritt routiniert die Felswand emporarbeitete, warf sie gelegentlich einen verstohlenen Blick nach unten. Ob er ihr wirklich die ganze Zeit zusah? Mit seinen unglaublich blauen Augen? Doch sie musste sich auf Hände und Füße konzentrieren, damit ihr nicht das Gleiche passierte wie ihm vorhin.

Einige Stunden später betrat sie die Sonnenterrasse des Cafés und blickte sich suchend um. Er saß an einem kleinen Tisch, der etwas abseits stand. Als er sie erblickte, erhob er sich lächelnd. Sobald sie vor ihm stand, verbeugte er sich galant, ergriff ihre Hand und hauchte ihr einen Kuss darauf. Sonja wurde rot vor Verlegenheit – so war sie noch nie von jemandem begrüßt worden, und schon gar nicht von einem ihr völlig Unbekannten.

»Hallo, wunderschöne Kletterexpertin. Ich freue mich sehr, dass du die Kraxelei überlebt hast. Ich bin Rolf – und offenbar völlig ungeeignet für diesen Sport.«

Wieder brachte er Sonja zum Lachen. Ganz mühelos. Ein gutes Zeichen? »Ich bin Sonja«, stellte sie sich vor. »Wie oft hast du es denn schon mit der Kletterei versucht, um das so definitiv sagen zu können?«

»Heute war Premiere und gleichzeitig auch die Schlussvorstellung.« Er lächelte sie schelmisch an, und Sonja schmolz dahin. Was für ein netter Kerl – so ganz anders als ihre Kommilitonen und Freunde. Er ging um den Tisch herum und half ihr dabei, auf dem Stuhl Platz zu nehmen.

»In welchem Benimmkurs hast du das denn gelernt?«, kam es ihr spontan über die Lippen. Kaum waren die Worte heraus, hätte sie sich schon dafür ohrfeigen können. Das klang spöttisch. Dabei gefiel es ihr doch sehr, wie er sie umgarnte. Andererseits war sie etwas verunsichert durch seine perfekten Manieren. Doch er schien sich an ihrer Bemerkung nicht zu stören, setzte sich wieder ihr gegenüber auf seinen Stuhl und antwortete ernsthaft: »Kein Kurs. Das waren meine Eltern. Die haben sehr großen Wert auf gute Umgangsformen gelegt.«

Sonja nickte.

»Und jetzt erzähl doch mal du«, forderte er sie auf. »Wie kommt eine so grazile und hübsche Frau wie du zu so einem kräftezehrenden Hobby? Ich habe dir zugesehen, du machst das richtig gut. Kletterst du schon lange? Und was machst du sonst so?«

»Ich klettere schon seit meiner frühen Jugend, ja«, bestätigte Sonja. »Die Berge haben es mir schon immer angetan. Und meine Mutter hat mich glücklicherweise immer bei meinem Traum unterstützt, irgendwann einmal so gut zu werden, dass es für die Bergwacht reicht. Jetzt stehe ich kurz davor, die entsprechenden Kurse absolvieren zu können. Aber ich muss natürlich auch fit bleiben, deshalb trainiere ich häufig.«

»Willst du das dann beruflich machen?«, hakte er nach.

»Nein. Das geht gar nicht. Bei der Bergwacht arbeitet man fast ausschließlich ehrenamtlich. Im normalen Leben studiere ich. Ich möchte Lehrerin werden – für Französisch und Geografie. Auch da stehe ich kurz vor dem Abschluss. Und was machst du so?«

Ein intensives Gespräch entspann sich, und als Sonja schließlich spätabends in ihrem Auto nach Hause fuhr, hatte sie das Gefühl, Rolf schon sehr lange zu kennen. Er war so ganz anders als ihre Studienkollegen. Weniger albern, viel ernster. Das lag vielleicht auch daran, dass er als Unternehmensberater bereits mitten im Berufsleben stand. Und er konnte sehr gut zuhören, war an ihr interessiert, stellte intelligente Fragen – kurzum, sie hatte den Abend rundum genossen. Und am Ende hatten sie sich wieder verabredet. Sonja schwebte im siebten Himmel – denn zudem sah er auch noch verdammt gut aus. Diese intensiven blauen Augen – zum Dahinschmelzen.

Einige Wochen später übernachtete sie erstmals bei ihm. Und Rolf erfüllte auch hier all ihre Träume. Er war ein zärtlicher und hingebungsvoller Liebhaber. Sie konnte sich bei ihm völlig fallen lassen. Morgens erwachte sie von leiser Musik und dem Duft von Kaffee. Rolf kam mit einem Tablett ins Schlafzimmer. Neben einer Vase mit einer Rose stand eine Schale mit frischem Obst; Kaffee und Croissants dufteten verführerisch um die Wette. »Guten Morgen, meine Wunderschöne.« Er stellte das Tablett vorsichtig ab und küsste sie zärtlich. Dann kuschelten sie sich aneinander und verzehrten genüsslich das Frühstück im Bett. Sonja konnte ihr Glück kaum fassen. Da hatte sie sich tatsächlich einen unglaublich attraktiven Mann geangelt, der bereits erfolgreich in seinem Job war, der zuhören konnte und sie von vorne bis hinten verwöhnte. Zärtlich legte sie ihren Kopf an seine Schulter. »Du bist das Beste, was mir je passiert ist«, flüsterte sie.

Lächelnd blickte er sie an. »Das beruht auf Gegenseitigkeit. Du bist das Wichtigste in meinem Leben.« Und dann fügte er geheimnisvoll hinzu: »Für morgen habe ich eine Überraschung für dich …«

Sonja blickte ihn erstaunt an. »Für morgen? Aber ich habe dir doch erzählt, dass ich morgen mit Jürgen und Florian eine Bergtour geplant habe.«

Rolf schlug sich die Hand an die Stirn. »Oje, das hatte ich völlig vergessen. Mist.« Er hob hilflos die Schultern und fuhr nachdenklich fort. »Hm, nicht so schlimm. Dann frage ich Katja, ob sie morgen mit mir zur Eröffnung des neuen Gesteinslehrpfads im Botanischen Garten geht. Mach dir keine Gedanken, das passt schon.«

Sonja blickte ihn erstaunt an. »Du hast Karten für die Eröffnung?« Als angehende Geografielehrerin träumte sie seit Langem davon, dorthin zu gehen. Und jetzt hatte Rolf sogar Karten für die Galaeröffnung morgen. Sie war hin und her gerissen. Einerseits hatte sie sich auf die geplante Bergtour mit ihren beiden Studienkollegen gefreut, andererseits fand so eine feierliche Eröffnung nicht täglich statt, sondern war wahrscheinlich ein einmaliges Erlebnis. Und wenn sie nicht mitkam, dann würde Rolf mit seiner Arbeitskollegin Katja hingehen. Das war ihr auch nicht recht. Nachdenklich nagte Sonja an ihrer Unterlippe und gab sich dann einen Ruck. »Nein, das möchte ich nicht. Ich sage die Tour für morgen ab. Dann können wir zusammen zur Eröffnung gehen«, erklärte sie.

Rolf zuckte mit den Schultern und blickte sie an. »Bist du dir sicher? Es wäre auch kein Problem, wenn du dich anders entscheidest.«

Aber Sonja blieb dabei.

* * *

Ein paar Monate später machte sie ihren Abschluss und trat zum Schuljahresanfang ihre neue Stelle an einer städtischen Schule an. An ihrem ersten Schultag überraschte Rolf sie mit einer Schultüte, die er liebevoll mit vielen Kleinigkeiten, die ihr im Schulalltag nützlich sein würden, befüllt hatte. Da waren Notizzettel, Stifte, ein Kartenratespiel für den Geografieunterricht, Karteikarten für den Französischunterricht und ganz unten in der Tüte ein Gutschein für eine Reise nach Paris. Sie jubelte und fiel ihm um den Hals. »Oh, wie schön! Das wird bestimmt toll. Wir zwei in Paris. Du bist so ein aufmerksamer Mann! Vielen, vielen Dank!« Sie umarmte ihn voller Hingabe und küsste ihn zärtlich. So musste es sich im siebten Himmel anfühlen – ganz sicher. Wie weggewischt war die leise mahnende Stimme in ihrem Hinterkopf, die sich in den vergangenen Monaten immer mal wieder kurz gemeldet hatte. Immer dann, wenn sie sich dabei ertappte, dass sie Termine mit Freunden verschob oder sogar ein Treffen mit ihrer besten Freundin Dani absagte, um dann zusammen mit Rolf etwas Schönes zu unternehmen. Irgendwie vergaß er oft, dass sie bereits etwas ausgemacht hatte. Dann stand er mit Kino- oder Theaterkarten vor ihr und war enttäuscht, dass sie nicht mitkonnte. Und weil er es ja nur gut mit ihr gemeint hatte, warf sie dann meist ihre Pläne über den Haufen und sagte ihren Freunden ab. Aber jetzt rief sie sich zur Vernunft und wollte daran nicht mehr denken. Eine Reise nach Paris – wie wunderbar. Einem Mann, der so etwas verschenkte und der sich so darüber freute, mit ihr zusammen zu sein, konnte man einfach nicht böse sein. Wahrscheinlich war sie nur ein wenig zu freiheitsliebend. Aber sie würde an sich arbeiten, und dann würden sie beide das schönste Leben haben, das man sich wünschen konnte. »So, und jetzt bringe ich dich noch zur Schule«, sagte er und lächelte.

»Musst du nicht. Das ist ja ein riesiger Umweg«, wehrte Sonja ab.

»Das macht mir nichts aus«, bestand er auf seinem Vorhaben.

»Aber ich habe ein paar Kisten mit Unterrichtsmaterialien in meinem Auto. Die müssen auch mit«, wandte sie ein.

»Die habe ich gestern schon umgeladen«, beruhigte er sie. »Du siehst, ich denke mit, und mir ist es wichtig, dass dein erster Schultag so stressfrei wie möglich wird.«

Sonja nickte, auch wenn sie irgendwie doch lieber selbst gefahren wäre, um sich auf dem Weg noch einmal zu sammeln und sich mental auf die anderen Kollegen und die Schüler vorzubereiten. Aber nun brachte Rolf sie zur Schule und schleppte dann auch noch ihr ganzes Material ins Lehrerzimmer. Dort stellte er sich ihren Kollegen vor und verabschiedete sich mit einem zärtlichen Kuss von ihr.

Sonja war das fast ein bisschen peinlich, aber zwei Kolleginnen blickten ihm so verzückt nach, dass sie sich selbst für viel zu zickig hielt. Sie nahm sich vor, so bald wie möglich wieder einmal mit ihrer Freundin Dani zu telefonieren. Viel zu lange hatte sie schon nichts mehr von sich hören lassen – und die letzten Treffen hatte sie wegen Rolf zweimal kurzfristig abgesagt. Sonja plagte deshalb ein fürchterlich schlechtes Gewissen, und zudem wunderte sie sich, warum sie in letzter Zeit immer so empfindlich war, wenn Rolf es doch nur gut mit ihr meinte. Es war höchste Zeit für ein Treffen mit Dani und ein ausführliches Gespräch mit ihr. Dani hatte es bislang in allen möglichen Situationen immer geschafft, ihre Zweifel zu zerstreuen oder ihren Blick wieder auf das Wesentliche zu lenken. Gleich heute Abend würde sie sie anrufen.

Doch als sie heimkam, hatte Rolf bereits ein wunderbares Abendessen gekocht und erwartete sie sehnsüchtig. Als sie nach dem Essen bei Kerzenschein und leiser Musik zusammensaßen, holte er ein kleines Schmuckkästchen hervor und öffnete es. Dann kniete er sich vor ihr hin. »Meine wunderschöne Sonja, du machst mich zu einem sehr glücklichen Mann. Ich liebe dich über alles und kann mir mein Leben nicht mehr ohne dich vorstellen. Möchtest du meine Frau werden?«

Sonja wurde ganz warm, als er da so vor ihr kniete und ihr seine Liebe gestand. Ihr kamen vor Freude und Rührung die Tränen. Wie konnte man auch nur einen Funken Zweifel an so einem Mann haben? Nein. Ganz bestimmt war sie manchmal nur etwas zu empfindlich. Sie schloss die Augen und versuchte, auf ihr Herz zu hören. Doch das hatte offenbar bereits Feierabend gemacht und sprach nicht mehr mit ihr. Als sie die Augen wieder öffnete, kniete Rolf noch immer vor ihr und blickte sie erwartungsvoll an. »Ja, ich möchte deine Frau werden. Ich liebe dich.« Die Worte waren gesprochen, bevor sie auch noch eine Sekunde länger darüber nachgedacht hatte. Auf Rolfs Gesicht breitete sich ein Strahlen aus, und Sonja schmolz dahin. Er holte einen der beiden Verlobungsringe heraus und streifte ihn ihr über. Dann küsste er sie. Sie war so überrollt von diesem Verlauf des Abends, dass sie in all ihrem Überschwang Dani erneut vergaß. Zwei Monate später heirateten sie.

Einige Monate später

»Musst du denn schon wieder weg?« Genervt zog Rolf die Augenbrauen hoch und schnaufte.

»Es ist doch nur für zwei Tage«, erwiderte Sonja. Sie versuchte, ruhig zu bleiben und sich nicht anmerken zu lassen, dass sie diese Diskussion ärgerte. Denn jedes Mal, wenn wieder eine Fortbildungsmaßnahme für ihren Traum anstand, aktiv bei der Bergwacht zu helfen, führten sie genau das gleiche Gespräch. Sie verstand ihn ja. Rolf wollte am liebsten die ganze Zeit mit seiner Frau zusammen sein. Konnte sie ihm das verübeln? Er verwöhnte sie am Wochenende von vorne bis hinten. Immer gab es Frühstück ans Bett, ein Candle-Light-Dinner oder einen schönen Ausflug, den er sich ausgedacht hatte. Und wie dankte sie es ihm? Damit, dass sie nun bereits das dritte Wochenende nicht da sein würde – das dritte Wochenende innerhalb der letzten neun Monate, um genau zu sein. Eigentlich doch gar nicht so schlimm, überlegte Sonja. Aber dennoch hatte sie ein schlechtes Gewissen, als Rolf sie wieder so entnervt darauf ansprach.

»In den nächsten acht Wochen bin ich dann dafür nur für dich da«, versuchte sie ihn zu besänftigen.

»Dafür bist du danach aber gleich zwei Wochen am Stück irgendwo im Hochgebirge«, konterte er.

Er hatte den Kursplan akribisch studiert, als Sonja ihm diesen das erste Mal freudestrahlend präsentiert hatte. »Schau mal. Ich bin zugelassen!«, hatte sie gejubelt. »Ich darf meine Ausbildung fortsetzen!«

»Das ist ja wunderbar«, hatte er lächelnd gesagt. »Und was ist das?«

»Der Kursplan. Ich habe mich für die Bereiche Luftrettung und Naturschutz beworben – da kann ich noch sehr viel lernen. Oh, ich freue mich so!«

Rolf nahm ihr den Plan aus der Hand und sah ihn sich genauer an. Mit jeder Zeile, die er las, gesellte sich eine Falte mehr auf seiner Stirn dazu. »Puh. Ganz schön viel. Du wirst ja dauernd weg sein!«, beschwerte er sich. »Und auch noch in Bad Tölz – da fährst du ein ganz schönes Stück.« Er las vor: »Landeplatz vorbereiten, Ein- und Aussteigen im Schwebeflug, Unterstützung bei einer Windenrettung – bist du sicher, dass du dir das antun willst?«

»Aber natürlich. Schon immer wollte ich bei der Luftrettung dabei sein. Schau«, sie deutete auf die zweite Seite, »dafür geht es bei den Naturschutzmodulen geruhsamer zu. Da werden

Rechtskenntnisse zum Thema Naturschutz und geografische Grundkenntnisse vermittelt.«

»Das Modul kannst du dir ja dann sparen – als Geografielehrerin sollte das doch kein Problem sein«, erwiderte er. »Dann bist du ja zumindest schon einmal weniger weg.«

Sonja seufzte. »Na ja, du bist doch auch ab und zu unterwegs. Es bleibt uns ja trotzdem noch viel Zeit für uns«, beschwichtigte sie – nun schon etwas weniger euphorisch. Sie hatte gehofft, dass Rolf sich genauso freuen würde wie sie. Aber tief in ihrem Inneren hatte sie geahnt, dass es Ärger geben könnte.

»Ich muss schließlich arbeiten. Das ist doch etwas ganz anderes. Du hälst dir das Ganze hier ja noch zusätzlich zu deiner Arbeit auf. Und wenn ich unter der Woche unterwegs bin und du dann am Wochenende – dann sehe ich dich doch kaum mehr.«

Er sagte das mit so einem treuherzigen Blick und so viel Wehmut in der Stimme, dass Sonja ihren Ärger fast vergaß. Er wollte sie doch nur gern um sich haben, das war ja nichts Verkehrtes. Sie sollte sich bemühen, ihren Mann ein wenig mehr zu schätzen und seine Sichtweise besser zu verstehen, ermahnte sie sich.

»Jetzt fange ich erst einmal damit an, und dann sehen wir schon, wie das geht«, schlug sie kompromissbereit vor.

»Das ist eine gute Idee«, stimmte er ihr zu.

Und damit, so hoffte sie, war das Thema vom Tisch, und Rolf würde sehen, dass ihre Zusatzausbildung gar kein Problem für ihre Beziehung darstellte.

Doch diese Hoffnung zerschlug sich bald. Sobald der erste Kurs anstand, nörgelte er wieder herum, spielte den Beleidigten und zog sich von ihr zurück. Es tat Sonja einerseits weh, und sie fühlte sich schuldig, andererseits wurde die mahnende Stimme in ihrem Hinterkopf immer lauter, die wisperte: »Er tut dir irgendwie nicht gut.« Sie fragte sich, warum er ihr kein gutes

Gefühl bei ihren Aktivitäten geben konnte. Oder war sie tatsächlich zu egoistisch? Sie wusste es einfach nicht.

Sie wusste nur, dass sie sich mit Leib und Seele bei der Bergwacht engagieren wollte. Draußen in der Natur sein, die Kameradschaft, das Adrenalin, wenn es zu einem Einsatz kam, das gute Gefühl, wenn man einen Verunglückten bergen und retten konnte – sie liebte ihren Nebenjob über alles. Zusammen mit ihrem Beruf war das genau das Leben, von dem sie geträumt hatte. Und natürlich von ihrem Mann. Doch der konnte sich leider mit ihrem »Hobby«, wie er es nannte, nicht anfreunden. Ihre Bergwacht-Kollegen fand er zu laut und zu emotional, die Einsätze zu gefährlich für sie, und die Kurse sah er als Zumutung, weil er dann seine Frau nicht sehen konnte.

Sonja seufzte. Na ja, noch ein Jahr, dann würde sie mit der Zusatzausbildung fertig sein. Aber sie wusste, auch dann blieben noch die Rettungseinsätze und die Übungen – und auch die waren Rolf ein Dorn im Auge.

Um das Ganze nicht eskalieren zu lassen, kuschelte sie sich nun dicht an ihn und umarmte ihn. »Ich komme am Sonntag ja schon um siebzehn Uhr nach Hause. Danach könnten wir doch noch schön Essen gehen, was meinst du?«

Rolf brummte nur etwas Unverständliches, befreite sich aus ihrer Umarmung, ging zum Tisch und vertiefte sich in die Zeitung.

Frustriert blieb Sonja auf der Couch sitzen und bemühte sich, sich ihre Enttäuschung nicht anmerken zu lassen. Wieder einmal nahm sie sich fest vor, am nächsten Tag mit ihrer Freundin Dani zu telefonieren. Viel zu lange hatten sie jetzt schon keinen Kontakt mehr miteinander gehabt. Sie dachte an das letzte Mal, als sie sich getroffen hatten. Das war nun schon fast ein Jahr her. Der Abend mit Dani war toll gewesen. Sonja war voller Freude nach Hause gekommen, Rolf hatte schon im Bett gelegen. Er drehte ihr den Rücken zu. Als sie sich an ihn kuscheln wollte, wehrte er ab. Auch ihr Versuch, ihn zu küssen, misslang. Er drehte sich unwillig weg. Es dauerte zwei, drei Tage, bis wieder ein normaler Umgang mit ihm möglich war. Und währenddessen hatte Sonja ein wahnsinnig schlechtes Gewissen, weil sie Dani ihm vorgezogen hatte.

Oktober 2018

Die Kerzen brannten nun schon seit einer Viertelstunde. Sonja vergewisserte sich noch einmal, dass die Tischdecke makellos war und die Weingläser nur so blitzten. Wo blieb Rolf denn? Eigentlich hatte er um acht Uhr hier sein wollen. Aber nun verspätete er sich – wieder einmal. Sonja seufzte. Sie hatte sich hübsch gemacht und sein Lieblingsessen zubereitet. Dummerweise hatte sie das Steak bereits gebraten, und es ruhte nun im Ofen. Wenn Rolf noch viel später kam, würde es seinen Ansprüchen nicht mehr genügen. Sonja seufzte. Sie fühlte sich müde und ausgelaugt, wie so oft in letzter Zeit. Alles war mühsam. Und sosehr sie Rolf liebte – es wurde immer schwerer, es ihm recht zu machen. Selbst gemeinsame Urlaube fühlten sich inzwischen anstrengend an. Die Sonne war ihm zu heiß, das Hotelzimmer nicht sauber genug, das Meer zu schmutzig. Wann hatten sie eigentlich das letzte Mal zusammen gelacht?, überlegte Sonja. Noch während sie darüber grübelte, hörte sie, wie sich der Schlüssel im Türschloss drehte. Sie sprang auf, um Rolf zu begrüßen.

»Hallo, mein Schatz! Schön, dass du da bist.« Sie lächelte ihn an und wollte ihm einen Kuss auf die Wange geben.

Doch er wehrte ab. »Jetzt nicht, Sonja. Das weißt du doch. Lass mich erst einmal hier ankommen. Der Tag war fürchterlich anstrengend. Gibt es etwas zu essen?«

Sonja biss die Zähne zusammen. Wieder einmal eine Zurückweisung. Und anscheinend war ihm gar nicht bewusst, dass er mehr als zwanzig Minuten Verspätung hatte – auf eine Entschuldigung brauchte sie gar nicht zu hoffen. Sie schluckte ihren Ärger hinunter und sagte: »Ich habe uns ein Steak gebraten und einen schönen frischen Salat dazu gemacht. Der Rotwein dürfte inzwischen genau die richtige Temperatur haben.«

»Das klingt gut«, lenkte er ein und folgte ihr ins Esszimmer.

»Schmeckt es dir?«, fragte Sonja, als das Essen auf den Tellern angerichtet war und er den ersten Bissen genommen hatte.

»Ist ein wenig zu stark durch«, bemängelte er. »Du weißt doch, dass ich es lieber medium habe.«

»Ja, weiß ich. Und wenn du pünktlich gekommen wärst, wäre es auch genau richtig gewesen«, erwiderte sie lächelnd.

»Willst du mir etwa vorwerfen, dass mir die Arbeit wichtig ist? Ich mache das für uns. Wir wollen uns doch irgendwann mal ein Haus kaufen, und von selbst bezahlt sich das ja nicht. Sei nicht so kleinlich. Es kann ja nicht jeder nur einen Halbtagsjob haben wie du.«

Sonja spürte Ärger in sich aufsteigen. Wie so oft in letzter Zeit. Er war verletzend und merkte es nicht einmal. Er machte sie runter und erwartete im Gegenzug auch noch, dass sie ihn lobte und in allem, was er tat, bestätigte. Oft genug hatte sie ihm den Gefallen getan, aber irgendwie hatte sie heute keine Lust dazu.

»Ich habe keinen Halbtagsjob«, verteidigte sie sich. »Ich korrigiere die Klausuren meiner Schüler am Wochenende, wenn du mit deinen Freunden beim Motorradfahren bist. Ich bereite meine Schulstunden vor, wenn du schon längst im Bett bist. Und wenn ich ab und zu am Nachmittag mit Kollegen einen Kaffee trinke, dann wird das ja wohl noch erlaubt sein.« Auf Rolfs Stirn hatte sich eine steile Falte gebildet. Kein gutes Zeichen, so viel wusste Sonja inzwischen.

»Ach, du warst heute Nachmittag im Café?«

Sonja nickte.

»Mit wem warst du denn dort?«

»Mit Thomas – einem neuen Kollegen. Wir übernehmen gemeinsam die Fahrt ins Schullandheim mit den sechsten Klassen und hatten einiges zu besprechen.«

Die Falte vertiefte sich, und mühsam beherrscht fragte er: »Wieso warst du mit einem Kollegen unterwegs und erzählst es mir nicht?«

»Aber ich erzähle es dir doch gerade.«

»Es ist nicht in Ordnung, dass sich eine verheiratete Frau mitten in der Stadt mit einem fremden Mann sehen lässt. Vor allem nicht meine Frau.« Bei jedem seiner Worte war er lauter geworden, und am Ende sprang er wütend auf. »Du benimmst dich wie ein billiges Flittchen.«

Sonja war nun ebenfalls aufgestanden und sah ihn fassungslos an. Wer war dieser Mann? Wie kam es nur, dass auf einmal so viel Hass in seiner Stimme mitschwang? Wann hatte er sich so verändert? Wann war aus dem liebevollen, fürsorglichen Ehemann dieses wütende, eifersüchtige Monster geworden?

»Ich bin kein billiges Flittchen. Ich habe mich mit einem Kollegen getroffen, um mit ihm über die Arbeit zu reden. Du gehst doch auch mit deinen Kolleginnen zum Mittagessen. Da führe ich mich doch auch nicht so auf wie du jetzt«, verteidigte sie sich und war nun ebenfalls laut geworden. Das erste Mal in den vielen Jahren ihrer Ehe.

»Das machst du nie wieder! Hörst du mich!« Drohend trat Rolf auf sie zu, legte ihr seine Hände auf die Schultern und schüttelte sie. »Nie wieder!«

In seiner Stimme schwang so viel Wut mit, dass es Sonja angst und bange wurde. Sie versuchte zu beschwichtigen. »Rolf, beruhige dich. Du übertreibst maßlos. Lass uns in Ruhe darüber sprechen. Bitte.«

Doch er hörte ihr gar nicht zu, sondern packte sie noch fester an den Schultern.

»Sag du mir nicht, was ich tun soll. Ich bin hier der Mann im Haus!«, tobte er.

Sonja bekam nun wirklich Angst, dass er in seiner Wut die Hand gegen sie erheben würde. Panisch überlegte sie, was sie tun konnte. Doch ihr fiel nichts ein.

»Merkst du nicht, wie ich Tag und Nacht für uns schufte? Und du schaffst es nicht einmal, ein ordentliches Steak zu braten!« Er schüttelte sie erneut.

Panische Angst brandete in Sonja auf. Sie hatte nur noch den Impuls, die Wohnung schnellstens zu verlassen. Nichts wie weg von ihrem Ehemann, den sie überhaupt nicht mehr wiedererkannte. Wenn Rolf sich wieder beruhigt hatte, mussten sie dringend miteinander sprechen. So ging es nicht weiter. Aber jetzt und hier, in diesem Zustand, war mit ihm sicher nicht zu reden.

Sie riss sich los und stürmte zur Tür. »Ich gehe jetzt und fahre zu Mimi. Wenn du dich wieder beruhigt hast, kannst du gern nachkommen. Dann reden wir.« Mit diesen Worten bewegte sie sich aus dem Esszimmer und in den Flur. Dort nahm sie schnell ihre Jacke vom Garderobenhaken und griff nach ihrem Schlüsselbund.

Rolf war zunächst erstaunt stehen geblieben. Mit dieser Reaktion hatte er offenbar nicht gerechnet. Doch nun kam Leben in ihn, und er stürmte ihr nach.

Sonja sah zu, dass sie aus der Wohnung kam. Sie eilte die Treppe hinunter, fingerte den Autoschlüssel aus dem Bund heraus und hastete auf die Straße. Sie konnte keinen klaren Gedanken fassen. Konnte es wirklich sein, dass sie auf der Flucht vor ihrem eigenen Ehemann war? Wie hatte das geschehen können? War Mimi überhaupt zu Hause? Wo hatte sie bloß das Auto geparkt? All diese Fragen schossen ihr durch den Kopf, und sie sah sich immer wieder um, ob Rolf ihr folgte. Doch von ihm war weit und breit nichts zu sehen. Instinktiv hatte sie den richtigen Weg zu ihrem Auto eingeschlagen, öffnete nervös die Autotür und verriegelte sie gleich wieder von innen. Dann startete sie den Motor und manövrierte hastig aus der Parklücke. Sie musste dringend über das gerade Erlebte sprechen. Mit irgendjemandem, dem sie absolut vertraute. Und da fiel ihr nur ihre Oma ein. Doch genau wie ihre Freunde hatte sie diese schon sehr lange nicht mehr gesehen.

Als Sonja auf die Autobahn fuhr, begann es in Strömen zu regnen. Auch das noch. Sie hasste das Fahren bei Nacht ohnehin, und nun war auch noch die Sicht schlecht. Die Scheibenwischer kamen kaum mehr hinterher, die Sturzbäche auf die Seite zu befördern, die sich in Sekundenschnelle auf der Frontscheibe des Wagens bildeten. Die Dunkelheit tat ihr Übriges. Die Rücklichter der Autos und des Lastwagens vor ihr verschwammen vor ihren Augen. Sie konnte die Fahrbahn kaum noch erkennen. Es ging leicht bergauf, und das Wasser schoss ihr auf der glatten Teerdecke nur so entgegen. Mehr als sechzig Stundenkilometer fuhr hier niemand mehr. Gefühlt ging es im Schritttempo voran. Viel zu langsam für ihren Geschmack. Doch das Geschehen auf der Straße verkam zur Nebensache. Denn ihre Gedanken kreisten unaufhörlich um das gerade Erlebte. Es fühlte sich absolut unwirklich an, und sie konnte noch immer nicht glauben, dass sie nun tatsächlich hier saß. In ihrem Auto. Auf der Fahrt zu ihrer Oma. Ohne Rolf. Allein.

Es überlief sie eiskalt, wenn sie daran dachte, wie sie sich noch vor wenigen Minuten in der Küche gegenüber gestanden hatten wie zwei Fremde. Mit einem Gefühl der Fassungslosigkeit sah sie ihn vor sich, sein verzerrtes Gesicht, so voller Wut und Verachtung. Sie spürte noch immer die kalte Hand, die in diesem Moment nach ihrem Herzen gegriffen hatte. So viel Hass war ihr noch nie begegnet. Und schon gar nicht von ihrem Mann!

Früher hatte er ihr so viel Liebe entgegengebracht, doch jetzt hatte sie in seinem Gesicht nur noch Wut und Enttäuschung gesehen. Und da war noch etwas gewesen. Etwas, das ihr wirklich Angst gemacht hatte. In diesem Moment hatte sie die Entscheidung getroffen zu flüchten.

Und diese Entscheidung hatte sie nun hierhergeführt. Auf die Autobahn. Bei Dunkelheit und strömendem Regen, der die Sicht von Minute zu Minute schlechter werden ließ. Das Auto vor ihr bremste, als der Regen sich noch weiter verstärkte. Sonja schimpfte. Sie wollte schnellstens zu ihrer Großmutter, sich bei ihr ausweinen und Rat holen. Energisch setzte sie den Blinker, um zu überholen, und ohne in den Rückspiegel zu blicken, begann sie, hinüber auf die mittlere Fahrspur zu ziehen. Lautes Hupen ließ sie erschrocken zusammenfahren und aus ihrer Wut und ihren Gedanken schlagartig in die Realität zurückkehren. Sie blickte sich entsetzt um und sah ein Auto auf der Mittelspur heranschießen, das im toten Winkel gewesen sein musste. Sie war so in Gedanken versunken gewesen, dass sie es versäumt hatte, den Verkehr auf der Nebenspur zu beobachten. Plötzlich wurde auf der Mittelspur vor ihr heftig gebremst. Panisch stieg sie ebenfalls auf die Bremse. Der Regen trommelte auf das Dach ihres kleinen Fiat. Die Scheibenwischer knarrten vor lauter Anstrengung. Die Dunkelheit und der Regen ließen das Szenario, das sich jetzt abspielte, unwirklich erscheinen: das Quietschen ihrer Bremsen, das aufgeregte Hupen des Autos neben ihr, die Bremslichter der Autos vor ihr. Wie in Zeitlupe, wie in einem Film erlebte sie den Zusammenprall, als der Wagen auf der Mittelspur von hinten auf sie auffuhr, an ihrem Fiat entlangschrammte und sie mit Wucht in die vordere Autokolonne schob. Wahrscheinlich schrie sie. Doch das hörte niemand. Und dann sah und hörte auch sie nichts mehr. Der Regen prasselte weiter. Dann wurde das Geräusch leiser, und sie versank in stiller Dunkelheit. Bis aus der Ferne die ersten Sirenen zu hören waren.

2. Kapitel

Horgau, 2019

Die grünen Fensterläden hingen schief und verzogen in den Angeln. Der graue grobe Putz blätterte ab – und zwar nicht nur an einer Stelle. Das ganze Haus wirkte verfallen und verlassen – und genau das war es auch. Sonja stellte den Motor ihres Leihwagens ab. Stille. Sie ließ ihren Blick über das Haus und den Garten ihrer Großmutter schweifen. Die Zweige der alten Bäume wiegten sich in der sanften Frühlingsbrise. Ihre grünen Blätter verliehen dem verfallenen Anwesen, das eingebettet zwischen einer Straße und einem Fahrradweg in einem Dornröschenschlaf lag, etwas Romantisches. Hinter dem Radweg erstreckte sich der Wald – kilometerweit. Die alten Rosensträucher rankten rechts und links neben dem Eingang empor und würden bestimmt auch in diesem Sommer wieder in üppigen Orange- und Rottönen blühen.

* * *

Sonja blickte zur Eingangstür und tastete nach dem Schlüsselbund, der bis vor Kurzem noch ihrer Großmutter gehört hatte und nun griffbereit auf dem Beifahrersitz lag. Ihre Hand zitterte, ihr Puls raste, und sie war schweißgebadet. Bis hierher hatte sie es also schon einmal geschafft, wenn auch unter höchster Anstrengung. Sie holte tief Luft und atmete einmal langsam und bewusst ein – und dann wieder aus. Sie schloss die Augen und wiederholte das Ganze noch ein paarmal – wie sie es in den vergangenen Monaten gelernt hatte. Langsam, ganz langsam ließ ihre Anspannung nach. Die erste Hürde, nach mehr als einem halben Jahr wieder am Steuer eines Autos zu sitzen, war nun genommen. Eigentlich sollte sie sich jetzt auf die Schulter klopfen. Aber das fühlte sich nicht richtig an. Denk an etwas Schönes, befahl sie sich stattdessen. Ein Satz, den ihr ihr Therapeut immer wieder eingeschärft hatte. Und mit dem sie nun versuchte, ihren Körper und Geist wieder unter Kontrolle zu bekommen.

* * *

Sie schloss die Augen und dachte daran, wie sie als Kind oft hier in diesem Garten gesessen hatte, in der Hollywoodschaukel, mit einem Glas Zitronenwasser in der Hand. Ihre Oma neben ihr, die ihr aus dem Buch *Die kleine Hexe* vorlas, deren Geschichten sie nicht oft genug hatte hören können. Sie dachte an ihr eigenes fröhliches Lachen, wenn die kleine Hexe ihre Künste wieder einmal angewendet hatte, um irgendeinem Bösewicht Manieren beizubringen. Sie erinnerte sich an das wunderbare Gefühl, wenn sie so aneinandergekuschelt sanft hin und her geschaukelt waren und ihre Oma immer den Arm um sie gelegt und das Buch in der anderen Hand balanciert hatte. Sonja spürte fast schon die Wärme der Sonnenstrahlen auf ihrer Haut, und ein wohliges Gefühl stellte sich bei ihr ein. Langsam beruhigte sich ihr Atem wieder, und vorsichtig öffnete sie die Augen. Dann ließ sie das Autofenster herunter.

Der Frühlingswind streifte ihre Arme. Es fühlte sich an wie eine zarte Berührung. Sie schloss nochmals die Augen und sah sich als Kind vor sich: Voller Freude wirbelte sie durch den Garten und drehte sich freudestrahlend um die eigene Achse. Ihr neues Kleid schwang mit. Sie breitete die Arme aus und tanzte immer schneller, bis sie irgendwann das Gleichgewicht verlor und lachend im hohen Gras landete. »Mami, komm her zu mir. Lass uns in den Himmel schauen und Wolken zählen«, forderte sie ihre Mutter auf. Und mit schnellen Schritten kam diese lachend zu ihr, und sie lagen nebeneinander in der Wiese. Ihre Mutter zupfte einen Grashalm ab und kitzelte sie, bis sie sich kichernd im Gras wälzte.

Bei dieser Erinnerung an vergangene unbeschwerte Tage musste Sonja unwillkürlich lächeln. Dann öffnete sie mit diesem Bild im Kopf wieder die Augen und konzentrierte sich auf die Umgebung. Sie nahm die Stille um sich herum wahr. Das Rauschen der Blätter, das Blau des Himmels. Derartig gestärkt, raffte sie sich endlich auf. Denn es half nichts, irgendwann musste sie das Auto verlassen und die nächste Hürde nehmen. Sonja griff nun endgültig nach dem Schlüsselbund, stieg aus und ging über die gekieste Einfahrt bis zur Haustür. Sie schloss auf und betrat das Haus, das nun ihr gehörte. Eine Tatsache, die ihr Bewusstsein noch gar nicht richtig verarbeitet hatte. Fast war sie versucht, laut nach ihrer Oma zu rufen – so wie sie es in den letzten zweiunddreißig Jahren ihres Lebens immer getan hatte, sobald sie über die Schwelle dieses alten Bahnwärterhäuschens getreten war. Doch ihre Oma würde dieses Mal nicht antworten. Sie war tot. Eines Nachts war ihr Herz plötzlich stehen geblieben. Mit ihr hatte Sonja die letzte Verwandte verloren. Zumindest die letzte, die sie kannte, korrigierte sie sich innerlich. Denn ihre Mutter war vor zwölf Jahren an Krebs gestorben und hatte niemals etwas über Sonjas Vater preisgegeben. Sein Name tauchte nicht einmal auf ihrer Geburtsurkunde auf. Und seit dem Tod ihrer Mutter bestand überhaupt keine Möglichkeit mehr, ihn jemals ausfindig zu machen. Und nun gab es auch Mimi nicht mehr. Mimi, so hatte sie ihre Großmutter als Kleinkind genannt, und der Kosename war ihr bis zuletzt geblieben. Mimi hatte sie getröstet, als die anderen sie wegen ihrer Zahnspange gehänselt hatten. Sie war da gewesen, als sie beim ersten Liebeskummer weder ein noch aus gewusst hatte. Mimi hatte immer einen guten Ratschlag parat gehabt, ein Eis im Gefrierfach und unendlich viel Zeit.

Fast drei Monate waren seit Mimis Tod vergangen. So lange hatte Sonja gebraucht, bis sie nach ihrem schweren Unfall im Oktober des vergangenen Jahres endlich die Rehaklinik verlassen durfte, sodass sie sich dem Haus und den damit verbundenen Erinnerungen nun stellen konnte. Neben all dem anderen, dem sie sich in den vergangenen Monaten hatte stellen müssen. Doch hier vor Ort wurde ihr nochmals schmerzlich bewusst, wie sehr sie Mimi vermisste. Ihre Hände zitterten wieder, und ihre Knie fühlten sich an wie Gummi. Die Fahrt hierher hatte sie große Anstrengung gekostet. Sie war ausgelaugt und müde. Und obwohl sie vor noch nicht einmal zwei Stunden erst aufgestanden war, protestierte ihr Körper so sehr, als hätte er heute schon Schwerstarbeit verrichtet. Und irgendwie war das wahrscheinlich auch so. Denn einerseits war da ihr leerer Magen – vor Aufregung hatte sie heute früh beim besten Willen kein Frühstück heruntergebracht. Und andererseits überrollten sie nun die Erinnerungen. Sie bereute zutiefst, dass sie so viele Jahre den Kontakt zu ihrer Oma fast völlig abgebrochen hatte. Erst in den Wochen nach ihrem Unfall bis zu Mimis Tod hatten sie sich einander wieder angenähert und ausgesprochen. Und ausgerechnet dann hatte Mimi sterben müssen. Sonja seufzte, als sie in der Diele stand und dort kurz innehielt. Im Haus roch es muffig. Seit Wochen hatte hier niemand mehr gelüftet. Sie stützte sich kurz am Schuhschrank neben der Garderobe ab. Ihr Blick fiel auf die verschlissene Strickjacke ihrer Großmutter, die an einem Haken hing. Wehmütig strich sie darüber und nahm sie dann herunter. Sie vergrub ihr Gesicht in der Wolle und atmete tief den Duft nach dem Parfüm ihrer Großmutter ein. Noch haftete er an dem Kleidungsstück. Mit der Jacke in der Hand bewegte sie sich vorsichtig durch den schmalen Flur. Sie brauchte dringend einen Stuhl, sonst würden ihr die Beine gleich wegsacken. Der alte Dielenboden knarzte unter Sonjas Schritten, als sie sich dem Herzen des Hauses, der Küche, näherte. Sie drückte langsam die Tür auf, die nur angelehnt war. Und wie immer war sie überwältigt von dem Ausblick, der sich ihr bot. Die Küche war der modernste Raum im ganzen Haus. Dort hatten ihre Großeltern bodentiefe Fenster und eine große Schiebetür zur Terrasse hin einbauen lassen. Jetzt im Frühjahr hatte man einen sagenhaften Blick auf all die Sträucher im Garten, die langsam ihre Blätter und Blüten entwickelten, auf die Holzpergola, die im Sommer von Wein umrankt sein würde, und auf den Wald dahinter – ein Naherholungsgebiet für stress- und lärmgeplagte Städter – sowie auf die Hollywoodschaukel, die es noch immer gab. Sie bewegte sich sanft im Wind. So als wäre gerade erst jemand von ihr aufgestanden.

* * *

»Mimi, lies mir noch etwas vor, bitte, bitte«, bettelte die kleine Sonja. Die Hollywoodschaukel quietschte, als ihre Oma sich lächelnd neben sie setzte und Sonja sich an sie kuschelte. Mit der nächsten Vorwärtsbewegung der Sitzfläche griff sie schnell und zielsicher nach dem Buch, das auf dem kleinen Tischchen vor ihr lag. »Welches Abenteuer der kleinen Hexe darf es denn heute sein?«, fragte sie und strich Sonja über die Haare.

»Das mit dem Maronimann«, forderte sie. »Oder nein. Doch lieber das mit dem Herrn Pfefferkorn«, meinte sie dann. Und ihre Oma begann zu lesen.

* * *

Sonja betrachtete verträumt die alte Schaukel. Die Erinnerungen an all diese kleinen Episoden schmerzten. Schnell durchquerte sie den Raum, öffnete die Terrassentür, um Frischluft in das Zimmer zu lassen, und setzte sich dann erschöpft auf einen der Küchenstühle, erleichtert, dass sie es nun endlich hierhergeschafft hatte.

Ihr Blick fiel auf den Küchentisch. In der Mitte stand eine Steingutvase mit ein paar vertrockneten Tannenzweigen. Deren abgefallene Nadeln verteilten sich auf der Zuckerdose, die neben der Vase stand, und auf einem Teller, der in der Mitte mit einem filigranen gelb-goldenen Stern verziert war. Sonja hob ihn hoch, um die Nadeln abzuschütteln. Auf der Rückseite entdeckte sie einen Schriftzug »Pour mon étoile« – »Für meinen Stern«. Sie lächelte und strich dann liebevoll über die Glasur und die feine Malerei. Der Teller war alt. Sonja wusste nicht, warum sie sich dessen so sicher war, aber es war so. Altes Porzellan, ein Stern und eine Liebeserklärung auf Französisch. Sie lächelte wieder. Welches besondere Stück hatte ihre Großmutter da wohl ausgegraben? Oder hatte sie es am Ende sogar selbst gemacht und anlässlich des Weihnachtsfestes hier auf den Tisch gestellt? Ein Weihnachtsfest, das Mimi nicht mehr erlebt hatte …

Bevor die Trauer sie wieder übermannen konnte, nahm Sonja sich vor, bald einmal in der Werkstatt und dem Atelier ihrer Großmutter, die sich draußen in der Hütte hinter der Hollywoodschaukel befanden, nach dem Rechten zu sehen. Doch nun musste sie sich erst einmal um das Haus kümmern. Zunächst wollte sie lüften und einen Streifzug durch die Zimmer machen. Schließlich sollte es ab sofort ihr neues Zuhause werden. Das einzige, das ihr geblieben war. Ihre Augen füllten sich mit Tränen, als sie an die Wohnung zurückdachte, in der sie bis vor einem halben Jahr gelebt hatte. Und an den Mann, der noch immer dort lebte. Und wahrscheinlich nicht allein … Immer wieder sah sie ihn in Gedanken mit einer neuen Freundin – obgleich sie noch nicht einmal wusste, ob er eine hatte. Wie er ihr Frühstück ans Bett brachte, sie zärtlich in den Arm nahm und wie sie zusammen lachten. Es tat noch immer fürchterlich weh, und sie musste sich förmlich zwingen, ihre Gedanken in eine andere Richtung zu lenken. Ihre lebhafte Fantasie tat ihr einfach nicht gut. Und auch die Fragen, die sich ihr immer wieder aufdrängten, waren alles andere als hilfreich. Wo genau hatte sie etwas falsch gemacht? Hätte sie anders reagieren können, ja, müssen? Und wenn sie dies getan hätte, wie würde ihr Leben dann heute aussehen?

Mühsam quälte sie sich die Treppe hinauf. Sie fühlte sich unendlich erschöpft. Automatisch öffnete sie die Tür des Gästezimmers, in dem sie in ihrer Jugend so viele Nächte verbracht hatte. Das Bett war bezogen und wartete wie immer auf sie. Bei ihrer Großmutter war sie jederzeit willkommen gewesen. Die Müdigkeit war wie Blei. Nur kurz ein bisschen ausruhen, dachte sie und legte sich auf das Bett. Den Duft der Bettwäsche in der Nase und bunte Kindheitserinnerungen im Kopf, schlief sie so schnell ein wie schon lange nicht mehr.

* * *

Die Sonne stand schon im Westen und kitzelte sie in der Nase, als Sonja schweißgebadet aus ihrem Albtraum aufwachte. Ihr Magen krampfte sich zusammen. Die Erinnerung an den Unfall und an den Streit mit Rolf hatte sie wieder einmal im Schlaf heimgesucht – wie so oft in den vergangenen Monaten. Ihr

Herz fühlte sich an wie ein schwerer schwarzer Brocken. Sie hatte all das noch immer nicht verarbeitet. Hatte noch immer enorme Schuldgefühle, mit denen sie nicht umzugehen wusste. Schuld, ihre Ehe zerstört zu haben. Schuld, durch ihre Wut und ihr fahrlässiges Fahrverhalten einen anderen Menschen in einen Unfall verwickelt zu haben, der nun vielleicht nie wieder würde gehen können. Wie schön wäre es, jetzt einfach liegen zu bleiben, dachte sie. Sie könnte ein paar von diesen Tabletten schlucken, die sie dabeihatte. Einfach ein paar zu viel. Dann könnte sie ihrer Qual endlich ein Ende bereiten. Und wäre bald mit Mimi vereint. Der Gedanke war für sie nicht neu. Immer wieder mal spielte sie mit ihm. Bislang hatten die Ärzte und Schwestern in der Klinik akribisch darauf geachtet, dass sie ihre Tabletten gleich in ihrer Gegenwart einnahm und auf diese Weise keinen Vorrat anlegen konnte. Aber hier und heute sah das anders aus. Die Schachteln mit den Medikamenten lagen im Handschuhfach ihres Autos. Sonja schloss die Augen. Wieder kreisten ihre Gedanken um dieselben Fragen wie in den vergangenen Monaten. Wieso hatte sie bei dem Unfall nicht einfach sterben können? Wieso war es den Ärzten gelungen, sie ins Leben zurückzuholen? Wieso hatte es den anderen Autofahrer so viel schlimmer erwischt als sie? Er lag noch immer im Krankenhaus, hatte zahlreiche weitere Operationen vor sich und wusste nicht, ob er jemals wieder ein normales Leben würde führen können. Welchen Sinn hatte dann ihr Leben? Zumal sie darüber hinaus ja offenbar auch unfähig war, eine Beziehung zu führen. Sie war emotional instabil, reagierte viel zu impulsiv und konnte ihrem Mann nicht die Zuneigung und Wärme geben, die er gern gehabt hätte. Und wenn es mit Rolf nicht geklappt hatte, wie sollte sie das dann jemals mit einem anderen hinbekommen? Sie sah Rolf noch immer vor sich, wie er aufgebracht an ihrem Krankenbett stand, als sie aus dem Koma erwacht war. »Merkst du eigentlich, wie sehr dein

Verhalten andere ins Unglück stürzt? Erst bringst du mich zur Weißglut, und dann verursachst du auch noch einen Unfall. Der arme Mann wird vielleicht nie wieder gehen können! Weißt du was? Du tust mir nicht gut. Und deshalb werde ich mich von dir trennen. Ich lasse deine Sachen alle zu deiner Oma bringen.« Seitdem hatte sie ihren Mann nicht mehr gesehen. Jetzt waren sie im Trennungsjahr, und Rolf hatte keinen Zweifel daran gelassen, dass er so bald wie möglich die Scheidung einreichen würde. Bald würde er ihr Ex-Mann sein.

Wenn sie jetzt die Tabletten schluckte, würde niemand sie vermissen. Sie hatte sich ja sowieso schon seit Jahren von all ihren Freunden zurückgezogen, um nur ja nicht Rolfs Unmut zu erregen. Und nun war auch noch ihre Großmutter tot. Sie lachte bitter auf. Was sollte sie noch auf dieser Welt? Die Lösung lag ganz nahe – ein paar Meter weiter im Handschuhfach ihres Autos. Es würde ganz einfach sein. Langsam öffnete sie die Augen und setzte sich auf. Mit einem Mal wehte eine kühle Brise, und eine Tür im Haus schlug laut zu. Sonja zuckte zusammen. Sie sollte die Fenster schließen. Entschlossen ging sie durchs Haus. In der Küche fiel ihr Blick wieder auf das Arrangement auf dem Tisch und auf den wunderschönen filigran bemalten Teller. Ihre Oma hatte zeitlebens ein kleines, aber feines Fayenceatelier betrieben, und diese Stücke hier stammten wahrscheinlich auch aus ihrer Werkstatt. Obwohl der Teller eigentlich völlig anders gearbeitet war. Vielleicht hatte sie diesen ja irgendwo gekauft – als Inspiration. Wer wusste das schon?

3. Kapitel

Horgau, 1944

Alles vibrierte und zitterte. Mit einem Satz war Amalie wach und sprang aus dem Bett. Ein Höllenlärm erfüllte ihr gesamtes Bewusstsein. Das Herz schlug ihr bis zum Hals. War dies ein Bombenangriff? Kamen sie jetzt auch bis zu ihnen hinaus aufs Land? Sie war doch gerade erst sechzehn geworden, hatte ihr ganzes Leben noch vor sich. Amalie rannte zum Fenster und sah hinaus. Im fahlen Licht des frühen Septembermorgens erkannte sie Lastwagen. Einer nach dem anderen ratterten sie schwer beladen über den schmalen Feldweg, der an ihrem Elternhaus vorbeiführte. Keine Flugzeuge mit tödlicher Fracht – zumindest das nicht. Gott sei Dank. Amalie atmete auf, und ihr Herzschlag beruhigte sich langsam. Zitternd umschlang sie ihren Körper, im Haus war es kühl, Brennholz und Kohlen waren rar. Der nächste Kriegswinter stand bevor, und da verfeuerte man das kostbare Brenngut nicht, nur weil nach einem milden Sommer nun die Temperaturen wieder sanken. Die Lasterkolonne machte einen wahnsinnigen Lärm. Staub wirbelte auf, als einer nach dem anderen vorbeirumpelte. Bestimmt stand ihre Mama unten im Erdgeschoss auch am Fenster und wunderte sich ebenso

33

wie Amalie. Was sollte das? Woher kamen die Laster, und was machten sie hier? Die Transportfahrzeuge fuhren direkt zum Wald und kamen dort zum Stehen. Als das letzte Fahrzeug den Motor abgestellt hatte, kehrte zunächst wieder Stille ein. Dann öffneten sich die Türen, und Männer sprangen heraus, liefen in den Wald und verschwanden aus Amalies Sichtfeld. Als sich nichts mehr bewegte, schlüpfte Amalie in ihre dicke Strickjacke und zog sich die Wollsocken über. Schnell flitzte sie nach unten in die Küche, wo ihre Mutter, verborgen hinter der Gardine, nach draußen blickte. Ihr Stirnrunzeln zeigte Amalie, dass auch sie nicht wusste, was sie von dem Ganzen halten sollte.

»Mama, was machen die?«, fragte Amalie ängstlich.

Ihre Mutter drehte sich um und winkte sie zu sich. Sie kuschelte sich in ihre Umarmung. Eng umschlungen spähten sie wieder in Richtung des dichten, hohen Waldes, der sich kilometerweit hinter dem Bahnhäuschen erstreckte und in dem offenbar gerade seltsame Dinge ihren Lauf nahmen. Nachdem sie eine Weile so gestanden hatten, sich draußen aber nichts mehr tat, machten die beiden sich daran, das Frühstück zuzubereiten. Amalie betrachtete ihre Mutter. Dunkle Augenringe zeugten davon, dass sie seit Monaten nicht mehr richtig schlafen konnte. Ihr Haar war auf einen Schlag grau geworden. Sie wirkte wie eine alte Frau. Dabei war sie gerade einmal vierzig Jahre alt. Amalie fühlte sich hilflos. Was konnte sie tun? Sie beide waren die Letzten, die von ihrer kleinen Familie übrig geblieben waren. Ihr Vater wurde seit Stalingrad vermisst – was nichts anderes bedeutete, als dass er irgendwo auf einem der großen Schlachtfelder umgekommen und wahrscheinlich namenlos in einem Massengrab verscharrt worden war. Und dann hatte es auch noch ihren kleinen Bruder getroffen. Fritz war gerade einmal sieben Jahre alt gewesen. Er sollte nur ein paar Tage bei seinen Großeltern bleiben. Denn ihre Mutter und Amalie mussten unbedingt auf den Feldern die Aussaat voranbringen, und der kleine Fritz kränkelte. Sie hatten einfach keine Zeit gehabt, sich um ihn zu kümmern, und so holten ihre Großeltern ihn ab und nahmen ihn mit zu sich nach Augsburg. Doch ausgerechnet in dieser Nacht gab es den bislang schwersten Bombenangriff auf die Fuggerstadt, der vor allem den Messerschmitt-Werken und dem Hauptbahnhof galt. Eine der unzähligen Bomben schlug im Nachbarhaus ihrer Großeltern ein und explodierte. Fritz wurde von der heftigen Druckwelle erwischt und mit dem Kopf gegen eine Kante geschleudert. Er war sofort tot.

Ein halbes Jahr war das jetzt her, und seitdem schlugen sie sich zu zweit durch, bewirtschafteten den großen Garten und ihre zwei kleinen Felder ganz in der Nähe. Sie kümmerten sich um ihre Hühner und halfen bei den anderen Bauern des Dorfes aus, wenn Not am Mann war. Und das war oft der Fall. Denn an allen Ecken und Enden fehlten Leute. Die Männer waren an der Front oder bereits gefallen. Die Verbliebenen mussten oft in den Fabriken aushelfen und standen dann für die Landarbeit nicht zur Verfügung. Doch alle mussten natürlich essen und versorgt werden. Und so schufteten meist die Frauen und Kinder von früh bis spät auf den Feldern, um im nächsten Winter nicht zu verhungern. Dabei hatten sie hier auf dem Land noch Glück. Bislang kamen sie einigermaßen klar, tauschten Lebensmittel und konnten sich so ganz gut über Wasser halten. Aber ihrer Mutter ging es dennoch immer schlechter, auch wenn sie versuchte, das vor Amalie zu verbergen. Und die Laster vor ihrem Haus trugen nun ganz bestimmt nicht zu ihrer Entspannung bei. Doch wer war in diesen Kriegstagen überhaupt noch entspannt? Die schlechten Nachrichten drangen sogar bis zu ihnen aufs hinterste Land vor. Und wenn hier auf einmal so viel Betrieb war, war das wahrscheinlich auch kein gutes Zeichen. Bislang hatte der Krieg sich immer irgendwo anders abgespielt, nun war er offensichtlich vor ihrer Haustür angekommen.

Als es laut klopfte, zuckten sie beide zusammen. Mit vor Schreck geweiteten Augen blickten sie sich an. Das war kein Nachbar. Die Nachbarn öffneten meist einfach die Tür und riefen laut nach Amalie oder ihrer Mutter. Dieses herrische Klopfen klang nach einem Fremden. Und es machte ihnen Angst.

Amalie sah, wie sich ihre Mutter straffte und langsam zur Tür ging. »Bleib hier«, befahl sie, ließ aber die Küchentür so weit offen, dass Amalie zumindest das Gespräch hören konnte.

»Heil Hitler. Oberfeldwebel Schratz«, hörte sie eine unangenehme Stimme schnarren.

»Guten Morgen«, erwiderte ihre Mutter betont freundlich und blickte den Oberfeldwebel abwartend an.

Amalie schloss die Augen. Hoffentlich fiel dem Nazi nicht auf, dass ihre Mutter die richtige Begrüßung weggelassen hatte. Doch anscheinend war diesem gerade anderes wichtiger.

»Ab nächster Woche werden drüben im Waldcafé einige Arbeiter untergebracht, die versorgt werden müssen. Sie haben einen großen Garten, Felder und Hühner. Ab nächster Woche werden Sie täglich diese Lebensmittelrationen drüben abgeben.«

Es raschelte. Wahrscheinlich überreichte er ihrer Mutter gerade einen Zettel.

»Freuen Sie sich, dass Sie einen wichtigen Beitrag zum Wohle unseres Landes leisten dürfen. Heil Hitler.«

Noch bevor ihre Mutter antworten konnte, hatte er offenbar zackig salutiert und marschierte wieder davon.

Amalie spähte durch den Türspalt. Ihre Mutter stand da wie vom Donner gerührt und blickte auf den Zettel. »Wie soll das gehen? Wenn wir denen all das liefern, dann leiden wir Hunger.« Sie sank zu Boden und schlug die Hände vors Gesicht. »Hört das denn nie auf? Gibt es nur noch schlechte Nachrichten? Dieser Wahnsinnige richtet unser ganzes Land zugrunde.«

Amalie setzte sich neben sie auf den Boden, und wieder umschlangen sie sich gegenseitig, gaben sich Halt. Amalie warf einen Blick auf den Zettel. »Ja, das wird knapp für uns. Aber wir finden einen Weg, Mama. Haben wir bis jetzt immer«, sagte sie zuversichtlicher, als sie eigentlich war.

In den nächsten Tagen hielt die Betriebsamkeit im Wald an. Fahrzeuge kamen und fuhren wieder, den ganzen Tag über hörte man Motorsägen, Klopfen und Hämmern. Männer wurden in Transportern gebracht und am Abend wieder eingesammelt. Es waren abgemagerte, zerlumpte Gestalten, die von einem Aufseher oft mit Schlägen wieder auf die Ladefläche der Fahrzeuge getrieben wurden. Amalie hielt sich viel im Garten auf und beobachtete neugierig das Treiben. Aber näher heran traute sie sich nicht. Zu viel Angst hatte sie vor den Männern.

Nach und nach machten Gerüchte die Runde. Auch die anderen Bewohner des kleinen Weilers hatten die Aktivitäten bemerkt und machten sich ihre Gedanken. Fast alle hatten wie Amalie und ihre Mutter einen Zettel mit fortan abzugebenden Lebensmittelrationen bekommen. Manche hatten es gewagt, den Oberfeldwebel zu fragen, was das alles bedeutete. Und da man sich oft auf den Feldern oder zum Tauschen von Lebensmitteln traf, ergab sich bald ein Bild dessen, was dort im Wald ablief.

Es hieß, dass dort ein Flugzeug gebaut werden sollte. Die Messerschmitt-Werke in Augsburg würden wohl ihre Produktion auslagern. »Bis zu achthundert Leute sollen künftig hier arbeiten und wohnen. Und wir müssen sie versorgen«, hatte ihr ein Junge aus dem Dorf erzählt. Wie viel davon stimmte, wusste sie nicht. Aber dass dort im Wald gebaut wurde, war eindeutig. Und als sie am Ende der Woche bei Maria, der Besitzerin des Waldcafés, vorbeischaute, war diese schon mitten in den Vorbereitungen, die Zimmer in große Matratzenlager zu verwandeln. »Das haben sie mir gestern alles geliefert.« Sie zeigte auf einen Stapel Decken und Matratzen, große Töpfe und Kohlesäcke. Sie rang die Hände.

»Amalie, ich habe Angst. Ab morgen sollen bei mir zwanzig Zwangsarbeiter einziehen, und ich bin hier ganz allein.«

Amalie nickte. Dabei wäre ihr auch überhaupt nicht wohl. »Aber die werden doch bestimmt beaufsichtigt, oder?«

Maria nickte schwach. »Ich weiß nicht, ob das besser ist. Der Aufseher, der auch bei euch war, wird hier ebenfalls einziehen. Der hat so eiskalte Augen, vor dem habe ich noch mehr Angst.«

Amalie fröstelte. Maria war eigentlich eine starke Frau und ließ sich nicht so leicht aus der Ruhe bringen, aber nun wirkte sie äußerst beunruhigt.

»Ich komme jeden Tag vorbei und bringe unsere Lebensmittelration. Wenn irgendwas ist, dann lass es mich wissen. Im schlimmsten Fall wechseln wir uns alle ab und leisten dir hier Gesellschaft – auch nachts.«

»Das ist lieb von dir, und vielleicht komme ich auf dieses Angebot tatsächlich zurück.« Sie gab sich einen Ruck. »Jetzt schauen wir mal, wie das ab morgen hier wird.«

4. Kapitel

Horgau, 2019

Ein letzter Blick auf das Arrangement aus Vase, Tannenzweigen und Porzellanteller auf dem Tisch, dann ging Sonja nach draußen zu ihrem Auto, um die Tabletten zu holen. Sie öffnete die Tür und wollte gerade in Richtung Fahrzeug gehen, als ihr Blick auf ein gefaltetes Blatt Papier fiel, das, mit einem Stein beschwert, auf der Treppenstufe vor der Haustür lag. Sie stutzte. Was konnte das denn sein? Neugierig bückte sie sich, zog den Zettel unter dem Stein hervor und faltete ihn auseinander. Sie las die wenigen Zeilen, die darauf standen, und ließ ihn dann ungläubig sinken. War das ein Wink des Schicksals? Fast wollte sie es glauben. Solch einen Zufall konnte es doch eigentlich gar nicht geben? Sie glättete das Stück Papier und las noch einmal, was dort in schwungvoller Schrift – und mit einem roten Kussmund unterzeichnet – stand:

> Liebe Sonne,
> du bist da. Ich weiß es. Ich habe geklopft und
> gerufen – doch wahrscheinlich schläfst du
> gerade. Aber lass dir eines gesagt sein: Wehe,

du lässt dich heute Abend nicht im Waldcafé blicken. Dann komme ich und hole dich.

Dani

Das war nicht zu glauben. Dani. Ihre beste, allerliebste Freundin Dani. Sie musste hier gewesen sein, als sie geschlafen hatte. Doch was machte Dani hier? Das Letzte, was Sonja von ihr wusste, war, dass sie in irgendeinem Nobelhotel in München arbeitete. Aber diese Information war bestimmt veraltet. Denn das letzte Mal, als sie sich gesehen hatten, war schon zehn Jahre her. Dani hatte danach noch ein paarmal versucht, ein Treffen zu vereinbaren, aber als sie gemerkt hatte, dass Sonja sich von einer Ausrede in die nächste flüchtete, hatte auch sie irgendwann aufgegeben. Und ausgerechnet heute tauchte sie hier wieder auf. War das denn zu fassen? Sonjas Gedanken rasten. Ihr Plan mit den Tabletten schien plötzlich nicht mehr so dringend zu sein. Wenn sie ehrlich zu sich selbst war, war das im Grunde nur ein Notfallplan für den Fall, dass sie es nicht schaffen würde, sich ein neues Leben hier im Haus ihrer Oma aufzubauen. Und wenn Dani nun wirklich wieder hier sein sollte und sogar an einem Gespräch mit ihr interessiert war, dann war das schon einmal ein guter Anfang. Sie würde sich mit Dani drüben in der Gaststätte treffen, sich hoffentlich mit ihr aussprechen, und dann würde sie weitersehen. Zufrieden mit ihrem Entschluss, ging sie zu ihrem Auto und holte die Tabletten aus dem Handschuhfach. Wieder im Haus, deponierte sie die Medikamente auf dem Küchentisch, blickte auf die Uhr und stellte fest, dass es bereits sieben war und sie auch gleich schon hinübergehen konnte. Ihr Magen knurrte und erinnerte sie daran, dass sie heute noch fast nichts gegessen hatte. Wunderbar – das traf sich genau richtig.

Sie entsann sich, dass ihre Großmutter Anfang des vergangenen Jahres einmal von einem neuen Pächter erzählt hatte, der die Gaststätte übernehmen wollte, nachdem sie jahrelang leer gestanden hatte und dem Verfall preisgegeben gewesen war. Sonja war gespannt, was er wohl daraus gemacht hatte. Denn die Lage war wunderschön – und am Wochenende kamen bestimmt eine Menge Ausflügler. Aber ob da heute Abend überhaupt etwas los war? War es nur eine Kneipe, oder würde sie dort auch etwas zu essen bekommen? Es half nichts. Auch wenn sie nicht wusste, wann Dani dort aufkreuzte, würde sie jetzt hinübergehen, sich etwas zu essen bestellen und auf sie warten. Wenn sie nicht auftauchte, bis Sonja fertig war, dann hatte sie zumindest versucht, Danis Kontaktangebot anzunehmen, und musste sich keinen Vorwurf mehr machen. Entschlossen überprüfte sie, ob die Fenster alle geschlossen waren, nahm ihre Tasche und machte sich auf den Weg.

* * *

Auf dem Parkplatz standen bereits einige Autos. Sie trat durch die Eingangstür und staunte. Sie hatte das Waldcafé als eine dunkle Kneipe mit bierseligem Publikum in Erinnerung, wo man höchstens auf ein paar fettige Pommes und eine Currywurst hoffen durfte. Als sie die Gaststube jetzt betrat, war von dieser Atmosphäre nichts mehr übrig. Sie blickte in einen hellen Raum mit großen Schiebetüren, die den Weg zur Terrasse frei machten. Tische aus dicken Bohlen mit Metallfüßen und bunt bezogene Stühle und Bänke sorgten für ein frisches Flair. Die Gaststätte war rappelvoll, und auf den Tellern der Gäste sah Sonja leckere Salate und Suppen. Der Duft von gebratenem Fleisch und Blaukraut lag in der Luft. Die Gäste unterhielten sich lautstark, keiner hier war allein. Sonja hielt suchend Ausschau nach Dani. Würde sie sie wiedererkennen? Wie sehr verändert sich ein Mensch in zehn Jahren? Keines der Gesichter kam ihr auf den ersten Blick bekannt vor. Da eilte auch schon eine Bedienung auf sie zu und lächelte sie an. »Allein?«, fragte sie. Als Sonja nickte, deutete sie auf die Bar auf der rechten Seite. An einem Ende war der Tresen zu einem Tisch verlängert und verbreitert. Dort standen ein paar Barhocker, sodass man essen konnte und dabei den gesamten Raum im Blick hatte. »Ich würde dir diesen Platz empfehlen«, sagte die Bedienung und lächelte wieder. »Da hat man alles im Blick und kann ungestört essen. Es sei denn, du willst dich irgendwo dazusetzen.«

»Nein, danke. Der Platz an der Theke ist perfekt. Meine Freundin kommt wahrscheinlich auch noch.«

»Alles klar. Setz dich schon mal. Ich bring dir gleich die Karte«, trällerte die Bedienung fröhlich und verschwand.

Sonja nahm Platz und musterte das Publikum. Beim genaueren Hinsehen glaubte sie einige Gesichter zu kennen, konnte sie aber nicht zuordnen. Sie hatte zwar früher viel Zeit bei ihrer Großmutter verbracht und hier auch einige Freunde gehabt, doch diese Freundschaften waren lange her. Ein Schatten fiel auf ihren Tisch, und sie blickte auf. Es dauerte nur einen kurzen Augenblick, bis der rothaarige Lockenkopf ihr gegenüber einen Freudenschrei ausstieß, um den Tisch herumraste und sie sich in einer herzlichen Umarmung wiederfand. »Sonne! Du bist wirklich gekommen! Ich glaube es ja nicht! Ui, ist das schön, dich wiederzusehen!«, jubelte Dani.

Dani – da war sie, laut und fröhlich wie immer und auf den ersten Blick sofort wiederzuerkennen. Deswegen hätte sie sich wirklich keine Gedanken machen müssen. Sie verwendete immer noch ihren Spitznamen: Sonne. Dani und sie waren früher unzertrennlich gewesen. Die ruhige blonde Sonja und der rothaarige Wirbelwind Daniela. Beste Freundinnen, bis sich ihre Wege getrennt hatten. Und jetzt, ausgerechnet hier und heute, standen sie sich wieder gegenüber. In diesem Moment überkam Sonja ein fürchterlich schlechtes Gewissen. Schließlich war sie es gewesen, die jeden Kontakt vermieden hatte, die sämtliche Versuche Danis, sich zu treffen, mit fadenscheinigen Ausreden abgewimmelt hatte. Doch ihr Gegenüber schien das im Moment weder zu stören noch zu belasten.

Dani hielt sie immer noch an beiden Armen fest und schob sie jetzt ein wenig von sich weg, um sie besser betrachten zu können. »Du bist ein wenig blass und ganz schön dünn geworden«, stellte sie fest. »Aber ich glaube, irgendwo da drin steckt noch immer meine alte Freundin Sonja, meine Sonne.«

Nun musste auch Sonja lächeln. Diese Wirkung hatte Dani schon immer auf sie gehabt. Mit ihr konnte sie lachen, mit ihr konnte sie das Schöne im Leben sehen und genießen. »Hallo, Dani, das ist aber eine Überraschung.« Nun fand auch Sonja endlich ihre Sprache wieder. »Woher wusstest du, dass ich hier bin? Wohnst du wieder hier? Oder bist du zufällig auch zu Besuch?«, fragte sie neugierig und verwundert.

»Ich bin hier, weil mir das Waldcafé gehört. Beziehungsweise uns. Der Prachtkerl da hinter der Theke ist nämlich mein Mann.« Sie zwinkerte in die Richtung des Barkeepers und warf ihm eine Kusshand zu.

Sonja drehte sich um.

»Darf ich vorstellen. Das ist meine beste Freundin Sonja, und das ist Joey.« Dani strahlte die beiden abwechselnd an.

»Hi Joey«, grüßte ihn Sonja lächelnd.

»Hallo, ich habe schon viel von dir gehört. Dani hat dich vermisst. Schön, dass du da bist.« In diesen wenigen Worten, die Joey voller Wärme und ohne jeden Vorwurf zu ihr sagte, lag die ganze Geschichte der vergangenen Jahre. Und in diesem Moment erkannte Sonja, dass auch sie Dani vermisst hatte. Schrecklich vermisst. Dann erst wurden ihr Danis Worte von vorhin so langsam bewusst. Ihr gehörte das Café hier, und sie war verheiratet. Es versetzte ihr einen Stich.

»Ich freue mich für dich«, kam es über ihre Lippen. Aber es klang irgendwie hölzern, unehrlich.

Dani sah sie nachdenklich an. »So, jetzt bringe ich dir erst einmal die Karte. Dann kannst du bestellen. Hier ist im Moment noch die Hölle los, und ich muss beim Bedienen mithelfen. Aber so etwa in einer Stunde wird es hoffentlich ruhiger. Bitte bleib so lange.« Dani sah sie eindringlich an. »Joey versorgt dich mit Getränken. Und dann können wir reden. Bitte!«, fügte sie leise hinzu.

Sonja konnte nicht anders, als zu nicken. »Ja. Ich bleibe. Es wird Zeit, dass wir reden«, erwiderte sie. Tief in ihrem Inneren merkte sie, dass sie sich dieses Gespräch tatsächlich wünschte, obwohl sie bis vor wenigen Stunden noch nicht einmal gewusst hatte, dass es stattfinden würde. Sie spürte, dass sie diese Aussprache eigentlich schon seit Jahren vor sich herschob. Aber sie war feige gewesen und eine Meisterin im Verdrängen. Doch nun war es endlich so weit. Und zudem war da ein kleiner Funken Freude, der angesichts der Anwesenheit ihrer Freundin aufglomm und immer größer wurde.

Es dauerte dann allerdings fast zwei Stunden, bis Dani sich mit einem tiefen Seufzer neben sie auf den Barhocker fallen ließ. »Heute war die Hölle los. Danke, dass du gewartet hast.«

Sonja brachte ein gequältes Lächeln zustande. Mehrmals wäre sie beinahe gegangen, da die alte Unsicherheit wieder von ihr Besitz ergreifen wollte. Einzig der Gedanke, dass sie dann nur dieses leere, verlassene Haus erwartet hätte und sie dann vielleicht niemals ein klärendes Gespräch würden führen können, hielt sie zurück. Letztlich kostete es sie doch nur etwas Zeit. Sie konnten endlich miteinander reden, und dann musste sie sich niemals wieder den Vorwurf machen, ihre Freundin im Stich gelassen zu haben.

Dani nahm einen großen Schluck von der Johannisbeerschorle, die ihr Joey soeben wortlos hingestellt hatte. Er streichelte zärtlich Danis Arm und sagte: »Ich übernehme jetzt den Rest. Ihr zwei könnt euch in Ruhe unterhalten.«

»Danke.« Dani warf ihm einen Luftkuss zu, und dann waren die beiden Freundinnen unter sich.

Stille breitete sich aus. Sonja wusste nicht, wie sie anfangen sollte.

Dani half ihr. »Ich weiß, was passiert ist. Deine Oma hat mir alles erzählt. Du musst nicht drüber sprechen, wenn du nicht willst. Wenn du allerdings reden willst, bin ich immer für dich da. Ich will, dass du das weißt. Und nein, ich bin dir nicht böse, dass du mich die letzten Jahre aus deinem Leben ausgeklammert hast. Ich war es, ja. Stocksauer war ich. Doch mein lieber Mann dort drüben hat mir die Augen geöffnet. Da kommt halt seine Buddha-Natur bei ihm durch. Aber dazu später. Jetzt und heute freue ich mich einfach nur, dass du da bist und dass du gewartet hast. Prost.« Dani hob ihr Glas.

Sonja schwieg. So viele Gedanken schwirrten ihr durch den Kopf. Dani war ihr nicht böse. Ihre Oma hatte ihr alles erzählt. Sie konnten einfach neu anfangen. Aber dafür musste sie sich auf jeden Fall zuerst für ihr Verhalten in den vergangenen Jahren entschuldigen. Da war so vieles, was sie falsch gemacht hatte. So vieles, was sie Dani erklären wollte und musste. Auch wenn ihre Oma offenbar schon ausführlich mit ihr geredet hatte, fand Sonja in diesem Moment, dass Dani ein Recht auf eine Entschuldigung hatte. Sie atmete tief durch. Das Zittern war wieder da. Dieses Mal allerdings vor Nervosität. Sie befand sich auf ungewohntem Terrain.

»Dani, ich muss dir so viel erklären. Aber ich bekomme das alles selbst in meinem Kopf noch nicht zusammen. Und schon gar nicht kann ich es in Worte fassen. Es ist so viel passiert. Ich möchte dir im Moment nur sagen: Es tut mir schrecklich leid, dass ich unsere Freundschaft einfach vergessen habe. Ich habe das jahrelang verdrängt. Jetzt, wo du hier bist, kommt auf einmal alles wieder hoch. Und in diesem Augenblick bin ich völlig überwältigt von all den Gedanken, die mir durch den Kopf schießen, und von all den Gefühlen, die plötzlich da sind. Ich verstehe mich gerade selbst nicht mehr. Warum habe ich jedes Treffen mit dir gemieden? Warum hat es zehn Jahre gedauert, bis wir uns jetzt endlich wieder gegenübersitzen? Es tut mir alles so unendlich leid.«

Dani legte ihre Hand beruhigend auf Sonjas Arm. »Entschuldigung akzeptiert – auch wenn ich keine gebraucht hätte. Und da du es selbst ansprichst, präsentiere ich dir gleich Joeys Erklärung, warum wir uns so lange nicht gesehen haben. Denn ihm war gleich klar, warum du mich gemieden hast. Obwohl er dich nur aus meinen Erzählungen kannte.« Dani lächelte Sonja schief an.

Sonja hob erstaunt die Augenbrauen: »Ach ja. Dann erklär es mir.«

»Du warst feige.«

Sonja blickte Dani mit offenem Mund an. Mit dieser Verbalattacke hatte sie nicht gerechnet, und die hatte tatsächlich gesessen. Sie wollte vehement widersprechen.

Aber Dani war schneller und hob ihre Hand, um Sonja vorerst Einhalt zu gebieten. Dann fuhr sie fort: »Als du Rolf kennengelernt hast, hat er dich nach und nach mit Beschlag belegt. Du hast gar nicht gemerkt, wie sehr du dich verändert hast, seit du mit ihm zusammen warst. Du warst nicht mehr fröhlich, nicht mehr impulsiv oder einfach auch mal albern. Diese Sonja gab es auf einmal nicht mehr. Denn das hätte Rolf nicht gepasst. Er wollte die kontrollierte, zurückhaltende Seite von dir. Und zwar nur die. Und da die liebe Sonja gern eine heile Welt hat, hat sie sich entschieden. Für ihn. Also musste ich weichen. Denn wenn ich geblieben wäre, hättest du dauernd Zoff mit deinem Gatten bekommen. Und da dir damals dieser Kontrollfreak lieber war als ich, war deine Entscheidung klar. Du warst zu feige, dich mit ihm anzulegen, weil das das Aus für eure Beziehung bedeutet hätte. Und das wiederum hätte nicht in deine Vorstellung einer perfekten Welt gepasst.«

Sonja schluckte und setzte erneut zum Widerspruch an. Aber da war etwas in ihrem Inneren, eine ganz leise Stimme, die ihr zuflüsterte: Es stimmt. Zögernd nickte sie. »Vielleicht hast du recht. In eine ähnliche Richtung haben auch die Therapeuten in der Klinik argumentiert. Aber ich konnte und wollte das bislang überhaupt nicht an mich heranlassen. Ich will das irgendwie auch noch immer nicht wahrhaben. Aber« – sie zögerte und drehte ihr Glas nachdenklich in der Hand – »als du mir das gerade gesagt hast, da war zum ersten Mal ein winziges Gefühl da, dass du damit recht haben könntest. Dass ich vielleicht viele meiner Glaubenssätze überdenken muss. Ich hätte schon viel früher jemanden gebraucht, der mir das so deutlich sagt. Jemanden, der meinen Gedanken die richtige Perspektive gibt. Aber dadurch, dass ich dich und alle anderen, die nicht zu Rolfs Leben gepasst haben, einfach ausgeklammert und gemieden habe, gab es da keine andere Perspektive als die von Rolf.«

Dani legte ihre Hand auf Sonjas Arm. »Ich finde es wunderbar, dass du dir selbst eingestehen kannst, etwas nicht richtig gemacht zu haben. Das ist, glaube ich, ein wichtiger Schritt. Viel zu lange hast du dir selbst versagt, etwas anderes als perfekt zu sein. Aber jeder Mensch macht Fehler. Wichtig ist doch, dass man sie korrigiert und daraus lernt. Und das kann man nur, wenn man sie wirklich sieht.«

Sonja nickte. Und auf einmal war da wieder das Gefühl, dass sie keine Luft mehr bekam. Ein Schmerz baute sich in ihrem Inneren auf, der ihr den Atem nahm. Sie schnappte verzweifelt nach Luft und ergriff Danis Arm. Drückte ihn ganz fest. »Wenn ich das von Anfang an eingesehen hätte – schon damals, als die ersten Dinge schieffliefen –, dann wäre all das nicht geschehen. Dann wäre dieser schreckliche Unfall auch nie passiert. Dani, ich halte das nicht aus. Diesen Schmerz und diese Schuldgefühle.«

Dani rückte ganz nahe an sie heran und nahm sie in den Arm. »Das ist doch ganz normal. Aber wieso suchst du denn dauernd ausschließlich bei dir die Schuld? Ja, den Unfall hast du verursacht. Da musst du einen Weg finden, mit dir ins Reine zu kommen. Aber dass Rolf dir die Schuld am Scheitern eurer Ehe gibt, ist einfach nicht richtig. Und deshalb ist es viel besser, wenn du jetzt nach vorne blickst. Wer weiß, was noch alles auf dich wartet.«

»Dieselben Sätze haben mir auch die Therapeuten in der Klinik immer und immer wieder eingetrichtert. Ich verstehe sie. Ich begreife, was sie mir sagen wollen, aber ich fühle das nicht«, schluchzte Sonja. »Verstehst du? Und weil ich so viel Schuld fühle, bringt es auch nichts, nach vorne zu blicken. Da warten nur noch mehr Schuldgefühle auf mich und irgendwo wahrscheinlich auch eine abgrundtiefe Verzweiflung. Dani, ich habe meine Ehe nicht auf die Reihe bekommen, meine Freundschaften auch nicht. Ich bringe jedem Unglück, der meine Wege kreuzt. Schau dir doch das arme Unfallopfer an. Markus Seiler liegt wegen mir in der Unfallklinik in Murnau und weiß nicht, ob er jemals wieder laufen können wird. Da hat Rolf schon recht. Ich tue anderen einfach nicht gut. Ich kann so nicht weitermachen.«

Nach diesem Ausbruch schwieg Dani eine Weile. Dann sagte sie vorsichtig: »Es ist für mich schrecklich zu sehen, wie wenig Selbstwertgefühl du hast. Wie viel Macht du Rolf über dein Leben und deine Gedanken gegeben hast und immer noch gibst.« Und leiser: »Und es ist richtig. Du kannst nicht mehr so weitermachen wie früher. Aber du hast jetzt eine Riesenchance, dein Leben endlich selbst in die Hand zu nehmen. Du kannst das, was geschehen ist, nicht mehr rückgängig machen. Aber du kannst jetzt anfangen, dir eine neue Zukunft aufzubauen. Und wenn du mich lässt, dann bin ich an deiner Seite.«

Sonja blickte auf und lächelte verzagt. »Danke, Dani. Danke, dass du mir verzeihst, obwohl ich dich so gründlich vergrault hatte.«

Verschmitzt lachte Dani sie an. »Siehst du, ich bin gewissermaßen die Eintrittskarte in dein neues Leben. Und falls du dich dort drüben im Haus zu einsam fühlst, kannst du gern auch hier bei uns übernachten. Ich lass dich nämlich nicht gehen, ohne dass du mir versprichst, dich nicht wieder heimlich aus meinem Leben zu stehlen. Oder wäre es dir lieber, wenn ich bei dir übernachte? Joey kommt hier auch problemlos mal allein zurecht …«

Es war fast unheimlich, wie vertraut sie beide nach so kurzer Zeit wieder miteinander umgingen. Und das nach so langer Funkstille. Aber bestimmt hatte da auch ihre Großmutter die Hände im Spiel gehabt. Dani musste schon länger wieder hier wohnen – denn so schnell ließ sich eine Gaststätte nicht renovieren. Die beiden hatten sich schon immer gut verstanden. Wahrscheinlich hatten sie oft zusammengesessen und über Sonja geredet. Deshalb war Dani auch auf dem Laufenden. Und ihre Großmutter hatte Dani gegenüber bestimmt auch den Wunsch geäußert, dass sie Sonja beistand, sobald sie aus der Klinik entlassen würde. Denn als ihre Großmutter noch lebte, hatten sie vereinbart, dass Sonja wieder bei ihr einziehen würde – zumindest so lange, bis sie sich in ihrem neuen Leben wieder orientiert hatte.

Dani blickte sie fragend an und wartete noch immer auf eine Antwort. »Erde an Sonne – soll ich heute bei dir übernachten?«

Erde an Sonne – das war auch schon früher ihr Lieblingsspruch gewesen, wenn Sonja mal wieder geistig abwesend war. Und der Spitzname war ihr geblieben.

Sonja brachte ein schwaches Lächeln zustande. »Das habt ihr euch fein ausgedacht – meine Oma und du. Glaub ja nicht, dass ich das nicht merke.«

»Na und? Macht ja nichts, wenn du es merkst. Hauptsache, du gehorchst mir«, gab Dani schlagfertig zurück. »Und, was ist?«

»Nein. Du brauchst nicht bei mir zu übernachten.« Sonja schüttelte den Kopf. »Ich würde gern erst einmal allein sein. Aber ich melde mich morgen bei dir. Das verspreche ich. Und dann erzählst du mir, wie du dir diesen Prachtkerl da drüben samt Gaststätte geangelt hast«, meinte sie lächelnd und lenkte so das Gespräch in eine andere Richtung.

Dani nickte. »Das klingt nach einem guten Deal.«

Mit einer innigen Umarmung verabschiedeten sich die beiden, und Sonja schlenderte nachdenklich zurück ins Bahnhäuschen. Dort holte sie ihre beiden Reisetaschen aus dem Kofferraum des Autos und ging ins Haus. Als sie wieder im Gästebett lag, ging sie im Geiste noch einmal die unerwartete Begegnung mit ihrer Jugendfreundin durch – und schlief darüber ein.

5. Kapitel

Horgau, 1944

Amalie fütterte die Hühner. Noch reichte die Nahrung für das Geflügel und die alte Ziege, die ebenfalls auf dem Grundstück graste. Aber seit sie ihre eigenen Rationen deutlich hatten kürzen müssen, um die Arbeiter mitzuversorgen, fiel es ihnen schwer, auch noch für die Tiere etwas abzuknapsen. Und selbst Amalie, die sonst keinem Tier etwas zuleide tun konnte, ertappte sich ab und zu dabei, wie sie sich beim Anblick der fünf gefiederten Mitbewohner ein knuspriges Hähnchen vorstellte. Im Moment allerdings war sie nur mit halber Aufmerksamkeit bei ihren Hühnern. Der Rest galt den Arbeitern, die gerade den Wald verließen. Gekleidet in einfache graue Overalls, die zumeist viel zu groß waren und den halb verhungerten Gestalten traurig um die Beine schlotterten, kehrten die Zwangsarbeiter nach einem anstrengenden Tag zurück in ihre Unterkunft. Und wie jeden Abend kamen sie am Zaun von Amalie und ihrer Mutter vorbei. Sie sah ausgemergelte Gesichter und leere Blicke. Und jedes Mal tat es ihr in der Seele weh, wenn sie daran dachte, dass irgendjemand genau diese Leute jetzt irgendwo vermisste. Sosehr die Hitler-Propagandamaschine ihnen auch einzutrichtern versuchte, dass diese Menschen Verbrecher waren und zu Recht mit Zwangsarbeit bestraft wurden, sie wollte und konnte das einfach nicht glauben. Sie stellte sich vor, dass ihr Vater vielleicht doch in Gefangenschaft geraten war und nun irgendwo in einem kleinen Dorf in Sibirien ebenso dahinvegetierte. Es schnürte ihr die Kehle zu, wenn sie sich das ausmalte. Aber obgleich sie die tägliche Begegnung mit diesen verzweifelten Menschen so stark aufwühlte, stand sie doch jeden Abend pünktlich hier draußen bei den Hühnern. Denn einer von den Gefangenen war anders. Er hielt sich aufrecht und hielt ihrem Blick stand, wenn er an ihrem Garten vorbeikam. Auch an ihm schlotterte die Kleidung, seine Haare waren geschoren und ließen ihn aus der Ferne wie einen Greis wirken. Doch als sie das erste Mal in seine Augen geblickt hatte, hatte sie darin ein Feuer lodern sehen. Ob es ein Feuer war, das von Wut oder Hass geschürt wurde, ließ sich nicht sagen. Trotz seiner zerlumpten Kleidung, der schweren Holzpantinen an seinen Füßen und des eingefallenen Gesichts, dem man die Mangelernährung und die Strapazen deutlich ansah, war es in dieser Sekunde um sie geschehen gewesen. Dieser eine Blick hatte ausgereicht, dass sie von jenem Tag an jeden Abend von zwei strahlend blauen Augen träumte, die sie durch die Nacht begleiteten. Und deshalb stand sie auch heute wieder hier und hoffte, wieder einen Blick auf ihn erhaschen zu können, wenn die Arbeiter auf ihrem allabendlichen Marsch von der Baustelle im Wald zur Unterkunft an ihrem Gartenzaun vorbeikamen.

In den vergangenen vier Wochen, seit die Laster sie frühmorgens aus dem Schlaf gerissen hatten, hatte sich mehr oder weniger bestätigt, was in der Gerüchteküche bereits gemunkelt worden war: Drüben im Wald sollten Produktionsstätten entstehen. Doch es sollten keine ganzen Flugzeuge gebaut werden, sondern nur Teile davon. Die Rede war von Tragflächen. Im tiefen dunklen Wald, so war wohl die Strategie, würden die feindlichen Flieger keine Angriffsziele finden. Man glaubte, dass der Augsburger Flugzeugbauer Messerschmitt mehrere solcher Produktionsstätten in den Westlichen Wäldern bei Augsburg errichtete. Nur wenige Tage nach der Ankunft der ersten Laster waren dann auch schon die ersten Arbeiter in das Waldcafé bei Maria eingezogen. Und mit ihnen der unangenehme Aufseher namens Schratz mit den stechenden, kalten Augen. Er begleitete jeden Tag den Zug der Zwangsarbeiter – morgens in den Wald, am Abend zurück. Bei seinem Anblick lief es Amalie immer noch eiskalt den Rücken herunter.

Amalie hielt sich so nahe wie möglich am Zaun auf, ohne dass es den Anschein erweckte, sie sei nur wegen der Arbeiter hier und würde diese anstarren. Aber eigentlich tat sie genau dies. Der Boden war glitschig, in den vergangenen Tagen hatte es viel geregnet. Sie hatte zwei Hühner hier an den Rand gelockt, um den Schein zu wahren. Aus dem Augenwinkel beobachtete sie nun, wie die Männer, Schaufeln und andere Werkzeuge geschultert, an ihr vorbeitrotteten. Der Mann ihrer Träume, im wahrsten Sinn des Wortes, bildete heute das Schlusslicht und hielt etwas Abstand zum Rest. Bislang ließ ihm der Aufseher das offensichtlich durchgehen. Ausgerechnet in diesem Moment flatterte das blöde Huhn vor ihr aufgeregt hoch. Amalie erschrak, rutschte im glitschigen Morast aus und fiel mit einem Aufschrei in den Schlamm. Mit dem Rücken schrammte sie dabei am Drahtzaun entlang, der das Hühnergehege einzäunte und sie vom Waldweg trennte. Als sie sich aufgerappelt hatte und nach oben blickte, blieb ihr fast das Herz stehen. Sie blickte in die blauesten Augen, die sie sich nur vorstellen konnte, und zwei starke Hände hielten sie fest.

»Geht es Ihnen gut?«, fragte er mit einer heiseren Stimme, in der ein ausländischer Akzent mitschwang, den sie im Moment nicht einordnen konnte. Sie vermochte nur schwach zu nicken. Schon hörte man Schritte näher kommen. Das klang nicht nach Holzpantinen, sondern nach schweren Stiefeln und konnte somit nur eines bedeuten: Der Aufseher nahte. Amalie stemmte sich nach oben, verzweifelt bemüht, unter den Blicken ihres Helfers nicht noch einmal das Gleichgewicht zu verlieren und ein weiteres Mal im Matsch zu landen. Sie zog sich hoch und hielt sich mit den Händen am Zaun fest. Er legte seine Hand auf ihre. Nur der dünne Draht trennte sie. Dabei blickte er sie noch immer unverwandt an. Eine Antwort war sie ihm schuldig geblieben, so sehr hatte es ihr vor Verlegenheit und Nervosität die Sprache verschlagen.

Das änderte sich abrupt, als der Aufseher näher kam und rief: »Meine Dame, werden Sie belästigt?« Und zu seinem Gefangenen: »Sofort zurück zum Rest der Truppe. Was fällt dir ein zurückzubleiben? Kein Abendessen heute! Abmarsch!«

Amalie erschrak. Er war ohnehin schon so dünn und hatte den ganzen Tag gearbeitet. Kein Abendessen war in seinem Zustand unter Umständen beinahe schon ein Todesurteil. Deshalb beeilte sie sich zu sagen: »Das ist allein meine Schuld. Ich bin ausgerutscht und gefallen. Genau in dem Moment, als dieser Mann hinter mir am Zaun vorbeiging. Er kann nichts dafür. Er wollte mir nur helfen.«

Unentschlossen blickte der Aufseher zwischen ihnen beiden hin und her. Schließlich murrte er verdrießlich: »Also gut. Dann will ich das noch einmal durchgehen lassen. Aber jetzt zack, zack, weiter, Georges!« Er schlug die Hacken zusammen und salutierte vor Amalie. »Heil Hitler.«

Amalie murmelte irgendetwas Unverständliches und wusste vor Verlegenheit nicht, wohin mit ihrem Blick. Die beiden Männer entfernten sich und ließen sie völlig aufgelöst zurück. Ihr Herz hämmerte. Georges. Er hieß Georges. Das klang französisch. Hoffentlich würde er später in der Unterkunft nicht doch noch dafür büßen müssen, dass er versucht hatte, ihr zu helfen. Welch wundervolle Stimme er hatte. Niemals würde sie

seine ersten Worte an sie vergessen: »Geht es Ihnen gut?« Was
für ein exotischer Akzent. Beim Gedanken an den Klang seiner
Stimme schmolz sie dahin. Sie seufzte. Und sie hatte ihn nur
angeschaut wie eine dumme Gans, die das Sprechen verlernt
hat. Völlig verdreckt hatte sie vor ihm gelegen. Ganz und gar
nicht damenhaft. Sie wurde im Nachhinein rot vor Scham. Sie
hatte sich wie ein kleines Schulmädchen benommen. Wie peinlich. Sie musste sich unbedingt etwas überlegen, um das nächste
Mal einen besseren Eindruck bei ihm zu hinterlassen. Als ihre
Mutter vom Haus zum Abendessen rief, riss sie sich zusammen,
fütterte schnell die Hühner und trieb sie dann alle wieder ins
Gehege. Heute Nacht würden die blauen Augen endlich auch
einen Namen und eine Stimme haben. Sie freute sich auf ihre
Träume.

6. Kapitel

Horgau, 2019

Sonja hatte gut geschlafen – das erste Mal seit Langem ohne Tabletten und ohne Albträume. Doch wenn sie gedacht hatte, dass sie schon allein durch ihre Aussöhnung mit Dani über den Berg wäre, wurde sie bald eines Besseren belehrt. Denn als sie sich nach dem Aufwachen im Spiegel betrachtete, holten sie all die düsteren Gedanken an ihre Ehe und den Unfall wieder ein. Sie sah sich ins Gesicht und hasste alles, was sie erblickte. »Du hast deine Ehe zerstört und das Leben eines unschuldigen Menschen. Du bist nichts wert«, flüsterte sie ihrem Spiegelbild zu. Die Verzweiflung überrollte sie einmal mehr wie eine Welle, die ihr den Boden unter den Füßen wegzog. Sie ließ sich auf den Badewannenrand sinken und ihren Tränen freien Lauf. Es war eine Strafe, jeden Morgen aufzuwachen und wieder an alles erinnert zu werden. Doch wenn sie sich in den vergangenen Monaten oft einfach ihrem Schmerz überlassen hatte, war es heute dennoch ein wenig anders. Da war ein kleiner Funke Hoffnung. Sonja atmete einmal tief durch und dachte an Dani und an das, was sie ihr am vergangenen Abend gesagt hatte: »Du kannst das, was geschehen ist, nicht mehr rückgängig machen.

Aber du kannst jetzt anfangen, dir eine neue Zukunft aufzubauen. Und wenn du mich lässt, dann bin ich an deiner Seite.« Sie saß still am Badewannenrand und ließ die Worte noch einmal auf sich wirken, dann straffte sie sich, stand auf und verließ das Bad. Sie suchte ihr Handy und rief Dani an.

»Guten Morgen, meine Sonne. Gut, dass du anrufst. Ich war fast schon im Begriff, bei dir nach dem Rechten zu sehen«, tönte ihre Stimme an Sonjas Ohr, kaum dass es einmal geklingelt hatte.

»Brauchst du nicht. Ich habe so gut geschlafen wie lange nicht mehr.«

»Das ist schön. Wie wäre es, wenn ich heute Nachmittag vorbeikomme? Ich bringe einen Rhabarberkuchen und Zitronenwasser mit. Dann machen wir es uns gemütlich wie in alten Zeiten. Was meinst du?«

Sonja hätte es sich denken können, dass ihre Freundin es sicher nicht bei dem kurzen Anruf belassen würde. Sie musste schmunzeln. Wahrscheinlich hatten ihre Oma und Dani ein ganzes Drehbuch ausgeheckt, nur um sie wieder zurück ins Leben zu holen. Und bis jetzt hatte das ganz gut funktioniert.

»Also gut. Du hast mich am Haken. Wann kommst du? Ich habe Zeit und bin ohnehin da …«

»Um zwei?«

»Alles klar.«

Nachdenklich legte Sonja auf. Jetzt war es zehn Uhr. Sie musste also vier Stunden herumbringen. Vier Stunden, in denen stets die Gefahr bestand, dass sie wieder an den letzten Streit mit Rolf und an den Unfall dachte. Und vier Stunden, in denen sie jederzeit wieder die dunkle Stimmung von gerade eben übermannen konnte. Doch jetzt musste sie erst einmal etwas essen. Schon wieder verspürte sie Hunger. War das ein Zeichen, dass sie auf dem Weg der Besserung war? Sie konnte sich nicht erinnern, in den vergangenen Monaten jemals Hunger gehabt zu haben. Sie hatte gegessen, wenn man ihr etwas hingestellt hatte, und eine Zeit lang hatte auch immer jemand vom Personal dabeigesessen, wenn Essenszeit war. Man hatte sicherstellen wollen, dass sie tatsächlich etwas zu sich nahm. Doch nun hatte sie von sich aus Hunger. Sie öffnete den Kühlschrank. Aber der war natürlich leer. Sie sah sich nachdenklich um. Ihr Blick fiel auf den Teller mit dem Stern. Beim Anblick des Keramiktellers kam ihr die Schublade mit den Keksen und Süßigkeiten im Atelier ihrer Oma in den Sinn. Dort hatte diese immer einen kleinen Notvorrat gehortet, falls sie während ihrer Arbeit der Hunger überkam. In das Atelier wollte sie ohnehin noch einen Blick werfen. Nun konnte sie gleich zwei Fliegen mit einer Klappe schlagen. Rasch kochte sie Wasser auf und holte das Instantkaffeepulver aus dem Schrank. Sie zog sich eine Jacke über und kramte im Garderobenschränkchen den Schlüssel für das Atelier heraus. Dann machte sie sich mit der dampfenden Kaffeetasse in der Hand auf den Weg durch den Garten.

* * *

Was ihre Oma stets als Gartenschuppen bezeichnet hatte, war in Wahrheit ein voll ausgebautes Atelier, in dem sie in den vergangenen Jahrzehnten unzählige Schüsseln, Teller, Vasen und andere Tonwaren hergestellt hatte. Als Sonja jetzt über das noch taufrische Gras ging, leuchtete der Schuppen mit seiner rot gestrichenen Holzfassade fast golden in der Vormittagssonne. Die weißen Fensterrahmen wurden beidseitig von weißen Holzläden ergänzt, und entlang der Fassade schlängelte sich wilder Wein. Im Sommer, wenn die ersten Weintrauben verlockend dufteten, war man hier vom Summen der Bienen umgeben. Sonja nahm den Schlüssel und öffnete die Tür. Die Sonne schien durch die Fenster, und in den Lichtstrahlen tanzten unzählige Staubpartikel in der Luft. Die Staubflocken wirbelten im Luftzug, den das Öffnen der Tür verursacht hatte. Die Atmosphäre war schwer und stickig. In den Monaten seit dem Tod ihrer Oma waren alle Objekte, die diese noch in Arbeit gehabt hatte, langsam getrocknet und hatten ihre Feuchtigkeit und den irdenen Duft an die Luft hier abgegeben. Fast war es Sonja, als könne sie den Ton auf der Zunge schmecken. In den zahlreichen Regalen an den Wänden reihten sich Gefäße und Arbeiten in unterschiedlichen Stadien der Fertigstellung aneinander. Die Tür des großen Brennofens in der Ecke war geöffnet – ein gähnender Schlund, der darauf wartete, befüllt zu werden. Als Kind, erinnerte sie sich, war sie oft ungeduldig vor der Tür auf und ab gehüpft, neugierig, wie die Dinge, die sie zuvor mühsam geformt, gedreht und geschlickert hatte, am Ende aussehen würden. Selbst für erfahrene Töpfer war es noch immer ein spannender Moment, wenn man die Brennofentür öffnete und das erste Mal sah, wie sich die Form oder die Glasur machte. Jede Unachtsamkeit beim Bemalen rächte sich hier sofort. Allerdings entstanden oftmals gerade dann auch die schönsten Dinge.

Nachdenklich ging Sonja zu dem hölzernen Drehtisch, an dem ihre Oma immer gestanden und vor sich hin gesummt hatte, während sie den Ton in die richtige Form brachte. Es waren fast meditative Augenblicke gewesen. Oft hatte Sonja auf der schmalen Bank gleich hinter der Eingangstür gesessen oder gelegen und ihre Oma beobachtet, wie sie liebevoll hier noch einen Henkel hinzufügte oder dort noch die Einkerbung etwas verbreitert hatte. Vorsichtig strich sie jetzt über das Holz des Drehtisches und schubste ihn dann vorsichtig an. Die Staubflocken tanzten wieder mehr im Sonnenschein. Was war wohl die letzte Arbeit ihrer Oma gewesen? Womit hatte sie sich in den Tagen vor ihrem Tod beschäftigt? Sonja blickte sich um. Sorgfältig ruhten die großen Boxen mit dem Ton nebeneinander unter einer breiten Ablage, auf der sich Glasuren, Engoben und allerlei Krimskrams befanden. Die zahlreichen Werkzeuge und Pinsel lagen – fast steril wie ein OP-Besteck – auf der stählernen Ablage neben dem großen Spülbecken, sorgfältig auf einem Handtuch zum Trocknen ausgebreitet. Wieder andere waren, säuberlich in Zeitungspapier eingeschlagen, in den Schubladen verstaut. Mit dem Werkzeug war ihre Oma pingelig gewesen. Auch Sonja hatte dieses nach Benutzung immer ordentlich abwaschen und an seinen Platz zurückstellen müssen. »Es gibt nichts Schlimmeres, als wenn man das Werkzeug erst suchen muss, bevor man es verwenden kann«, hatte ihre Oma ihr stets gepredigt.

Um einen etwa zwei Meter breiten Tisch gruppierten sich ein paar alte Stühle, und an der Wand befand sich eine hölzerne Bank mit einem bunten Bezug und einigen weichen Kissen. Hier hatte sich ein- bis zweimal die Woche der Töpferkurs getroffen, den ihre Oma noch bis zuletzt geleitet hatte. Manche ihrer Schüler und Schülerinnen kamen bereits seit Jahren und hatten es zu ähnlicher Kunstfertigkeit gebracht wie Mimi. Andere waren so lange gekommen, bis sie ihr erstes Stück nach dem Glasurbrand aus dem Ofen geholt und festgestellt hatten, dass es ganz anders aussah, als sie gedacht hatten. Manche waren dann so enttäuscht, dass sie gleich die Flinte ins Korn warfen und nie mehr wiederkamen. Andere hatten mehr Ehrgeiz gehabt und zumindest ein perfektes Objekt zustande bringen wollen. Hatten sie es in den Händen gehalten, waren sie glücklich gewesen und gegangen. Nur wenige hatte die Leidenschaft so gepackt wie ihre Oma.

Sonja ging hinüber zu den Regalen. Ganz links standen die missratenen Stücke. Über die Jahre hatte sich da so einiges angesammelt, sodass dieses Regal unglaublich voll war. Daneben befanden sich die Lieblingsstücke ihrer Oma, die unverkäuflich waren und oft schon seit Jahren dort in Ehren gehalten wurden. Und dann kamen die Stücke, die sich gerade in Arbeit befanden:

vom Tonscherben, wie man das erstmals gebrannte Stück Ton in seiner Grundform nannte, bis hin zu schlichten Stücken, die nur einen Glasurbrand bekommen hatten. Die künstlerisch wertvollsten von allen, das hatte Mimi immer wieder mit schwärmerischer Stimme betont, waren die Teile, die vor dem Glasurbrand auch noch mit einer Malerei versehen wurden. Das war in ihren Augen die höchste Kunst. Fayencen – dieses Wort hatte Sonja zeit ihres Lebens begleitet. Ihre Oma war diesem Handwerk mit großer Leidenschaft nachgegangen und hatte wahre Kunstwerke gezaubert. Nicht nur die traditionellen Blumen- oder Tiermalereien, wie sie oft auf alten Stücken zu finden waren, sondern auch ausgefallene Motive – witzige Karikaturen, geometrische Muster und natürlich Namenszüge oder Sinnsprüche. Letztere hatten sich auf Töpfermärkten meist besonders gut verkauft. Und auf diesen war Mimi regelmäßig vertreten gewesen – und hatte mit den Erlösen ihr Einkommen kräftig aufgebessert.

Als Sonja sachte über den Rand einer wundervollen blauen Vase strich, die rundum mit vielen kleinen Sternen verziert war, fiel ihr auf einmal ihr eigener Glücksbringer wieder ein. Sie fasste an ihre Kette, öffnete den Verschluss und nahm sie ab. Fast wäre ihr der Anhänger heruntergerutscht. Im letzten Moment bekam sie ihn zu fassen und legte ihn vorsichtig neben die Vase. Ein fünfzackiger Stern mit einer goldgelben Glasur – der nun mit den Sternen auf der Vase im Licht der einfallenden Sonnenstrahlen um die Wette funkelte. Mimi hatte Sonja den Sternenanhänger zu ihrem achtzehnten Geburtstag geschenkt.

Sie erinnerte sich noch genau an ihre Worte von damals: »Meine Sonne – hier schenke ich dir diesen kleinen Stern. Ich wünsche dir, dass du immer von vielen Sternen umgeben bist, die dir den Weg weisen. Und die dir, falls du einmal vom richtigen Pfad abkommst, den Weg zurück zeigen. Ich wünsche dir alles Glück der Welt.« Mit diesen Worten hatte sie ihr den Anhänger umgelegt, und Sonja hatte die Kette seitdem stets getragen – immer. Bis auf einen verfluchten Tag im vergangenen Jahr. Sie beobachtete fasziniert, wie das Sonnenlicht auf ihren Stern und auf die Sterne der Vase fiel und alle zum Leuchten brachte. Sonja nahm die Vase in die Hände und befühlte die kühle Glasur, strich über die leichten Unebenheiten und die gewellte Öffnung. Während sie sie drehte und wendete, bemerkte sie, dass sich im Inneren irgendetwas bewegte. Vorsichtig drehte sie sie um und hielt ihre Hand unter die Öffnung. Doch was auch immer im Inneren war, verhakte sich und fiel nicht heraus. Sie drehte die Vase wieder zurück und griff nun vorsichtig mit der Hand hinein. Sie ertastete Papier – gefaltetes Papier. Vorsichtig, damit es sich nicht noch einmal verklemmen konnte, zog sie es heraus. Es war ein vergilbter Zettel, der offensichtlich schon unzählige Male auf- und wieder zusammengefaltet worden war. Das Papier war brüchig. Vorsichtig faltete Sonja das Dokument auseinander und legte es auf den Drehteller, wo sie das Papier behutsam glättete. Sie hatte Mühe, das, was auf dem Zettel stand, zu entziffern. Manche Buchstaben fehlten komplett, andere waren verwischt. Und alles war in einer altmodischen Schreibschrift verfasst. Aber ein paar Dinge konnte sie sich zusammenreimen:

5 Eier
1 Kilo Kartoffeln
1 Liter Ziegenmilch

Es sah aus wie ein Einkaufszettel. Vorsichtig drehte Sonja das Papier um. Die Rückseite war leer. Nachdenklich faltete sie den Zettel wieder zusammen und legte ihn zurück. Warum Mimi den wohl aufgehoben hatte? Sie zuckte ratlos die Schultern. Dann nahm sie ihre Kette wieder an sich und legte sie um. Sie ging zum Arbeitstisch und zog eine der beiden

Schubladen darunter auf. Hatte sie es doch gewusst. Hier war sie richtig. In der Schublade lagen Kekse, Schokoriegel und Gummibärchen. Nicht gerade das gesündeste Frühstück, aber immerhin. Sie ließ sich auf die Bank sinken, nippte an ihrem Kaffee und ließ sich einen Schokoriegel schmecken. Wunderbar still war es hier. Die Blätter raschelten draußen im Wind, die Vögel tschilpten – nur ab und zu hörte man ein Auto vorbeifahren oder eine Fahrradglocke bimmeln. Denn hinter dem Grundstück verlief gleich die sogenannte Weldenbahn, eine vielgenutzte ehemalige Bahntrasse, die nun als Fahrradweg fungierte und den Markt Welden, der etwa zehn Kilometer entfernt war, mit der Fuggerstadt Augsburg verband. Heute Vormittag waren nur vereinzelt Radler zu sehen und zu hören, aber am Wochenende und bei schönem Wetter waren es oft ganze Horden. Das Bahnhofshäuschen ihrer Oma stand etwa auf halber Strecke der gesamten Trasse und war bis 1986 ein echter Bahnhof gewesen, an dem die Bahn regelmäßig gehalten hatte. Doch als immer mehr Leute auf das Auto umstiegen, hatte sich der Bahnbetrieb irgendwann nicht mehr gelohnt. Und so hatte man die Gleise abgebaut und die Trasse geteert. Heute war es ein sehr beliebter Weg, nicht nur für Radler, sondern auch für Inlineskater, Longboardfahrer oder Spaziergänger. Und viele von ihnen nutzten vermutlich gern die Gelegenheit, im renovierten Waldcafé einzukehren oder nebenan auf der angrenzenden Minigolfbahn einen gemütlichen Nachmittag zu verbringen. Nachdenklich spielte Sonja mit ihrem Stern an der Kette, während sie die letzten Krümel der Kekse vertilgte. Auch sie hatte viele Nachmittage drüben auf der Minigolfanlage verbracht und das Spiel damals nahezu meisterhaft beherrscht. Aber es war lange her, dass sie das letzte Mal einen Schläger in der Hand gehalten hatte. So wie fast alles, was sie gern getan hatte, lange her war. Wie hatte ihr das nur passieren können? Ihren Gedanken weiter nachhängend, zog sie ihre Schuhe aus, legte sich auf die Bank und lauschte den Geräuschen der Natur. Mit der Zeit wurden ihre Augenlider immer schwerer, und schließlich schlief sie ein.

* * *

Sie wurde von lautem Rufen geweckt. Verwirrt blickte sie sich um und orientierte sich schlaftrunken. War das etwa bereits Dani? Dann musste es jetzt schon zwei Uhr nachmittags sein. Sie schwang sich hoch und lief auf Socken zur Tür. Dort winkte sie und rief ihrer Freundin zu, die tatsächlich gerade schon das Haus umrundete, um sie zu suchen. Wenig später saßen sie beide in der Hollywoodschaukel, vor sich auf dem Tisch eine große Karaffe mit Eiswasser, Pfefferminzblättern und Zitronenscheiben und einen Teller mit dem Rhabarberkuchen auf dem Schoß balancierend. Sonja hörte zu, während Dani ihr von ihrem Leben in den letzten Jahren berichtete.

»Und da war ich dann, in diesem wahnsinnig tollen Fünfsternehotel, in dem sich die Promis jeden Tag die Klinke in die Hand geben. Meine Freunde beneideten mich und waren immer ganz heiß auf die neuesten Klatschgeschichten der High Society. Aber ich war das bald leid. Denn für mich hieß es nur, jeden Tag einem anderen Filmstar die Pantoffeln hinzustellen, darauf zu achten, dass seine Lieblingsseife im Bad platziert war, und ihm jeden Wunsch von den Augen abzulesen. Irgendwann habe ich mich gefragt, wo eigentlich mein Leben abgeblieben ist. Als es mal wieder besonders schlimm war, bin ich laut fluchend und schimpfend in unseren Aufenthaltsraum gestürmt – und stand Joey gegenüber. Er hat mich mit offenem Mund angestarrt, total fassungslos. Später mal hat er mir gestanden, dass er in diesem Moment am liebsten wieder seine Sachen gepackt hätte und nach Indien zurückgegangen wäre – angesichts der

Furie, die da vor ihm stand.« Dani grinste bei dieser Erinnerung. »Und das war verständlich. In Indien würde niemand seine Gefühle so offen zeigen. Joey war gerade erst im Rahmen eines Austauschprogramms dieses weltweiten Hotelkonzerns angekommen. Ich war für ihn der volle Kulturschock.«

»Von dem er sich inzwischen aber offenbar gut erholt hat, oder?« Sonja lächelte.

»Der Arme. Er hatte keine Chance«, stimmte Dani lachend zu. »Ich habe ihn gesehen und wusste: Das ist der Mann, den ich immer gesucht habe.« Dani zwinkerte ihr zu. »Ich habe ihn nicht mehr aus meinen Klauen gelassen. Und uns beiden war bald klar, dass diese großen Hotels nichts für uns sind. Wir wollten unser eigenes Ding machen. Dann stand eines Tages das Waldcafé zum Verkauf. Und jetzt sind wir hier. Und es ist wunderbar«, schwärmte Dani.

Sonja schmunzelte. Das klang ganz nach ihrer Freundin.

Dani nahm einen Schluck vom Zitronenwasser und wandte sich wieder Sonja zu: »Und jetzt? Wie geht es bei dir weiter? Hast du dir darüber schon Gedanken gemacht?« Bei der Frage wurde ihre Miene ernst.

Sonja schüttelte den Kopf. »Nein. Nicht wirklich. Bislang war ich ausschließlich mit mir und meinen Gefühlen beschäftigt. Aber ich weiß, dass ich nun langsam anfangen muss, mir über die Zukunft Gedanken zu machen, wenn ich jemals wieder glücklich sein will.«

Dani nickte. »Das ist richtig. Aber eines sage ich dir: Glücklich warst du schon lange nicht mehr. Und genau darum wird es jetzt höchste Zeit.«

»Wie meinst du das – glücklich war ich schon lange nicht mehr?«, fragte Sonja empört. »Rolf und ich hatten so viele schöne Erlebnisse zusammen. Zumindest anfangs hat er mich auf Händen getragen und mir jeden Wunsch von den Augen abgelesen. Ich grüble immer noch, ob ich irgendetwas hätte anders machen können und wir dann heute noch immer glücklich verheiratet wären.«

Dani verdrehte die Augen und wartete ein paar Augenblicke, bis sie antwortete. »Sonja, ich erinnere dich ja nur ungern an gestern Abend. Aber da warst du tatsächlich schon einen Schritt weiter und hast angefangen, eure Beziehung realistisch zu sehen. Und was machst du jetzt? Nun hebst du ihn wieder auf einen Sockel. Ganz ehrlich: Da gehört er einfach nicht hin.« Sie machte eine Pause und nahm einen Schluck von ihrem Getränk. »Ich habe ja immer nur aus zweiter Hand gehört, wie es dir so geht und was du machst. Und ich habe das mit der Sonja verglichen, die ich kannte«, erklärte Dani vorsichtig. »Die Sonja, die ich kannte, war jedes Wochenende in den Bergen unterwegs und gerade auf dem besten Weg, ihren Traum zu verwirklichen. Du hattest die Grundausbildung bei den Bergrettern hinter dir und wolltest weitermachen. Du hast Geografie studiert, weil du die Natur liebst. Seit ich zurückdenken kann, kennst du sämtliche Pflanzen und Felsbrocken beim Namen. Du liebst lange Spaziergänge durch den Wald und bist gern mit Leuten unterwegs, denen du deine Welt zeigen und mit denen du deine Freude teilen kannst. Auch wir waren viel gemeinsam unterwegs. Und dann kam Rolf. Wann warst du denn das letzte Mal in den Bergen? Du hast die Bergretter-Ausbildung nicht weitergemacht. Und wann warst du das letzte Mal mit Freunden unterwegs?«, fragte sie eindringlich.

Sonja nickte zögernd, doch irgendwie war sie heute nicht mehr so überzeugt wie gestern und wollte Danis Argumente so nicht stehen lassen. »Das stimmt alles. Aber irgendwann muss man eben auch einmal erwachsen werden. Das waren einfach Jugendträume.« Sie zuckte mit den Schultern. »Das lässt sich alles nicht mit einer Beziehung vereinbaren.«

Dani schnaubte. »Glaubst du das wirklich? Nein, meine Liebe, das stimmt nicht. Sonst gäbe es keinen einzigen verheirateten Bergretter, und niemand, der in einer glücklichen Beziehung lebt, hätte zugleich gute Freunde. Nein. Das ist nicht der Grund. Du hast deine Träume aufgegeben. Und wer hat dich dazu gebracht? Genau – Rolf. Er hat Stück für Stück dafür gesorgt, dass die alte Sonja langsam verschwunden ist.« Danis Stimme klang jetzt bitter.

»Aber es gehören doch immer zwei dazu. Ich wollte eben einfach irgendwann neue Wege gehen«, widersprach Sonja vehement.

»Das ist richtig. Du wolltest das irgendwann. Rolf hat dich von Anfang an so geschickt manipuliert, dass du gar nicht gemerkt hast, was da passierte. Und irgendwann warst du selbst absolut davon überzeugt, dass die Entscheidungen, die du getroffen hast, die richtigen waren. Und weißt du, was für mich so schlimm ist?«

Sonja schüttelte den Kopf.

»Dass du das noch immer nicht siehst. Dass du nicht siehst, wie er dich manipuliert hat, wie er dich klein gemacht und verunsichert hat. Oh, ich hasse ihn. Ich könnte ihm den Hals umdrehen«, brach es aus ihr heraus.

Sonja starrte sie schockiert an. Wieso hatte Dani so eine große Wut auf Rolf? Sie schwieg eine ganze Weile, und wie schon am Abend zuvor drang auch jetzt das, was Dani gesagt hatte, langsam weiter in ihr Innerstes. Nach einiger Zeit nickte sie und flüsterte: »Du hast schon recht, Dani. Wenn ich so überlege, hat auch der Therapeut in der Klinik immer versucht, mir die rosa Brille für Rolf abzunehmen. Aber dort konnte ich es nicht zulassen. Du bist die Erste, die es schafft, dass ich langsam anfange zu sehen, dass er wohl wirklich nicht der Traummann war.«

Dani nickte. »Eher ein Albtraummann, wenn du mich fragst. Natürlich fällt es schwer, sich einzugestehen, dass man irgendwo in seinem Leben eine falsche Abzweigung genommen hat. Aber erst, wenn du das einsiehst, hast du wieder eine Chance, auf den richtigen Weg zurückzukehren. Die Gelegenheit hast du jetzt. Nutz sie.«

»Schon, aber ich kann das nicht einfach alles wegwischen. Denn letztendlich war ich es, die unsere Ehe zerstört hat. Ich bin abgehauen. Dann der schreckliche Unfall … Und das nur, weil ich mich in der Diskussion zuvor so ungeschickt verhalten habe.«

»Im Gegenteil. Nach allem, was deine Oma erzählt hat, hast du ihm das erste Mal in zehn Jahren widersprochen. Und etwas nicht so gemacht, wie er es gern gehabt hätte. Ich weiß nicht, worum es ging. Aber das ist auch egal. Ich nenne es gesunden Menschenverstand. Wenn er das nicht akzeptieren kann – dann sei doch bitte endlich froh, dass du ihn los bist. Und wenn du schon glaubst, dafür bestraft werden zu müssen – dann ist das mit dem Unfall auf jeden Fall abgegolten. Und unabhängig von dem anderen Unfallopfer, warst ja auch du ein halbes Jahr außer Gefecht. Erst das Koma, dann zahlreiche OPs und schließlich die Reha. Und als ob das alles noch nicht genügen würde, macht Rolf dir auch noch Vorwürfe. Nein, Sonja. Sei froh, dass der weg ist.«

Unwillkürlich musste Sonja zum ersten Mal seit Langem wieder an die Szene denken, die sich vor einem halben Jahr in ihrer gemeinsamen Wohnung abgespielt hatte.

»Weißt du, Rolf konnte so charmant und so liebevoll sein. Er hat mich unglaublich verwöhnt, und ich habe das genossen. Lange habe ich wirklich nicht gemerkt, dass es immer nur dann gut mit uns lief, wenn alles genau so passierte, wie er es sich vorstellte. Ich habe mir nichts dabei gedacht, wenn er mich fragte, wann ich denn nach Hause gekommen sei, was ich den ganzen Tag über gemacht und mit wem ich gesprochen hätte. Ich dachte, er interessierte sich einfach für mich. Und natürlich habe ich ihm alles erzählt. Ich fand das ganz normal. Und an diesem Abend habe ich ihm erzählt, dass ich mit einem Kollegen am Nachmittag noch in einem Café war. Da ist er ausgetickt.«

Sonja schauderte, und Dani schüttelte entsetzt den Kopf. »Merkst du wenigstens jetzt beim Erzählen, wie krank sein Verhalten war? Du lieber Gott. Du hast einen Kaffee mit einem Kollegen getrunken. Das machen Millionen Frauen jeden Tag. Du hast absolut nichts Verkehrtes gemacht. Seine Reaktion darauf war allerdings völlig daneben. Was ist denn das für eine Partnerschaft, wo nur einer bestimmt, wie die Dinge gemacht werden und wer was machen darf? War Rolf denn noch nie mit einer Kollegin beim Mittagessen oder so?«

»Doch, natürlich. Das hat er mir auch erzählt.«

»Und, hast du ihm die gleiche Szene gemacht wie er dir?«

»Nein. Ich fand das nicht schlimm. Aber er sagte, dass ich schließlich eine Frau sei und mich deshalb nicht benehmen sollte wie ein billiges Flittchen.«

Dani blickte sie fassungslos an. »Das hat er gesagt?«

Sonja nickte nachdenklich. »Wenn ich mir jetzt gerade so zuhöre, merke ich erst, wie gefangen ich in unserer Ehe war. Und ich habe es nicht gemerkt oder einfach nicht wahrhaben wollen.«

Dani nickte nur. »Er hat dich eingelullt, er hat dich von Anfang an manipuliert. Vielleicht nicht bewusst. Wahrscheinlich ist ihm das gar nicht klar. Aber er ist ein Kontrollfreak. War er immer schon.«

»Und ich glaube, das habe ich an diesem letzten Tag auch endlich erkannt.«

»Aber dann hast du erst recht alles richtig gemacht. Du kannst doch mit so jemandem nicht unter einem Dach leben. Jeder hätte so gehandelt wie du. Wer weiß, was noch alles passiert wäre, wenn du nicht gegangen wärst.«

»Das sagt mir mein Verstand ja auch. Aber die Schuldgefühle, die er mir immer eingeredet hat, werden dadurch nicht weniger.

Emotional komme ich da nicht ran. Und das belastet mich unglaublich.«

Sonja griff wieder an ihre Kette, zog den Sternenanhänger unter ihrer Bluse hervor und legte ihn auf ihre Hand.

Dani lächelte, als sie ihn sah. »Du hast ihn noch immer – deinen Glücksbringer.«

»Ja. Nur an diesem einen Abend hatte ich ihn nicht dabei. Ich hatte, kurz bevor Rolf nach Hause kam, geduscht und die Kette abgenommen. Vor lauter Sorge darum, ihm alles recht zu machen, wenn er heimkam, habe ich dann vergessen, sie wieder umzulegen. Und dann bin ich ohne sie losgefahren.«

Dani legte ihren Arm um Sonja und strich vorsichtig über den Stern. »Du weißt, dass das einfach nur ein saublöder Zufall war.«

»Ja, irgendwie weiß ich das schon. Aber trotzdem mache ich mir wegen meines überhasteten Weggehens von zu Hause Vorwürfe. Wenn ich mir noch eine halbe Minute mehr Zeit genommen hätte, um die Kette zu holen, dann wäre der Unfall vielleicht nicht passiert. Verstehst du?«

»Hattest du da schon bemerkt, dass du sie nicht umhattest?«

»Ich habe es in dem Moment gemerkt, als ich im Flur stand und meinen Schlüssel vom Haken genommen habe. Aber dann bin ich sofort zur Tür hinausgestürmt. Ich wollte nur noch weg. Ich hatte solche Angst, dass er mir wirklich etwas antut.«

Dani hielt Sonja die ganze Zeit im Arm, drückte sie fest an sich und streichelte sie sanft mit der anderen Hand.

»Und das war in diesem Moment das einzig Richtige. Niemand hätte anders gehandelt. Jeder hätte sich schnellstmöglich in Sicherheit gebracht, anstatt sich noch die Zeit zu nehmen, eine Kette zu holen, Sonja.«

»Ich weiß«, seufzte sie. »Aber trotzdem.«

»Ich verstehe dich. Aber egal, wie du es drehst und wendest, wie viele Vorwürfe du dir auch machst, es ändert nichts daran, dass dieser Unfall passiert ist. Und es war Rolf, der dich überhaupt erst in diese Situation gebracht hat. Macht er sich etwa Vorwürfe?«

»Ich glaube nicht. Ich habe ihn seitdem nur noch einmal gesehen. Er kam ins Krankenhaus, kurz nachdem ich aus dem Koma erwacht war, und hat mir meine Kosmetiktasche mitgebracht. Zum Glück hatte er auch den Anhänger mit reingepackt.« Sonja schloss vorsichtig die Hand um den Stern. »Ich glaube, ihm war nie klar, wie wichtig mir dieser Anhänger ist. Sonst hätte er ihn bestimmt nicht mitgebracht.« Sonja schluchzte laut auf und konnte nun ihre Tränen nicht mehr zurückhalten.

Dani umarmte sie erneut ganz fest und streichelte ihr liebevoll über das Haar.

Sonja weinte jetzt hemmungslos. Und Dani war einfach nur da und hielt sie ganz fest. Als das Schlimmste vorbei war, hielt Dani sie auf Armlänge Abstand und blickte ihr fest in die Augen.

»Und ab jetzt schaust du nach vorne. Du nimmst dein Leben wieder selbst in die Hand. Und wir fangen genau jetzt damit an. Sag mir, was du wieder einmal gern machen würdest? Ganz spontan – nicht überlegen.«

Für einen kurzen Moment fühlte sich Sonja mit dieser Frage überfordert.

Aber Dani drohte schon mit dem Finger. »Nicht überlegen – einfach rauslassen.«

»Wandern, reisen, wieder arbeiten«, platzte es aus ihr heraus. Und als die Worte ausgesprochen waren, merkte Sonja, dass es die richtigen waren. Es fühlte sich gut an, an diese Dinge zu denken.

Dani klatschte in die Hände. »Wunderbar. Ich gratuliere dir, du bist auf dem Weg der Besserung. Und jetzt fangen wir mit Punkt eins an und machen einen Spaziergang.« Sie lächelte

Sonja an und zog sie aus der Hollywoodschaukel hoch. »Auf geht's. Wozu haben wir ein Naherholungsgebiet buchstäblich direkt vor der Haustür.«

»Musst du nicht wieder zurück an die Arbeit?«

»Nein. Ich sag Joey schnell Bescheid. Der schafft das auch eine Weile allein. Im schlimmsten Fall müssen die Gäste halt einmal fünf Minuten länger auf ihr Essen warten. Komm, auf geht's.«

7. Kapitel

Horgau, 1944

Nervös trat sie von einem Bein auf das andere und wartete darauf, dass jemand ihr die Tür öffnete. Insgeheim hoffte sie, dass es Georges mit den blauen Augen sein würde, der ihr trotz der für sie peinlichen Begegnung vor zwei Tagen weiterhin die Träume versüßte. In ihrer Traumwelt schlenderten sie beide Händchen haltend durch wunderschöne Parklandschaften – er im schicken Zweireiher und sie in einem hübschen Blumenkleid. Dann und wann legte er seine Arme um sie, und sie sah in seine wunderbaren Augen, die sie an einen Bergsee erinnerten. Heute Nacht hatte sie sogar zusammen mit ihm in einem solchen gebadet. Türkisblaues Wasser umgab sie, und er schwamm mit kräftigen, gleichmäßigen Zügen neben ihr, seine dunklen Haare, die nicht mehr rasiert waren, lockig von der Feuchtigkeit, und seine sinnlichen Lippen zu einem strahlenden Lächeln verzogen. Als sie wieder in Ufernähe waren, zog er sie an sich und küsste sie. Dummerweise hatte genau in diesem Moment ihre Mutter nach ihr gerufen und sie geweckt. Bei der Erinnerung an den Kuss seufzte Amalie tief. Wie wenig hatte all das mit der

73

Realität zu tun … Egal. Sie musste ihn trotzdem wiedersehen. Und um das zu bewerkstelligen, gab es nur eine Möglichkeit. Sie würde künftig die geforderten Essensrationen hinüber ins Waldcafé bringen. Bislang hatte das immer ihre Mutter erledigt, denn Amalie graute vor dem Aufseher. Doch es schien ihr die einzige Chance zu sein, vielleicht wieder einen Blick auf Georges zu erhaschen. Ihr Herz klopfte aufgeregt, als nun endlich im Inneren Schritte zu hören waren und ein Schlüssel in das Schloss gesteckt wurde. Wenig später öffnete sich die Tür, und ein ihr unbekannter Mann in Uniform stand vor ihr. Er musterte sie erstaunt, und noch bevor er fragen konnte, was sie wollte, hielt sie ihm die Holzkiste mit den geforderten Lebensmitteln hin. Kartoffeln und Eier waren es heute. »Ich bin Amalie Auffenwerth und bringe die vereinbarte Lebensmittelration.«

Statt ihr die Kiste abzunehmen, musterte er sie eine Zeit lang eindringlich.

»Wo ist denn deine Mutter?«

»Die ist krank«, flunkerte Amalie, der auf die Schnelle nichts Besseres einfiel.

»Dann muss ich dir wohl oder übel zeigen, wohin du die Sachen bringen sollst. Komm mit.« Er bedeutete ihr, ihm zu folgen.

Der Wachmann trat nach draußen und schloss die Tür zum Haus sorgfältig hinter sich. Dann ging er voran über ein kurzes Stück Wiese zu einem Holzschuppen. Er holte einen weiteren Schlüssel aus einer seiner Uniformtaschen und sperrte die massive Holztür auf. Im Schuppen befanden sich zahlreiche Werkzeuge, Schaufeln und Schubkarren. Amalie wunderte sich, dass sie hier ihre Lebensmittelvorräte lagern sollten. Doch der Wachmann marschierte zielstrebig in eine Ecke des Schuppens, bückte sich, entriegelte ein Schloss und hob eine Holzplatte an, die sich dort im Boden befand. Darunter führte zu Amalies

Erstaunen eine grob behauene Steintreppe nach unten. Amalie erinnerte sich, dass sie derartige Keller, die außerhalb des eigentlichen Hauses lagen, auch schon bei einigen Bauern gesehen hatte. Vielleicht waren sie irgendwann einmal angelegt worden, um im Notfall Zuflucht zu suchen. Sie wusste es nicht. Der Wachmann nahm eine Petroleumleuchte, die neben der Luke stand, und zündete sie an. Nun folge sie dem Soldaten vorsichtig in die Tiefe, nachdem sie die Holztür mit zwei Eisenstäben abgesichert hatten und so am Zufallen hinderten. Im Keller roch es muffig und war trotz der Lampe so finster, dass sie sich nur langsam hinuntertasten konnten. Der Raum war nicht sehr groß, aber überall standen Holzregale an der Wand und Holzkisten auf dem Boden. Säuberlich waren dort Äpfel, Kartoffeln und anderes Gemüse eingelagert. Saftflaschen und Marmeladengläser stapelten sich auf den Regalen. Der Wachmann zeigte ihr, wo sie jeweils die Vorräte verstauen sollte.

»Wenn du das nächste Mal wiederkommst, klopfst du drüben an die Tür und lässt dir den Schlüssel für diesen Schuppen aushändigen. Dann gehst du direkt hier in den Keller, verstaust die Sachen, bringst den Schlüssel zurück und verschwindest ohne Umschweife wieder. Hast du mich verstanden?«

Amalie nickte verschüchtert, während er schon wieder auf dem Weg nach oben war. Sie folgte ihm, und bevor sie wusste, wie ihr geschah, stand sie auch schon wieder draußen vor dem Grundstück. Das war ja mal gründlich schiefgegangen. Von Georges weit und breit keine Spur. Sie seufzte. Vielleicht klappte es ja morgen.

8. Kapitel

Horgau, 2019

Sonja und Dani schlenderten den Waldweg entlang und blieben dann an einer der Infotafeln stehen. Nachdem sie sie gelesen hatten, fragte Sonja: »Wusstest du, dass bei euch im Waldcafé im Zweiten Weltkrieg Kriegsgefangene untergebracht waren?«

Dani nickte. »Ja, allerdings weiß ich davon noch nicht lange. Erst vor einigen Jahren hat man sich wohl hier näher mit den Überresten der Fundamente im Wald beschäftigt. Die waren lange Zeit in Vergessenheit geraten. Es gab dann ein Projekt, das Licht ins Dunkel um die Vorgänge am Ende des Zweiten Weltkriegs bringen sollte. Dabei haben sie zum Beispiel meine Eltern und, glaube ich, auch deine Oma befragt.«

»Mir ist das völlig neu.« Sonja deutete auf die Infotafel. »Hier mitten im Wald wollten die Flugzeugteile bauen? Was für ein Wahnsinn.«

»Na ja, strategisch war das gar nicht so dumm. Hier konnten sie wahrscheinlich nur schwer entdeckt werden.«

»Weißt du, wo die Fundamente genau sind? Kann man da heute noch etwas sehen?«

»Ich kenne ein paar Stellen. Aber mit den Jahren wird es immer schwieriger, überhaupt noch etwas zu erkennen. Ich war mit Joey einmal auf Spurensuche im Wald, das ist aber auch schon eine Weile her.«

»Würdest du mit mir noch mal hingehen? Das interessiert mich.«

»Halleluja. Hast du das gehört? Es interessiert dich. Ein Lichtstreifen am Horizont!«, jubilierte Dani. »Ich geh mit dir, wohin du willst …«, trällerte sie voller Freude den uralten Nena-Song, fasste Sonja an der Hand und zog sie in den Wald.

Sie streiften durchs Unterholz und fanden überraschend schnell Spuren vergangener Bauten. Betonfundamente, die zerbrochen waren und nun, von Moos und Farn überwuchert, als stumme Zeugen der Vergangenheit dalagen. Durch die dichten Baumkronen warf die Sonne Lichtreflexe auf die Überreste der Anlage.

»Dort drüben« – Dani vollführte mit dem Arm einen Halbkreis – »hatten sie einen zwei Meter hohen Stacheldrahtzaun um die Anlage gezogen, damit ihnen keiner der Zwangsarbeiter und später der KZ-Häftlinge in den Wald abhauen konnte.«

»Und auf einmal ist der Krieg ganz nah da. Man redet immer von den großen KZ-Stätten wie Dachau und Auschwitz. Aber dass es auch hier vor unserer Haustür so etwas gegeben hat, das verblüfft und erschreckt einen schon ziemlich. Mich zumindest«, bemerkte Sonja nachdenklich.

»Das hat mich auch tief betroffen gemacht. Stell dir vor, du wohnst hier während des Krieges. Du hörst vielleicht schon von den Gräueltaten – aber eigentlich ist das alles weit, weit weg. Und auf einmal bauen sie hier Maschinenhallen und bringen Zwangsarbeiter und KZ-Häftlinge hierher. Was denkt man da? Schaut man weg? Fühlt man sich hilflos? Wenn ich mir vorstelle, jeden Tag diese armen Menschen zu sehen – ich würde das nicht aushalten.«

»Sehe ich genauso. Aber zu dieser Zeit hatte wahrscheinlich jeder sehr viel mit sich und dem eigenen Überleben zu tun, sodass da erst mal alles andere hintanstand.«

Sie lehnten sich an einen der großen Steine, die überall herumlagen, und blickten auf eine größere Betonplatte, die noch gut erhalten war. Die Sonnenstrahlen, die durch die Blätter fielen, sorgten für ein reges Licht- und Schattenspiel. Verzaubert und nachdenklich beobachteten sie die Natur. Auf einmal sah Sonja am Rande der Betonplatte etwas aufblitzen. Nur ganz kurz – dann war alles wieder in Schatten getaucht. Neugierig näherte sie sich der Stelle. Wahrscheinlich war es nur eine Glasscherbe, die irgendein nachlässiger Wanderer oder Jugendliche, die sich hier getroffen hatten, zurückgelassen hatten. Doch als sie näher kam, entdeckte sie eine Art kleinen Schrein. Die Betonplatte hatte sich hier etwas abgesenkt, und so war eine Vertiefung entstanden. Darin befanden sich auf einem Teller ein Grablicht, das umgefallen war, und, zu Sonjas Erstaunen, ein paar kleine Sterne, ähnlich dem an ihrer Kette. Hatte Mimi hier womöglich der Kriegsopfer gedacht? Sie war am Ende des Krieges ein junges Mädchen gewesen und hatte oft erzählt, wie mühsam es in diesen Jahren gewesen war, überhaupt satt zu werden. Wie hart die Arbeit gewesen war, die sie und ihre Mutter täglich hatten verrichten müssen, um die Felder zu bestellen und die Hühner und die Ziege am Leben zu erhalten. Denn Männer waren kaum mehr da gewesen. Möglicherweise hatte sie es ja unmittelbar miterlebt, als hier direkt vor ihren Augen Gefangene zur Zwangsarbeit hergebracht worden waren. Von all dem hatte sie Sonja nie etwas erzählt. Doch vielleicht war dieser kleine Altar ihr Werk, und sie hatte damit all der unschuldigen Opfer gedenken wollen, die dieser sinnlose Krieg gefordert hatte.

Dani war inzwischen hinter sie getreten und in die Hocke gegangen. Vorsichtig nahm sie einen der Sterne auf ihre Hand. »Der sieht aus wie deiner.«

»Ja. Ich denke auch, dass diese Sterne von meiner Oma sind.«

Dani sah sie an. »Ich kann mir sehr gut vorstellen, dass sie immer mal wieder hierherkam. Sie war genauso gern in der Natur unterwegs wie du. Und dann hat sie hier ihre eigene kleine Gedenkstätte eingerichtet.«

»So kann es gewesen sein, ja.« Sonja nickte. »Hast du zufällig ein Feuerzeug dabei?«, fragte sie dann.

Dani kramte in ihrer Hosentasche. »Ja. Ich brauche ja täglich eins, um die Kerzen auf den Tischen in unserer Gaststätte anzuzünden. Inzwischen gibt es bei mir keine Tasche mehr, in der sich kein Feuerzeug befindet.« Lächelnd reichte sie Sonja eines. Dann legte sie den Stern vorsichtig auf den Keramikteller zurück.

Sonja zündete die Kerze an. Dann blieben sie noch einige Minuten stehen, jede in Gedanken versunken. Nach einer Weile flüsterte Sonja: »Ich muss gerade an meine Mutter denken. Wie ich mit ihr oft hier durch den Wald gestreift bin. Ab und zu haben wir uns auf einer Lichtung auf einem Baumstumpf niedergelassen, und sie hat mich auf ihren Schoß genommen. Dann hat sie mir selbst erfundene Geschichten von Feen und Kobolden erzählt.« Sie schwiegen beide einen Moment, bevor Dani antwortete: »Bestimmt hast du von ihr die Liebe zur Natur geerbt. Deine Mutter war eine wundervolle Frau.« Bei diesen Worten legte sie sanft einen Arm um Sonja. Nachdem sie noch ein paar Minuten stillschweigend nebeneinandergesessen hatten, meinte Dani: »Lass uns zurückgehen, ja? So langsam muss ich wieder an die Arbeit.« Sie blies vorsichtig die Kerze aus und legte ihre Hand auf Sonjas Arm. »Ich bin für dich da, das weißt du?«

Sonja nickte. »Ich weiß. Und ich bin sehr, sehr froh, dass wir uns wiedergetroffen und ausgesprochen haben. Aber ich bin nicht mehr die Alte. Die Schuldgefühle kann ich nicht abschalten. Und«, sie hob abwehrend die Hände, als sie sah, dass Dani ihr widersprechen wollte, »ich weiß, dass das nicht den Tatsachen entspricht. Aber die Gefühle sind so stark – dagegen bin ich machtlos.«

Dani nickte. »Ich verstehe das – sogar sehr gut. Aber wir sind unseren Gefühlen nicht hilflos ausgeliefert. Wir können sie durch unsere Gedanken beeinflussen. Und unsere Gedanken lassen sich steuern. Du hattest jetzt ein halbes Jahr lang keine Beschäftigung, lagst erst im Koma und musstest dann wieder gesund werden. Da laufen die Gedanken Amok, weil man sich nicht ablenken kann. Aber jetzt, Sonja, jetzt stehst du wieder, deine Knochen sind wieder heil. Du kannst Pläne schmieden, dir überlegen, was du künftig in deinem Leben machen willst. Du bist frei von Rolf – und kannst dich endlich selbst finden. Die Welt steht dir offen.«

»Aber eine Welt ohne Rolf ist für mich noch immer unvorstellbar«, flüsterte Sonja.

»Dann denk einfach immer wieder an den Moment, als du so große Angst vor ihm gehabt hast. Nur so kannst du das hinter dir lassen, und dann wird sich alles ändern, da bin ich mir absolut sicher. Aber ich verstehe, dass das dauern wird. Er hat dich einer so gründlichen Gehirnwäsche unterzogen, dass da noch ein hartes Stück Arbeit vor uns liegt.« Dani lächelte schief.

Schweigend gingen sie über den Spazierweg zurück zum Haus.

An der Eingangstür nickte Sonja. »Ich denke darüber nach, wie ich weitermachen könnte. Versprochen.« Sie umarmten sich noch einmal, bevor Dani zurück zu Joey und ihrer Arbeit ging.

»Wenn dir die Decke auf den Kopf fällt, dann komm einfach rüber zu uns. Du bist immer willkommen. Und wenn du Arbeit suchst, eine Kellnerin können wir auch gut gebrauchen!«, rief sie ihr noch zu.

Sonja lächelte. Typisch Dani. Sie hatte immer eine Lösung für alle Probleme. Aber das war ja nicht die schlechteste Eigenschaft. Sie schmunzelte und beschloss, noch mal ins Atelier zu gehen und sich selbst an einem Stern zu versuchen. Für Mimis Grab und für das ihrer Mutter, die sie ebenfalls noch immer schmerzlich vermisste. Auf dem Weg dachte sie, dass sie Dani nicht belogen hatte – sie wollte wirklich ernsthaft darüber nachdenken, wie es für sie weitergehen könnte. Nach vielen dunklen Monaten hatte sich vorhin bei ihrer Unterhaltung mit Dani einmal mehr ein kleiner Lichtstrahl in ihr Herz geschlichen.

9. KAPITEL

Horgau, 1944

Bei der dritten Lebensmittelübergabe hatte sie endlich Glück. Georges öffnete ihr. Überrascht zog er eine Augenbraue hoch, als er sie erkannte, und in seinen Augen funkelte kurz so etwas wie Freude auf. Aber vielleicht bildete sie sich das auch nur ein. Amalie freute sich jedenfalls aus vollem Herzen und strahlte ihn an. »Ich bringe unsere Lebensmittelration. Wie geht es Ihnen?«, versuchte sie ein Gespräch anzufangen. Etwas, was sie bei ihren vergangenen beiden Besuchen vermieden hatte, denn beide Male waren ihr die Wachsoldaten fürchterlich unsympathisch gewesen, sodass sie ihren Aufenthalt auf ein Minimum reduziert hatte. Nun aber lagen die Dinge anders.

Georges' Augenbraue zuckte wieder nach oben, und ein leichtes Lächeln deutete sich an. »Mir geht es heute blendend, mein Fräulein.« Er deutete eine Verbeugung an, und Amalie erschauerte beim Klang seiner tiefen männlichen Stimme mit dem französischen Akzent.

»Das freut mich. Und gleich wird es Ihnen noch besser gehen. Denn ich bringe das Abendessen.« Sie deutete auf ihren Korb.

»Das ist wunderbar. Dann gibt es heute einmal statt Suppe mit einem harten Stück Brot Suppe mit einem hart gekochten Ei. Mir läuft schon das Wasser im Munde zusammen.« Hinter ihm ging eine Tür auf.

»Was ist hier los?«, rief einer der Aufseher aufgebracht. Doch als er Amalie erblickte, beruhigte er sich gleich wieder.

»Ah, die Essenslieferung. Sie kennen ja den Weg. Georges, du kannst gleich mit ihr mitgehen und die Zutaten für das Abendessen zusammensuchen.«

Und so fand sich Amalie kurze Zeit später mit dem Mann ihrer Träume im dunklen Keller wieder. Und bevor sie noch großartig darüber nachdenken konnte, wie die ganze Sache nun weitergehen sollte, hörte sie sich selbst schon reden.

»Ich habe von Ihnen geträumt. Sie haben so wunderschöne Augen.« Amalie konnte selbst nicht glauben, dass diese Worte ihr gerade über die Lippen gekommen waren.

Und auch Georges hielt vor Schreck mitten in der Bewegung inne. »Das darfst du nicht sagen. Nicht denken. Und nicht träumen. Du bist lebensmüde. Ich bin ein Volksfeind«, erwiderte er leise, aber entschieden.

Seine Worte machten Amalie wütend. Jetzt war sowieso schon alles egal, sie hatte sich mit ihrem Geständnis auf gefährliches Terrain begeben, und nun wieder zurückzurudern, kam nicht infrage. »Nicht für mich. Diese Nazibande soll sich zum Teufel scheren.«

Georges zuckte bei diesen Worten zusammen und sah sich hektisch um, ob irgendjemand in der Nähe war. Doch natürlich waren sie in dem Keller allein. Er fasste Amalie an beiden Schultern, schüttelte sie leicht und flüsterte eindringlich: »Was du machst, ist lebensgefährlich. Schau, dass du von hier wegkommst. Du bist noch viel zu jung, um begreifen zu können, was dir alles passieren kann.«

Sie hörten die Tür des Schuppens quietschen, irgendjemand kam. Und schon ertönte die Stimme des Aufsehers: »Georges, wo bleibst du? Komm rauf, und dann geht es rüber ins Lager und an die Arbeit.«

Georges ließ Amalie sofort los wie eine heiße Kartoffel. »Geh. Sofort.«

»Ich gehe, ja. Aber ich komme wieder. Und ich weiß, dass du der Mann meiner Träume bist.« Damit machte sie auf dem Absatz kehrt und lief die Treppe hinauf.

Georges packte die Kiste mit den Lebensmitteln, die er hastig zusammengepackt hatte, und folgte ihr.

Amalie würdigte den Aufseher mit einem knappen Nicken und sah zu, dass sie aus dem Schuppen und wieder nach Hause kam. Den Weg zurück zu ihrem Zuhause hüpfte sie vor Freude. Sie hatte es geschafft. Sie hatte es tatsächlich fertiggebracht, dem Mann ihrer Träume wiederzubegegnen, hatte ihm ihre Liebe gestanden und sich mit ihm unterhalten. Das war wunderbar. Summend verrichtete sie an diesem Tag all ihre Arbeiten, sehr zur Verwunderung ihrer Mutter.

10. Kapitel

Horgau, 2019

Nachdenklich knetete Sonja den Ton in ihren Händen. Sie stand am Arbeitstisch im Atelier und blickte gedankenverloren in den Garten hinaus. Zwischen ihren Fingern erwärmte sich der Tonklumpen langsam und wurde geschmeidiger. Sie hatte ihn aus einer der großen Kisten unter dem Tisch mit einem scharfen Spatel abgestochen. Die Kiste mit dem Material war bei ihrer Oma immer luftdicht verschlossen, damit nichts austrocknete.

Viel Ton benötigte sie nicht für den Stern, und der Klumpen war jetzt schon sehr geschmeidig. Sie holte eine Unterlage aus einem der Regale und platzierte das Material darauf. Dann begann sie, den Ton zu formen. Sie wollte gleich drei Sterne fertigen – je einen für Mimi und ihre Mutter und dann noch einen für Dani. Diese Idee war ihr vorhin gekommen. Sie ertappte sich dabei, dass sie während der Arbeit sogar vor sich hin summte, als ob in ihrem Leben alles in Ordnung wäre. Und sie konnte es nicht leugnen – heute ging es ihr tatsächlich etwas besser.

Es gab sogar schon längere Zeiträume, in denen sie nicht an Rolf oder den schwer verletzten Markus Seiler gedacht hatte.

Und sie fing heute nicht gleich an, sich deshalb Vorwürfe zu machen.

Als sie fertig war, ging sie hinüber zum Ofen, platzierte die Arbeiten darin, schaltete das Gerät aber noch nicht ein. Erst sollte der Ton noch eine Weile trocknen. Und vielleicht hatte sie ja später noch Lust, ein weiteres Stück in Angriff zu nehmen. Dann würde sich das Brennen wenigstens lohnen. Sie nahm ihre Arbeitsgeräte und trug sie hinüber zur Spüle, um sie zu säubern. Neben dem Becken lag ein Stapel Zeitungen, in die ihre Oma immer ihre Gerätschaften eingeschlagen hatte, um zu verhindern, dass sie Schaden nahmen.

Sonja nahm die obersten Blätter und stutzte, als sie bemerkte, dass sie eine französische Zeitung in den Händen hielt. Wie kam die denn hierher? Sie betrachtete die Bilder auf der Seite, die ein malerisches Töpferatelier zeigten, das mit Fahnen und Wimpeln geschmückt war und wohl ein Jubiläum feierte. Aufmerksam las sie den Bericht dazu und suchte dann nach dem Datum auf der Zeitungsseite. 22. Juni 2018. Das war noch gar nicht so lange her. Woher hatte ihre Oma diese Seite? Sie überflog den Rest des Artikels, entdeckte aber nichts Spektakuläres mehr. Doch dann blieb ihr Blick an einem weiteren Bild hängen. Es zeigte einen fünfzackigen goldenen Stern, der zwischen zwei Bergspitzen über dem Abgrund zu schweben schien. Schon wieder ein Stern. Erst der Teller in der Küche, dann die Sterne im Wald und nun der Zeitungsartikel. Nachdenklich legte Sonja die Zeitung zur Seite und nahm ein anderes Blatt, um die Instrumente einzuwickeln und dann wieder ordentlich zu verstauen. Währenddessen kreisten ihre Gedanken um den Stern, der zwischen den beiden Gipfeln hing. Schon immer waren die Berge wie eine zweite Heimat für sie gewesen. Und auch auf ihre Mutter hatten sie eine magische Anziehungskraft ausgeübt. Schon als Sonja noch klein war, waren sie zu zweit in den Alpen auf Wandertouren gegangen. Manchmal sogar mit einem Schlafsack ausgerüstet, um an irgendeinem der Bergseen zu übernachten und einen spektakulären Sonnenaufgang zu erleben. Ihre Mutter hatte ihr sämtliche Pflanzen gezeigt und benannt. Als Sonja sich dann im jugendlichen Alter in den Kopf gesetzt hatte, so fit zu werden, dass sie für Rettungseinsätze der Bergwacht infrage kam, hatte sie sie vorbehaltlos unterstützt. Während andere Mädchen Hobbys wie Reiten, Tennis oder Golfen nachgegangen waren, hatte es Sonja in die Alpen gezogen. Dort hatte sie all ihre Wochenenden und die Ferien verbracht. Sie engagierte sich schon früh bei der Feuerwehr und lernte, bei Unfällen das Richtige zu tun: von Erster Hilfe bis zum Aufschneiden von klemmenden Autotüren. Vielleicht war es auch deshalb nach dem Tod ihrer Mutter so wichtig für Sonja gewesen, dieses Hobby weiter zu betreiben. Sie trat dem Alpenverein bei und lernte dort schnell Leute kennen, die genauso naturbegeistert waren wie sie selbst. Mit ihnen machte sie Hüttentouren, lernte das Klettern und lag nächtelang unter dem funkelnden Sternenhimmel, der in der einsamen Bergwelt der Alpen ganz besonders hell leuchtete. Sie wusste, dass Bergretter kein Beruf war. Nichts, wovon man leben konnte. Ihr Plan war damals, Lehrerin zu werden und sich in den Ferien und an den Wochenenden bei der Bergrettung zu engagieren. Aber dann war Rolf gekommen.

Nicht an ihn denken, befahl sie sich sofort. Aber das verhinderte nicht, dass sie sich nun wieder erinnerte, wie er damals im wahrsten Sinne des Wortes in ihr Leben gestürzt war und sie nach und nach ihre Träume vergessen und ihre Freunde und Familie vernachlässigt hatte.

11. Kapitel

Horgau, 1944

Langsam ging Amalie zurück zu ihrem Elternhaus, das am Rande des Waldes stand, direkt an der Bahnstrecke. Ihr Vater war vor dem Krieg Bahnwärter gewesen und hatte deshalb mit seiner Familie in diesem Gebäude wohnen dürfen. Gott sei Dank war bislang noch niemand auf die Idee gekommen, sie daraus zu vertreiben, auch wenn ihr Vater wahrscheinlich nie mehr zurückkehren würde. Und so verfügten sie nach wie vor über das große Grundstück und konnten dort Hühner und eine Ziege halten, weswegen sie bis vor Kurzem keinen allzu großen Hunger hatten leiden müssen. Bis zu jenem Tag, als der Mann mit den kalten Augen aufgetaucht war. Seitdem hungerten auch sie. Immer wenn sie hinüberging, um die Rationen abzuliefern, knurrte ihr Magen, und ihre Wut auf Hitler, die SS und den Krieg verursachte ihr brennende Magenschmerzen. Doch ihre Mutter schärfte ihr täglich ein, sich nichts davon anmerken zu lassen. »Sonst endest du so wie die da drüben«, wiederholte sie eindringlich und meinte damit die etwa fünfzig Gefangenen. »Schau genau hin. Das hält dich hoffentlich von Dummheiten ab.«

Und so hatte sie genau hingesehen. Und dabei Georges entdeckt. Georges. Wenn sie an ihn dachte, musste sie lächeln. Ein warmes Gefühl breitete sich in ihr aus, und fast hätte sie vor Freude gesummt. Georges. Sie hatte sich vom ersten Moment an unsterblich in ihn verliebt. Wie sie inzwischen wusste, war Georges seit zwei Jahren in Kriegsgefangenschaft und zur Zwangsarbeit abkommandiert. Er hatte sich dazu hinreißen lassen, sein Dorf zu verlassen, um in der Widerstandsbewegung aktiv zu werden. Bei einem ihrer ersten Einsätze waren er und seine zwei Kameraden festgenommen und vom Kriegsgericht in Paris wegen ihres jugendlichen Alters nicht zum Tode, sondern zur Zwangsarbeit verurteilt worden. Und so hatte man ihn nach Deutschland gebracht. Dank Georges wusste Amalie inzwischen viel mehr über den Krieg und Hitler als noch vor einigen Wochen. Georges hatte in den vergangenen Jahren seiner Gefangenschaft viel von Leidensgenossen zu hören bekommen. Er erzählte von Gefangenenlagern, in denen unmenschliche Bedingungen herrschten, in denen Tausende starben. Er erzählte von medizinischen Experimenten, von Schikanen und von den Schlägen der Aufseher. Als Amalie ihm einmal voller Schreck berichtet hatte, dass sie gesehen hatte, wie der Aufseher einen der Gefangenen mit einem Stock misshandelte, lachte Georges nur und winkte ab. »Mein kleiner Augenstern, glaub mir, dieser Aufseher ist ziemlich harmlos im Vergleich zu dem, was ich bereits gesehen habe. Geradezu menschlich.« Sein Lachen klang jedoch verzweifelt. Sie standen nebeneinander im Keller und räumten die Lebensmittel ein. Amalie blickte ihn an und sah den Schmerz in seinen Augen. Vorsichtig legte sie ihre Hand auf seinen Arm. Georges hielt inne und betrachtete ihre Hand. »So hat mich schon lange niemand mehr berührt.« Er hob seine andere Hand und streichelte zärtlich über Amalies Wange. Seine Augen wurden ganz sanft, und dann tat Amalie etwas, von dem sie nie gedacht hätte, dass sie es einmal tun würde. Sie trat ganz nahe an ihn heran, stellte sich auf die Zehenspitzen und küsste ihn. Küsste ihn auf den Mund. Danach blickte sie ihn herausfordernd an. Er stand zunächst da wie erstarrt. Dann flüsterte er heiser: »Das dürfen wir nicht. Du bringst dich in Lebensgefahr, wenn du den Feind küsst.«

»Ich weiß. Aber das ist mir egal«, erwiderte Amalie mit fester Stimme und war von ihren Worten absolut überzeugt.

Sie blickten sich an, die Sekunden dehnten sich. Dann zog Georges sie an sich, fordernd und zärtlich zugleich. Er fuhr durch ihr dickes, langes blondes Haar und bedeckte es mit Küssen. Und mehr als jemals zuvor war Amalie überzeugt, das Richtige getan zu haben. Sie fühlte sich im siebten Himmel. Georges. Nicht nur seine Augen, sondern sein ganzes Wesen zog sie magisch an. Und nun lag sie in seinen Armen. Nichts in ihrem Leben hatte sich bislang so fantastisch und so richtig angefühlt. Sie küssten sich – endlos, so kam es ihr zumindest vor. Und zum ersten Mal, seit sie ihn gesehen hatte, leuchteten Georges' Augen. So, als ob wieder ein kleiner Funke Hoffnung und Glück entzündet worden wäre, der in den vergangenen Jahren tief vergraben gewesen war. Und genauso war es wahrscheinlich auch.

Zärtlich flüsterte er in Amalies Ohr: »Du bist mein Stern. Seit ich dich gesehen habe, ist wieder Licht in mein Leben gekommen. Der Krieg und die Gefangenschaft haben mich ganz vergessen lassen, dass es auch noch schöne Dinge gibt.«

Eng umschlungen standen sie im kalten, feuchten Keller.

»Wie schön du bist. Ich liebe deine Stimme.« Zärtlich flüsterte Georges diese Worte, die sie so gern hörte. Der französische Akzent ließ sie dahinschmelzen.

Amalie schmiegte sich noch dichter an ihn. Sie genoss diese wenigen Minuten, die ihnen immer an den Tagen blieben, an denen sie es schafften, sich gemeinsam in den Keller zu stehlen. Allzu oft durften sie das nicht versuchen, sonst würde es auffallen. Doch heute war es ihnen wieder einmal gelungen. Amalie seufzte. Was wären diese Kriegstage nur ohne ihn? »Erzähl mir vom Leben da draußen«, bat er sie wie immer in diesen gestohlenen Minuten, auf die Amalie so sehr hinfieberte wie auf noch nichts zuvor in ihrem Leben. Seine Arme umschlossen sie.

Sie saßen eng umschlungen, ihr Kopf ruhte an seiner Brust. Sie hielt die Augen geschlossen. Um sie herum war es dunkel. Sie kuschelten sich in einer kleinen Nische im Keller aneinander, die Georges entdeckt und in den vergangenen Wochen zu einem Versteck ausgebaut hatte. Nun lagen dort zwei abgenutzte Kartoffelsäcke am Boden, die jedoch kaum die Kälte abhielten, die nun täglich schlimmer wurde. Sie hielten sich in den Armen. Die Berührungen und die Stimme des anderen gaben jedem von ihnen Kraft für die schweren Zeiten und die endlosen Tage, wenn sie sich nicht sehen konnten. Seine Frage nach dem Leben »da draußen« war zu einem Ritual geworden, und Amalie bemühte sich, Georges ausführlich von ihrem Alltag zu erzählen und ihm so zumindest ein kleines bisschen das Gefühl von Normalität zu geben.

»Gestern war ich den ganzen Tag im Wald unterwegs, Holz sammeln, damit wir es vielleicht schaffen, über den gesamten Winter zu heizen. Ich war stundenlang draußen, aber es wird immer schwieriger, und seit man in den Wald neben unserem Haus gar nicht mehr hineindarf, wird der Weg immer weiter. Überall stehen Wachen. Aber wenigstens war das Wetter gestern sonnig, wenn auch wahnsinnig kalt. Wir haben den ganzen Tag euer Klopfen und Sägen gehört.« Amalie verstummte.

Georges streichelte ihr zärtlich über die Wange und hauchte einen Kuss auf ihr Haar. »Ja. Ich bin auch froh um jeden Tag, an dem das Wetter noch einigermaßen schön ist. Mir graut vor dem Schnee. Ich weiß nicht, ob ich noch einen Winter überlebe.« Er sagte das ganz emotionslos.

Amalie kamen die Tränen. Sie wandte sich ihm zu und umklammerte ihn. »Du musst. Für mich. Denk an unsere Zukunft. Ich glaube, der Krieg dauert nicht mehr lange. Bitte, bitte halt durch. Ich versuche jeden Tag, etwas von meinem Essen abzuzweigen.« Sie griff in ihre Manteltasche und holte einen Apfel hervor. »Fallobst. Aber immerhin.« Georges biss gierig in den Apfel, sodass ihm der Saft über das Kinn rann. Mit vollem Mund sagte er: »Danke. Was würde ich nur ohne dich tun, Amalie. Aber nun musst du unbedingt wieder nach oben. Es ist höchste Zeit.«

»Ich weiß. Aber ich will mich nicht immer verstecken müssen. Wir lieben uns. Noch ein Kuss«, bettelte sie.

Georges legte den Apfel auf die Seite und nahm ihr Gesicht zärtlich in die Hände. »Mein Stern«, flüsterte er zärtlich. »Du rettest mir jeden Tag das Leben. Glaub mir, ich bin so glücklich, dass es dich gibt. Aber jetzt geh. Wenn uns jemand erwischt, sind wir verloren. Das darf nicht geschehen. Ich träume von unserer Zukunft und bete, dass wir eine haben. Zusammen. Mon étoile.«

Sie küssten sich zärtlich und voller Hingabe.

Dann quietschte wieder einmal die Tür zum Schuppen, und sie fuhren auseinander.

Leise raunte er: »Geh. Schnell!«

Amalie raffte ihren Rock zusammen und verließ schweren Herzens das Versteck. Der Lageraufseher stand bereits oben auf dem Treppenabsatz und war schon im Begriff hinunterzugehen. »Was machst du denn da schon wieder so ewig im Keller? Wie lange kann es dauern, bis man die Vorräte alle verstaut? Lass mal deine Manteltaschen sehen! Klaust du etwa?«

Amalie wurde feuerrot vor Wut. Was erlaubte dieser Mensch sich eigentlich? Sie war nicht seine Gefangene. Doch Georges war es. Ihm zuliebe beherrschte sie sich jetzt und machte gute Miene zum bösen Spiel. Sie nestelte ihr Taschenfutter nach außen. Der Apfel war ja jetzt zum Glück nicht mehr drin. »Ich stehle nicht. Aber in Ihrem Keller da unten sieht man die Hand vor Augen nicht. Dann dauert es halt, bis ich die Sachen so aufgeräumt habe, dass der Koch nicht gleich über alles stolpert«, blaffte sie den Aufseher mit den kalten Augen an und stapfte wütend an ihm vorbei.

Der Mann überlegte offensichtlich kurz, ob er Amalie für ihr Verhalten bestrafen sollte. Aber Amalie wusste von Georges, dass er im Grunde keine Zeit hatte. Denn diese drängte. Die Baracken mussten weitergebaut werden, und heute sollten die ersten Maschinen für die Produktionsstätten geliefert werden. Viel Arbeit. Und wenig Personal. Da konnte er sich nicht auch noch um sie kümmern. Zumal er und seine Männer auf die regelmäßigen Essenslieferungen der umliegenden Bauern angewiesen waren, wenn sie die Blechschmiede rechtzeitig fertigbekommen wollten. Deshalb achtete er wohl seit Neuestem auch darauf, dass die Zwangsarbeiter alle genug zu essen bekamen. Zumindest so viel, dass sie ihm nicht vor Abschluss der Arbeiten umkippten.

Amalie verließ das Areal schnellen Schrittes. Erst als sie draußen war und den Heimweg angetreten hatte, wurde sie wieder langsamer und drehte sich zu dem alten Gemäuer um. »Waldcafé« prangte der Schriftzug über dem Gebäude. Was für ein Hohn. Als ob es immer noch ein Ausflugslokal wäre wie vor zehn Jahren. Als ob es dort Kuchen und Kaffee und andere kleine Leckereien geben würde. Sie erinnerte sich an ihren sechsten Geburtstag. Damals hatte die ganze Familie im Café an einem üppig gedeckten Tisch gesessen. Die weißen Damastdecken hatten geblitzt, und der Kellner im schwarzen Frack hatte ihr Limonade und ein Stück dieser unfassbar guten Schwarzwälder Kirschtorte gebracht.

Amalie lief das Wasser im Mund zusammen, als sie jetzt daran dachte. Wie lange hatte sie schon keinen Kuchen mehr gegessen? Wie lange hatte sie überhaupt schon nicht mehr so viel gegessen, dass sie satt war? »Jammer nicht«, rief sie sich zur Ordnung und dachte an Georges. Im Vergleich zu ihm hatte sie es immer noch gut. Sie konnte dieses schreckliche Haus verlassen, war nicht dem Mann mit den kalten Augen auf Gedeih und Verderb ausgeliefert, musste nicht zwölf Stunden am Tag Bäume fällen, Betonfundamente gießen und bei Regen und Kälte im Wald ausharren.

12. Kapitel

Horgau, 2019

Am Abend ertappte sich Sonja bei dem Gedanken, dass sie am liebsten hinüber ins Café zu Dani gegangen wäre, um ein bisschen Leben um sich zu haben und ihr von ihrem Fund zu berichten. Sie hatte sich den ganzen Tag relativ gut gefühlt. Nach und nach hatte sie die Räume im Haus von der Staubschicht befreit, die sich in den vergangenen Wochen angesammelt hatte, hatte Lebensmittel eingekauft und es sogar geschafft, ein wenig über ihre Zukunft nachzudenken. Doch als ob das Leben ihr diese Verschnaufpause nicht gönnen würde, meldete sich nun beim Gedanken an einen unterhaltsamen Abend mit Dani prompt ihr Gewissen. *Du kannst da nicht hinüber und dich vergnügen. Du hast Schuld auf dich geladen,* mahnte eine Stimme. Und eine andere, die verdammt nach Rolf klang: *Was willst du denn da allein. Das ist doch peinlich.*

Noch vor zwei Tagen hätte Sonja diesen beiden Stimmen nachgegeben und sich in ihr Bett verkrochen. Aber irgendetwas hatte sich inzwischen wohl doch dauerhaft in ihr verändert, denn nun keimte Widerstand in ihr auf. »Ach, lasst mich doch alle in Ruhe!«, rief sie laut und impulsiv. Wütend stampfte sie auf, griff entschlossen nach ihrer Handtasche und ihrem Laptop und verließ das Haus, bevor sie es sich noch einmal anders überlegen konnte. Drüben bei Dani war heute wenig los, und so setzte ihre Freundin sich bald zu ihr an ihren Stammplatz neben dem Tresen.

»Schau mal, Dani. Ich habe heute Nachmittag diese Zeitungsseite bei meiner Oma gefunden. Und seitdem überlege ich, woher sie die wohl hat.« Bei diesen Worten zog Sonja das Papier aus ihrer Handtasche und faltete es auseinander.

»Das ist ja Französisch. Da bin ich raus – diese Sprache hat mich schon in der Schule zur Verzweiflung gebracht, und entsprechend wenig ist bei mir hängen geblieben. Du musst mir sagen, was da steht. Schließlich bist du die Französischlehrerin.«

»Da geht es um das Jubiläum eines Keramikateliers und um eine Sperrung eines Wanderwegs am Lac de Sainte-Croix«, erläuterte Sonja. »Aber das ist gar nicht der Punkt. Die Frage ist, woher hat meine Oma diese Seite und warum?«

»Na ja. Die wird sie halt irgendwo aufgelesen haben …«

»Und wo liegen hier in Horgau bitte französische Zeitungen herum?«

»Hm, keine Ahnung. Aber weißt du, was mir auffällt?«

»Nein.«

»Seit du wieder hier bist, bin ich von Sternen umzingelt.« Dani grinste und deutete auf das Foto, das auch Sonja schon aufgefallen war. »Das nenne ich einmal Zufall.«

»Genau. Zufall. Du sagst es.«

»Aber schön sieht es da schon aus – eigentlich genau dein Revier, oder? Wo liegt dieses Mous-dingsbums eigentlich?«

»Keine Ahnung – aber so bergig, wie das ist, wahrscheinlich irgendwo im Südosten von Frankreich, im alpinen Gebiet. Ich habe meinen Laptop dabei – können wir ja mal kurz googeln.«

Sonja zog ihren Rechner aus der Tasche und fuhr ihn hoch, während Dani schnell zwei Gästen das Essen brachte. Dann nannte sie Sonja das WLAN-Passwort, und sie loggte sich ein.

»Moustiers-Sainte-Marie, Lac de Sainte-Croix, Gorges du Verdon, das klingt alles ziemlich romantisch«, seufzte Dani. »Aber bei uns wird es wohl auch dieses Jahr nichts mit einem Urlaub. Wir wollen hier noch so viel herrichten und machen, dass uns einfach keine Zeit bleibt.«

»Schau mal. Wikipedia weiß mal wieder alles. Ich lese es dir vor«, sagte Sonja.

»Moustiers-Sainte-Marie ist eine Gemeinde mit 693 Einwohnern.«

»Pah – Gemeinde! Ein Kaff!«, schnaubte Dani abschätzig.

»Jetzt unterbrich mich nicht«, schimpfte Sonja und fuhr fort: »Der Ort liegt im Département Alpes-de-Haute-Provence – also wie ich vermutet hatte. Es ist eines der schönsten Dörfer Frankreichs und befindet sich nördlich des Stausees Lac de Sainte-Croix und des Eingangs zur Verdonschlucht. Bekannt ist die Gemeinde …« Sonja stockte.

»Ja, wofür denn?«, drängelte Dani.

»Das kann kein Zufall sein«, murmelte Sonja und fuhr langsam fort. »Bekannt ist die Gemeinde für ihre Fayencen, deren Herstellung in Moustiers sich bis ins 17. Jahrhundert zurückverfolgen lässt. Auch heute gibt es dort einige Betriebe, die sich dieser Kunst widmen und so Touristen anziehen. Auch ein Museum befindet sich dort.« Sonja schwieg.

»Dann hat deine Oma die Zeitung vielleicht deswegen?«

»Das kann sein. Aber wir wissen noch immer nicht, woher sie sie hat.« Sonja hatte sich inzwischen durch die Suchergebnisse geklickt und blieb bei einem weiteren Eintrag hängen.

»Der typisch provenzalische Ort wird von einem vergoldeten Stern beschützt, der an einer einhundertfünfunddreißig Meter langen Kette zwischen zwei steilen Felsen über dem Dorf hängt. Er hat fünf Zacken und wiegt einhundertfünfzig Kilo. Um die Geschichte des Sterns ranken sich zahlreiche Legenden. Eine davon besagt, dass der Stern von einem Kreuzritter namens Blacas als Dank für seine unversehrte Rückkehr nach Moustiers der Muttergottes gewidmet wurde.«

»Oh, wie romantisch«, seufzte Dani.

»Auf dem Esstisch bei Mimi steht ein Fayenceteller mit einem fünfzackigen Stern«, dachte Sonja laut nach.

»Wie bitte?«

»Auf dem Esstisch bei Mimi steht ein Fayenceteller mit einem fünfzackigen Stern«, wiederholte Sonja und runzelte die Stirn.

»Vielleicht hat sie ihn dort bestellt, und als er im Paket ankam, war der Teller in ebendiese Zeitung eingeschlagen. Ha – Rätsel gelöst. Bin ich nicht genial?« Dani sah Sonja Beifall heischend an.

Sonja musste lachen. »Ja, bist du! Das könnte tatsächlich sein. Aber dann stellt sich mir schon die nächste Frage.«

Dani rang verzweifelt die Hände. »Du gibst auch nie Ruhe. Welche Frage stellt sich denn nun schon wieder?«

»Ist doch sonnenklar. Warum hat Mimi sich diesen Teller von dort bestellt? So einen kann sie doch auch selber herstellen, oder?«

»Vielleicht wollte sie mal gucken, wie andere so arbeiten. Vergleichen. Ach, keine Ahnung.« Dani zuckte mit den Schultern. »Aber egal.« Sie blickte über Sonjas Schulter auf den Bildschirm. »Die Bilder hier sehen toll aus. Das wäre doch genau das Richtige. Viel Natur und rundum Berge zum Wandern und Klettern. Das klingt nach einem idealen Urlaubsziel für dich. Und so ganz nebenbei könntest du ja auch noch herausfinden, wer den Teller hergestellt hat«, fügte sie augenzwinkernd hinzu.

Sonja lachte. »Kann es sein, dass du mich schon wieder loswerden willst?«

»Auf gar keinen Fall. Aber ich habe es mir zur Aufgabe gemacht, dich wieder ins Leben zurückzuholen. Und da du die Natur liebst und dabei ganz nebenbei vielleicht noch ein kleines Rätsel lösen könntest, klingt das für mich nach der perfekten Aufgabe für dich. Zumal du Französischlehrerin bist und deine Sprachkenntnisse im vergangenen halben Jahr bestimmt unglaublich eingerostet sind. Die musst du dringend auffrischen, meine Liebe. Und jetzt lass uns mit einem kleinen Pastis auf deine baldige Reise anstoßen.« Dani wirbelte davon und hantierte hinter der Theke. Dann kam sie mit zwei länglichen Gläsern mit einer gelblichen Flüssigkeit wieder. Ein echter Pastis.

»Santé.« Die beiden stießen mit den Gläsern an und genossen den kühlen Anisgeschmack.

»Wann fährst du?«

»Du bist so penetrant. Noch fahre ich gar nicht. Lass mich doch erst einmal hier ankommen.«

»Also gut. Zwei Wochen gebe ich dir. Dann knickst du ohnehin von selbst ein. Darauf wette ich. Denn das mit dem Sternenteller lässt dir bestimmt keine Ruhe. Zumindest hätte das der Sonja von früher keine Ruhe gelassen.« Zufrieden mit sich und dem Verlauf des Abends, strahlte Dani sie an.

»Wir werden sehen. Jetzt muss ich erst mal ins Bett. Ich bin müde. Gute Nacht. Und – Dani …«

»Ja?«

»Danke. Das war heute der erste Tag und nun auch der erste Abend, an dem ich ein paar Stunden lang nicht über die Vergangenheit nachgedacht habe.«

Dani drückte Sonja fest an sich. »Und auf diesen Abend werden noch viele weitere solche folgen. Das verspreche ich dir.«

Etwas beschwipst und müde vom Pastis, aber auch seltsam beschwingt machte sich Sonja auf den Nachhauseweg.

13. Kapitel

Horgau, 1945

Kreischend und quietschend kam der Zug langsam zum Stehen. Durch die Nebelschwaden konnte man die Waggons nur schemenhaft erkennen. Es war früh am Morgen, und Amalie frühstückte gerade mit ihrer Mutter in der Küche.

»Was ist denn das für ein Zug?«, wunderte sie sich.

»Keine Ahnung.«

Ratlos blickten die beiden sich an.

Amalie öffnete das Fenster. Obwohl es ein Personenzug und kein Güterzug war, war fast kein Laut zu vernehmen. Amalie glaubte leises Stöhnen zu hören, doch das konnten auch nur Bäume sein, die im Wind oder unter der Schneelast ächzten. Dann ging eine der Waggontüren auf, und ein deutscher Soldat kam ins Blickfeld. Rasch stieg er aus und eilte zu ihrem Haus hinüber. Amalie und ihre Mutter sahen sich erschrocken an. Was hatte das schon wieder zu bedeuten?

Der Soldat hatte sie am Fenster entdeckt und hielt auf sie zu.

»Wo finde ich Oberfeldwebel Schratz?«, fragte er. »Er sollte eigentlich bereits hier sein, um die Fracht entgegenzunehmen.«

Amalie zuckte die Schultern, und ihre Mutter antwortete: »Er wohnt zusammen mit einigen Zwangsarbeitern zweihundert Meter die Straße hinauf im Waldcafé. Aber warum er noch nicht hier ist, kann ich Ihnen nicht sagen.«

Kaum hatte sie die Worte ausgesprochen, waren auch schon eilige Schritte auf der Straße zu hören. Und dann kamen sie um die Ecke, die im Waldcafé einquartierten Soldaten und die Gefangenen. Angetrieben wurden sie von dem kaltherzigen Oberfeldwebel, den Amalie inzwischen zur Genüge kannte. Am Ende der Truppe erkannte sie Georges. Was mussten die Männer frieren, in ihren dünnen Overalls und den Holzpantinen. Der Soldat vor ihrem Fenster salutierte und wandte sich ab, um dem Trupp entgegenzugehen. Am Bahnsteig trafen sie aufeinander. Die Soldaten begrüßten sich und tauschten offenbar Informationen aus. Dann befahl der Oberfeldwebel, die Türen der Waggons zu öffnen, und rief laut und deutlich, sodass es auch Amalie hören konnte: »Alle raus. Antreten. Hier wird nicht geschlafen, jetzt wird gearbeitet. Marsch!«

So leer der Zug gewirkt hatte – er war es nicht. Amalie blickte entsetzt auf die Menschen, die nun einer nach dem anderen in der Tür erschienen, grob auf den Bahnsteig gezerrt, von oben bis unten gemustert und dann zitternd in der Kälte stehen gelassen wurden. So etwas hatte sie noch nie gesehen: Körper, bei denen sich unter den dünnen Hemden jede einzelne Rippe abzeichnete, Gesichter mit eingefallenen Wangen und vor Müdigkeit dunklen Augenhöhlen. Ein Mann torkelte aus dem Waggon und brach draußen auf dem Bahnsteig zusammen. Die Soldaten beachteten ihn gar nicht. Irgendwann rappelte er sich mühsam allein wieder hoch. Die Szenen spielten sich in gespenstischer Stille ab. Der Nebel waberte, und hinter dem Zug war die Silhouette des dunklen Waldes zu sehen. Amalie fragte sich, wo all die Menschen leben sollten. Georges hatte zwar von zahlreichen Baracken erzählt, die sie notdürftig im Wald zusammengezimmert hatten, aber dort gab es keine Öfen und bislang auch weder Decken noch Verpflegung. Wie sollte das funktionieren? Während sie noch verwirrt auf die ausgemergelten Gestalten starrte, setzte sich die Menschenkolonne in Bewegung. Amalie schätzte, dass es über einhundert neue Gefangene waren. Hatte sie bislang gedacht, dass die Zwangsarbeiter krank aussahen, unterernährt waren und schlecht behandelt wurden, so stellte der Anblick der Zuginsassen all das weit in den Schatten. In die Zwangsarbeiter, die bislang schweigend am Gleis gestanden und zugesehen hatten, kam nun auch Leben. Unter Aufsicht von zwei weiteren Soldaten betraten sie den letzten Waggon des Zuges und hievten nach und nach Wolldecken, Konserven und zahlreiche andere Kisten mit Versorgungsgütern heraus. Beladen mit diesen, machten sie sich dann ebenfalls auf den Weg in den Wald. Offenbar würden die Neuankömmlinge also tatsächlich in den Baracken bleiben. Angesichts ihres Gesundheitszustands, des kalten Winters und der schlechten Kleidung war Amalie klar, dass viele von ihnen dort nicht lange überleben würden. Ihr war schlecht.

Auch ihre Mutter war kreideweiß im Gesicht. Die beiden sahen sich an.

»Wie können Menschen sich gegenseitig nur so viel Leid antun?« Sie sah ihre Mutter fassungslos an.

»Ich weiß es nicht, mein Schatz«, antwortete diese und zuckte hilflos mit den Schultern. »Ich weiß es nicht.«

»Der Krieg macht die Menschen zu Tieren.«

»Da hast du recht«, sagte ihre Mutter. »Aber nicht alle. Gott sei Dank. Und hoffentlich ist dieser ganze Wahnsinn bald vorbei, und die Gefangenen dürfen wieder nach Hause.«

Amalie blickte ihre Mutter bei diesen Worten an, und auf einmal fror sie. Bislang hatte sie noch keinen Gedanken daran verschwendet, was mit den Gefangenen passieren würde, wenn der Krieg vorbei war. In ihrer Vorstellung waren sie dann einfach frei, und sie und Georges könnten hier weiterleben. Zusammen. In Frieden. Für immer. Was aber, wenn die Gefangenen dann abgeschoben wurden und nach Hause zurückkehren mussten? Würde sich Georges widersetzen? Würde er überhaupt hierbleiben wollen? Konnte sie mit nach Frankreich gehen? Wollte sie das? Amalie schüttelte sich. »Was ist los, Amalie?«, fragte ihre Mutter.

»Nichts. Ich habe nur gerade daran gedacht, dass ich diesen Unmenschen morgen früh wieder gegenüberstehen muss, wenn ich die nächste Essenslieferung bringe.«

»Das kann ich auch erledigen, wenn es dir zu viel ist«, bot ihre Mutter an.

Amalie erschrak. Nur das nicht. »Nein, nein«, wiegelte sie ab. »Ich gehe schon. Ich weiß inzwischen ja auch ganz genau, wo ich die Sachen verstauen muss.«

Ihre Mutter nickte zustimmend, und Amalie atmete erleichtert auf. Nicht auszudenken, wenn sie Georges nicht mehr sehen könnte. Die Minuten im Keller waren das Kostbarste, was sie in diesen Wochen hatte, und ließen sie die harten Tage, den Hunger und das Kriegsgeschehen ein wenig leichter ertragen. Der Krieg, so schien es in letzter Zeit, näherte sich dem Ende. Zumindest hofften das alle inständig. Und man hörte, dass immer mehr deutsche Städte von den Alliierten bombardiert wurden. Pforzheim, Dresden – das waren nur zwei, von denen die Nachrichten bis hierher zu ihnen ins Dorf gedrungen waren. Doch andererseits schien den Nazis noch lange nicht die Luft auszugehen. Der Beweis befand sich direkt vor ihrer Haustür. Nicht nur Baracken hatte man dort errichtet, Georges hatte ihr auch von einer großen Montagehalle berichtet, die fast einhundert Meter lang sein sollte. Gesehen hatte sie sie noch nicht. Denn hinter den hohen Zaun, der das Gelände umgab, wagte sich niemand. Angeblich sollten dort Tragflächen gefertigt werden – das hatte auch Georges gehört und bestätigt. Und er wusste zu berichten, dass wohl an anderen Orten in der Nähe, mitten in den Westlichen Wäldern, ebenfalls Teile für ein Flugzeug gebaut würden. Angeblich sollte die Maschine dann hier irgendwo zusammengebaut werden und auf der neuen Autobahn, die nicht weit entfernt entlangführte, starten. Flugzeuge, die mitten im Wald abhoben? Das war doch der blanke Irrsinn. Amalie konnte sich das nicht wirklich vorstellen. Doch das menschliche Elend, das sie gerade gesehen hatte, hatte sie sich ebenfalls zuvor nicht vorstellen können, und dennoch war es real.

Sie wollte Georges morgen unbedingt fragen, was das für Menschen waren, die heute gekommen waren. Und sie musste ihn fragen, ob er nach dem Krieg hier bei ihr bleiben würde.

Doch als sie am nächsten Morgen nach drüben ging, war außer einem Aufseher und Maria niemand da.

»Die sind alle bei der Arbeit. Wir müssen schleunigst fertig werden«, war alles, was sie zu hören bekam. Es dauerte fast eine Woche, bis sie endlich wieder zehn gestohlene Minuten mit Georges im Keller verbringen konnte, wie immer mit der Angst im Hinterkopf, jederzeit entdeckt zu werden.

Doch nun lag sie endlich wieder in seinen Armen. Zärtlich hielt er sie umschlungen, drückte sie fest an sich und flüsterte ihr liebevolle Worte ins Ohr, die sie leider nicht alle verstand. Seine Hände glitten nach oben, umfassten ihr Gesicht, und dann näherten sich seine Lippen den ihren. Sein Kuss war leidenschaftlich und zärtlich zugleich, und Amalie vergaß die Welt um sich herum. Vielleicht hatten sie heute Glück und blieben länger als gewöhnlich ungestört. Es war kaum jemand im Haus, denn alle waren im Waldwerk beschäftigt. Georges hatte sich zum Küchendienst abkommandieren lassen und war mit dem Aufseher – der aber inzwischen betrunken auf seiner Pritsche lag – und Maria allein hier.

Georges' Kuss wurde fordernder, und seine Hände glitten suchend unter Amalies Jacke und Bluse. Er hielt kurz inne und wartete auf ihr Einverständnis. Doch wie konnte sie sich wehren angesichts der wunderbaren Gefühle, die sie durchströmten? Ihre Haut stand in Flammen, sie verzehrte sich nach seiner Nähe. Und so tasteten sich seine Finger langsam vor, umfassten ihre Brüste und strichen sanft über die Knospen. Amalie entfuhr ein leises Stöhnen. Sie wusste nicht, was da gerade mit ihr passierte. Sie wusste nur, dass sie sich wünschte, es würde niemals enden. Verlangend presste sie sich an Georges und spürte die Härte in seiner Hose. Auch er stöhnte jetzt auf. Sie sanken auf ihr kleines Lager und streichelten und küssten sich endlos. Nie wieder wollte sie mit diesem zärtlichen Spiel aufhören. Was für ein wundervoller Mann, der ihren Körper so in Ekstase versetzen konnte. Und wer wusste schon, wie lange sie überhaupt noch zu leben hatten, wie lange Georges noch hier sein würde? Ruckartig setzte sie sich auf. Verblüfft hielt Georges inne.

»Georges, wenn der Krieg vorbei ist, bleibst du dann hier bei mir?«, fragte sie heiser.

Traurig blickte Georges sie an. »Das kann ich nicht. Denn wenn die Alliierten den Krieg gewinnen, dann wird der Hass vieler deiner Landsleute auf uns so groß sein, dass ich hier kein glückliches Leben werde führen können. Und sollte Hitler wider Erwarten doch noch den Sieg davontragen, dann werde ich das nicht überleben. Nein. Hierbleiben ist für mich leider keine Option.«

Amalie schluckte. Sie konnte nicht verhindern, dass ihr mit einem Mal Tränen über das Gesicht rannen. »Bedeute ich dir denn gar nichts?«

Liebevoll nahm Georges wieder ihr Gesicht in seine Hände, umschloss es und fuhr sanft mit einem Daumen über ihre Wange.

»Doch. Du bist mein Stern – der mir hier in diesen dunkelsten Stunden meines Lebens Licht und Kraft schenkt. Aber das ändert nichts daran, dass ich zurückmuss. Ich habe zu Hause eine Werkstatt, meinen Beruf und meine Eltern. Ich bin dort aufgewachsen, und ich sehne mich dorthin zurück. Meinst du, du kannst mitkommen?«

Amalie erschrak. Mitkommen, nach Frankreich? Weg von ihrer Mutter, von ihrem Zuhause? In ein fremdes Land, in dem sie als Deutsche bestimmt alles andere als willkommen wäre?

»Es ist wohl keine gute Idee, jetzt als Deutsche nach Frankreich zu gehen«, erwiderte sie traurig. Und sosehr sie sich gewünscht hätte, dass Georges ihr widersprach, er tat es nicht. Im Gegenteil. Er nickte.

»Das denke ich auch. Wir müssten gegen so viele Widerstände ankämpfen – ich bin nicht sicher, ob wir das schaffen würden.«

Amalie schluchzte und drängte sich in Georges' Arme. »Und wenn ein paar Monate vergangen sind und die Leute den Krieg vielleicht langsam vergessen? Kommst du dann wieder? Holst du mich?«

Nachdenklich strich Georges ihr über das Haar. »Ja. Ich verspreche dir, dass ich dann komme und dich zu mir hole. Ich wünsche mir nichts sehnlicher, als dass wir endlich ohne Angst zusammen sein können.« Seine Worte lösten helle Freude in Amalie aus. »Ich werde dir meine Eltern vorstellen und dir zeigen, welch wundervolle Dinge man in einer Töpferwerkstatt herstellen kann. Wir werden jeden Tag miteinander verbringen – und jede Nacht.« Mit diesen Worten zog er sie wieder an sich, und seine Hände fanden erneut ihren Weg unter ihren Rock und ihre Bluse.

Amalie schwelgte in den süßen Zukunftsträumen, die Georges ihr gerade ausgemalt hatte, und ließ ihn hingebungsvoll gewähren.

14. Kapitel

Horgau, 2019

Sonja hatte sich entschlossen, Danis Angebot anzunehmen, bei ihr zu kellnern. Damit schlug sie zwei Fliegen mit einer Klappe. Sie musste die Abende nicht allein in ihrem Häuschen verbringen und konnte zugleich neue Kontakte knüpfen. Langsam, aber sicher etablierte sich eine neue Routine in ihrem Leben, und sie begann, auch die positiven Seiten zu sehen. Sie musste sich nun nicht mehr nach den Vorlieben und Launen ihres Ehemanns richten, sondern konnte tun und lassen, was sie wollte. Meist begann sie den Tag mit einer kleinen Laufrunde durch die Wälder, um wieder fit zu werden. Sie freute sich über die kleinen Fortschritte, als sich ihre Muskeln langsam wieder an die neuen Herausforderungen gewöhnten. Jeden Tag dehnte sie ihre Runde ein Stück weiter aus. Dabei genoss sie die friedliche Stille im morgendlichen Wald und die kühle Luft. Immer wieder zog es sie an die Stelle, wo vermutlich ihre Oma jenen kleinen Gedenkort eingerichtet hatte. Meist saß sie in aller Stille dort und hing ihren Gedanken nach. Es war ein perfekter Ort, um mit sich selbst wieder ins Reine zu kommen, mit der Vergangenheit abzuschließen und über die Zukunft nachzudenken. Wenn sie zurückkam, duschte sie ausgiebig und frühstückte dann auf der Terrasse im Sonnenschein, wenn es das Wetter zuließ. Danach hatte sie meist einen Termin bei der Krankengymnastik, die immer noch nötig war, um das Narbengewebe, das sich nach den zahlreichen Operationen gebildet hatte, weicher zu machen. Oft verband sie diesen Termin mit einem Einkaufsbummel. Am Nachmittag kümmerte sie sich dann um Haus und Garten – Rasen mähen, neue Beete anlegen und Pläne schmieden, wie sie die Räume im Haus neu gestalten wollte.

Immer seltener wurden dabei die Gedanken an Rolf, und wenn sie einmal doch an ihn dachte, wurde ihr immer klarer, wie sehr sie unter der Beziehung gelitten hatte. Mit dem zunehmenden Abstand begann nun auch sie zu sehen, was Dani ihr von Anfang an gesagt hatte. Rolf war ein Kontrollfreak, er hatte sie nach und nach völlig vereinnahmt und ihr immer mehr Freiheiten genommen. Und sie hatte das zugelassen, das musste sie sich selbst eingestehen. So etwas durfte niemals wieder passieren, das nahm sie sich fest vor. Wenn Danis und Joeys Gaststätte dann um fünf Uhr öffnete, ging sie hinüber und half den beiden. Sie bediente, zapfte Bier oder wischte die Tische sauber, je nachdem, was gerade anfiel. Nach und nach lernte sie die Stammgäste kennen – viele aus den umliegenden Orten – und setzte sich, wenn es die Zeit zuließ, gelegentlich auch zu ihnen. Es war eine ungezwungene Atmosphäre, man redete über Alltägliches, machte Späße oder diskutierte über Gott und die Welt. Ihr Selbstvertrauen kehrte mehr und mehr zurück. Und sie erkannte, wie sehr sie sich in den vergangenen Jahren abgekapselt hatte, wie sehr sie ihr wahres Ich verleugnet hatte, indem sie immer nur bemüht gewesen war, es Rolf recht zu machen. Jetzt wagte sie es immer öfter, ihre Meinung zu sagen. Und sie war unglaublich glücklich, dass die anderen ihr zuhörten, ihre Gesprächsbeiträge schätzten und sie ernst nahmen. Wie lange hatte sie darauf verzichten müssen. Rolf hatte immer etwas an ihrer Meinung auszusetzen gehabt, sofern er sie nicht gleich komplett ignoriert und die Dinge einfach so gemacht hatte, wie er es für richtig hielt. Wenn die Gäste dann gegangen waren, saß Sonja ab und zu noch an ihrem Lieblingstisch mit Dani und Joey zusammen und redete mit ihnen über ihre neuen Gefühle und all die Pläne, die sie hatte.

An einem dieser Abende klappte Dani ihren Laptop auf und drehte den Bildschirm zu Sonja. »Schau mal, ich habe heute noch mal dieses Moustiers gegoogelt und nach ein paar schönen Unterkünften geschaut. Da gibt es zum Beispiel ein schnuckeliges kleines Hotel mitten im Zentrum.« Sie klickte durch die Bildergalerie der Unterkunft, wo immer wieder auch Fotos von der Umgebung zu sehen waren. »Schau dir doch nur mal diese Landschaft an. Ist das nicht fantastisch? Wirklich genau dein Revier, würde ich sagen – aber ich glaube, ich wiederhole mich.«

Sonja überkam beim Anblick der Berge und des malerischen Örtchens auf den Fotos vor ihr eine unglaubliche Sehnsucht.

Dani hackte schon wieder auf der Tastatur herum. »Und schau, einen Campingplatz gibt es dort auch. Die vermieten sogar Mobilheime. Das ist doch auch etwas, was dir gefällt.« Und sie zeigte Sonja weitere Bilder des Campingplatzes, der direkt an einem kleinen Flüsschen unten im Tal lag – dahinter waren wieder die hohen Berge zu sehen sowie der Ort selbst, der sich an die Bergflanke schmiegte.

Sonja seufzte. »Das sieht wirklich sehr schön aus. Aber ich bin doch gerade erst dabei, mich hier wieder einzuleben.«

»Das eine hat doch nichts mit dem anderen zu tun«, widersprach Dani sofort. »Jeder macht doch auch mal Urlaub. Und wie gesagt, du könntest dabei ja vielleicht auch noch das Geheimnis um diesen Sternenteller lüften. Gib deinem Herzen einen Ruck. Ich merke doch, wie sehr dir die Bilder dieser Landschaft gefallen. Gönn dir diese Auszeit.«

»Ich denke darüber nach«, versprach Sonja. Als sie am Abend in ihrem Bett lag, geisterten noch immer die Bilder durch ihren Kopf, und mit den Gedanken an die wunderschöne Landschaft schlief sie lächelnd ein.

Ein paar Tage später, als sie wieder einmal zusammensaßen, überraschte Joey Sonja mit einer Frage. Er war den ganzen Abend sehr ruhig gewesen, und Sonja hatte sich schon gewundert, was er wohl auf dem Herzen hatte. Mit seiner ruhigen und besonnenen Art bildete er einen wunderbaren Gegenpol zu der quirligen Dani, und meist saß er einfach nur bei ihnen und hörte zu. Doch heute meldete er sich zu Wort und sprach etwas an, womit Sonja nicht gerechnet hatte.

»Weißt du eigentlich, wie es dem anderen Unfallopfer jetzt geht? Hast du Kontakt zu ihm?«

Augenblicklich krampfte sich Sonjas Magen zusammen. Den Gedanken an Markus Seiler hatte sie in ihrem Gedächtnis ganz nach hinten geschoben.

Joey betrachtete sie aufmerksam, und natürlich entging ihm ihre Reaktion nicht.

Als Sonja nicht antwortete, meinte er vorsichtig: »Weißt du, bei uns zu Hause hing ein Sprichwort an der Wand. Ich möchte es dir gern mit auf den Weg geben. Mir war es in meinem Leben ein wichtiger Begleiter, und ich glaube, es könnte auch dir helfen. Aber ob dem so ist, entscheidest natürlich allein du.« Er machte eine Pause.

Dani hielt es wie immer nicht mehr länger aus. »Und, wie lautet es?«

»Manchmal muss man über den eigenen Schatten springen. Nicht für andere, sondern für sich selbst. Damit man wieder frei und leicht ist und der Sonne mit einem Lachen im Gesicht entgegenschauen kann.«

Seine Worte berührten Sonja. Sie nickte nachdenklich. »Vielleicht hast du recht. Weißt du, ich habe ihn damals besucht, da er in derselben Klinik wie ich lag. Das war wenige Wochen nach dem Unfall, als ich aus dem Koma aufgewacht war und die ersten Operationen hinter mir hatte. Ich bin voller Angst und voller Selbstvorwürfe, im Rollstuhl sitzend, zu ihm gefahren. Als er mich gesehen hat, waren da nur purer Hass und unendliche Wut in seinem Gesicht. Er hat mich gar nicht zu Wort kommen lassen, sondern mir sofort entgegengeschleudert: »Wie können Sie es wagen, hier aufzukreuzen! Wollen Sie mit eigenen Augen sehen, was Sie angerichtet haben, welches Leben Sie zerstört haben? Ja, schauen Sie nur her! Sehen Sie, wie ich hier liege – so wird das bleiben, für immer. Die Ärzte machen mir wenig Hoffnung, dass ich jemals wieder werde laufen können. Na, zufrieden? Und jetzt verschwinden Sie hier! Sofort! Ich will Sie nie wiedersehen!«

Dani und Joey schwiegen eine Weile, als Sonja ihnen diese Geschichte erzählt hatte.

Dann meinte Dani: »Ich verstehe ihn. Die Wut musste in dem Moment, als er die Verursacherin des Unfalls sah, aus ihm heraus. Wenn ich versuche, mich in seine Situation hineinzuversetzen, kann ich das sehr gut nachvollziehen.« Sie machte eine Pause. »Aber inzwischen ist einige Zeit vergangen. Vielleicht tut es ihm heute leid, dass er sich nicht mit dir ausgesprochen hat? Vielleicht würde es ihm jetzt helfen, wenn er mit dir über den Unfall reden könnte? Wer weiß das schon? Und um das herauszufinden, würde ich an deiner Stelle noch einen weiteren Versuch starten und ihn besuchen. Kann sein, dass er dich wieder mit Vorwürfen überhäuft, kann aber auch sein, dass ihr euch tatsächlich aussprechen könnt. Und das würde vielleicht euch beiden helfen. Denn es beschäftigt dich sehr. Und wenn du das Ganze verdrängst und ignorierst, dann wird diese Wunde nie heilen können.«

Sonja nickte. »Da hast du tatsächlich recht. Und ich habe ja nichts zu verlieren. Danke, Joey, dass du mir gezeigt hast, dass ich mir selbst nichts Gutes tue, wenn ich das alles wegschiebe.«

»Keine Ursache. Weißt du, es erfordert großen Mut, sich einer Situation auszusetzen, von der man weiß, dass sie sehr unangenehm werden könnte. Mach dir deshalb immer bewusst, wie mutig du bist, wenn du dich solchen Momenten stellst.«

Bevor sie es sich wieder anders überlegen konnte, machte sich Sonja gleich am nächsten Tag mit dem Auto auf den Weg zur Unfallklinik nach Murnau, in die Markus Seiler inzwischen zur weiteren Behandlung verlegt worden war.

Zur Sicherheit hatte sie am Abend zuvor noch einen langen Brief geschrieben. Darin berichtete sie, was sich vor dem Unfall ereignet hatte und warum sie so aufgewühlt und unkonzentriert gewesen war. Sie wollte diesen Brief Seiler auf jeden Fall geben, vor allem wenn er nicht bereit war, mit ihr zu reden. Ob er ihn dann öffnete und las, lag dann nicht mehr in ihrer Hand.

Mit pochendem Herzen und schweißnassen Händen stand sie schließlich vor seiner Zimmertür und klopfte zaghaft.

Als ein »Herein« ertönte, nahm sie allen Mut zusammen und betrat das Zimmer. Auch diesmal lag Markus Seiler im Bett und schaute neugierig, welcher Besuch ihn nun wohl beehrte. Sein Gesicht versteinerte sich jedoch augenblicklich, als er erkannte, wer im Türrahmen stand. Beide sahen sich minutenlang schweigend an.

Zum ersten Mal konnte Sonja sich nun ein Bild von Seiler machen. Beim letzten Besuch war sie so aufgeregt gewesen, der Rauswurf war so schnell erfolgt und zudem Seilers Kopf noch mit Bandagen und Pflastern übersät gewesen, dass sie ihn gar nicht genau hatte erkennen können. Er sah verdammt gut aus – das war in diesem Moment Sonjas erster Gedanke. Das markante Gesicht wurde umrahmt von dichtem dunkelbraunem Haar, das mit Gel so zurechtgezupft worden war, dass es verstrubbelt wirkte und ihm einen verwegenen Look verlieh. Seine Adlernase verstärkte diesen Eindruck noch – ebenso wie die lange Narbe, die sich über die rechte Wange bis hinunter zum Hals zog. Seine schönen braunen Augen hätten das Ganze abmildern können, wenn sie Sonja nicht so feindlich angeblickt hätten. Aber zumindest hatte er sie bis jetzt noch nicht rausgeschmissen.

Sonja riss sich zusammen und räusperte sich. Leise sagte sie: »Es tut mir wahnsinnig leid, was passiert ist. Ich habe eine große Schuld auf mich geladen und möchte, dass Sie wissen, dass mir das bewusst ist. Ich denke Tag und Nacht an Sie und bete für Sie. Wenn es irgendetwas gibt, was ich für Sie tun kann, lassen Sie es mich bitte wissen. Und jetzt gehe ich, wenn Ihnen das lieber ist.«

Sie verstummte und blieb zögernd weiter im Türrahmen stehen.

Seiler hatte bei ihren Worten keine Miene verzogen.

Die Sekunden vergingen, und als Sonja sich gerade abwenden wollte, räusperte er sich.

»Sie könnten mir bitte meine Brille vom Tisch da drüben bringen und aufsetzen, dann sehe ich zumindest genau, wem ich das alles hier zu verdanken habe.«

Sonja schluckte und sah sich nach der Brille um. Hektisch ging sie zum Tisch und griff nach ihr. Tränen traten ihr in die Augen, als sie sie ihm vorsichtig aufsetzte. Wie schrecklich musste es sein, solch selbstverständliche Dinge nicht mehr selbst tun zu können.

»Danke.«

Sie stand nun neben seinem Bett, und sie schwiegen sich wieder an. Sonja nestelte an ihrer Handtasche, öffnete sie und zog den Brief heraus, den sie vorbereitet hatte.

»Der ist für Sie. Ich habe ihn für den Fall geschrieben, dass Sie gar nicht mit mir reden wollen.« Sie legte ihn auf das Nachtkästchen.

Wieder breitete sich Schweigen aus.

»Und was steht da drin? Wie Sie sehen, kann ich ihn gerade nicht öffnen und lesen …« Das hätte pampig klingen können,

113

aber er hatte ein schiefes Lächeln aufgesetzt, und so wurde daraus eine eher sarkastische Bemerkung.

Sonja spürte, wie ihre Anspannung etwas nachließ. »Darin steht, dass ich aufgebracht und aufgewühlt hinter dem Steuer gesessen habe. Ich möchte mich damit nicht entschuldigen – denn das alles ist nicht zu verzeihen. Aber ich wollte es erklären …«

»Dann erklären Sie mal …«

Und Sonja erzählte ihm leise von diesem Abend.

Als sie fertig war, nickte er. »Ich verstehe.«

Sie schwiegen wieder.

»Ich hätte nicht gedacht, dass Sie noch mal kommen. Nachdem ich Sie das letzte Mal so wütend rausgeschmissen habe. Und das hatten Sie verdient.«

Sonja nickte.

»Aber auch meine Wut ändert leider nichts an den Tatsachen hier.« Er blickte an sich herab. An dem reglosen Körper, der sich unter der Decke abzeichnete. »Ich hatte viel Zeit zum Nachdenken. Und auch mein Therapeut hier hat mir Anstöße gegeben, mir Gedanken zu machen. Unter anderem darüber, wie Sie sich nun wohl fühlen. Und weil ich mir vorstellen kann, wie viel Mut es Sie gekostet haben muss, heute hier zu sein, denke ich, wir sollten miteinander reden. Und natürlich werden Sie mir jeden Wunsch von den Augen ablesen.« Er grinste wieder schief.

Sonja kamen erneut die Tränen – dieses Mal vor Erleichterung. »Ich verspreche es hoch und heilig. Mein Gott, bin ich froh, dass Joey mir diesen Tritt in den Hintern verpasst hat.«

»Wer ist Joey? Und welchen Tritt?«

Und so begann ihr erstes Gespräch, dem in den nächsten Wochen noch viele weitere folgten.

114

15. KAPITEL

Moustiers-Sainte-Marie, 2019

Die Straße schlängelte sich kilometerlang sanft bergauf. Teilweise war sie gesäumt von Bäumen, dann erstreckten sich links und rechts wieder Felder. Es war Juni, und die Sonne brachte es hier in der Haute-Provence auf angenehm warme Temperaturen von fünfundzwanzig Grad. Sonja bog um die nächste Kurve und stieß vor Verzückung einen kleinen Schrei aus. Vor ihr erstreckte sich das Hochplateau von Valensole – das Mekka für jeden Lavendelfan. Herrlich blühende lilafarbene Felder säumten die Straße, und die prächtigen Büsche wiegten sich im Wind, so weit das Auge reichte. Entlang der Straße parkten immer wieder Autos, und Menschen standen inmitten der duftenden Blüten – zum Teil mit Selfiesticks, zum Teil in den exotischsten Posen –, um ein Foto inmitten der einzigartigen Pracht zu schießen. Langsam steuerte Sonja den Wagen weiter und hielt ebenfalls nach einer Parkmöglichkeit Ausschau. Schließlich lenkte sie das Auto auf den Parkplatz eines größeren Verkaufsstandes, an dem Lavendelöl, Seife und andere Erzeugnisse aus der Region angeboten wurden. Sie grüßte die Verkäuferin hinter der Theke freundlich und fragte, ob sie den Wagen hier einige Zeit parken dürfte, wenn sie ihr hinterher noch etwas abkaufte. Sie erhielt die Erlaubnis. Und so schnappte sie sich ebenfalls ihr Handy und marschierte mitten hinein in das nächste Feld. Tief atmete sie den Duft der Lavendelbüsche ein und füllte ihre Lungen mit dem kräftigen Aroma, während sie das fantastische Panorama vor ihren Augen auf sich wirken ließ: die lila Felder, die in bläulichem Dunst liegenden Berge im Hintergrund; die Straße, die sich über das Plateau schlängelte; der blaue Himmel, der Mistral, der heute kräftig wehte, das Zirpen der Zikaden und die Abendsonne, welche die ganze Szenerie in ein sanftes Licht tauchte. Selten sprach eine Landschaft so viele Sinne auf einmal an. Sonja streckte ihre Arme nach beiden Seiten aus und ließ ihre Hände beim Gehen durch die blühenden Knospen gleiten. Dann zupfte sie eine Blüte ab und zerrieb sie zwischen den Fingern, während sie daran roch. Zwei Touristen kamen ihr entgegen und boten ihr an, ein Foto zu machen. Sie nahm dankend an und blickte wenig später mit einem verträumten Lächeln in die Kamera ihres Handys. Das Bild würde sie nachher gleich Dani schicken – damit diese sicher sein konnte, dass Sonja auch wirklich in der Provence war.

Für Dani war es in den vergangenen drei Monaten ein schweres Stück Arbeit gewesen, Sonja wieder zurück ins Leben zu holen. Aber eine von Danis nervigsten Eigenschaften war zum Glück ihre Hartnäckigkeit. Immer und immer wieder hatte sie versucht, Sonja die Reise in die Provence schmackhaft zu machen. Und dabei jedes Mal die vielen Fliegen aufgezählt, die sie dabei mit einer Klappe würde schlagen können. Ihre Französischkenntnisse auffrischen, wandern, klettern, die Natur erforschen – und vielleicht sogar herausfinden, warum sich Mimi einen Porzellanteller aus diesem kleinen französischen Bergort bestellt hatte. Markus würde sie das Bild auch schicken. Er war inzwischen mindestens genauso gespannt wie Dani, ob sich hinter dem Porzellanteller irgendein Geheimnis verbarg. Und, das gestand Sonja sich vorsichtig ein, sie hoffte, dass er sie vielleicht ein bisschen vermisste und sich über ein Lebenszeichen von ihr freuen würde.

Langsam schlenderte sie zu ihrem Auto zurück. Dort unterhielt sie sich noch ein wenig mit der Verkäuferin und stellte erfreut fest, dass ihr Französisch kaum eingerostet war. Sprachen verlernt man nicht so schnell. Sie war heilfroh, dass sie während ihrer Ehe zumindest in diesem Punkt nicht nachgegeben hatte. Denn Rolf hätte es damals gern gehabt, dass sie ihren Beruf aufgab und stattdessen ausschließlich dafür sorgte, dass die Wohnung stets perfekt aufgeräumt war, wenn er nach einem anstrengenden Arbeitstag nach Hause kam. Sonja schnaubte, als sie daran dachte. Sie gewann immer mehr Abstand zu Rolf und ihrem Leben mit ihm. Nach und nach erkannte sie, wie sehr sie sich von ihm hatte manipulieren lassen. Er war ein Meister darin gewesen, ihr immer wieder zu vermitteln, wie schön es doch wäre, wenn sie mehr Zeit für ihn hätte und nicht noch Klausuren korrigieren müsste. Auf diese Weise hatte er ihr immer mehr das Gefühl vermittelt, dass sie alles falsch machte. Sie arbeitete zu viel, sie kümmerte sich zu wenig um ihn, sie hatte lauter Träume, die ein Zusammensein mit ihm verhinderten. Und Sonja hatte ihm geglaubt. Dani hatte recht, er hatte ihr sukzessive alles entzogen, anhand dessen ihr hätte deutlich werden können, wie schief ihr Leben gerade lief. Als die Verkäuferin neugierig fragte, ob alles in Ordnung sei, bemerkte Sonja, dass sie völlig in Gedanken gewesen war. Sie riss sich zusammen und nickte lächelnd. Nun war sie ja hier. Nach ein wenig Konversation über das Wetter, die Ernte und die vielfältigen Lavendelprodukte griff Sonja zu einer Seife und einem Lavendelöl. Als die Verkäuferin die beiden Sachen einpackte, fiel Sonjas Blick auf ein paar Fayencen, die etwas abseits auf einem Tisch ausgestellt waren.

»Meine Oma war eine leidenschaftliche Töpferin und Fayencenmalerin«, erzählte Sonja der Verkäuferin, die ihren Blick bemerkt hatte. »Sie hat ihr Leben lang an ihrer Technik gefeilt, immer wieder die Glasuren und die Brenntemperaturen variiert und es am Ende zu nahezu meisterhaften Kunstwerken gebracht. Aber diese hier sind auch wunderschön gearbeitet.«

»Die hier kommen ja auch alle aus Moustiers. Dort gibt es einige Meister ihres Faches. Und jeder versucht, seinen Produkten einen ganz eigenen Charme zu verleihen«, erläuterte die Verkäuferin. »Schau – Valentin hat sich zum Beispiel auf Vasen spezialisiert. Seine Frau ist eine Meisterin im Bemalen mit floralen Motiven. Herbert dagegen setzt lieber auf den Massentourismus.« Sie deutete auf eine Seifenschale. »Er bedient den Touristengeschmack, nichts Besonderes – aber dennoch solide Handwerkskunst. Das muss auch jemand machen. Und hier …« Sie griff nach einem flaschengrünen Teller, der Sonja aufgrund seiner in unterschiedlichen Grüntönen schimmernden kunstvollen Glasur auch schon aufgefallen war. »Dieser ist von Maurice. In seiner Werkstatt entstehen faszinierende Einzelstücke. Er ist ein wahrer Künstler und würde lieber hungern, als seelenlose Touristenkeramik herzustellen – wie er nicht müde wird zu betonen.« Die Verkäuferin lächelte.

Sonja begutachtete den Teller ausgiebig.

»Er hat die Farben des Sees«, fuhr die Verkäuferin fort. »Wenn du länger hier bist, musst du einen Abstecher dorthin machen und mit dem Kajak in den Canyon fahren. Flaschengrünes Wasser … einfach wunderbar.« Ihre Stimme wurde schwärmerisch.

»Der gefällt mir wirklich ausgesprochen gut. Ich würde ihn gern nehmen. Was kostet er denn?«

»Er ist teuer – wie gesagt, ein absolutes Einzelstück und von höchster Qualität. Vierzig Euro.«

Sonja blieb dennoch dabei und kaufte ihn.

Vorsichtig schlug die Verkäuferin den Teller in Zeitungspapier ein. »Du bist auch eine Touristin? Wo wohnst du denn?«

»Ich fahre jetzt noch weiter nach Moustiers und habe mir auf dem Campingplatz Saint Jean ein Mobilheim gemietet.«

»Wunderbar. Von dort hat man einen tollen Blick hinauf in den Ort. Maurice hat mitten im Zentrum seine Verkaufsräume. Falls du bei ihm vorbeischauen solltest, dann richte ihm bitte schöne Grüße aus und sag ihm, dass du bei mir eines seiner Werke erworben hast.«

Sonja schmunzelte. »Das mache ich glatt. Vielleicht lässt er mich dann auch einmal einen Blick über seine Schulter werfen, wenn er in seiner Werkstatt arbeitet. Ein wenig kenne ich mich dank meiner Großmutter ja mit Keramiken aus.«

»Da wünsche ich dir viel Glück. Denn Maurice ist ein Eigenbrötler. Er hat eine große Werkstatt etwas außerhalb des Ortskerns, und dort gibt es tatsächlich Führungen für Touristen. Aber die macht meist eine Studentin, und Maurice verkrümelt sich. Dass er es zulässt, dass ihm jemand beim Arbeiten über die Schulter blickt, halte ich für ausgeschlossen.« Sie schüttelte bedauernd den Kopf. »Aber abgesehen davon: Ich wohne auch in Moustiers. Ich schreib dir meine Nummer auf. Wenn du abends mal Lust auf ein Glas Wein hast, dann melde dich gern. In der Bar am Marktplatz bin ich Stammkundin. Meine Freundin Justine arbeitet dort als Bedienung. Wäre nett, wenn du mal vorbeischaust.« Und schon kritzelte sie eine Nummer auf einen Zettel und überreichte ihn Sonja mit den Worten: »Ich bin übrigens Céline.«

»Ich bin Sonja. Und ja: sehr gern. Ich melde mich. Ich plane, zwei Wochen hierzubleiben, zu wandern und vielleicht auch einmal zu klettern.«

»Auch da kann ich dir Maurice empfehlen. Er ist passionierter Kletterer. Er ist der Beste hier, und deshalb ruft man ihn auch oft, wenn mal wieder ein unvorsichtiger Tourist verunglückt ist und die Bergrettung ausrücken muss.«

119

»Das klingt ja nach einem wahren Tausendsassa. Den schaue ich mir vielleicht gleich morgen mal an«, meinte Sonja lachend und verabschiedete sich.

Langsam fuhr sie die schmale Straße weiter, die geradewegs auf ein hohes Bergmassiv zuführte und, teils von Bäumen gesäumt, teils in Serpentinen, auf Moustiers-Sainte-Marie zuhielt. Die Ansicht des kleinen Örtchens war atemberaubend. Fasziniert stellte Sonja das Auto in einer kleinen Parkbucht am Straßenrand ab und stieg aus, um ihre Umgebung erneut auf sich wirken zu lassen. Nach den Lavendelfeldern auf dem Hochplateau und den anmutig auf den Hügeln verteilten Obstbäumen, Feldern und kleinen Häuschen wirkte das nun vor ihr aufragende Gebirgsmassiv umso wuchtiger und beeindruckender. Die Berge erhoben sich bis auf eine Höhe von knapp zweitausend Metern vor ihr und wirkten wie eine unüberwindbare Wand. Auf etwa einem Drittel der Höhe schmiegten sich die Häuser des Ortes dicht gedrängt an die Felsen. Als ihr Blick nach oben schweifte, sah sie einen Einschnitt zwischen zwei hohen Felsen, der den Blick auf dahinter liegende weitere Berge freigab. Die Sonne, die nun bereits tief im Westen stand, warf ihre letzten Strahlen auf das Örtchen und tauchte es in warme Farben. Die ersten Lichter gingen gerade an, und es sah aus, als finge das Bergmassiv zu leuchten an. Während ihr Blick weiter auf der beeindruckenden Szenerie ruhte, bemerkte sie aus den Augenwinkeln auf einmal ein Glitzern. Als Sonja konzentriert auf die Stelle zwischen den beiden Felsnadeln blickte, erahnte sie den Stern, der dort hängen musste und um den sich so viele Legenden rankten. Er fing die letzten Sonnenstrahlen ein und warf sie funkelnd zurück. In Sonja breitete sich ein warmes Gefühl aus – es war fast so, als ob sie nach Hause kommen würde. Seltsam, dachte sie, schließlich war sie noch nie zuvor hier gewesen. Aber wahrscheinlich fühlte sie sich umgeben von Natur und Bergen einfach überall wohl.

Langsam ging sie wieder zum Auto und legte den letzten Kilometer bis zu ihrem Campingplatz zurück, auf dem sie ein kleines Mobilheim gemietet hatte. Saint Jean lag noch unten auf der Ebene, gehörte aber schon zu Moustiers. Die Besitzerin begrüßte sie freundlich und zeigte ihr die Unterkunft, in der sie die nächsten zwei Wochen verbringen würde. Baguette und Croissants könne sie bei ihr bestellen, erklärte sie, und dann jeden Morgen an der Rezeption abholen. »Das erspart Ihnen den Aufstieg in den Ort.« Sie schmunzelte und deutete auf die Häuser, die sich rund zweihundert Höhenmeter über ihnen nun in voller Beleuchtung zeigten. Sonja bestellte sich gleich für den nächsten Morgen zwei Croissants und fuhr dann mit dem Auto, das sie vor der Rezeption geparkt hatte, zu ihrem Domizil. Sie räumte ihr Gepäck aus und machte sich dann mit Handtuch und ihrer Kosmetiktasche bewaffnet auf die Suche nach den Duschen. Nach zehn Minuten unter dem heißen Wasserstrahl fühlte sie sich wieder erfrischt und erholt von der langen Anreise und machte es sich sogleich mit einem Reise- und Wanderführer, den sie ebenfalls an der Rezeption gekauft hatte, vor ihrem Heim in einem Liegestuhl gemütlich. Sie schenkte sich ein Glas Wein ein und schaltete die Außenbeleuchtung an. Dann vertiefte sie sich in ihre Lektüre, um ein Gefühl für den Ort und einen Überblick über mögliche Wanderungen und Ausflüge zu bekommen. Wie schön es sich anfühlte, hier zu sein! Und noch schöner war es, dass es ihr tatsächlich gelang, sich ganz auf das Geschriebene zu konzentrieren, ohne dass ihre Gedanken von Schuldgefühlen oder Ängsten überlagert wurden. Als sie später zu Bett ging, schlief sie mit den Gedanken an ihre letzte Unterhaltung mit Markus ein.

Am nächsten Morgen öffnete sie nach einer Nacht tiefen und traumlosen Schlafes munter und erfrischt die Tür ihres Mobilheims. Sie atmete die kühle Luft ein. Bewundernd ließ sie ihren Blick über das Panorama schweifen, das sich ihr bot.

Die massive Bergflanke, die sich im Osten erhob und einem das Gefühl vermittelte, hier wäre die Welt zu Ende. Und das erstaunliche Dorf Moustiers, das sich einige Höhenmeter über ihr an ebendiese Flanke schmiegte. Wer war nur auf die Idee gekommen, dort oben Häuser zu bauen, wenn es hier unten im Tal doch so viel einfacher schien? Sie nahm sich vor, das herauszufinden. Denn schließlich wollte sie ja mit den Leuten hier ins Gespräch kommen. Und wie sie die Franzosen kannte, waren sie alle sehr stolz auf ihre Geschichte. Es würde sich sicherlich jemand finden, der ihr bereitwillig Auskunft geben und allerhand Spannendes erzählen würde. Sonjas Magen knurrte und holte sie aus ihren Tagträumen zurück in die Wirklichkeit. Sie machte sich schnell auf den Weg zur Rezeption, um ihr Frühstück in Empfang zu nehmen. Erfreulicherweise gab es dort auch frischen Kaffee und eine Tageszeitung. Mit den Croissants und dem Rest beladen, ging sie zurück zu ihrem Heim und machte es sich auf der kleinen Veranda gemütlich. Es war noch still um sie herum. Wahrscheinlich alles Langschläfer. Auf diese Weise konnte sie in Ruhe ihren Tag planen. Die Lektüre des Reise- und Wanderführers gestern Abend hatte ihr gezeigt, dass es ihr hier mit Sicherheit nicht langweilig werden würde. Heute würde sie als Erstes den Ort erkunden.

Nach einer ausgiebigen Dusche schlüpfte Sonja in ihre Jeans und in eine rot-weiß karierte Bluse. Sie entschied sich für leichte Trekkingschuhe, eine größere Wandertour hatte sie sich für heute nicht vorgenommen. Aber sie wollte auf jeden Fall hinauf zu der Kapelle steigen, von der aus man den Stern hoffentlich deutlich sehen würde. Instinktiv griff sie an ihren Hals und fühlte, ob die Kette und der Anhänger noch an ihrem Platz waren. Alles gut. Dann packte sie etwas zu trinken, Geld und den Reiseführer in ihren kleinen Rucksack und machte sich auf den Weg.

Der Campingplatz hatte einen Hinterausgang, das hatte ihr die Besitzerin vorhin erzählt. Von dort aus führte ein Weg direkt hinauf zur Straße. Diese musste man überqueren, und dann traf man auf eine weitere Straße, die sich steil den Berg nach oben schlängelte, direkt ins Zentrum von Moustiers. Die Pforte der eisernen Hintertür quietschte, als Sonja sie öffnete. Sie schob sich hindurch und überquerte eine Brücke, die über den kleinen Bach führte, der neben dem Campingplatz entlangfloss.

Nach einigen Metern sah sie links ein größeres Gebäude. »Pompiers« war auf der Fassade zu lesen. Die großen Tore bestätigten, dass sich hier die Feuer- und Rettungswache des Dorfes befand; allerdings war sie viel größer, als sie dies bei einem Ort mit so wenigen Einwohnern erwartet hätte. Doch offenbar war hier auch die Bergwacht untergebracht. Und wenn die Touristen die Gegend in Scharen unsicher machten, hatten die Rettungskräfte wahrscheinlich mehr als genug zu tun.

Sonja schlenderte weiter, bis sie zur Straße gelangte, die weiter zum See führte, zum Lac de Sainte-Croix. Sobald sie diese überquert hatte, ging es steil bergauf. Es waren einige Höhenmeter, die sie zurücklegen musste, bis sie die ersten Häuser von Moustiers erreichte. Aber dann nahm der Ort sie mit seinem Charme sogleich gefangen. Verwinkelte Gassen, alte Häuser, der Duft von frischem Baguette, der aus der Boulangerie strömte. Die Häuser strahlten in der Morgensonne in sämtlichen Ocker- und Orangetönen, die an den Fassaden hochwachsenden Sträucher standen in voller Blüte und verströmten einen betörenden Duft. Ein tiefes Bachbett, in dem tosendes Wasser Strudel bildete, teilte das Örtchen, und über den Abgrund spannte sich eine malerische Brücke.

Sonja blieb mitten auf der Brücke stehen, und ihr Blick wanderte nach oben zu den beiden mächtigen Bergzinnen, zwischen denen der Stern hing, gehalten von einem Drahtseil. Der Kapellenweg führte dort hinauf. Man konnte ihn kaum verfehlen, waren doch bereits im Ortszentrum überall im Boden runde Keramikfliesen eingelassen, die darauf hinwiesen. Mit ihrer blauen Bemalung und dem Schriftzug »Chemin de la chapelle« wiesen sie dem Touristenstrom den Weg.

Sonja betrachtete eine der Fliesen genauer. Unter der Wegbezeichnung war noch etwas eingraviert. »Union des fabricants de faïences de Moustiers«. Hier hatte also die Fayencezunft die Gelegenheit ergriffen, sich zu präsentieren. Nicht dass sie es nötig gehabt hätte. Auf ihrem Weg ins Zentrum war Sonja bereits an zahlreichen Schaufenstern vorbeigekommen, in denen Keramiken in sämtlichen Farben und Formen ausgestellt waren. Wie die Verkäuferin gestern schon gesagt hatte, konnte sich hier fast jede Keramikschmiede mit einem ihr eigenen Stil rühmen. So früh am Morgen hatten die Geschäfte allerdings noch geschlossen. Einen Besuch hob sich Sonja deshalb für später auf.

Jetzt setzte sie sich erst einmal vor die nächste Bar in die Sonne und bestellte sich einen Café crème. Während sie wartete, bis ihre Bestellung serviert wurde, legte sie den Kopf in den Nacken, schloss die Augen und ließ sich von der Sonne wärmen. »Ui, der Stern an Ihrer Kette ist ja eine Miniausgabe von unserem Stern hier oben!« Die neugierige Stimme der Bedienung holte sie wieder ins Hier und Jetzt zurück. Sie stand mit einem Tablett vor ihr, auf dem ihr Kaffee dampfte, und hatte ihren Blick auf Sonjas Dekolleté geheftet.

Sonja griff nach der Kette und hob sie an, um den Stern in Augenschein zu nehmen; dann blickte sie nach oben. »Na ja, es ist halt ein Stern. Aber Sie haben recht, dieser Stern – sie strich sanft über ihren Anhänger – hat mich tatsächlich hierhergeführt.«

»Darf ich mir den einmal genauer ansehen?«, fragte die Bedienung.

Sonja nickte, öffnete den Verschluss ihrer Kette und legte sie mitsamt dem Anhänger auf den Bistrotisch.

Die Bedienung beugte sich darüber und studierte den Anhänger ausgiebig. Dann schüttelte sie verwundert den Kopf. »Eigentlich ist das eine tolle Idee. Warum sind da unsere Fayencespezialisten nicht auch schon darauf gekommen? Wäre bestimmt eine Marktlücke, oder?«, überlegte sie laut.

Sonja nickte nachdenklich. »Bestimmt. Aber diesen Anhänger hier hat mir meine Oma geschenkt. Sie hat ihn in ihrer Töpferwerkstatt in Deutschland selbst gemacht.«

»Hm, na ja, vielleicht sollte ich einem der Handwerker hier mal einen Tipp geben«, meinte die Bedienung und grinste. »Natürlich nur gegen eine angemessene Verkaufsprovision.« Sie zwinkerte Sonja zu. »Der Anhänger ist wirklich schön. Erzählen Sie mir die Geschichte, warum er Sie hierhergeführt hat?«

»Justine! Du sollst nicht die Gäste belästigen, sondern arbeiten«, tönte eine ärgerliche Stimme aus dem Lokal. Ein älterer Herr stand mit ärgerlicher Miene in der Tür, die Hände auf die Hüften gestemmt.

Justine lächelte Sonja entschuldigend an. »O weh. Der Sklaventreiber. Ich gehe mal lieber.«

Sonja lächelte. »Ich bin noch ein wenig länger hier. Vielleicht schaffen wir es an einem der nächsten Tage mit der Geschichte.«

Justine nickte und sah dann zu, dass sie schnell die anderen Gäste bediente.

Sonja trank in Ruhe ihren Kaffee, ließ genug Kleingeld als Bezahlung auf dem Tisch liegen und machte sich dann an den Aufstieg zur Kapelle über dem Dorf. Im Nachhinein fiel ihr ein, dass Justine auch der Name war, den ihr die Verkäuferin gestern genannt hatte. Nun, dann wusste sie jetzt ja schon einmal, wo sie abends wahrscheinlich auch Céline begegnen würde. Die Welt war ein Dorf, schmunzelte sie in sich hinein. Buchstäblich.

Der Weg hinauf zur Kapelle war gut ausgeschildert, und die Keramikfliesen im Boden halfen ebenfalls. Als sie die letzten Häuser hinter sich gelassen hatte, führte der Weg in langen gepflasterten Stufen steil bergauf. 262 Stück sollten es laut Reiseführer sein.

Sonja genoss den Aufstieg. Immer wieder pausierte sie, drehte sich um und ließ den Blick über das Dorf und das weite Tal schweifen, das nun vor ihr ausgebreitet dalag. Der Weg schlängelte sich an der Kante des massiven Felsens entlang, begrenzt von einer hüfthohen Steinmauer.

Sie lehnte sich daran, holte ihre Wasserflasche aus dem Rucksack und ließ ihrem Blick und ihren Gedanken freien Lauf. Wenn doch nur Dani mit dabei sein und das alles mit ihr zusammen hätte genießen können.

Ganz kurz dachte sie auch an Rolf und ihren letzten gemeinsamen Urlaub. Im Rückblick fiel ihr wieder ein, wie anstrengend auch Urlaube mit ihm gewesen waren. Nie war er zufrieden gewesen. Das Hotelzimmer war zu klein, das Bett knarzte, der Kaffee zum Frühstück schmeckte nicht. Und immer vermittelte er Sonja das Gefühl, dass sie an der Misere schuld war. Denn schließlich war sie es ja gewesen, die unbedingt in den Urlaub hatte fahren wollen. Er selbst wäre genauso gern einfach nur zu Hause geblieben und hätte sich dort von ihr verwöhnen lassen.

Sonja seufzte. Ein tiefes Gefühl der Erleichterung stellte sich ein – und sie ließ es zu. Endlich war sie unabhängig und konnte das Leben genießen, ohne auf Schritt und Tritt darauf achten zu müssen, ob ihrem Herrn Gemahl mal wieder eine Laus über die Leber gelaufen war. Was für eine Befreiung.

Den Aufstieg zur Kapelle Notre-Dame-de-Beauvoir säumte ein Kreuzweg, an dem immer wieder Pilger innehielten.

Der Touristenstrom hatte in der vergangenen Stunde stetig zugenommen. Jetzt waren nicht mehr nur die Frühaufsteher unterwegs. Und mit den Besucherzahlen war auch die Temperatur gestiegen.

Als Sonja oben ankam, nutzte sie deshalb die Gelegenheit und betrat das Innere der Kapelle. Dort war es angenehm kühl. Sie suchte sich auf einer der Holzbänke einen Platz. Die Kapelle war schlicht gehalten mit ihren hellen Wänden aus bloßem Stein und den hohen Kreuzgewölben. Umso auffälliger war der Altar, der protzig golden die Blicke auf sich zog.

Nach ein paar Minuten des stillen Gedenkens machte sie sich wieder auf den Weg nach draußen. Sie umrundete die Kapelle ein kleines Stück und schlüpfte dann neugierig durch ein hohes Steinportal – vielleicht noch der Rest einer weiteren wuchtigen Anlage aus vergangenen Zeiten –, das einen kleinen Durchlass bot. Dahinter schlängelte sich ein Trampelpfad den Fels entlang.

Sonja folgte ihm und hoffte, auf diesem Weg zu den Grotten aus Tuffstein zu kommen, von denen sie im Reiseführer gelesen hatte, und vielleicht einen Pfad ganz nach oben zu entdecken, wo die Befestigung für die Kette des Sterns im Fels verankert sein musste.

Doch zunächst ging es ein wenig bergab. Immer wieder erhaschte sie einen Blick auf den Stern und die Kette, die ihn hielt. Allein diese wog laut Reiseführer vierhundert Kilo, und elf Mal sollte der Stern schon heruntergefallen sein – das letzte Mal 1995.

Sonja hoffte, dass dies nicht ausgerechnet heute das zwölfte Mal passieren würde. Doch beim letzten Mal war der Bischof von Digne anwesend gewesen – vielleicht half das, den Stern dieses Mal länger am Himmel zu halten.

Sonja war nun froh über ihre Wanderschuhe, denn der Weg war abwechselnd voller Geröll und dann wieder feucht und rutschig. Als sie um die nächste Kehre bog, entdeckte sie einige Felsöffnungen – kleine Höhlen, die das Wetter über

Jahrtausende in den Tuffstein geschliffen hatte. Überrascht sah Sonja, dass sich in einer davon eine Madonnenstatue sowie einige frische Blumen befanden. Eine andere war so groß, dass sie offenbar als kleine Kapelle genutzt wurde. Am Eingang befand sich ein Eisenzaun, in den eine Tür eingelassen war.

Sonja drückte die Klinke herunter, und die Tür öffnete sich geräuschlos. Sie betrat die kleine Felsöffnung und betrachtete die Madonnenfigur, die wiederum ehrfürchtig auf ein einfaches Holzkreuz blickte.

Sonja wollte sich gerade wieder abwenden, als ihr Blick auf eine weitere Gestalt fiel, die sie zunächst auch für eine Statue hielt – so ruhig verhielt sie sich. Doch beim genaueren Hinsehen bemerkte sie, wie die Schultern des Kindes zuckten.

Sonja trat vorsichtig näher, um das Mädchen – darauf ließen das rosafarbene T-Shirt und die Glitzerturnschuhe schließen, die sie nun erkennen konnte – nicht zu erschrecken. Das Kind hatte das Gesicht von ihr abgewandt und Sonja offenbar nicht kommen hören, so sehr war es mit sich beschäftigt.

Sonja beschloss, leise auf sich aufmerksam zu machen. »Alles klar bei dir? Hast du dich verlaufen? Kann ich dir irgendwie helfen?«

Das Mädchen zuckte zusammen und fuhr herum. Nun konnte Sonja sehen, dass sie weinte. Ihr Gesicht war nass von Tränen, die sie energisch wegwischte, als sie erkannte, dass eine Fremde vor ihr stand. »Ja. Ist schon in Ordnung. Ich komme öfter hierher, wenn ich meine Ruhe haben möchte«, antwortete sie.

»Das kann ich verstehen. Es ist schön hier oben«, erwiderte Sonja vorsichtig, unschlüssig, ob sie das Mädchen auf ihren Kummer ansprechen sollte oder nicht. Sie beschloss, erst einmal mit ihr ins Gespräch zu kommen. Aus ihrem Rucksack kramte sie einen Apfel und hielt ihn dem Mädchen hin.

»Möchtest du? Ich bin übrigens Sonja.«

»Valérie. Ich wohne da unten.« Valérie nickte Richtung Höhlenöffnung und wollte damit wohl andeuten, dass sie aus Moustiers stammte. Dann griff sie nach dem Apfel und biss herzhaft hinein.

»Willst du mir von deinem Kummer erzählen?«, fragte Sonja vorsichtig, während Valérie kaute. Sie setzte sich auf eine der Holzbänke und bedeutete dem Mädchen, neben ihr Platz zu nehmen.

Valérie setzte sich hin und schwieg eine Weile. Dann platzte es aus ihr heraus. »Meine Eltern lassen sich scheiden. Meine Mama hat einen neuen Freund und ist zu ihm ans Meer gezogen. Sie hat Papa und mich einfach hier zurückgelassen. Ich hasse sie.«

Sonja schluckte. Das hatte sie jetzt von ihrer Fragerei. Mit einem so schwerwiegenden Problem hatte sie nicht gerechnet. Sie musterte die Kleine. Wie alt mochte sie sein? So um die zehn Jahre vielleicht. Ob ihr Vater sie schon vermisste und nach ihr suchte?

»Oh. Ja, das verstehe ich, dass du da weinen musst. Das ist verdammt schwierig, und du fühlst dich wahrscheinlich allein gelassen.«

Valérie schniefte erneut. »Nein. Meine Mutter ist eine blöde Kuh. Die hat meinen Vater gar nicht verdient. Ich bin froh, dass sie weg ist. Aber meinem Papa geht es damit gar nicht gut. Wegen ihm weine ich – weil er sich das alles so sehr zu Herzen nimmt. Dabei hat sie ihn seit Jahren betrogen.«

Sonja war zu schockiert, um darauf eine unmittelbare Antwort zu finden. Verwirrt blickte sie zur Madonna, als könnte sie von ihr eine Eingebung bekommen, wie sie das Gespräch am besten weiterführen sollte.

»Ja, so ist die Liebe leider manchmal. Man kann sich nicht aussuchen, an wen man sein Herz verliert. Auch wenn derjenige es vielleicht gar nicht verdient. Es braucht dann einfach einige Zeit, bis es wieder heilt.«

Valérie blickte sie aufmerksam an. Die Tränen waren nun versiegt. »Wird es wieder heilen?«

»Ja, da bin ich sicher.«

»Gut. Denn ich habe den besten Papa der Welt.«

»Was meinst du, wird dich der beste Papa der Welt nicht schon vermissen? Bist du ganz allein hier raufgelaufen? Wahrscheinlich macht er sich schon Sorgen. Wollen wir zusammen wieder ins Dorf hinunterwandern? Du könntest meine Fremdenführerin sein. Was hältst du davon?«

Valérie nickte und sprang auf. »In Ordnung. Ich bringe dich hinunter.«

Sonja musste schmunzeln angesichts der Vorstellung, dass Valérie sie als so hilfsbedürftig ansah. Aber wenn es dem Ziel diente, die Kleine wieder sicher zu ihrem Vater zu bringen, dann sollte ihr das recht sein.

»Kletterst du öfter allein in den Bergen herum?«, fragte Sonja, als sie die Kapelle hinter sich gelassen hatten und dem Pfad ins Tal folgten.

»Ja, natürlich. Ich will ja auch einmal Bergretterin werden, so wie Papa. Das hier ist doch nur ein kleiner Spaziergang – pah. Aber morgen darf ich vielleicht endlich mal bei einer großen Übung der Bergwacht dabei sein – wenn ich Papa noch überreden kann, dass ich schon alt genug dafür bin. Der ist manchmal so bockig und stur. Sogar Nicolas und Manu dürfen da schon mit, und die sind jünger als ich.«

Sonja musste schmunzeln, so energisch war Valérie. »Wie alt bist du denn?«

»Zehn. Aber in ein paar Wochen werde ich elf.«

»Und ab wann darf man hier in Frankreich bei der Bergrettung aktiv werden?«

»Na ja, so richtig aktiv erst, wenn man erwachsen ist«, antwortete Valérie genervt und machte eine verächtliche Handbewegung. »Aber das gilt doch nicht für mich. Ich komme aus einer Bergretterfamilie und kenne die Berge hier wie meine Westentasche. Ich bin mit Papa auf allen Gipfeln unterwegs, seit ich laufen kann. Ich kann auch klettern. Und das morgen ist ja nur eine Übung. Und ich will ja auch nur zuschauen. Das muss er mir doch einfach mal erlauben, was meinst du?« Sie blickte Sonja fragend an.

Sonja war lieber vorsichtig mit einem Urteil. »Er will bestimmt nur dein Bestes«, sagte sie. »Weißt du, bei solchen Einsätzen sieht man oft wirklich schlimme Dinge. Das reicht auch in ein paar Jahren – du hast ja noch so viel Zeit.«

Offenbar war das nicht das gewesen, was Valérie gern gehört hätte. Sie zog einen Schmollmund und trottete stumm und mit verschränkten Armen weiter.

Fünf Minuten später fand sie ihre Sprache wieder. »Woher weißt du das eigentlich? Und wo kommst du überhaupt her?«

»Ich komme aus Deutschland und mache hier Urlaub.«

»Du sprichst aber gut Französisch. Ich habe gedacht, dass du Französin bist.«

»Das ist aber ein schönes Lob. Danke. Darüber freue ich mich sehr. Ich bin nämlich Französischlehrerin. Und das mit der Bergrettung weiß ich, weil ich das früher selbst gemacht habe.«

»Und warum machst du es nicht mehr?«

Sonja hatte vergessen, wie neugierig Kinder sein können. Jetzt musste sie antworten, und sie ahnte, in welche Richtung die Fragerei weitergehen würde; deshalb zögerte sie ein wenig.

»Weißt du ... ich habe einen Mann kennengelernt, und dann musste ich mich entscheiden – für ihn oder für die Bergrettung.«

»Warum?«

»Weil ich ja als Retter oft auch an den Wochenenden Einsätze gehabt hätte, dazu die vielen Übungen und Lehrgänge. Das hätte viel Zeit gekostet.«

Valérie nickte verständnisvoll. »Das hat meine Mutter auch immer gesagt. Aber wenn Papa dann zu Hause war, dann war sie oft mit ihren Freundinnen unterwegs oder beim Shopping oder im Kino. Das hat sie dann auf einmal nicht zu viel Zeit gekostet. Wenn sie das gemacht hätte, wenn Papa unterwegs war, wäre alles kein Problem gewesen.«

Sonja nickte. Irgendwie kam ihr das bekannt vor. Sie war dankbar, dass nach der nächsten Kurve die ersten Häuser auftauchten. Im Zentrum des Ortes verabschiedete sich Valérie von ihr. »Du bist nett. Komm uns doch mal besuchen – mein Vater, er heißt übrigens Maurice, arbeitet gleich dort drüben.« Sie zeigte auf eine der Fayencewerkstätten, die den Weg hier im Herzen des Dorfes säumten und aus deren Tür gerade zwei Kunden traten.

Sonja nickte. »Sehr gern. Aber jetzt sieh zu, dass du nach Hause kommst.«

»Ja, mache ich. Ich muss Papa schließlich aufmuntern. Danke für den Apfel. Bis bald.«

»Bis bald, Valérie!«

* * *

Sonja sah ihr nach, bis sie hinter der Eingangstür verschwunden war und sie sicher sein konnte, dass Valérie sich nicht auf die nächste Klettertour begab.

16. Kapitel

Horgau, 1949

Endlich wurde alles etwas leichter. Vier Jahre nach Kriegsende hatte Amalie nun das Gefühl, ihr Leben langsam wieder in den Griff zu bekommen. Und nicht nur ihr ging es so. Rundum schienen Aufbruchstimmung und ab und zu sogar ein wenig Optimismus um sich zu greifen. Die Jahre nach Kriegsende waren hart gewesen. Das Land und die Wirtschaft lagen in Trümmern, immer mehr Gräueltaten der Nazis wurden publik, und die Versorgungslage war extrem schwierig. Doch in diesem Frühjahr verspürte Amalie zum ersten Mal seit langer Zeit wieder Vorfreude auf den Sommer. Es hatte gedauert, bis sie den Verlust von Georges einigermaßen verkraftet hatte. Noch immer dachte sie jeden Tag an ihn und daran, dass er ihr bei ihrem letzten Zusammensein noch einmal versprochen hatte, wiederzukommen, sobald es möglich war, und sie seinen Eltern vorzustellen als seine künftige Frau. Sie hatten sich nicht einmal richtig verabschieden können. Als 1945 eines Morgens die Amerikaner am Bahnhof angekommen waren, war alles ganz schnell gegangen. Die deutschen Aufseher hatten versucht zu flüchten, doch das war ihnen nicht gelungen. Und dann durften die Kriegsgefangenen einfach gehen. Amalie, die auf dem Feld gearbeitet hatte, hatte nicht schnell genug laufen können, um Georges noch einmal zu Gesicht zu bekommen. Die Amerikaner hatten ihn und all die anderen Gefangenen einfach in den Zug verfrachtet und nach Hause geschickt. Als Amalie atemlos am Bahnhof ankam, verriet ihr die Stille ringsum, dass der Krieg nun wirklich vorbei und Georges auf dem Weg zurück in seine Heimat war. Fassungslos, dass sie sich nicht einmal hatte verabschieden können, hatte sie sich mitten auf den Bahnstieg sinken lassen, ihren Kopf in den Armen vergraben und ihrer verlorenen Liebe nachgeweint. Seitdem hielt sie verzweifelt an der Hoffnung fest, dass sie sich irgendwann wiedersehen, heiraten und glücklich werden würden.

Nun stand sie in ihrem Garten und blickte sich um. Gerade erst hatte sie das Gemüsebeet frisch bepflanzt und hoffte, dass die Ernte sie dieses Jahr gut über den Winter bringen würde. Hinter dem Beet war das Gehege für die Hühner. Inzwischen hatte sie zwanzig Stück, die so gut legten, dass sie die Eier sogar verkaufen konnte. Das brachte zwar nicht viel ein, aber sie war um jeden Pfennig froh. Ihr Einkommen war mager – sie half oft bei den umliegenden Bauern auf dem Feld oder im Stall aus und erhielt dafür eine geringe Entlohnung. Seit ihre Mutter im vergangenen Frühjahr an der Grippe gestorben war, musste sie sich allein durchschlagen. Mit Wehmut dachte sie an ihre Mama. Von all den Schicksalsschlägen hatte sie sich nie wieder richtig erholt. Sie war schwermütig geworden, hatte kaum noch gegessen, und für alles hatte ihr die Kraft gefehlt. Als sie sich dann auch noch die Grippe einfing, war es sehr schnell mit ihr zu Ende gegangen.

Seitdem musste Amalie allein zurechtkommen. Zum Glück durfte sie in dem Bahnhäuschen wohnen bleiben, obwohl sie noch nicht volljährig war. Die Aufgaben des Bahnwärters hatte Konstantin übernommen, einer der wenigen jungen Burschen, die halbwegs unversehrt aus dem Krieg zurückgekehrt waren. Er wohnte auf dem Hof seiner Eltern ein paar Hundert Meter weiter die Straße hinunter. Wohnraum brauchte er also nicht. Und so hatten sich alle Beteiligten darauf geeinigt, dass Amalie bleiben konnte, solange sie den kleinen Bahnsteig sowie Haus und Grund gut in Schuss hielt. Und das tat sie. Aber vielleicht hatte ihre wieder aufflammende Lebensfreude ja auch mit Konstantin zu tun. Seit Monaten schon machte er ihr den Hof, denn er war bis über beide Ohren in sie verliebt. Immer wieder brachte er ihr etwas Süßes vorbei, oder er bot an, ihr im Garten zu helfen. Und gestern Abend hatte er seinen ganzen Mut zusammengenommen und sie gefragt, ob sie mit ihm am Sonntagnachmittag einen Spaziergang machen wollte. Amalie hatte eine Ausrede vorgeschoben, um ihre Antwort noch ein wenig hinauszögern zu können. Sie war sich ihrer Gefühle für ihn nicht sicher. Er war in ihren Augen noch ein halbes Kind – auch wenn er einige Jahre älter war als sie.

Ihr Herz hing noch immer an Georges. Sie konnte ihn nicht vergessen. Ihre erste große Liebe. Wie seine Hände zärtlich ihren Körper gestreichelt und sie sich in dem kalten Keller aneinandergeschmiegt hatten. Seine Lippen auf ihren. So viele Gefühle regten sich allein beim Gedanken daran in ihr. Wenn sie dagegen Konstantin vor sich stehen sah mit seinen sanften rehbraunen Augen und seinem bittenden Blick, dann fühlte sie nicht mehr als schwesterliche Liebe. Er war nett, er sah gut aus, er war aufmerksam, und er wäre bestimmt ein treuer Partner. Aber irgendwie konnte sie sich mit ihm keine Beziehung vorstellen. War nur die erste Liebe so gewaltig, nahm so viel Raum ein und setzte so viel Energie frei? Ging es Georges genauso? Dachte er auch noch so oft an sie? Aber warum meldete er sich dann nicht? Er musste ja nicht gleich herkommen, aber er kannte doch ihre Adresse. Ein Brief würde ihr ja schon genügen. Ein Lebenszeichen. Ein Zeichen, dass er noch immer genauso empfand wie sie. Oder hatte er sie vielleicht schon vergessen? Seit Konstantins offensichtlichem Interesse an ihr drehten sich ihre Gedanken im Kreis. Doch nun würde er jeden Moment vorbeikommen und hatte dann eine Antwort von ihr verdient. Vielleicht sollte sie es einfach einmal versuchen. Was war schon dabei, am Sonntag mit ihm spazieren zu gehen? Möglicherweise entwickelten sich Gefühle ja auch erst nach und nach. Vielleicht sollte sie ihm eine echte Chance geben. Schließlich war er hier und Georges weit fort. Sie straffte ihre Schultern. Ihr Entschluss stand fest. Und als Konstantin wenig später vor ihr stand und sie ihm zusagte, am Wochenende gemeinsam etwas zu unternehmen, strahlte er über das ganze Gesicht. Als sie dann einige Tage später zusammen durch den Wald schlenderten, griff er schüchtern nach ihrer Hand. Und Amalie ließ es zu. Konstantin lächelte sie glückselig an. Händchen haltend unterhielten sie sich, und Amalie wartete verzweifelt darauf, dass sich auch bei ihr ein Hochgefühl einstellte …

Knapp ein Jahr später saß sie abends vor dem Radio und hörte die täglichen Nachrichten. Als das Wort »Frankreich« fiel, horchte sie auf. Der französische Außenminister Robert Schuman hatte heute einen Plan vorgestellt, der Frankreich und Deutschland einander künftig wieder näherbringen sollte.

Der Radiosprecher verlas gerade die Übersetzung: »Der Friede der Welt kann nicht gewahrt werden ohne schöpferische Anstrengungen, die der Größe der Bedrohung entsprechen. Die französische Regierung schlägt vor, die Gesamtheit der französisch-deutschen Kohle- und Stahlproduktion einer gemeinsamen Hohen Behörde zu unterstellen.«

Amalie schnappte nach Luft. War das die Annäherung, von der sie so lange geträumt hatte? Noch immer hatte sie Georges' Worte im Ohr, als er düster vorausgesagt hatte, dass es auch nach dem Krieg schwierig bleiben würde, wenn sich ein Franzose und eine Deutsche liebten.

Heute, fünf Jahre nach Kriegsende, musste Amalie ihm zustimmen. Was sie als Sechzehnjährige mit ihren idealistischen Zukunftsträumen nicht hatte wahrhaben wollen, erkannte sie nun umso deutlicher. Zu schlimm waren der Hass, die Angst und die Verluste auf beiden Seiten nach dem Krieg gewesen. Und da man zunächst auch nach dem Krieg nur mit dem Überleben beschäftigt war und einem auf Schritt und Tritt die Zerstörungen und das Leid der vergangenen Jahre begegneten, blieb kein Platz für eine gegenseitige Annäherung.

Dafür würde es vermutlich Jahre, wenn nicht Jahrzehnte brauchen – davon war Amalie inzwischen überzeugt. Denn wenn selbst die Deutschen in der Kneipe noch immer über die Russen herzogen und die Alliierten für unzählige zerstörte Städte und Todesopfer verantwortlich machten, wie musste es dann erst in Frankreich sein, wo man sich mit Sicherheit zu Recht als Opfer des Hitler'schen Größenwahns sah. Doch nun wollten sich die beiden Staaten offenbar tatsächlich wieder annähern. Vielleicht würde dann auch Georges bald kommen und sie zu sich holen? Amalies Herz machte bei diesem Gedanken einen riesigen Freudensprung. Wenn sie diesen Schuman-Plan als Durchbruch sah, würde Georges das bestimmt auch tun. Und wenn nun die Politiker wieder versöhnliche Töne anschlugen, dann mussten sie dafür doch auch Rückhalt in der Bevölkerung haben.

Amalie war überzeugt, dass dies ein Zeichen war. Bestimmt würde Georges nun bald hier auftauchen. Doch dann beschlich sie ein zutiefst ungutes Gefühl. Denn da war ja auch noch Konstantin. Sie waren inzwischen ein Paar, und vor wenigen Wochen hatte er um ihre Hand angehalten. Die Antwort war sie ihm noch immer schuldig. Mit jedem Tag, an dem er sie verzweifelt ansah und förmlich um eine Antwort bettelte, wurde ihr schwerer ums Herz. Sie mochte ihn, doch richtig tiefe Gefühle für ihn hatten sich noch immer nicht bei ihr eingestellt. Und nun war die Sehnsucht nach Georges auf einen Schlag wieder da. Sie konnte unmöglich Konstantins Frau werden, solange sie nicht sicher war, ob es für Georges und sie nicht doch noch irgendeine Chance gab. Und wenn sie dafür selbst nach Frankreich fahren musste. Bei diesem Gedanken wurde sie ganz aufgeregt. Wenn es nun eine offizielle Annäherung der beiden Länder gab, dann konnte sie vielleicht tatsächlich selbst die Reise auf sich nehmen? Es wäre zumindest eine Option, sollte von Georges auch in den kommenden Monaten kein Lebenszeichen kommen. Amalie nagte an ihrer Unterlippe. Doch Konstantin hatte in jedem Fall endlich eine Antwort verdient. Auch wenn es nicht die sein würde, die er sich erhoffte. Amalie musste ihm endlich reinen Wein einschenken und ihm ihre Zweifel an ihren Gefühlen und die immer noch bestehende Hoffnung auf ein Leben mit Georges beichten. Vielleicht würde er warten, bis sie Klarheit über all das hatte, vielleicht auch nicht. Aber dieses Risiko musste sie wohl eingehen.

Die Wochen vergingen, ohne dass Georges kam. Amalie wurde immer unruhiger. In den Nachrichten häuften sich die Meldungen, die von Verbesserungen im deutsch-französischen Verhältnis berichteten und Amalie nur noch verzweifelter werden ließen, weil ihr Geliebter nicht auftauchte. Vielleicht ging es ihm nicht gut? Vielleicht konnte er gerade nicht weg von zu Hause? Ihr Plan, sich auf den Weg zu ihm zu machen, nahm immer mehr Gestalt an. Zumal sie endlich die Aussprache mit Konstantin hinter sich gebracht hatte.

Er hatte ihre Absage in Bezug auf eine Heirat gelassener aufgenommen, als sie befürchtet hatte. »Ich wusste immer, dass dein Herz einem anderen gehört«, sagte er traurig. »Ich hatte allerdings gehofft, dass ich es Stück für Stück für mich erobern könnte. Aber ich habe in den letzten Wochen gemerkt, dass sich mein Traum wohl nicht erfüllen wird, und mich schon darauf eingestellt, dass du mir einen Korb gibst.«

Amalie senkte beschämt den Kopf. »Es tut mir schrecklich leid. Ich habe mir auch gewünscht, dass wir beide eine gemeinsame Zukunft haben. Aber ich merke, dass es nicht geht.«

Konstantin nickte. »Ich werde in die Stadt ziehen. Mein Traum war es immer, eine Schreinerlehre zu machen. Ich habe mich umgehört und kann ab September dort anfangen. Ich wünsche dir alles Gute, Amalie.« Und mit diesen Worten waren sie auseinandergegangen.

Amalie sparte bereits seit Monaten jeden Pfennig, um genug Geld zusammenzubekommen und sich auf die Reise machen zu können. Wenn Georges nicht zu ihr kommen wollte oder vielleicht aus irgendwelchen Gründen nicht kommen konnte, dann würde sie nun die Initiative ergreifen. Sie organisierte Landkarten, ein Wörterbuch und viele andere Kleinigkeiten, die sie benötigen würde, um sicher an ihr Ziel zu gelangen.

17. Kapitel

Moustiers-Sainte-Marie, 1951

Seit zwei Tagen war Amalie nun bereits unterwegs. Sie hatte an mehreren Bahnhöfen stundenlang auf den nächsten Anschluss gewartet und sich im Zug mit Bäuerinnen unterhalten, die auf dem Weg zum nächsten Markt waren und ihre Hühner im Gang neben sich abgestellt hatten. Sie hatte die lüsternen Blicke unzähliger junger Männer ertragen, die dachten, eine allein reisende Dame sei Freiwild. Wenn selbst ihr abweisender Blick und das sittsam um ihre Haare geschlungene Kopftuch nichts mehr geholfen hatten, hatte sie ihnen mit dem Satz »Ich bin auf der Fahrt zu meinem Verlobten« den Wind aus den Segeln genommen. So anstrengend all dies gewesen war, nichts hatte sie auf das Gefühl völliger Verlassenheit vorbereitet, das sie direkt nach dem Grenzübertritt nach Frankreich überfallen hatte.

Denn nun war sie in einem fremden Land unterwegs, dessen Sprache sie nur bruchstückhaft sprach und in dem sie immer mehr spürte, dass sie alles andere als willkommen war.

»Boche«, zischte man ihr zu, sobald sie versuchte, sich irgendwo durchzufragen. Offenbar erkannten fast alle ihren deutschen Akzent und gingen beinahe umgehend auf Abstand.

Von wegen Annäherung. Davon war hier bislang nichts zu spüren, und von Minute zu Minute wurde sie unsicherer, ob ihre Reise wirklich eine gute Idee gewesen war.

Amalie umklammerte krampfhaft ihren kleinen Koffer, den sie auf ihren Knien abgestellt hatte. Sie befand sich auf der letzten Zugetappe. In Kürze würde sie in einer Stadt namens Digne ankommen. Wie sie von dort weiterkommen sollte, wusste sie noch nicht. Sie hoffte auf eine Busverbindung, denn für ein Taxi würde ihr Geld nicht reichen – falls es überhaupt eines gab. Aber irgendwie mussten ja schließlich auch die Dörfler aus abgelegenen Gegenden in den nächsten größeren Ort kommen. Mit dem Hindernis, dass sie die Sprache nur schlecht beherrschte, hatte sie gerechnet. Aufgrund ihres Optimismus war sie davon ausgegangen, dass ihr das Wörterbuch in ihrer Handtasche, ihr Charme und eine Verständigung mit Händen und Füßen überall weiterhelfen würden. Worauf sie nicht gefasst gewesen war, waren das Misstrauen, die Feindseligkeit und die oft brüske Ablehnung jeder Bitte um Hilfe, sobald ihrem Gegenüber klar wurde, dass sie Deutsche war.

Mit jedem Kilometer, den der Zug sie von der deutschen Grenze ins französische Landesinnere brachte, wurde ihr mulmiger zumute. Mehrmals war sie kurz davor, am nächsten Bahnhof einfach den nächsten Zug zurück zu nehmen. Doch dann erinnerte sie sich an die vergangenen Jahre. Wie lange hatte sie schon von Georges geträumt, wie lange jeden Pfennig zurückgelegt und sich über alles informiert, was sie über Frankreich in Erfahrung bringen konnte. Da konnte sie jetzt nicht einfach umkehren, nur weil es nicht ganz so lief, wie sie es sich erhofft hatte. Nein – das kam nicht infrage.

Gedankenverloren kramte sie den letzten Apfel aus ihrer Handtasche und biss hinein. Moustiers-Sainte-Marie, so hieß das Dorf, aus dem er kam. Es lag in der Provence, und allein der Name klang in Amalies Ohren schon wundervoll.

141

Es hatte Monate gedauert, bis sie alles vorbereitet hatte, doch nun saß sie hier im Zug, mitten in Frankreich, und der Bahnhof von Digne kam ins Blickfeld.

Nach der Ankunft schulterte sie ihre große, schwere Handtasche und nahm den Pappkoffer in die Hand. Es war später Nachmittag. Heute würde sie es wohl nicht mehr bis nach Moustiers schaffen. Außerdem wollte sie nicht müde und kaputt dort ankommen. Deshalb musste sie sich zunächst hier eine Unterkunft suchen. Suchend blickte sie sich auf dem Bahnhofsplatz um und entdeckte prompt eine Hinweistafel zu einer Auberge.

Nachdem sie dort wieder abschätzige Blicke und herablassendes Verhalten über sich hatte ergehen lassen, hielt sie endlich den Zimmerschlüssel in der Hand, öffnete die Tür und ließ sich erschöpft auf das wackelige Bett fallen. Ihr letzter Gedanke, bevor ihr die Augen zufielen, galt Georges, den sie morgen hoffentlich endlich wiedersehen würde. In ihren Träumen lag sie bereits in seinen Armen. Er wirbelte sie herum, und seine Augen strahlten vor Freude. Irgendwo läuteten Hochzeitsglocken …

Als Amalie erwachte, knurrte ihr Magen und erinnerte sie daran, dass sie außer dem Apfel seit gestern Mittag nichts Anständiges mehr gegessen hatte. Sie goss sich Wasser aus einem bereitgestellten Krug ins Waschbecken, machte sich ein wenig frisch, kämmte ihr Haar und zog ein frisches Kleid an. Dann packte sie ihre Sachen zusammen, händigte dem Portier wieder den Schlüssel aus und verließ ihre Unterkunft. Suchend sah sie sich nach einer Bäckerei oder einem Laden um, um sich dort etwas zu essen zu besorgen und, wenn möglich, auch noch eine Auskunft zu erhalten, wo und wann ein Bus nach Moustiers fuhr.

Und dieses Mal hatte sie tatsächlich Glück. In der Bäckerei bediente ein junges Mädchen, das neugierig war, wo die Fremde, die gleich drei Croissants verschlang, herkam und wo sie hinwollte. Amalie vergaß zum ersten Mal, seit sie in Frankreich war, ihre Hemmungen und versuchte, so gut sie konnte, sich verständlich zu machen. Sie nahm ihre Hände und immer wieder das Wörterbuch zu Hilfe. Wenn Céleste, so hieß die junge Dame, sie dennoch nicht verstand, machte sie Skizzen auf einem Stück Einwickelpapier, zum Beispiel einen Bus und ein Dorf. Stück für Stück brachte sie in Erfahrung, dass es noch etwa vierzig Kilometer bis Moustiers waren, dass nur selten ein Bus dorthin fuhr und dass morgen in dem kleinen Bergdorf Markt war.

»Morgen früh fährt auch meine Mutter dorthin. Wir haben auf dem Markt einen Stand mit unseren Kuchen. Wenn du magst, frage ich sie, ob sie dich in unserem Lieferwagen mitnimmt. Das geht schneller als mit dem Bus.«

Erfreut nickte Amalie. Sie würde zwar noch einmal eine Nacht hierbleiben müssen, aber die Aussicht, in freundlicher Begleitung in Moustiers anzukommen, war sehr erfreulich. Und ob sie jetzt noch einen Tag länger warten musste, bis sie Georges endlich wiedersah, war nach all den Jahren auch schon egal. Da sie nicht wusste, was sie den ganzen Tag machen sollte, fragte sie Céleste kurzerhand, ob sie ihr helfen könne, um sich für die Mitfahrgelegenheit zu revanchieren. Und so fand sie sich kurze Zeit später hinten in der Backstube neben Célestes Mutter wieder und rührte und knetete Teig für all die Kuchen, die sie morgen zusammen nach Moustiers fahren würden.

Auch Célestes Mutter erwies sich als umgänglicher Mensch. Amalies Französischkenntnisse wuchsen im Lauf des Tages enorm, und ihr Selbstvertrauen kehrte langsam wieder zurück.

Nach einem langen Arbeitstag durfte sie dann sogar auf der Couch im Wohnzimmer übernachten und sparte sich auf diese Weise die Kosten für eine weitere Nacht im Hotel.

Am nächsten Morgen verluden sie die Ware in aller Frühe in den kleinen Lieferwagen. Amalie verabschiedete sich von

Céleste und ließ sich neben deren Mutter auf den Beifahrersitz sinken. Sie staunte über die wilde Landschaft, durch die sie fuhren. Die reizvolle, stellenweise kurvige Straße wand sich über Hügel und durch kleine Waldstücke. Stück für Stück rückten die Berge näher. Als sie kurz vor ihrem Ziel nach links auf die Zufahrtsstraße nach Moustiers abbogen, stieß Amalie einen verzückten Schrei aus, so überwältigt war sie von dem Anblick, der sich ihr bot. Das Dorf hing richtiggehend am Felsen. Wie sollten sie mit dem Wagen überhaupt dort hinaufkommen? Doch erstaunlicherweise war das kein Problem. Anstandslos erklomm der Renault die steile Zufahrtsstraße, und Amalie fand sich inmitten des geschäftigen Treibens der Marktleute wieder, die den Hauptplatz des Dorfes bevölkerten. Sie half Célestes Mutter beim Auspacken und Aufbauen und sah sich dann in Ruhe um.

Als sie direkt hinter den Marktständen einige Geschäfte entdeckte, die Keramiken in ihren Schaufenstern ausgestellt hatten, schlug ihr Herz höher. Gehörte eines dieser Geschäfte vielleicht Georges oder seinen Eltern? Es konnte doch nicht so schwer sein, das herauszufinden. Sie würde einfach in das erstbeste hineingehen und nach ihm fragen. So klein, wie der Ort war, würde man ihr bestimmt weiterhelfen können.

Dank Céleste und ihrer Mutter war ihr Selbstvertrauen wieder einigermaßen hergestellt, und auch ihre Sprachkenntnisse hatten sich in den vergangenen vierundzwanzig Stunden ein wenig verbessert.

Sie signalisierte Célestes Mutter, dass sie sich einmal in den Geschäften umschauen und dann wiederkommen würde, um ihre Handtasche und den Koffer abzuholen.

Als sie die Klinke der ersten Ladentür hinunterdrückte, wurde sie mit einem Mal sehr nervös. Sie trat ein und fand sich in einem Verkaufsraum wieder, der wie eine Höhle anmutete. Möglicherweise war genau das der Fall. So nahe, wie die meisten Häuser am Felsen standen, hatte man dort wahrscheinlich das

Gestein abgetragen, um Raum zu schaffen. In die Nischen waren Regale eingelassen, auf denen wunderschöne Ausstellungsstücke präsentiert wurden.

Beim Eintreten hatte eine helle Glocke geklingelt, und nun hörte sie Schritte, die die Treppe herunterkamen, die sich links hinten im Dämmerlicht befand. Ein alter Mann musterte Amalie neugierig und begrüßte sie. Amalie deutete auf die Fayencen und versuchte, ihrer Bewunderung Ausdruck zu verleihen. Der Alte lächelte sie freundlich an. Das machte Amalie Mut, und sie fragte ihn, ob er einen Mann namens Georges kenne, der ebenfalls in einer Fayencewerkstatt hier im Ort arbeite.

»Mais, bien sûr.« Das Lächeln des Mannes wurde noch ein wenig breiter.

Aber sicher – das verstand Amalie, und ihr Herz begann höher zu schlagen. Auf so viel Glück hatte sie gar nicht zu hoffen gewagt – gleich beim ersten Versuch ein Treffer.

Als sie fragte, wo sie Georges finden könne, streckte der Mann zwei Finger in die Höhe und deutete nach rechts.

Zwei Häuser weiter – Amalie verstand die Geste. Sie bedankte sich überschwänglich und wäre dem Alten vor Freude fast um den Hals gefallen. Dann verließ sie hastig den Laden, wandte sich nach rechts und stand wenig später vor einer weiteren Fayencewerkstatt.

Ihr Blick blieb im Schaufenster hängen. Die Stücke, die hier ausgestellt waren, unterschieden sich deutlich von dem, was sie gerade eben bei dem alten Mann gesehen hatte. Dort waren es herkömmliche Teller, Vasen und Dosen gewesen, mit den handelsüblichen durchschnittlichen Motiven.

Doch nun stand sie vor ein paar wahren Meisterwerken – das war ihr auf den ersten Blick klar. Die Teller selbst waren so gleichmäßig und dünn gearbeitet, dass Amalie schon beim bloßen Anblick Sorge hatte, sie könnten zerbrechen.

Die Bemalung der Stücke zeugte von wahrer Kunstfertigkeit. Die Motive waren modern – keine Auerhähne oder Fasane, sondern Landschaftsmotive und Blumen. In der Mitte der Ausstellungsfläche wurde ihr Blick magisch von einem Teller mit einem wunderschön leuchtenden Stern angezogen, der zwischen zwei angedeuteten Felsspitzen hing.

Richtig – der Stern von Moustiers. Georges hatte immer wieder von ihm gesprochen, ihr von der Sage erzählt und gesagt, dass seine Heimat immer dort sein würde, wo auch der Stern war, und dass ihn dieser auf magische Weise immer wieder nach Hause ziehen würde. Das hatte Amalie stets einen kleinen Stich versetzt. Als er sie dann einmal wieder »mein Stern« genannt hatte, hatte sie es sich am Ende nicht verkneifen können zu fragen, ob es ihn denn nicht auch immer wieder zu ihr hinziehen würde. Georges hatte daraufhin zärtlich gelächelt, sie in seine Arme gezogen und leidenschaftlich geküsst.

Der Teller mit dem Stern musste seine Arbeit sein. Man spürte, dass da jemand mit viel Herzblut am Werk gewesen war. Sie wandte den Blick von der Auslage ab, straffte sich, nahm ihren ganzen Mut zusammen und öffnete die Tür.

Sie trat ein, und beim Anblick des einzigen Menschen im Verkaufsraum schien ihr Herz stehen zu bleiben. Die Zeit stand still. Sekunden oder Minuten vergingen, ohne dass sie einen klaren Gedanken fassen konnte. Sie blickte ihn nur stumm an. Sah diese unfassbar blauen Augen, die feingliedrigen Hände, die einen Pinsel in der Hand hielten. Er hob den Blick, um zu sehen, wer den Laden betreten hatte, und wollte aufstehen, um den potenziellen Käufer zu begrüßen, aber mitten in der Bewegung erstarrte er. Seine Augen weiteten sich, strahlten noch blauer und intensiver. Sein Mund öffnete sich – der sinnlichste Mund, den Amalie sich vorstellen konnte, der Mund, von dem sie nächtelang geträumt hatte, von dem sie sich so sehr gewünscht hatte, dass sie ihn irgendwann wieder würde küssen dürfen. Georges – da stand er, drei Meter entfernt, und richtete sich nun langsam und zögernd auf.

Ihr Blick fiel auf sein Haar. Nichts war mehr zu sehen von den raspelkurzen Stoppeln, an deren Anblick Amalie gewöhnt war. Eine dunkelbraune Lockenpracht umrahmte sein Gesicht. Eine Strähne hing verwegen über die Stirn, und er strich sie ungeduldig aus seinem Blickfeld.

Noch immer standen sie da, hatten noch kein Wort gewechselt, sich nur angestarrt.

Georges fasste sich als Erster und flüsterte fassungslos: »Amalie?«

Amalie konnte nur nicken, so überwältigt war sie von seinem Anblick. Dann löste sich ihre Starre, und sie wollte sich gerade in seine Arme werfen, als der Vorhang, der offenbar den Durchgang zur Wohnung abtrennte, sich öffnete und ein kleiner Junge auf wackeligen Beinchen freudestrahlend mit ausgebreiteten Armen auf Georges zukam. »Papa!«, rief er fröhlich. »Papa!«

Amalie erstarrte mitten in der Bewegung und blickte nun selbst fassungslos zwischen Georges und dem kleinen Knirps hin und her.

Und dann kam hinter dem Kind eine wunderschöne Frau herein, die Georges ebenso freudestrahlend ansah. »Schau mal, Georges! Er macht seine ersten Schritte!« Als sie Amalie bemerkte, errötete sie kurz, fing den kleinen Jungen wieder ein und entschuldigte sich schnell. »O pardon, ich habe gar nicht bemerkt, dass wir Kundschaft haben. Komm, Théo, wir gehen wieder hinüber, und du kannst mit deiner Eisenbahn spielen, ja?«

Der Kleine protestierte lauthals und verlangte nach seinem Papa, wurde aber von seiner Mutter, begleitet von tröstenden Worten, aus dem Verkaufsraum getragen.

147

Georges hatte sich keinen Millimeter bewegt und konnte den Blick offensichtlich nicht von Amalie abwenden.

Amalie dagegen war so schockiert angesichts der Erkenntnis, dass Georges verheiratet war und einen Sohn hatte, dass sie nur noch flüstern konnte: »So ist das also. Dann will ich nicht länger stören. Mach's gut!« Sie machte auf dem Absatz kehrt und verließ das Geschäft.

Erst als sich die Tür hinter ihr geschlossen hatte, setzte der Schock ein. Tränen strömten über ihr Gesicht, sie schluchzte laut auf und sah sich nach einem Ort um, wo sie ihrem Schmerz unbeobachtet nachgeben konnte. Auf dem Marktplatz war das nicht möglich – hier wimmelte es inzwischen nur so von Menschen, die den Markttag in vollen Zügen genossen, lautstark feilschten, Bekannte begrüßten und sich Waren zeigen ließen.

Verzweifelt schweifte Amalies Blick über die Menschenmengen, bis er schließlich auf den hohen Glockenturm fiel, der hinter den Marktständen aufragte. Die Kirche! Das war ihre Rettung.

Inzwischen fast blind von Tränen, eilte sie über die Straße, drängte sich durch die Leute und erreichte das Kirchenportal. Sie schob die schwere Tür auf. Als sie eintrat, umfingen sie unmittelbar die kühle Luft des Gotteshauses und eine tiefe Stille, die in völligem Kontrast zu dem bunten Treiben auf dem Marktplatz stand.

Die Kirche war im Augenblick leer, und Amalie suchte sich einen Platz ganz außen auf einer der Holzbänke in der Hoffnung, dass die Wandpfeiler, die das hohe, wuchtige Deckengewölbe trugen, sie vor neugierigen Blicken schützen würden, falls sich doch noch weitere Besucher einfinden sollten.

Als sie dort saß und wieder zu Atem kam, wurde ihr erst richtig bewusst, was gerade geschehen war, und sie wurde von einem neuerlichen Weinkrampf geschüttelt. Tausend Gedanken schossen ihr durch den Kopf. Wie hatte sie nur so dumm sein und annehmen können, Georges würde genauso auf sie warten wie sie auf ihn? All die Jahre des Hoffens und Planens waren völlig vergebens gewesen. Während sie sich nach ihm verzehrt und nach seiner Nähe gesehnt hatte, hatte er sie einfach vergessen und sich ein neues Leben aufgebaut. Was war sie doch für eine dumme, naive Gans, hier einfach aufzutauchen und zu glauben, nun würde alles gut werden. Sie schluchzte erneut auf, und der Laut hallte durch das Kirchenschiff.

Sie hörte, wie die Eingangstür geöffnet wurde, und bemühte sich, keine weiteren Geräusche mehr zu machen. Sie wollte im Moment niemanden sehen. Zumal sie in einem fremden Land war und nicht einmal vernünftig würde erklären können, was mit ihr los war. Sie presste die Hände vor ihr Gesicht und schloss die Augen. Die Tränen liefen über ihre Wangen.

Sie erschrak, als sie auf einmal eine Bewegung neben sich wahrnahm und spürte, wie sich ein Arm um sie legte. Sie blickte auf und sah in Georges' Augen. Diese wahnsinnig blauen Augen, die sie seit Jahren nicht hatte vergessen können.

»Amalie«, flüsterte er rau und mit Schmerz in seiner Stimme. »Amalie – es tut mir so leid.«

Sie konnte nur nicken. Ihr tat es auch leid, ja. Aber er hatte es doch selbst in der Hand gehabt. Sie musste nun versuchen, mit der bitteren Wahrheit zu leben.

Schweigend saßen sie einige Minuten nebeneinander.

Dann erzählte Georges. »Meinen Eltern ging es nach dem Krieg gar nicht gut. Sie waren beide alt und schwach und konnten das Geschäft nicht mehr weiterführen. Außerdem hatten sie auch vor dem Krieg schon lange nichts mehr investiert. Der Laden und die Werkstatt waren völlig heruntergekommen, als ich hierher zurückkehrte. Mir war klar, dass viel Arbeit vor mir lag, wenn ich unser Handwerk wieder in Schwung bringen wollte. Und das wollte ich. Mein Ururgroßvater hat das

Geschäft aufgebaut, und auch ich wollte nie etwas anderes, als hier meine eigenen Handwerksstücke herzustellen und ihnen mit der Bemalung meine ganz eigene Note zu verleihen. Ich konnte mir nie etwas Schöneres vorstellen als diesen Beruf. Aber ich war mittellos, als ich aus dem Krieg zurückkam.«

»Und da hast du dir eine Tochter aus reichem Haus geangelt, sie geheiratet, ein Kind gezeugt und mit ihrem Geld dein Geschäft neu aufgebaut«, folgerte Amalie mit einem zynischen und bitteren Ton in ihrer Stimme.

Georges blickte sie traurig an und nickte dann zögernd. »Ich würde jetzt gern etwas anderes sagen. Aber es war genau so. Ja, es schien mir damals die beste Lösung. Meine Eltern waren glücklich, ich konnte meinen Traumberuf ausüben, das Geschäft ist wieder aufgeblüht. Es geht bergauf.«

»Dann wünsche ich dir weiterhin viel Glück dabei. Hab ein schönes Leben«, erwiderte Amalie traurig und erhob sich.

Doch Georges griff nach ihrem Arm, und mit seinem Blick bat er sie, sich noch einmal hinzusetzen. Nach ein paar Minuten brach Georges wieder das Schweigen. »Weißt du, woher dieser Ort seinen Namen hat?«

Amalie schüttelte den Kopf, verwundert, was das jetzt mit ihnen zu tun hatte.

»Im 5. Jahrhundert siedelte der Bischof von Riez hier am Eingang zur Verdonschlucht Mönche von den Lérinsinseln an. Die Mönche lebten in Höhlen, die sie in Felsen geschlagen hatten – das geht hier gut wegen des weichen Kalktuffgesteins. Den Ort nannte man dann Monasterium – das ist das lateinische Wort für Kloster –, und aus diesem Namen entwickelte sich im Lauf der Jahrhunderte der Ortsname Moustiers.«

Er blickte nachdenklich, und Amalie wunderte sich noch immer, warum er ihr das wohl erzählte.

»Ich bin mit all diesen Geschichten aufgewachsen. Tradition wurde bei uns immer großgeschrieben – sowohl in meiner Familie als auch bei den Gewerbetreibenden und in der gesamten Ortsgemeinschaft. Wenn man hier aufwächst und lebt, kann man sich dem nur schwer entziehen. Und für mich ist dieser Ort hier mein Zuhause. Ich hätte mir nie vorstellen können, irgendwo anders zu leben. Aber auch wenn das für dich jetzt nur ein schwacher Trost ist, ich hatte mir fest vorgenommen, meinen Eltern von dir zu erzählen, von unserer Liebe, davon, dass du meine Seelenverwandte bist und ich dich gern hierherholen würde.«

Seine Stimme war bei den letzten Worten immer leiser geworden. Amalie sah, dass er mit den Tränen kämpfte, und sie konnte nicht anders, als ihre Hand mitfühlend auf seinen Arm zu legen.

»Meinen Eltern ging es schlecht, als ich zurückkam – das hatte ich schon erzählt. Und als sie mich sahen, den Sohn, der unversehrt aus dem Krieg zurückkam, kehrten Hoffnung und Zuversicht in ihr Leben zurück. Sie waren überschwänglich in ihrer Begeisterung, was ich nun alles aus dem Geschäft machen könnte, dass ich die Familientradition fortführen könnte, dass ich endlich Claire heiraten würde. Da deren Eltern reich waren, könnte ich so das Geschäft renovieren und neuen Schwung hineinbringen. Und gleichzeitig hatten sie eine wahnsinnige Wut auf die Deutschen, die mir und unserem Land so Schlimmes zugefügt hatten. Und meine Eltern waren damit nicht allein. Fast jeder hier hatte irgendeinen Familienangehörigen im Krieg verloren. Und da die Deutschen den Krieg angezettelt haben, ist hier kaum jemand gut auf euch zu sprechen. Am Anfang habe ich noch versucht, ihnen zu vermitteln, dass man nicht ein ganzes Volk über einen Kamm scheren kann, dass ich auch unter den Deutschen Freunde hatte und Hilfe von ihnen bekam. Aber wenn die Stimmung so aufgeheizt ist, dann will das keiner hören.« Er seufzte. »Langer Rede kurzer Sinn: Ich war feige. Ich habe den einfachsten Weg gewählt und Claire geheiratet. Und ich dachte, die richtige Entscheidung getroffen zu haben – bis du eben vor mir gestanden hast. In Sekundenschnelle hat mich alles wieder eingeholt. Meine Gefühle haben mich überrollt, die ich all die Jahre ganz tief nach innen verbannt hatte. So tief, dass ich selbst überzeugt war, sie wären weg.« Er sah Amalie traurig an und fuhr sanft mit einer Hand über ihre Wange. »Mein Stern. Wie konnte ich dich vergessen? Wie konnte ich mich selbst so betrügen?«

Amalie lehnte sich gegen ihn. Lange saßen sie schweigend da.

»Ich verstehe dich, Georges. Ich weiß nicht, ob ich anders gehandelt hätte. Ich hatte es da vielleicht einfacher. Meine Mutter ist bald nach dem Krieg an der Grippe gestorben. Sie war einfach schon zu sehr geschwächt. Ich hatte niemanden mehr, auf den ich mit meinen Entscheidungen Rücksicht nehmen musste. Mein einziges Ziel in den vergangenen Jahren warst du.« Als sie diese Worte aussprach, wurde Amalie erstmals klar, dass das tatsächlich so gewesen war. Die ganzen Jahre über hatte sie nie ein anderes Ziel verfolgt, als Georges wiederzufinden, ihn zu heiraten und sich eine Zukunft mit ihm aufzubauen. Konstantin war nicht mehr als eine willkommene Ablenkung gewesen, um die Zeit zu überbrücken, bis Georges wiederkam. Doch diese Pläne waren nun mit einem Schlag zunichtegemacht. Das zog ihr den Boden unter den Füßen weg. Ihre Zukunft lag auf einmal leer und farblos vor ihr. Was sollte sie nun mit ihrem Leben anfangen? Sie hatte nie weitergedacht als bis zu diesem Moment und nie an etwas anderes, als dass Georges auf sie warten würde. Die Wucht der Erkenntnis, dass sie nun mit leeren Händen dastand, traf sie schwer. Was sollte sie jetzt tun? Statt nach dem Krieg eine Ausbildung zu machen und sich eine Arbeit zu suchen, hatte sie sich zuerst um ihre Mutter und dann um Haus und Hof sowie das kleine Stückchen Land gekümmert, das ihnen gehörte – immer mit dem Ziel, ein schönes Zuhause zu schaffen, wenn Georges endlich mit ihr zusammenleben könnte. Wie naiv sie gewesen war.

Amalie straffte sich. Aber damit war jetzt Schluss. Ihr wurde schlagartig klar, dass sie ab sofort ihr Leben selbst in die Hand nehmen musste. Selbst entscheiden musste, was sie künftig tun wollte, wo sie leben, welche Ziele sie verfolgen wollte. Es würde nicht einfach werden. Aber so hart die Erkenntnis war, dass Georges für sie verloren war, so heilsam war sie vielleicht auch.

»Amalie, verzeih mir bitte«, flüsterte Georges und nahm ihr Gesicht zwischen seine Hände.

»Da gibt es nichts zu verzeihen, Georges. Mir ist gerade bewusst geworden, dass ich wohl einfach zu viel in unsere Affäre hineininterpretiert hatte. Ich habe jahrelang den kindischen Träumen einer Sechzehnjährigen nachgehangen.« Sie lachte bitter auf. »Wie unglaublich dumm ich doch war. Und nun sitze ich hier und muss überlegen, wie es mit meinem Leben weitergeht.« Sie wunderte sich über ihre eigene Klarheit. Mit einem Mal traten rationale Überlegungen an die Stelle des Schmerzes über die verlorene Liebe.

»Kann ich dir irgendwie helfen?«

»Ich wüsste nicht, wie. Jetzt muss ich erst einmal wieder zurück nach Hause. Am besten fahre ich gleich nach dem Markt wieder mit Célestes Mutter nach Digne. Auf der Heimfahrt muss ich mir dann darüber klar werden, was ich künftig arbeiten möchte. Das wird nicht einfach. Bei uns auf dem Land gibt es für Frauen nicht viele Arbeitsstellen.«

»Was interessiert dich denn?«

»Am liebsten würde ich etwas Kreatives machen, ein Handwerk erlernen. Denn Platz für ein Atelier oder so hätte ich zu Hause ja genug. Du hast es gut – du konntest bereits an etwas anknüpfen, was deine Vorfahren ins Leben gerufen hatten. Ich muss komplett neu anfangen. Und das Startkapital fehlt mir darüber hinaus auch noch. Na ja, mir wird schon etwas einfallen. Wenn der Krieg zu etwas gut war, dann dazu, dass man erfinderisch wird.«

»Ich hätte da vielleicht einen Vorschlag«, meinte Georges zögernd. »Aber ich weiß nicht, ob das eine gute Idee ist«, fügte er dann hinzu.

Amalie sah ihn erwartungsvoll an.

»Na ja, eigentlich sollte mir meine Frau in der Werkstatt helfen. Doch sie ist mit dem Haushalt und unserem Sohn so beschäftigt, dass sie fast nicht dazu kommt«, erklärte er verlegen.

Amalie schluckte und zwang sich, nicht in Tränen auszubrechen.

»Ich brauche aber dringend Hilfe. Man merkt, dass es in Frankreich langsam wieder bergauf geht. Die Leute kaufen auch wieder schöne Dinge – nicht nur das Lebensnotwendige. Und sie wissen Qualität zu schätzen. Ich könnte noch viel mehr verkaufen, wenn ich mehr produzieren könnte. Aber da ich vom Einkauf der Materialien über die Herstellung bis zum Verkauf und den Abrechnungen alles allein mache, ist das nicht viel. Deshalb kam mir gerade die Idee, dass du uns unterstützen könntest – zumindest so lange, bis Théo etwas älter ist und meine Frau wieder ein wenig mehr mithelfen kann. Wir haben ein Gästezimmer, du könntest dort wohnen. Essen und Unterkunft könnten wir dir kostenfrei anbieten und dir darüber hinaus auch noch ein wenig Lohn zahlen. Ich könnte dir zeigen, wie man Keramiken, Porzellan und Fayencen herstellt, und du könntest mit diesem Wissen dann in Deutschland dein eigenes Atelier aufmachen.«

Zunächst wollte Amalie heftig widersprechen. Es erschien ihr unvorstellbar, die nächsten Monate unter einem Dach mit Georges und seiner Frau zu verbringen. Andererseits war sein Angebot interessant. Sie spürte, dass sie gern mit Ton arbeiten würde. Und sie hatte gesehen, wie kunstvoll seine Produkte waren. Einen besseren Lehrer würde sie nirgends bekommen.

Und auch in Deutschland würden hoffentlich Zeiten kommen, in denen die Leute wieder Geld für Luxusartikel ausgaben. Im Geist baute sie schon den alten Holzschuppen auf dem Grundstück ihrer Eltern in ein Atelier um.

Aber dann rief sie sich zur Ordnung. War sie eigentlich wahnsinnig? Sie konnte doch nicht monatelang neben Georges leben, ohne ihn berühren zu dürfen. Wie sollte sie sich seiner Frau gegenüber verhalten? Wie wollte er ihr überhaupt erklären, dass da mit einem Mal eine Deutsche unter ihrem Dach lebte? Nein, das würde alles nicht funktionieren.

Auch Georges schien zu überlegen. Wahrscheinlich bereute er sein Angebot bereits. Als sie ihm von ihren Bedenken erzählte, nickte er langsam.

»Glaub mir, das wird auch für mich nicht leicht. Aber ich will dich nicht so einfach wieder nach Hause schicken. Ich fühle mich dafür verantwortlich, dass du nun hier bist, denn ich habe dich im Stich gelassen. Lass es mich zumindest ein wenig wiedergutmachen. Bitte, Amalie. Und natürlich wird es am Anfang Gerede geben, aber wenn die Leute hier sehen, dass du nett bist und gut arbeitest, werden sie dich in kürzester Zeit in ihr Herz schließen. Da bin ich mir sicher. Wahrscheinlich könnten wir nichts Besseres für die Völkerverständigung tun.« Er lächelte schief.

»Und was erzählst du deiner Frau? Warum du ausgerechnet mich als Hilfe anstellst?«

»Die Wahrheit«, sagte er schlicht.

Amalie blickte ihn entsetzt an. »Die Wahrheit?«

»Ja.«

18. Kapitel

Moustiers-Sainte-Marie, 2019

Sonja blickte sich um. Man sah, dass sich die Ladeninhaber hier im Ortskern von Moustiers sehr viel Mühe gaben, um ihre Geschäfte und ihre Waren attraktiv zu präsentieren. Rechter Hand umrankte wilder Efeu die Tür zu einem Atelier. Die beiden hohen Fensterläden rechts und links des Eingangs waren frisch gestrichen – in einem fröhlichen Grünton. An den Holzbrettern hingen kleine Töpfe mit Lavendel an Haken, die einen betörenden Duft verströmten. Passend zum Grün der Fensterläden hatte man neben dem Eingang ein paar Tische und Etageren mit dunkelgrünen Füßen platziert, auf denen ebenfalls zahlreiche Töpfe mit Efeu und frischen Schnittblumen prangten. Eine Stehlampe und eine unsäglich kitschige Madonnenfigur in Lebensgröße komplettierten das Ensemble. Die Festverglasung neben der Eingangstür war über und über mit Fotos von Fayencen beklebt, sodass ein Blick ins Innere dort nicht mehr möglich war. Den gewährte allerdings die geöffnete Eingangstür.

Sonja staunte, als sie im Inneren des Ladens eine roh behauene Steinwand sah, die effektvoll vom Licht einer weiteren Stehlampe angeleuchtet wurde. Offenbar hatte man hier die Häuser direkt an die Felsen gebaut und die Räume lediglich ausgehöhlt.

Neugierig betrat Sonja das Atelier, das vollgestopft war mit Keramiken. Sie sah auf den ersten Blick, dass es sich hier um Massenware handelte, die wahrscheinlich den Geschmack der vielen Touristen traf, die sich hier in der Hauptsaison die Klinke in die Hand gaben. Doch es waren weniger die Teller und Vasen, die Sonja faszinierten, sondern die bloßen, grob behauenen Felswände, die dem Interieur einen ganz eigenen Charme verliehen.

»Bonjour, Madame«, wurde sie begrüßt, und als sie sich umsah, entdeckte sie hinter einem mit Tassen und Tellern beladenen Verkaufstisch eine alte Frau, die sie über ihre Lesebrille hinweg neugierig musterte.

»Bonjour, Madame«, grüßte Sonja freundlich zurück. Interessiert erkundigte sie sich auf Französisch, wie es wohl gelungen war, dem Felsgestein so einen großen Raum abzutrotzen. Ihre bewundernden Blicke ließen ganz offensichtlich das Herz der alten Dame schmelzen, und ein erfreutes Lächeln breitete sich auf ihrem Gesicht aus.

»Das Gestein hier ist porös und leicht zu bearbeiten. Unsere Vorfahren haben es sich einfach gemacht, denn mit dieser Bauweise sparte man sich viele Ziegel und Fenster. Die Menschen lebten früher tatsächlich nur in den Höhlen, erst in späteren Generationen wurden dann die Fassaden davorgebaut. Und meinen Felskeller liebe ich weiterhin. Der ist besser als jeder Kühlschrank.« Sie schmunzelte.

Sonja lächelte. »Das glaube ich sofort. Und sie haben den Platz ja prima ausgenutzt.«

Ihr Blick glitt über die unzähligen Regale, die bis oben hin mit Vasen und anderen Töpferarbeiten angefüllt war. Die Glasregale waren direkt in den Fels hineingeschoben worden.

Man hatte offenbar das Gestein mit einem Meißel einfach herausgeklopft.

»Ja. Das müssen wir auch. Denn wir haben so viel Ware.«

Sonja nickte. Das sah sie. Auch wenn ihr die Bemerkung auf der Zunge lag, dass ab und zu weniger auch mehr sein könne, hielt sie sich zurück. Sie wollte die Dame nicht verärgern, sondern ein wenig mit ihr ins Gespräch kommen. Schließlich hatte sie ein Rätsel zu lösen.

»An einem Stand in Valensole hat mir gestern ein junges Mädchen erzählt, dass hier in Moustiers jedes Fayenceatelier seine ganz eigene Handschrift bei den hergestellten Produkten hat. Stimmt das denn?«, fragte sie.

»Das ist richtig. Wir bedienen hier zum Beispiel vor allem das ältere Publikum. Leute wie mich also.« Sie kicherte. »Deshalb sind Sie hier umgeben von Auerhähnen, Fasanen und anderem Getier, das unsere Waren schmückt. Und das ist leider auch das Einzige, was mein Schwiegersohn zustande bringt.« Sie seufzte und zuckte mit den Schultern. »Aber ich will mich nicht beschweren. Er ist fleißig, und wir verkaufen viel. Was will ich denn mehr?« Sie schenkte Sonja ein fast zahnloses Lächeln.

»Produzieren Sie denn auch hier?« Sonja begutachtete die Ladenfläche und konnte sich nicht vorstellen, dass es hier irgendwo genügend Platz für eine Werkstatt gab. Der Gartenschuppen ihrer Großmutter war im Vergleich dazu das reinste Schloss.

»Die Werkstatt ist ein wenig außerhalb von Moustiers. Dort hat mein Schwiegersohn einen kleinen Bauernhof, den meine Tochter bewirtschaftet. Und das ist auch gut so, denn die kann nicht mal einen Auerhahn zeichnen«, sagte sie und grinste.

Sonja musste lächeln. Das waren ja Familiengeschichten! Aber genau für solche Gespräche liebte sie die Franzosen.

»So ein Atelier würde ich mir sehr, sehr gern einmal ansehen.

Wissen Sie, meine Großmutter hat auch getöpfert, Keramiken hergestellt und sich mit Fayencen beschäftigt«, erzählte Sonja.

»Dann sehen Sie sich doch am besten mal die Schauwerkstatt von Bonnet an«, empfahl ihr die alte Dame. »Die ist nur wenige Meter von hier, am Ende des Ortes.« Sie machte eine vage Geste. »Und auch wenn Bonnet oft ein Scheusal ist, das hat er wirklich gut hinbekommen. Und Françoise, die dort die Führungen macht, hat wirklich Ahnung und kann sehr gut erklären.« Sie sah auf die Uhr. »Die haben heute bis sechzehn Uhr auf. Das könnten Sie noch schaffen.«

Sonja lächelte. »Es eilt nicht. Ich bleibe zwei Wochen hier. Aber ansehen werde ich mir das auf jeden Fall. Danke für den Tipp.«

»Gern geschehen.«

Sonja wollte schon gehen, als ihr wieder der Teller ihrer Großmutter einfiel. Es konnte ja nicht schaden, wenn sie gleich hier anfing, nach dessen Ursprung zu forschen. Obwohl der Schwiegersohn wohl kaum der Produzent sein konnte. Sie erzählte der Alten die Geschichte und beschrieb den Teller.

»So wie das klingt, tippe ich auf Maurice. Ist denn keine Signatur auf der Rückseite? Normalerweise versehen hier alle ihre Stücke damit.« Sie griff nach einem Teller, drehte ihn um und zeigte Sonja, was sie meinte.

»Nein. Ich bin mir sicher. Auf meinem Teller ist keine Signatur. Das wäre mir aufgefallen, und dann hätte ich ja auch schon einen Anhaltspunkt gehabt. Aber vielleicht kann ich ja morgen noch einmal bei Ihnen vorbeikommen – mit dem Teller. Den habe ich heute unten auf dem Campingplatz gelassen.«

»Sehr gern. Obwohl ich mir fast sicher bin: Wenn da keine Signatur drauf ist, ist er nicht von hier.«

»Vielen Dank schon mal. Vielleicht komme ich morgen noch einmal vorbei. Au revoir!«, verabschiedete Sonja sich nun endgültig.

Auf dem Weg zurück zum Campingplatz besuchte sie noch ein paar weitere Ateliers und bewunderte deren fantasievolle Außengestaltung sowie die Ausstellungsräume. Ein Laden hatte es ihr dabei besonders angetan. Dort waren überall alte Holzläden mit Pastellfarben bemalt und an den Wänden aufgehängt worden. Mit Nägeln und Haken hingen an diesen Tassen, Teller und Vasen, die alle mit fröhlichen Mohnblumen bemalt waren. Der Laden war klein und schmal und die Auswahl eher minimalistisch – zumindest wenn man sie mit dem Auerhahn-Eldorado zwei Häuser weiter verglich –, aber die Stücke strahlten so viel Lebensfreude und Fröhlichkeit aus, dass Sonja nicht widerstehen konnte und zwei Tassen erstand. Über die würde sich Dani bestimmt freuen.

Zufrieden mit dem bisherigen Tag, schlenderte sie die steile Straße nach unten zum Campingplatz zurück. In dem großen Gebäude davor, das der Feuerwehr, den Sanitätern und der Bergwacht gehörte, herrschte jetzt Betrieb. Ein Tor stand offen, und einige Männer und Frauen waren gerade dabei, ihre Ausrüstung anzulegen. Dabei unterhielten sie sich jedoch entspannt und scherzten. Also waren das vielleicht die Vorbereitungen auf die Übung, von der Valérie vorhin erzählt hatte.

Sonja musste lächeln, als sie an das Mädchen zurückdachte. Sie hatte sie sehr an sich selbst erinnert – auch wenn sie bereits ein paar Jahre älter gewesen war, als sie ihr Herz für das Klettern und die Berge entdeckt hatte und es ihr sehnsüchtigster Traum gewesen war, aktives Mitglied bei der Bergwacht zu werden. Sie seufzte. Es war anders gekommen. In Gedanken versunken war Sonja am Tor zum Campingplatz stehen geblieben. Doch nun schüttelte sie alle Erinnerungen an die Vergangenheit ab, tippte den Zugangscode ein und überlegte, was sie sich Leckeres zu essen kochen sollte.

Nachdem sie erneut eine Nacht tief und traumlos geschlafen hatte, nahm sie sich am nächsten Tag vor, das Showatelier am Rande von Moustiers zu besuchen. Sie war neugierig, inwieweit sich eine professionelle Werkstatt wohl von Mimis unterschied. Und vielleicht konnte sie sich dort auch noch ein paar Kniffe abschauen, falls sie selbst irgendwann einmal wieder töpfern würde. Erneut machte sie sich also an den Aufstieg zum rund sechshundertfünfzig Meter hoch gelegenen Ortszentrum. Heute brannte die Sonne schon am Vormittag, und Sonja kam kräftig ins Schwitzen, bis sie die Werkstatt erreichte. Vielleicht sollte sie heute Nachmittag noch einen Abstecher an den See machen. Der Lac de Sainte-Croix lag nur einige Kilometer von hier entfernt, und auf den Bildern, die sie gesehen hatte, hatte das flaschengrüne Wasser sehr einladend gewirkt.

Aber nun war sie erst einmal hier und stand in der weitläufigen Einfahrt vor der Werkstatt. Sie hatte gestern kurz nachgesehen, für Touristen war heute von neun bis halb zwölf geöffnet. Sie hoffte, dass keine Reservierung nötig gewesen wäre. Doch obwohl es schon kurz nach neun Uhr war, wirkte alles noch sehr ruhig. Vorsichtig spähte sie durch die Verglasung der Eingangstür. Sie meinte dahinter Bewegung zu sehen.

Zögernd drückte sie die Klinke hinunter. Die Tür ließ sich öffnen, und so spähte sie vorsichtig ins Innere.

»Wir haben noch geschlossen«, blaffte sie sogleich eine unfreundliche männliche Stimme an. »Wenn wir geöffnet hätten, würde die Tür offen stehen.«

»Entschuldigen Sie vielmals. Ich war mir nicht sicher«, erwiderte Sonja höflich. »Ich bin zum ersten Mal hier.«

»Betreten Sie immer unaufgefordert fremde Häuser?«, schnauzte der Mann sie erneut an.

Sonja konnte ihn im Halbdunkel des Eingangsraums nur schemenhaft erkennen, da sie noch vom gleißenden Sonnenlicht draußen geblendet war. Was war das denn für ein unhöflicher Kerl?

»Natürlich nicht. Aber es ist ja bereits nach neun Uhr, und ich dachte …«

»Denken ist Glückssache. Und jetzt gehen Sie bitte nach draußen. Wir öffnen in fünf Minuten.« Und damit wurde Sonja die Tür vor der Nase wieder zugemacht.

Sie war so verblüfft angesichts dieser unfreundlichen Behandlung, dass sie nur ungläubig den Kopf schüttelte und sich dann auf eine schmale Holzbank neben dem Eingang setzte. Das würde ja hoffentlich erlaubt sein.

In diesem Moment kamen eine kleinere Touristengruppe und eine Frau, die ein Fahrrad schob, um die Ecke. Sonja atmete auf. Zumindest war sie nun nicht länger allein mit diesem Grobian.

Die junge Frau mit dem Fahrrad grüßte herzlich, lehnte ihren Drahtesel an die Fassade und ging zielstrebig auf die Eingangstür zu.

»Das würde ich nicht machen«, warnte Sonja sie. »Da drin ist ein unglaublich unfreundlicher Mensch. Er hat mich gerade rausgeschmissen.«

»O weh. Wahrscheinlich hat er sich wieder über seine Frau geärgert«, seufzte die Frau und hob entschuldigend die Schultern. »Das tut mir sehr leid für Sie. Eigentlich ist er ganz nett. Aber zurzeit geht es ihm gar nicht gut.«

»Mir geht es auch oft nicht gut. Deswegen bin ich noch lange nicht so unfreundlich«, erwiderte Sonja kopfschüttelnd.

»Da haben Sie recht.« Die Frau strahlte sie an. »Aber er ist ja ein Mann.« Verschwörerisch blinzelte sie Sonja zu.

Nun musste auch Sonja lachen. »Da haben Sie recht. Das erklärt einiges.«

Mit Schwung öffnete die Frau nun die Tür und winkte Sonja und die sechs anderen Touristen mit einer einladenden Geste herein. »Warten Sie bitte kurz hier. Ich komme gleich. Ich hatte heute leider eine Reifenpanne – mein Vorderrad ist platt. Deshalb musste ich schieben und habe mich ein wenig verspätet. Die Führung beginnt gleich.«

Wenig später betraten sie den Handwerksraum. Er war hell und in freundlichen Farben gestrichen. Auf einer Seite war das Haus, wie so viele hier, direkt an die Felswand gebaut worden. Doch auf der anderen Seite gab es so viele Fenster, dass kein Lichtmangel herrschte. Vor diesen befanden sich mehrere Arbeitstische, einfach gezimmert, mit vielen Ablagefächern darunter, in denen sich Formen, Rundhölzer, Bretter und vieles mehr verstauen ließen. Der Raum zwischen den Fenstern war mit schmalen Regalen versehen, in denen weitere Werkzeuge ihren Platz fanden. An jedem Platz gab es außerdem einen Drehteller, manchmal daneben, manchmal direkt auf dem Tisch. Auch die rückwärtige Wand war voll mit hölzernen Ablagefächern. Hier stapelten sich weitere Brennformen, halb fertige Vasen, Schüsseln und Teller. Dazwischen lugte immer wieder ein bereits weißes Stück hervor, das offenbar kurz vor der Bemalung stand.

Im Prinzip, so dachte Sonja, sah es hier aus wie bei ihrer Oma – nur war alles ein paar Nummern größer.

Das Mädchen, sie stellte sich als Françoise vor, betrat nun den Raum und begrüßte sie offiziell. Dann machte sie sich daran, ein erstes Werkstück herzustellen, und erläuterte ihnen dabei die einzelnen Arbeitsschritte. Zunächst nahm sie aus einem der großen Bottiche auf dem Boden einen Klumpen Ton und platzierte ihn auf einem der Drehteller. Dann befestigte sie ein hölzernes Gestell daran, aus dem zwei Arme wuchsen, die über die Fläche des Tellers ragten.

Als Françoise die verwunderten Blicke der Touristen bemerkte, lächelte sie. »Sie werden gleich sehen, wofür wir das benötigen«, erklärte sie. Unter dem Tisch holte sie noch einen Eimer hervor.

Als sie den Deckel öffnete, sah Sonja, dass darin Schlickermasse war. Diese benötigte man beim Töpfern, damit die einzelnen Teile sich sauber verbinden ließen, denn die Schlickermasse war flüssiger als der normale Ton.

Als alles vorbereitet war, trat Françoise auf ein Pedal am Boden, und der Drehteller fing an zu rotieren. Mit bloßen Händen zog sie nun den Ton langsam in die Höhe. Und nun wurde klar, wozu das Gestell mit den Armen diente. Als der Ton auf der entsprechenden Höhe angekommen war, sorgte der eine Arm für eine gleichmäßige Verschlankung der Tonform, der höhere fungierte als Maß für den Abschluss und nivellierte zugleich Unebenheiten.

In null Komma nichts entstand eine schlanke Vase, die Françoise sogleich vom Teller nahm, dem staunenden Publikum präsentierte und dann in ein Regal stellte.

An einem anderen Arbeitsplatz zeigte sie anschließend die Herstellung eines Tellers. Als dieser fertig war, angelte sie sich eine der Formen aus dem Regal. In diese legte sie den Tonteller, damit er darin trocknen konnte.

»Der erste Brand unserer Keramiken erfolgt bei rund 900 Grad. Bei etwa 650 Grad Celsius beginnt die Umwandlung von Ton in den sogenannten Scherben. Das heißt, das Werkstück ist danach nicht mehr verformbar, aber noch porös und somit wasserdurchlässig. Aber das macht nichts, denn bei der Herstellung unserer Fayencen kommt ja jetzt erst noch ein weiterer wichtiger Schritt. Bitte folgen Sie mir.«

Sie öffnete eine Tür, und sie betraten einen Raum, in dem Rollwagen mit zahlreichen Stücken standen, die den ersten Brand schon hinter sich hatten. In einer Ecke befand sich ein großer Bottich, der fast randvoll mit weißer Flüssigkeit war.

»Ah, sehr gut. Maurice hat bereits umgerührt.« Sie deutete auf ein riesiges Rührgerät, das sich über dem Bottich befand. »Dann können wir gleich loslegen.« Sie griff sich eines der Werkstücke, eine Vase, und eine Art Zange. In diese spannte sie die Vase ein, und dann tauchte sie beides mit einer geübten

Bewegung in das Becken mit der weißen Flüssigkeit. Sie drehte und wendete das Ganze einmal und hob es dann wieder mit Schwung heraus. Zum Abtropfen der überschüssigen Glasur drehte sie die Vase noch ein paarmal über dem Bottich und präsentierte dann das rundum weiße Vorführstück dem staunenden Publikum.

»Wenn das Ganze getrocknet ist, beginnen die Feinarbeiten. Dann wird noch geschliffen, überschüssige Glasur abgerieben, und anschließend geht es an die Bemalung.«

Sie verließen den Raum wieder und gingen zurück zu einem der Fenstertische. Hier lag schon ein weißer Teller auf einer Drehscheibe bereit.

Françoise zeigte auf einige Schablonen mit Motiven und ein Säckchen mit Kohlestaub. »Hiermit wird das Motiv jetzt auf dem Werkstück skizziert.« Sie demonstrierte es, und danach konnte man umrissartig einen Flötenspieler auf dem Teller erkennen. »An diesen Linien orientieren sich jetzt die Maler, zeichnen den Rest aber freihändig. Wenn die Farbe dann getrocknet ist, kommt der Teller wieder in den Brennofen. Beim sogenannten Glasurbrand wird die Temperatur nochmals erhöht und liegt zwischen 960 und 1100 Grad. Danach ist das Werkstück fertig und dazu noch wasserfest. Gibt es dazu noch Fragen?« Sie blickte in die Runde.

»Wer wählt denn die Motive aus, die aufgemalt werden?«

»Gute Frage. Bei uns ist es der Chef höchstpersönlich. Er ist ein Meister seines Faches. Wenn er eine Idee für ein neues Motiv hat, zeichnet er es zunächst einmal auf Papier und entwirft zugleich zahlreiche Abwandlungen sowie größere und kleinere ergänzende Motive. Ähnlich wie hier.« Sie griff sich einen fertigen Teller aus einem Regal. Darauf war der »Kleine Prinz« zu sehen. »Der Prinz ist hier ganz klar das Hauptmotiv. Aber am Rand entlang sind auch noch Sterne verteilt, hier sehen Sie einen kleinen Planeten und hier die Rose.« Sie deutete auf die zahlreichen kleinen schmückenden Elemente, die dem Teller erst seinen wahren Charme gaben. »Wenn er all diese Elemente entworfen hat und sie auch auf einigen Probestücken gut wirken, dann macht Maurice eine Schablone. Und mit dieser können dann alle hier die Motive auf den Teller zeichnen. Aber wenn Maurice selbst die Fayencen malt, dann kann es schon einmal sein, dass er an irgendeiner Stelle noch eine persönliche Note hinterlässt.« Sie lächelte und winkte sie alle näher an den Teller heran. Ihr Finger deutete auf den Rand. »Sehen Sie hier? Auch ein Stern, aber dieses Mal mit einem langen Schweif, und darin steht etwas.«

Sonja studierte den Schriftzug genau. Es dauerte einen Augenblick, bis sie ihn entziffert hatte. »Pour mon étoile«, stieß sie überrascht aus.

Françoise nickte zustimmend. »Richtig. Das ist sozusagen das Markenzeichen unserer Fayencemanufaktur. Schon Maurices Großvater hat damit angefangen, manche Stücke mit einem speziellen Motiv und mit dem Schriftzug ›Pour mon étoile‹ zu versehen.«

Sonja blickte wie gebannt auf den Teller. Konnte das sein? War sie zufällig als Erstes über den Hersteller des Tellers ihrer Oma gestolpert? Sie musste Françoise unbedingt fragen. Aber am besten nicht hier vor allen Leuten.

Die Fragerunde dauerte noch ein paar Minuten, dann begleitete Françoise die Gruppe wieder nach draußen, und die anderen verabschiedeten sich.

Als sie nur noch zu zweit waren, wandte sie sich Sonja zu. »Was haben Sie auf dem Herzen? Seit Sie vorhin den Schriftzug gesehen haben, arbeitet es in Ihnen, stimmt's? Wollen Sie mir verraten, was Sie beschäftigt?«

Sonja nickte. »Dazu muss ich allerdings ein wenig ausholen.« Sie erzählte Françoise die Geschichte mit dem

Sternenteller ihrer Oma. »Ich habe ihn dabei. Allerdings unten auf dem Campingplatz. Kann ich vielleicht später noch einmal vorbeikommen, und Sie sehen ihn sich an?«

»Gern. Aber ich muss jetzt nach Hause. Wie wäre es, wenn wir uns heute Abend auf ein Glas Wein im Dorf treffen? Hätten Sie Zeit?«

»Sehr gern. Ich habe ja Urlaub. Wir könnten uns im Bistro an der Brücke treffen.« Sonja beschrieb Françoise das Café, wo sie gestern früh gewesen war und wo die Bedienung sie auf ihren Sternenanhänger angesprochen hatte.

»Ach, bei Justine. Alles klar. Um acht Uhr?«

»Gern. Bis dann.«

Sie verabschiedete sich und machte sich auf den Weg zurück zu ihrem Mobilheim. Unterwegs kaufte sie noch ein paar Zutaten für ein schnelles Mittagessen ein, bereitete sich auf dem Campingplatz einen kleinen Salat, aß ein paar Scheiben Baguette dazu und machte dann einen kurzen Mittagschlaf.

Als sie gegen halb drei erwachte, fühlte sie sich frisch und ausgeruht. Spontan beschloss sie, nun einmal dem See einen Besuch abzustatten. Sie packte eine Tasche mit Handtuch und Sonnencreme und zog den Badeanzug bereits unter ihrer Kleidung an. Die Fahrt dauerte nur einige Minuten.

Staunend blickte sie auf das flaschengrüne Wasser, als sie über die Brücke fuhr, die sich an der Stelle über den See spannte, wo er in eine tiefe Schlucht mündete – die Gorges du Verdon. Unter ihr paddelten zahlreiche Kajakfahrer, Tretboote waren unterwegs, und der Parkplatz hinter der Brücke war brechend voll.

Mit Mühe fand sie noch eine Parklücke, nahm ihre Strandtasche und schlenderte zum Ufer. Dort breitete sie ihr Handtuch auf den Steinen aus und ging in den See zum Schwimmen. Das Wasser war angenehm kühl.

Mit kraftvollen Zügen schwamm Sonja am Ufer entlang bis unter die Brücke. Es machte große Freude, den eigenen Körper zu spüren, sich im kühlen Nass auszupowern und dabei zu testen, wie gut ihre Kondition inzwischen wieder geworden war. Ab und zu schmerzte ihr linkes Knie noch – eine Erinnerung an den Unfall. Beide Beine waren mehrfach gebrochen, auf der linken Seite war auch das Knie zertrümmert gewesen. Die beiden langen Narben an ihrem Schlüsselbein verheilten ziemlich gut, und die Narbe auf der Kopfhaut sah man glücklicherweise nun unter ihren Haaren gar nicht mehr. Insgesamt konnte sie sehr dankbar und glücklich sein, dass sie trotz all der Brüche, Schnitte und Platzwunden keine bleibenden Schäden davongetragen hatte. Sie drehte sich auf den Rücken und kraulte unter der Brücke hindurch. Touristen standen oben auf dem Geländer und winkten hinunter. An einer seitlichen Felswand hatten sich ein paar Jugendliche emporgehangelt und machten sich bereit, ins Wasser zu springen.

Hoffentlich war es dort tief genug. Sonja wollte ihnen schon zurufen, dass das gefährlich werden konnte, als der Erste auch schon sprang. Sie hielt den Atem an. Doch er tauchte freudestrahlend und ganz offensichtlich unverletzt wieder auf und winkte seinen Freunden zu, es ihm gleichzutun. Sonja schwamm auf ihn zu.

»Kennt ihr euch hier aus? Seid ihr sicher, dass das ungefährlich ist?«, fragte sie und wusste, dass sie vermutlich klang wie eine besorgte Glucke.

»Na klar.« Er grinste. »Wir machen das, seit wir laufen können. Keine Sorge. Wir passen gut auf. Denn wir wollen gern noch länger leben.« Er tauchte mit dem Kopf unter und hob beide Hände mit gehobenen Daumen aus dem Wasser, um ihr zu signalisieren, dass alles gut war.

Da sprangen auch schon die Nächsten nach unten, und Sonja sah zu, dass sie aus dem Spritzwasserbereich kam.

Wieder zurück bei ihrem Handtuch, trocknete sie sich ab und lief dann hinüber zum Bootsverleih, wo sie sich für zwei Stunden ein gelbes Kajak mietete.

Und nun ging es hinein in die Schlucht. Steile Felswände ragten zu beiden Seiten auf, der Canyon hatte sich tief in das Gebirge eingegraben. Das Wasser war ruhig, und sie kam ohne große Anstrengung voran. An manchen Stellen weitete sich die Schlucht ein wenig, ein paar Bäume trotzten den kargen Bedingungen und wuchsen an den schroffen Felsen. Ab und zu gab es eine kleine Bucht – wo sich aber meist schon andere Paddler niedergelassen hatten. Sonja genoss die körperliche Betätigung und hing ganz ihren Gedanken nach.

Konnte es sein, dass sie tatsächlich schon eine heiße Spur in Bezug auf die Herkunft des Tellers ihrer Großmutter gefunden hatte? Das wäre ja wirklich unglaublich. Sie war gespannt, welche Geschichte sich dahinter verbarg. Was hatte Françoise gesagt? Auch der Großvater von Maurice hätte sich schon auf diese Art verewigt. Maurice? Sie überlegte. Wo hatte sie diesen Namen schon einmal gehört?

Sie paddelte mit gleichmäßigen Zügen weiter und ein paar Minuten später fiel es ihr ein. Valérie! Das Mädchen, das sie oben in der Kapelle getroffen hatte, hatte von ihrem Vater Maurice gesprochen. Und hatte nicht auch Céline den Namen mehrmals erwähnt, als sie den Teller bei ihr gekauft hatte? War der unfreundliche Kerl in der Werkstatt vorhin dieser Maurice gewesen? Na, dann beneidete sie Valérie nicht, und ihre Mutter hatte wahrscheinlich eine kluge Entscheidung getroffen, diesen Griesgram zu verlassen. Doch dann rief sie sich zur Ordnung, weil sie vorschnell urteilte. Vielleicht hatte er gestern einfach nur schlechte Laune gehabt. Sie nahm sich vor, heute Abend Françoise und vielleicht auch die Bedienung genauer nach Valérie und ihrem Vater zu befragen. Sie könnte auch Céline anrufen und sie dazu bitten. Dann hätte sie hier schon drei neue

Bekanntschaften. Sie nahm sich vor, das gleich zu erledigen, wenn sie von ihrer Kajaktour zurück war.

Vor ihr tauchten nun gelbe Warnbojen auf, und ein Schild wies darauf hin, dass man den Canyon nur bis zu dieser Stelle befahren durfte. Schade – aber da war wohl nichts zu machen. Sonja drehte um und paddelte gemütlich wieder zurück. Sie gab das Kajak ab, erledigte das Telefonat mit Céline, die erfreut für den Abend zusagte, und machte sich mit dem Auto auf den Rückweg.

Kurz vor acht nahm sie an einem Tisch im Bistro Platz. Mittlerweile waren Wolken aufgezogen, und ein kühler Wind blies. Deshalb zog sie es vor, drinnen auf Céline und Françoise zu warten. Zu ihrer großen Freude war die Bedienung von gestern früh ebenfalls wieder da. Sie bestellte ein Glas Weißwein, und Justine setzte sich dieses Mal sogar zu ihr.

»Heute ist fast nichts los, und der Chef ist mit seinen Freunden drüben am Bouleplatz. Wir können uns also ungestört unterhalten.«

»Wunderbar.« In diesem Moment kamen auch schon die beiden anderen zur Tür herein. Sie begrüßten sich fröhlich, denn die drei kannten sich natürlich.

»Toll, dass wir heute Abend hier so eine nette Runde sind.« Françoise freute sich sichtlich. »Pierre ist hoffentlich drüben auf dem Bouleplatz. Dann können wir uns hier einen netten Mädelsabend machen.« Sie ließ sich auf einen der Stühle fallen.

Sonja sah die anderen drei Frauen an und schüttelte nachdenklich den Kopf. Daraufhin blickte sie in drei fragende Augenpaare. »Keine Sorge. Es ist alles in bester Ordnung«, beeilte sich Sonja zu sagen. »Ich wundere mich nur gerade über mich selbst. In den vergangenen zehn Jahren habe ich keine neuen Freundschaften geschlossen. Geschweige denn, dass ich mich am Abend einfach so mal mit neuen Bekannten getroffen hätte. Und jetzt sitze ich hier mit euch, und es fühlt sich gut an.«

»Wieso hast du keine neuen Freundschaften geschlossen? So alt bist du doch noch gar nicht? Und wir sind doch auch gleich ins Gespräch gekommen? Was war denn los in deinem Leben?«

»Ich hatte wohl den falschen Mann an meiner Seite«, seufzte Sonja. »Einen, der mir nicht gutgetan hat. Und ich habe es einfach nicht gemerkt oder wollte es nicht wahrhaben. Ich habe mich von allen früheren Freunden zurückgezogen und meine Hobbys aufgegeben.« Sie schüttelte den Kopf. Die Momente mehrten sich, in denen sie einfach nicht fassen konnte, wie sehr sie sich von Rolf hatte einschränken lassen.

»Du wirkst aber nicht wie eine, die sich von jemand anderem etwas verbieten lassen würde ...?« Céline sah sie fragend an.

»Er hat es mir ja auch nicht verboten. Das war viel subtiler. So richtig klar wird mir das erst jetzt allmählich«, sagte Sonja nachdenklich.

Die anderen Frauen blickten sie aufmerksam an, und zögernd erzählte Sonja einige Episoden aus ihrem Eheleben. Am Ende wurden ihre Worte immer leiser, und sie schüttelte den Kopf über sich selbst. »Mein Gott! Bin ich froh, dass dieses Kapitel jetzt vorbei ist.«

Justine wirkte nachdenklich. »Ich hatte auch mal so einen Freund. Er war ein ebensolcher Kontrollfreak. Wollte immer, dass ich alles genauso mache, wie er sich das vorstellte. Habe ich das nicht getan, war er oft wochenlang beleidigt. Und immer hat er mir Schuldgefühle eingeredet. Ich war zu emotional, zu gern mit anderen unterwegs, zu wenig zu Hause ... Die Liste ließe sich endlos fortführen. Und auch ich habe lange nicht gemerkt, was da abläuft. Aber zum Glück gab es da meine Freundin. Sie hat mir immer wieder Links zu Seiten geschickt, wo ich über ungesunde und toxische Beziehungen nachlesen konnte. Irgendwann habe ich dann endlich geschnallt, dass ich gerade in genau so einer steckte. Aber es hat auch dann noch eine ganze Weile gedauert, bis ich wirklich den Schlussstrich gezogen habe. Danach habe ich mir eine Therapeutin gesucht. Denn ich wollte auf keinen Fall, dass mir das noch mal passiert. Dank ihr habe ich das Ganze heute überwunden und bin mir wieder meiner Stärken bewusst – und mein Selbstwertgefühl ist wieder in Ordnung. Das ist nämlich das Schlimmste. Solche Menschen schaffen es, dass man permanent an sich selbst zweifelt. Dass man die Schuld, die sie einem an allem geben, wirklich annimmt. Dass man sich selbst kleinmacht.«

Sonja hatte ihr verblüfft zugehört. »Genau so ist es. Es braucht dann wieder viele andere, normale Menschen, die dir Stück für Stück zeigen, dass du in Ordnung bist. Menschen, die dir guttun. Und genau von denen hat er versucht mich fernzuhalten. Und es auch geschafft.«

»Na, dann seid jetzt mal froh, dass wir alle hier sind. Ich kann euch versichern, dass ich nicht toxisch bin.« Céline grinste breit, und die Stimmung löste sich. »Justine, mix uns doch vier Aperol Spritz, und dann stoßen wir auf diesen Abend an.«

Als sie die erste Runde Cocktails geleert hatten, fiel Sonja wieder der Teller ein. Sie hatte ihn vorsorglich in zahlreiche Schichten Zeitungspapier eingeschlagen und in ihrer Handtasche verstaut.

Jetzt holte sie ihn hervor. »Schaut mal, Mädels. Diesen Teller hier habe ich bei meiner Großmutter gefunden.« Sie reichte ihn den anderen. »Schaut auch mal auf die Rückseite. Da steht ›Pour mon étoile‹. Genauso, wie ihr das bei euch in der Werkstatt bei manchen Stücken macht.« Sie wandte sich an Françoise.

Diese begutachtete den Teller eindringlich und nickte. »Ja, ich würde sagen, es kann durchaus sein, dass dieses Stück von uns ist. Aber der Teller sieht älter aus. Und ich habe noch nie gesehen, dass Maurice den Schriftzug auf der Rückseite versteckt – er baut ihn eigentlich immer irgendwo in das Motiv auf der Vorderseite ein. Ist ja auch besser – da sieht man ihn wenigstens. War deine Großmutter vielleicht einmal hier? Früher?«

Sonja schüttelte den Kopf. »Davon hat sie nichts erzählt. Aber natürlich weiß ich nicht, was sie in den ersten fünfzig Jahren ihres Lebens so alles getrieben hat. Meinst du, ich könnte den Teller einmal Maurice zeigen?«

Françoise nickte. »Klar. Das ist eine gute Idee. Vielleicht hat ihn ja sein Vater oder sein Großvater hergestellt. Komm doch morgen Nachmittag einfach mal in unser Geschäft dort drüben.« Sie deutete auf die andere Straßenseite.

Sonja lächelte. »Hat Maurice vielleicht eine Tochter namens Valérie?«, fragte sie.

»Woher weißt du das denn?«, antworteten die Französinnen wie aus einem Mund.

Sonja erzählte ihnen die Geschichte, wie sie Valérie oben in der Kapelle getroffen hatte, und berichtete, wie verstört die Kleine gewesen war.

Die Frauen nickten. »Ja, das muss für Valérie ganz schlimm sein. Ihre Mutter trifft sich lieber mit ihrem neuen Freund, als etwas mit ihr zu machen. Und Valérie muss zudem zusehen, wie ihr Vater leidet. Deswegen ist Maurice zurzeit auch oft so unausstehlich – wie heute früh.«

Sonja erinnerte sich an den unfreundlichen Mann, der ihr die Tür zur Werkstatt vor der Nase zugeschlagen hatte. Sie schüttelte sich. »Ich weiß nicht. Ich fand ihn einfach nur unsympathisch.«

Justine schüttelte vehement den Kopf. »Aber das ist er nicht. Nur dieses blöde Weib hat ihn völlig aus der Bahn geworfen. Das ist fast so wie bei dir – nur dass bei den beiden sie diejenige ist, die einen Sprung in der Schüssel hat. Und Maurice hat viel zu lange nach ihrer Pfeife getanzt.« Sie seufzte. »Wird Zeit, dass er wieder zu sich selbst findet. Wäre schade um so einen Prachtkerl.« Sie schnalzte träumerisch mit der Zunge.

Sie redeten noch lange miteinander, und die drei erzählten Sonja viel vom Dorfleben, von den zahlreichen Sagen, die sich um den Stern hoch über ihnen rankten, und sie schlossen Wetten darüber ab, wann das Seil das nächste Mal reißen und ein neuer Stern fällig würde.

Deutlich angeheitert – es war nicht bei der einen Cocktailrunde geblieben – machte Sonja sich spät nachts wieder auf den Weg zurück zum Campingplatz. Anschließend lag sie lange wach und ließ die Unterhaltung mit den Französinnen noch einmal Revue passieren. Es war ein sehr schöner Abend gewesen. Ein Gefühl von Wärme, Zufriedenheit und Freude breitete sich in ihrem Inneren aus. Dankbar dachte sie an Dani. Wie gut, dass ihre Oma und Dani diesen Plan geschmiedet hatten, der sie nun Stück für Stück ins Leben zurückholte. Und wie gut, dass Dani und Joey sie überzeugt hatten, Markus Seiler zu besuchen. Am nächsten Morgen würde sie beiden eine lange Mail schreiben, um sie auf den neuesten Stand zu bringen, beschloss sie, bevor ihr die Augen zufielen.

* * *

Irgendwo im Inneren des Hauses klingelte es, als Sonja am nächsten Vormittag das Fayencegeschäft von Maurice betrat. Zuvor hatte sie die Auslage im Schaufenster gründlich studiert. Selbst sie als Laie erkannte, dass hier ein echter Künstler am Werk war, der seinen Stücken seinen ganz individuellen Stempel aufdrückte. Massenware suchte man bei Maurice in der Tat vergeblich. Und wie alle großen Künstler hatte wohl auch er so seine Allüren – das hatte sie ja erst gestern am eigenen Leib zu spüren bekommen.

Im Inneren war der Laden ganz anders gestaltet als das Atelier, in das Sonja gestern einen Blick geworfen hatte. Die Einrichtung war hell und freundlich gehalten. Statt alle Regale bis zum Rand zu füllen, wurden hier Einzelstücke präsentiert. An den weiß getünchten Felswänden waren alte Fensterläden befestigt, die man abgeschliffen und in unterschiedlichen Pastelltönen angestrichen hatte. An den zahlreichen Nägeln, die dort eingeschlagen waren, hingen diverse Krüge und Tassen.

Wie magisch wurde Sonja von einem Fensterladen angezogen, an dem nur Stücke mit Sternenmotiven hingen. Vorsichtig griff sie nach einem Becher.

Da ertönte hinter ihr eine tiefe Stimme. »Können Sie nicht lesen? Hier steht doch: Bitte nicht berühren. Wenn Sie sich für eines dieser Stücke interessieren, sagen Sie bitte dem Personal Bescheid.«

Sonja war bereits bei den ersten Worten zurückgezuckt und hatte sich umgedreht. Wie aus dem Nichts war der Ladenbesitzer aufgetaucht. Es war derselbe Mann, der ihr gestern die Tür vor der Nase zugeschlagen hatte.

Doch dieses Mal wollte sie sich seinen unverschämten Ton nicht mehr gefallen lassen. »Behandeln Sie alle Kunden so unfreundlich? Dann wundert es mich nicht, dass in Ihrem Laden nichts los ist. Wenn Sie nicht wollen, dass jemand Ihre kostbaren Keramiken anfasst, dann sollten Sie vielleicht eher ein Museum eröffnen.«

Er starrte sie feindselig an und hoffte wohl irgendwie, dass sie nun den Rückzug antreten würde. Aber diesen Gefallen würde sie ihm ganz bestimmt nicht tun.

»Und ebenso wenig, wie Sie den Umgang mit Kunden beherrschen, scheinen Sie wohl auch Ihre Tochter im Griff zu haben«, ergänzte sie bockig.

Diese Bemerkung saß. Er wurde bleich im Gesicht, und seine Augen weiteten sich. »Was hat denn das mit Valérie zu tun? Woher kennen Sie sie? Haben Sie sie gesehen?« Unruhig blickte er sich um.

»Ist sie etwa schon wieder ausgebüxt?«, fragte Sonja ahnungsvoll.

Er fuhr sich nervös durchs Haar. »Wenn Sie es genau wissen wollen – ja. Aber woher wissen Sie das? Wer sind Sie überhaupt?«

»Ich bin hier im Urlaub. Aber vorgestern habe ich Valérie oben in der kleinen Kapelle getroffen. Sie war völlig verstört und hat geweint. Da haben wir uns ein wenig unterhalten, und ich habe sie bis hierher vor Ihre Eingangstür begleitet. Dann ist sie jetzt also wieder weg?«

»Ja. Das hat sie mir gar nicht erzählt, dass sie geweint hat. Und dass sie von einer Fremden wieder nach Hause gebracht wurde.«

»Na ja, ich hatte den Eindruck, dass Sie zurzeit auch viel zu sehr mit sich und Ihren Problemen beschäftigt sind statt mit Ihrem Kind«, gab Sonja pampig zurück.

Auch dieser Hieb hatte gesessen.

Maurice senkte den Blick und schwieg lange. Dann sah er Sonja an. »Da Sie offenbar genauestens über unsere Familiengeschichte informiert sind, haben Sie ja vielleicht auch eine Idee, wo Valérie dieses Mal hin ist.«

»Mein Tipp wäre wieder die Kapelle, natürlich. Und sie schien sich ja sehr gut auszukennen. Ich denke, sie braucht vielleicht nur ein wenig Ruhe und taucht dann wieder auf.«

Wie aufs Stichwort öffnete sich die Tür, und Valérie kam herein, gefolgt von zwei Jungen im etwa gleichen Alter.

»Hallo, Papa!«, rief sie. »Warum hast du mir nicht gesagt, dass heute Abend noch mal eine große Übung oben auf dem Hochplateau angesetzt ist? Das haben mir zum Glück jetzt Nicolas und Manu erzählt. Ich durfte gestern schon nicht dabei sein. Und jetzt wieder nicht? Du bist so gemein! Nie darf ich mitmachen oder zuschauen. Und die beiden …«, sie zeigte auf die Jungs, die sich sichtlich unwohl fühlten, »dürfen mit, obwohl sie jünger sind als ich. Ich hasse dich!« Sie stampfte mit dem Fuß auf und funkelte ihren Vater zornig an.

Das Temperament hatte sie auf jeden Fall schon mal von ihm geerbt, dachte Sonja schmunzelnd und war gespannt, wie Maurice jetzt reagieren würde.

Doch der seufzte nur und zuckte resigniert mit den Schultern. »Du hast recht, Valérie. Ich hab dir das verschwiegen, weil ich einfach Angst habe, dass dir was passiert. Schau, ich kann heute Abend nicht mit zur Übung. Und dich allein dort hinschicken will ich nicht.«

»Der Papa von Nicolas kann doch aufpassen. Der ist dabei. Nicolas, sag ihm, dass das stimmt«, befahl sie dem Blondschopf.

Der wurde rot und konnte vor lauter Unbehagen nur noch nicken.

Maurice seufzte. »Also gut. Dann darfst du heute Abend mit.«

Mit einem Jubelschrei fiel ihm seine Tochter um den Hals und küsste ihn links und rechts auf die Wangen. Dann fiel ihr Blick auf Sonja. Als sie sie erkannte, grinste sie. »Oh, Papa, schau. Das ist Sonja. Mit ihr habe ich auch schon eine Wanderung gemacht. Sie weiß, dass ich mich hier bestens auskenne und auch immer gut aufpasse.«

Sonja musste lachen. Valérie hatte ihren Vater voll im Griff. Ein wenig bockig sein, ein wenig wütend, dann wieder zuckersüß – und Maurice konnte ihr nichts abschlagen. Und wie sie sich die Tatsachen zurechtbog. Kein Wort darüber, dass sie traurig und wütend gewesen war, sondern ihre Begegnung klang aus ihrem Mund einfach nur nach einem kleinen Abenteuer. So ein cleveres kleines Luder, dachte Sonja und schmunzelte. Sie nickte. »Das stimmt. Aber ich weiß nicht, um welche Übung es sich handelt. Also mische ich mich da lieber nicht ein.«

»Aber schön, dass du hier bist«, sagte Valérie fröhlich. »Mit ihr kann man sich nämlich prima unterhalten.«

Maurice schüttelte den Kopf. »Jetzt reicht es dann aber langsam, meine Tochter! Du gehst jetzt schön brav nach oben und machst deine Hausaufgaben. Bevor die nicht fertig sind, brauchst du gar nicht daran zu denken, heute noch mal das Haus zu verlassen. Und das nächste Mal sagst du mir Bescheid, wenn du weggehst. Verstanden?«

Valérie blickte ihn mit großen Augen an und nickte reumütig. Die beiden Jungs traten den Rückzug an und verließen das Geschäft mit einem leise gemurmelten Abschiedsgruß. Sie waren vermutlich froh, nicht mehr Teil der Diskussion zu sein. Doch Valérie verharrte noch kurz. »Kann ich vielleicht am Wochenende einen Ausflug mit Sonja machen, Papa? Ich könnte ihr zum Beispiel die Schlucht von Riou hinten im Tal zeigen.«

»Vielleicht hat sie aber gar keine Zeit und auch keine Lust, mit aufsässigen kleinen Mädchen unterwegs zu sein.« Maurice sah Sonja an.

Valérie legte den Kopf schief und fragte Sonja ganz direkt: »Ist das so?«

»Ich würde sehr gern etwas mit dir unternehmen, Valérie.« Sonja musste lachen. »Aber ich verstehe auch, wenn dein Vater das nicht möchte. Schließlich bin ich doch eine völlig Fremde.«

»Dann gehe ich jetzt und mache meine Hausaufgaben. Ihr unterhaltet euch, und dann bist du keine Fremde mehr«, lautete Valéries pragmatische Antwort.

Sonja musste erneut lachen, und Maurice verdrehte die Augen.

»Ab mit dir, Madame«, wies er seine Tochter nochmals an, sich ihren Hausaufgaben zu widmen.

Als Valérie verschwunden war, wandte er sich Sonja zu. »Schwieriges Alter. Schwierige Situation. Ich bin oft ganz schön überfordert.«

178

Das waren ja jetzt endlich einmal einigermaßen vernünftige Aussagen. Vielleicht konnte man mit dem Kerl ja doch reden. Sonja nickte. »Kann ich mir vorstellen. Und ich hätte tatsächlich noch ein Anliegen, über das ich mit Ihnen sprechen wollte.«

»Ach ja? Was denn?«

Sonja öffnete ihre Handtasche und zog vorsichtig den Teller hervor. Sie entfernte das Zeitungspapier drumherum und legte ihn auf den kleinen Tisch neben der Kasse. »Vielleicht könnten Sie einen Blick darauf werfen? Diesen Teller habe ich bei meiner Oma im Haus gefunden. Und mich gewundert, wer ihn wohl gefertigt hat. Drehen Sie ihn gern einmal um. Auf der Rückseite ist eine Inschrift. Und Céline und Françoise meinten, er könnte aus Ihrer Werkstatt sein ...«

Maurice griff nach dem Teller und begutachtete ihn. Dann drehte er ihn um – und erbleichte.

»Was ist los? Erkennen Sie den Schriftzug wieder? Ist der Teller aus Ihrer Werkstatt?«, fragte Sonja neugierig.

Doch Maurice antwortete nicht. Fassungslos, so schien es Sonja, begutachtete er die Schrift und strich vorsichtig darüber – als ob er sich versichern wollte, dass sie nicht einfach nur nachträglich aufgebracht worden war.

Nachdem er lange geschwiegen hatte, blickte er auf. »Verlassen Sie bitte dieses Atelier und kommen Sie nie wieder hierher zurück.«

Sonja traute ihren Ohren nicht. »Wie bitte?«

»Sie haben mich schon verstanden. Hier, nehmen Sie diesen verdammten Teller und verlassen Sie mein Haus.«

Seine Stimme war eindringlich geworden. Er drückte Sonja den Teller in die Hand, als ob er sich daran verbrannt hätte. Dann legte er ihr eine Hand auf den Rücken und schob sie förmlich zum Ausgang.

Sonja wusste kaum, wie ihr geschah. Bevor sie noch einen klaren Gedanken fassen konnte, stand sie auf der Straße, und

Maurice hatte die Eingangstür energisch wieder hinter sich geschlossen. Minutenlang stand sie so da. Ihre Gedanken überschlugen sich. Was war da gerade passiert? Was hatte Maurice so aus der Fassung gebracht, dass er sie geradezu hinauswarf? Sie blickte auf den Teller in ihrer Hand und konnte sich beim besten Willen nicht erklären, was an diesem so unglaublich war, dass es diese Tat rechtfertigte. Wahrscheinlich würde sie das jetzt auch niemals erfahren.

Verwirrt bummelte sie noch eine Weile durch die Gassen, ohne wirklich etwas von ihrer Umgebung wahrzunehmen. Als sie sich wieder einigermaßen gefasst hatte, beschloss sie, den Tag nicht mit Grübeln zu verbringen, sondern am Nachmittag eine kleine Wanderung zu unternehmen.

Um sich abzulenken und nicht allzu viel über den Teller, ihre Großmutter und Maurice nachdenken zu müssen, behielt sie diese Vermeidungsstrategie auch in den nächsten Tagen bei und erkundete nach und nach die Bergwelt rund um Moustiers.

Erst als sie am dritten Tag spätnachmittags wieder den Rückweg über die kleine Kapelle nahm und dort tatsächlich Valérie vorfand, gestand sie sich ein, dass sie insgeheim auf diese Begegnung gehofft und deshalb alle ihre Touren dort hatte enden lassen.

Valérie blickte ihr erwartungsvoll entgegen. Wahrscheinlich hatte sie den gleichen Gedanken gehabt wie Sonja. Sie musste sich gewundert haben, wo die Deutsche abgeblieben war. So wie Sonja Maurice einschätzte, hatte er seine Tochter mit Schweigen abgefertigt. Was bildete sich dieser arrogante Franzose eigentlich ein? Bevor ihre Wut die Oberhand gewinnen konnte, wandte sich Sonja der Kleinen zu und setzte sich neben sie in die Nische.

»Hallo, Valérie. Wie geht's dir denn?«

Ohne auf ihre Frage einzugehen, sprudelte es aus der Kleinen heraus. »Was hat Papa denn? Er hat mir verboten, mich wieder mit dir zu treffen. Er hat mir auch verboten, mit dir einen Ausflug zu machen? Was ist passiert?«

»Das wüsste ich auch zu gern«, antwortete Sonja wahrheitsgemäß.

»Aber irgendetwas muss doch passiert sein. Sonst wäre Papa nicht so. Da bin ich mir sicher.«

»Ja«, stimmte Sonja ihr zu. »Pass auf, ich erzähle dir jetzt eine Geschichte. Vielleicht kannst du mir am Ende dann sagen, was mit deinem Vater los ist.« Und sie berichtete Valérie von ihrer Großmutter, ihrem Atelier, dem Tellerfund und warum sie ausgerechnet Moustiers als Reiseziel ausgesucht hatte. »So, und jetzt sag mir, warum mich dein Vater beim Anblick des Tellers rausgeschmissen hat.«

Valérie hatte staunend zugehört, zuckte aber jetzt ratlos mit den Schultern. »Das ist wirklich seltsam. Ich habe keine Ahnung.«

Die beiden schwiegen eine Zeit lang.

»Morgen beginnen hier die Ferien«, fuhr Valérie dann fort. »Papa arbeitet die ganze Zeit in seinem Atelier und hat keine Zeit für mich. Du bist doch unten auf dem Campingplatz, oder? Könnte ich dich da vielleicht besuchen? Dann kannst du mir auch den Teller zeigen.«

»Hm. Ich weiß nicht, ob das eine gute Idee ist, wenn du ohne Wissen deines Vaters bei mir bist. Er hat das ja schließlich verboten.«

Valérie zuckte mit den Schultern. »Dann hab ich dich halt einfach zufällig getroffen. Was ist schon dabei?«

Sonja musste lächeln. Die Kleine ließ sich wirklich nicht so schnell abwimmeln.

19. Kapitel

Moustiers-Sainte-Marie, 1951

Seit einigen Wochen lebte Amalie nun schon unter dem Dach von Georges, zusammen mit seiner Frau Claire und seinem Sohn Théo. Georges hatte Wort gehalten und seiner Frau reinen Wein über ihrer beider Verhältnis und die Ereignisse während seiner Gefangenschaft eingeschenkt. Während er mit Claire redete, half Amalie am Bäckerstand aus, um sich abzulenken. Doch immer wieder kreisten ihre Gedanken um die aktuelle Situation. Selbst wenn Claire nichts dagegen hätte, war es wirklich eine gute Idee hierzubleiben? Könnte sie einfach so mit Georges leben in dem Bewusstsein, dass er ihre Gefühle nicht erwiderte? Es dauerte lange, bis Georges wiederkam. »Claire ist einverstanden. Wenn du magst, kannst du bei uns hier wohnen und arbeiten. Es wäre mir eine Ehre, und Claire wird sich sicher bald daran gewöhnen. Was meinst du?« Amalie schloss die Augen und versuchte sich auszumalen, wie sich das Ganze wohl für sie anfühlen würde. Dabei wurde ihr klar, dass sie auf jeden Fall alles über die Herstellung der Keramiken und Fayencen lernen wollte. Die Schaufensterauslagen hier zogen sie magisch an. Zu gern wollte sie in der Lage sein, selbst so etwas Schönes herzustellen. Dafür würde sie die emotionale Belastung in Kauf nehmen. Und vielleicht würden ihre Gefühle für Georges ja auch nachlassen, wenn sie ihn näher kennenlernte. Vielleicht entdeckte sie Macken an ihm, mit denen sie nicht hätte leben können. Sie öffnete die Augen wieder, blickte Georges an und nickte. »Danke. Ich würde sehr gern bleiben und von dir alles über dein Handwerk lernen – und natürlich helfe ich im Gegenzug im Haushalt und im Laden mit.« Und noch am selben Tag hatte sie die kleine Kammer unter dem Dach im Haus von Georges und Claire bezogen.

Ein paar Wochen waren seitdem vergangen, und langsam stellte sich in ihrem neuen Leben eine Art Routine ein. Nach dem Aufstehen frühstückte sie meist allein. Georges war oft schon in der Werkstatt, und seine Frau schlief noch. Zudem schienen die Franzosen wenig Wert auf ein gemütliches Frühstück zu legen. Wenn sie dann ihr Geschirr wieder aufgeräumt hatte, machte sie sich fertig und ging hinaus in den kleinen Garten. Sie inspizierte die Beete, jätete Unkraut und kümmerte sich darum, dass alles seine Ordnung hatte. Anschließend machte sie sich auf den Weg in Georges' Werkstatt. Doch obgleich der Alltag sich allmählich vertraut anfühlte, wurde sie dennoch täglich unzufriedener. Denn Georges schien sein Versprechen, ihr die Techniken für seine Keramiken zu zeigen, vergessen zu haben. Dazu kam, dass er ihr mit keiner Geste, keinem Wort und keiner heimlichen Berührung irgendwie signalisierte, dass sie mehr für ihn war als eine billige und willige Arbeitskraft, die er dringend für sein Heim und seine Werkstatt benötigte. Natürlich nicht, schalt sie sich selbst. Doch sie stand ihrer zunehmenden Wut machtlos gegenüber. Immer wieder kehrte ungewollt ihre jugendliche Fantasie zurück, die sie hierhergeführt hatte. Sie hatte sich all die Jahre Dinge erträumt, die mit der Realität gar nichts zu tun hatten. Für Georges war sie wohl nur eine dumme kleine Deutsche gewesen, die ihm das Leben in Gefangenschaft zumindest etwas versüßt hatte. Aber nein – sie war ungerecht. Er hatte ihr doch alles erklärt, und auch, warum er Claire geheiratet hatte. Nur weil sie immer noch Liebe zu ihm empfand, konnte Amalie ihm nicht die Schuld für ihre negativen Gefühle geben. Was sollte sie nur tun? Sie musste sich hier und jetzt fragen, was sie weiterhin hier wollte. Wie sollte ihr Leben künftig aussehen?

Während sie so über ihre Zukunft und ihre geplatzten Träume sinnierte, betrat Georges die Werkstatt. »Bonjour, Amalie«, grüßte er sie mit einem höflichen Lächeln.

Wieso erkannte er nicht, wie sehr sie unter der Situation litt? Wollte er es nicht sehen, oder konnte er es nicht sehen? Aber im Grunde war das auch egal – es lief auf dasselbe heraus. So, wie sie sich anfänglich entschieden hatte zu bleiben, konnte sie nun auch einfach beschließen zu gehen. Am besten packte sie baldmöglichst ihre Sachen und machte sich auf den Weg zurück nach Deutschland. Doch auch dort kam sie nicht um die Frage herum, was sie künftig mit ihrem Leben anfangen sollte. Da konnte sie genauso gut hier darüber nachdenken. Unter der Sonne Frankreichs.

Vor lauter Grübelei und Wut über sich selbst merkte sie erst jetzt, dass Georges sie abwartend ansah. Offenbar hatte er sie irgendetwas gefragt, und sie hatte es nicht mitbekommen.

»Entschuldigung, ich war in Gedanken. Was hast du gesagt?«, hakte sie deshalb nach. Ein großer Vorteil ihres Aufenthalts hier war eindeutig die Verbesserung ihrer Französischkenntnisse. Sie versuchte, dies in der Plusspalte ihrer mentalen Liste zu verbuchen. Die Minusspalte war schon ellenlang.

»Was hältst du davon, wenn ich dir endlich einmal die Herstellung der Keramiken zeige? In den vergangenen Wochen hatte ich so viel zu tun, dass ich mir dafür keine Zeit nehmen konnte. Aber jetzt ginge es. Und wenn es dir Freude macht, kannst du gern auch eigene Dinge entwickeln.«

Amalie blickte ihn erstaunt an. Also erinnerte er sich doch noch an sein Versprechen, ihr das Töpfer- und Fayencehandwerk beizubringen. Bislang hatte sie den Eindruck gehabt, die Werkstatt sei sein größtes Heiligtum. Er ließ niemanden an seinen Arbeitsplatz, an den Brennofen oder ans Glasurbad – nicht einmal seine Frau. Die durfte im Geschäft die Touristen bedienen – die Herstellung und das Bemalen der Stücke übernahm ausschließlich er.

Sie musste nicht lange überlegen; zu lange hatte sie schon darauf gewartet, und alles war besser, als hier weiterhin nur den Boden zu fegen, das Werkzeug zu säubern und nach einem langen Arbeitstag alles wieder ordentlich an seinen Platz zurückzustellen.

»Sehr gern«, antwortete sie deshalb schnell, bevor er es sich anders überlegen konnte.

»Also gut. Dann richte ich dir einen Arbeitsplatz neben meinem ein und zeige dir Schritt für Schritt, wie ich arbeite.«

»Warum machst du das?«, platzte Amalie nun doch heraus. »Ich meine ... du hast es zwar versprochen, aber ... nicht einmal deine Frau darf an deinen Arbeitsplatz. Warum ich?«

»Claire interessiert sich nicht für meine Arbeit. Für sie ist nur wichtig, dass ich Geld damit verdiene. Je mehr, desto besser«, antwortete er kurz angebunden. Ein bitterer Ton schwang in seiner Stimme mit.

Amalie war wie vor den Kopf geschlagen. Sie hatte bisher ganz automatisch angenommen, dass Georges seine Frau am liebsten als Hausfrau und Mutter sah und ihr selbst den Zugang zu seinem Arbeitsleben verweigert hatte. Doch offenbar hatte sie sich getäuscht. So gut war ihr Französisch noch nicht, dass sie sämtliche negativen Untertöne aus den Unterhaltungen der Eheleute heraushören konnte. So bitter, wie Georges klang, musste es die geben, da war sie sich sicher. Umso mehr freute es sie, dass er ihr nun sein Handwerk bewusst näherbringen wollte.

Allein vom Zusehen hatte sie sich in den vergangenen Wochen schon ein paar Dinge zusammengereimt, aber all dies nun mit Erklärungen gezeigt zu bekommen und auch selbst Hand anlegen zu dürfen, war noch einmal etwas ganz anderes. Seite an Seite arbeiteten sie nun den ganzen Vormittag.

Amalie fragte Georges Löcher in den Bauch. Woher bekam er den Ton? Warum erfolgten der erste und der zweite Brennvorgang bei unterschiedlichen Temperaturen? Welche Motive kamen am besten bei seinen Käufern an? Woher nahm er seine Ideen? Sie sah ihm über die Schulter, als er geschickt an der Drehscheibe eine Vase hochzog, sie bewunderte seine ruhigen Hände, als er mit dünnen Pinselstrichen Mohnblumenfelder auf Teller zauberte, und sie wurde nicht müde, immer wieder nachzufragen.

Nachdem sie fast sämtliche Arbeitsschritte einmal durchgegangen waren, lächelte Georges sie an. »Und nun darfst du.« Er holte aus der Abstellkammer im hinteren Teil der Werkstatt zwei stabile Holzböcke und eine dicke Arbeitsplatte und baute daraus einen Arbeitstisch direkt neben seinem.

Durch das große Fenster fiel Licht auf die Oberfläche, und Staubflocken wirbelten im Sonnenschein. Mit einer großzügigen Geste und einem breiten Lächeln im Gesicht winkte Georges sie heran. »Voilà, meine liebe Amalie. Das ist ab sofort dein Reich. Ich würde vorschlagen, du versuchst dich zunächst einmal an einem Teller. Und wenn du dann nicht frustriert bist, weil die ersten Stücke nicht so gelingen, wie du es dir erhoffst, dann sehen wir weiter. Einverstanden?«

»Einverstanden.« Amalie nickte eifrig. Und zum ersten Mal, seit sie hier war, machte sie sich voller Freude an die Arbeit und vergaß in den kommenden Stunden die Welt um sich herum. Zunächst versuchte sie sich an der Herstellung eines Tellers. Sie brauchte mehrere Versuche, ehe ihr Werkstück zumindest halbwegs als solcher erkennbar war. Sie realisierte, wie viel

Erfahrung und Geschick mit dem Drehteller nötig waren, um gleichmäßige Stücke entstehen zu lassen. Anschließend gab Georges ihr einen bereits glasierten Teller und zeigte ihr, wie sie diesen bemalen konnte. Bei ihm sah das Ganze kinderleicht aus. Aber als Amalie selbst den Pinsel führte, zitterte ihre Hand, und das Motiv wurde krakelig.

»O je, ich glaube, aus mir wird keine gute Fayencemalerin«, seufzte sie.

»Das darfst du dir gar nicht erst einreden. Fast jeder hier hat genauso angefangen. Es braucht einfach viel Übung. Das wird schon«, machte Georges ihr Mut. Und so übte sie fleißig weiter. Erst als das Licht, das durch das Fenster fiel, immer spärlicher wurde, wurde ihr bewusst, dass es bereits Abend war. Sie blickte auf und bemerkte, dass Georges sie nachdenklich ansah.

Wenn er doch nur nicht so unfassbar blaue Augen gehabt hätte. Die brachten sie immer wieder aus der Fassung. Fragend hob sie eine Augenbraue. Während der letzten Stunden hatten sie kaum ein Wort miteinander gewechselt, so vertieft waren sie beide in ihre Arbeit gewesen.

Doch Georges schüttelte nur leicht den Kopf. Gemeinsam machten sie sich daran, die Werkstatt aufzuräumen. Als sie fertig waren, schloss er ab, und sie gingen zusammen nach Hause, wo Claire bereits mit dem Abendessen wartete. Als Amalie ihr erzählte, dass sie heute ihre ersten eigenen Keramiken hergestellt hatte, nickte sie nur abwesend und berichtete Georges dann, dass man die Einrichtung des Ladens dringend erneuern müsse – sie entspreche so gar nicht mehr dem Zeitgeschmack. So toll seine Keramiken auch seien, wenn niemand mehr ihren Laden betreten wolle, helfe das auch nicht.

Georges nickte müde und meinte nur: »Natürlich, Claire. Du hast recht. Wenn du möchtest, kannst du dir da gern Gedanken machen. Wir können das ja Stück für Stück angehen – je nachdem, wie viel Geld wir gerade zur Verfügung haben.«

Amalie sah, wie Claire die Stirn runzelte und einen Schmollmund zog. Offenbar hatte sie sich mehr erhofft.

Beleidigt erwiderte sie: »Für deine Brennöfen hast du doch auch immer Geld. Erst letztes Jahr musste es so ein sündhaft teures neues Modell sein ...«

Georges seufzte. »Ja. Weil wir ohne meine Keramiken den Laden vergessen können. Der neue Ofen brennt viel gleichmäßiger, und die Qualität der Stücke ist besser. Das bemerken die Käufer auch. Aber das haben wir doch schon tausend Mal besprochen.« Er klang müde und resigniert.

Amalie bekam zum ersten Mal, seit sie hier war, eine Ahnung davon, dass das Eheleben der beiden wohl nicht ganz so harmonisch verlief, wie es sich für Außenstehende darstellte.

Als sie an diesem Abend zu Bett ging, haderte sie erstmals nicht mit ihrem Schicksal, sondern beschäftigte sich im Geist bereits mit den Werkstücken, die sie morgen in Angriff nehmen wollte.

Und so spielte sich in den nächsten Wochen eine neue Routine ein. Amalie kümmerte sich zwar weiterhin um den Garten, doch danach arbeitete sie Seite an Seite mit Georges in seiner Werkstatt, und am Abend räumten sie zusammen auf. Georges' Befürchtung, dass sie nach dem Brennen ihrer ersten Stücke frustriert aufgeben könnte, hatte sich nicht bewahrheitet. Im Gegenteil. Als Amalie verstanden hatte, wie man mit dem Ton arbeiten musste, um ein perfektes Ergebnis zu erzielen, war ihr Ehrgeiz geweckt worden.

Sie experimentierte mit neuen Formen, verschieden langen Trockenperioden und Temperaturen. Nach und nach lernte sie, wie sie den gebrannten Scherben so durch das Glasurbad ziehen musste, dass es keine Tropfnasen oder unschönen Wülste gab. Am besten gefiel ihr allerdings der letzte Bearbeitungsschritt – das Bemalen. Wie Georges ihr prophezeit hatte, wurde sie zunehmend sicherer, und ihre Hand zitterte kaum noch.

Anfangs griff sie auf die bereits vorhandenen Schablonen und Motive zurück. Sie experimentierte mit den Farben, notierte sich genau, wie sich die jeweiligen Farben durch den Brennvorgang veränderten, und fing dann langsam an, die Motive abzuwandeln, individuelle Akzente zu setzen und eigene Elemente zu entwickeln. Sie genoss es sehr, mit Georges einen erfahrenen Meister an ihrer Seite zu haben, mit dem sie sich jederzeit austauschen konnte. Und sie hatte das Gefühl, dass es ihm ebenso ging. Endlich gab es auch für ihn jemanden, mit dem er über seine Arbeit reden konnte. Ihre nach wie vor starken Gefühle für Georges verbot sie sich und konzentrierte sich jeden Tag intensiv auf die Arbeit, die sie mehr und mehr ausfüllte. Nur nachts in ihrem Bett haderte sie an manchen Tagen mit ihrem Schicksal und empfand Traurigkeit angesichts ihrer unerfüllten Liebe.

Je besser ihre Französischkenntnisse wurden, desto deutlicher bekam sie mit, dass die Eheleute sich im Grunde nur über Organisatorisches austauschten. Was musste eingekauft werden? Wie ging es dem Kleinen? Wann wollte man die Schwiegereltern zum Essen einladen? Zunächst hatte Amalie noch gedacht, es liege an ihrer Anwesenheit, dass die Eheleute so distanziert wirkten.

Aber eines Abends, als sie wieder einmal gemeinsam von der Werkstatt nach Hause schlenderten, schüttete Georges ihr sein Herz aus. »Ich habe wirklich gedacht, dass ich Claire mit der Zeit lieben könnte. Auch wenn ich sie zunächst vor allem wegen meiner Eltern und wegen ihres Geldes geheiratet habe«, gestand er. »Ich habe mich wirklich bemüht, ihr jeden Wunsch von den Augen abgelesen, ihr Komplimente gemacht … Es hat alles nichts geholfen. Sie ist immer unzufrieden. Was ich ihr biete, ist nie genug. Sie kritisiert, wie ich die Prioritäten bei unseren Investitionen setze. Der neue Brennofen ist ihr ein Dorn im Auge, wie du weißt. Sie würde viel lieber am Wochenende chic in der Stadt zum Essen gehen oder an der Côte d'Azur flanieren. Aber dazu fehlen mir im Moment die Zeit und die Lust. Ich bin niemand, der Wert auf die High Society legt.« Er seufzte. »Wir haben einfach völlig unterschiedliche Vorstellungen vom Leben. Sie ist von Kindheit an gewohnt, dass alle ihre Wünsche erfüllt werden. Sie hatten immer genug Geld, um in Saus und Braus zu leben. Das kann ich von mir nicht behaupten.« Er zögerte. »Natürlich will ich das Leben auch genießen. Es darf nicht nur aus Arbeit bestehen. Aber mir reicht es auch, am Wochenende hier in den Bergen zu wandern oder drüben am See eine Runde Kajak zu fahren. Dann am Abend bei Jacques gemütlich essen – das ist für mich ein perfekter Tag. Und ja, ich bin ehrgeizig in meinem Beruf. Mir macht es Freude zu sehen, dass unsere Kundenzahl wächst und meine Arbeit geschätzt wird. Ich denke, nur wenn ich hier vernünftig investiere, bleibt unsere Zukunft gesichert.«

Amalie nickte. »Da hast du absolut recht. Ich verstehe dich.«

Georges seufzte und sagte dann leise: »Es tut mir so leid, dass es so gekommen ist, wie es jetzt ist. Ich weiß, das hilft dir nicht. Aber ich möchte, dass du weißt, dass ich meine Entscheidung, Claire zu heiraten, jeden Tag bereue.« Er machte eine Pause.

Amalie hörte zu. Aber so richtig freuen konnte sie sich über sein Geständnis nicht. Dass er seine Entscheidung bereute, war das eine, ob er jedoch daran dachte, eine andere, neue Entscheidung zu treffen, davon war nicht die Rede.

Sie schluckte und nahm all ihren Mut zusammen. »Dann entscheide dich neu. Trenn dich von ihr. Was hilft dir ein Leben, in dem du keine Geldsorgen hast und immer deiner Arbeit nachgehen kannst, wenn da keine Liebe ist. Niemand, der deine Sorgen und Nöte teilt und der genauso für dich empfindet wie du für ihn. So wirst du niemals glücklich werden. Willst du das?«

Georges seufzte. »Bei dir klingt das so einfach.«

»Das ist es auch.« Amalie hatte sich in Fahrt geredet. »Man kann immer eine neue Entscheidung treffen. Jeden Tag. Aber man muss den Mut haben, zu seinen Gefühlen zu stehen. Wir lieben uns – das spüre ich. Und ich glaube, du spürst das auch. Also gib dir einen Ruck. Trenn dich von Claire. Ihr seid nicht glücklich miteinander. Damit ermöglichst du auch ihr ein neues Leben – in dem auch sie vermutlich glücklicher wird.«

»Und was wird aus unserem Sohn?«

»Auch das lässt sich regeln. Ihr wärt nicht die Ersten, die sich scheiden lassen. Wenn ihr vernünftig miteinander umgeht, ist es doch auch für Théo besser, als in einem Elternhaus groß zu werden, in dem es keine Liebe gibt, oder?«

»Du redest dich leicht«, antwortete Georges bitter. »Aber so einfach ist es nicht.«

»Das weiß ich«, lenkte Amalie ein und legte ihre Hand leicht auf Georges' Arm. »Denk darüber nach. Bitte.«

Georges nickte. Aber Amalie spürte, dass er das nicht ernst meinte, sondern nur nach einem Weg suchte, das Gespräch zu beenden.

Die Tage und Wochen vergingen. Auf den Sommer folgte der Herbst, und Amalie konzentrierte sich vor allem auf ihre Arbeit im Atelier. Sie wurde immer sicherer und kreativer. Bald musste sie Georges nicht mehr um Rat fragen, sondern experimentierte selbstständig.

Eines Abends saßen alle wie immer am gedeckten Abendbrottisch zusammen, als Claire sich an Amalie wandte.

»Heute war ein Ehepaar da, das vor ein paar Monaten ein Gedeck gekauft hat, das mit einem Märchenmotiv von dir versehen war. Sie haben nachgefragt, ob wir davon nicht ein ganzes Geschirrset anbieten könnten. Mit unterschiedlichen Märchenmotiven. Ich finde, das wäre eine gute Idee. Was meinst du? Kannst du das machen?«

Amalie freute sich sehr, das zu hören. Es war das erste Mal, dass Kunden explizit nach ihren Werken fragten. In ihrem Kopf formten sich sogleich neue Ideen.

Sie wollte gerade ihrer Begeisterung Ausdruck verleihen, als Georges bereits antwortete. »Ich weiß nicht, ob das eine gute Idee ist. Wir haben jetzt ein schönes Portfolio. Wenn wir dauernd neue Motive bringen, dann verwässert das unsere Marke«, gab er zu bedenken.

Amalie starrte ihn mit offenem Mund an. Hatte er gerade tatsächlich eine neue Geschäftsidee einfach so abgetan? Er, dem das Geschäft immer so wichtig war? Bestimmt hatte sie da etwas falsch verstanden. Sie hakte noch einmal nach.

»Habe ich richtig gehört, dass du diese Idee nicht aufgreifen willst? Das wäre doch wirklich eine Marktlücke. Stell dir vor, wir könnten jedes Jahr ein Set mit einem neuen Motiv aus einer Serie herausbringen. Damit könntest du Käufer über Jahre an dich binden.«

Georges schüttelte den Kopf. »Das glaube ich nicht. Wenn hier jemand etwas kauft, dann zeigt er das zu Hause seinen Freunden und der Familie. Und die kommen dann her und wollen genau das Gleiche.«

»Das eine schließt doch das andere nicht aus. Wir könnten doch alle Motive anfertigen. Im Zweifelsfall müssten die Kunden das dann eben bestellen. Und wir schicken es ihnen zu ...«

»Nein. Dafür haben wir viel zu wenig Kapazitäten«, fiel Georges ihr barsch ins Wort.

Amalie verstummte und blickte zu Claire hinüber, die nur resigniert mit den Schultern zuckte. Offenbar war das das Ende der Diskussion.

Im weiteren Verlauf des Abendessens fiel kein Wort mehr über das Thema, und Amalie ging bald in ihr Zimmer. Als sie auf dem Bett lag, ließ sie das Gespräch noch einmal in

Gedanken Revue passieren. Warum hatte Georges diese Idee abgelehnt? Er war doch sonst immer Feuer und Flamme, wenn es um Neuerungen im Geschäft ging. Sie konnte es nicht nachvollziehen. Vielleicht sollte sie morgen noch einmal mit Claire darüber reden. Sie hatte den Eindruck gehabt, dass diese seine Argumente verstanden hatte. Sie fiel in einen unruhigen Schlaf und träumte zum ersten Mal, seit sie hier war, von ihrem Zuhause in Deutschland.

Einige Tage später fand sich endlich eine Gelegenheit, einmal allein mit Claire zu reden. Georges war zu seinem Lieferanten für die Farben gefahren, um neue Konditionen auszuhandeln, und Théo war bei einem Freund eingeladen.

Als Amalie das Thema anschnitt, nickte Claire.

»Ich habe mir schon gedacht, dass du das noch einmal ansprichst.«

»Ich verstehe seine Haltung nicht. Er ist doch sonst Neuem gegenüber immer so aufgeschlossen.«

»Ja, wenn es seine Idee ist«, erwiderte Claire.

Amalie blickte sie erstaunt an. »Aber es ist doch egal, wessen Idee es ist. Hauptsache, es dient der Sache, oder?«

»Das siehst du so, und das sehe ich so.« Georges' Frau nickte. »Aber hier geht es ja nicht nur um die Idee ...«

»Sondern?«

»Wessen Arbeit wurde denn von den Kunden gelobt?«, fragte Claire.

»Meine. Aber das ist doch auch unwichtig.«

»Nicht für Georges. Er steht gern allein im Mittelpunkt. Er ist schließlich der Meister. Und er duldet niemanden neben sich, der genauso gut ist wie er. Der ihn unter Umständen sogar noch überflügeln könnte.«

Amalie dachte nach. Konnte das wirklich sein? Ihr fiel die Diskussion über die Neugestaltung des Ladens vor einiger Zeit wieder ein. »Dann ging es Georges damals bei deinem Vorschlag auch nicht wirklich um das Geld, oder? Es ging darum, dass du eine gute Idee hattest und nicht er.«

Claire nickte und lächelte schief. »Du hast es erfasst. Ich habe das auch lange nicht begriffen. Dachte wirklich, dass meine Ideen einfach nicht gut sind. Aber irgendwann ist dann auch bei mir der Groschen gefallen. Georges kann es einfach nicht ertragen, wenn andere auch etwas gut machen. Er muss sich überall und immer überlegen fühlen. Nur dann ist er zufrieden.«

Amalie schluckte. Sie konnte nicht glauben, dass sie diesen Charakterzug an ihm bislang einfach übersehen hatte – oder hatte sie ihn nicht sehen wollen?

»Habe ich jetzt dein Weltbild zerstört? Dein Idol vom Sockel gestoßen?«, fragte Claire.

Amalie erstarrte.

»Ich bin nicht blind, weißt du. Ich weiß sehr wohl, was du für ihn empfindest. Das spürt man als Ehefrau. Und ich weiß auch, dass Georges sich dadurch sehr geschmeichelt gefühlt hat. Du hast seinem Ego gutgetan. Da kommt diese Deutsche den ganzen weiten Weg angereist, nur um mit ihm zusammen zu sein. Was für eine Wohltat.« Claire lachte bitter. »Und die Ehefrau darf auch noch zusehen, wie er sein Kriegsliebchen bei sich einquartiert.«

Amalie brannten bei ihren letzten Worten die Wangen vor Scham. Wie hatte sie nur glauben können, dass Claire ihre Vorgeschichte mit Georges so einfach wegsteckte? Zaghaft verteidigte sie sich. »Ich war nicht sein Kriegsliebchen. Also nicht so, wie du denkst …« Sie verstummte.

Was sollte sie auch sonst noch hinzufügen?

Claire nahm ihre Hände. »Ich weiß. Ich habe das gerade nur gesagt, weil ich so verletzt bin. Aber dafür kannst du nichts. Georges hat mir schon kurz nach der Hochzeit von dir erzählt. Davon, wie gut du ihm damals getan hast. Und …« Sie verstummte erneut.

»Und was?« Amalies Wangen brannten nun noch mehr, da sie jetzt wusste, dass Georges sie anscheinend nicht einfach mit seiner Abreise aus seiner Erinnerung gestrichen hatte.

»Ach, nicht so wichtig«, versuchte Claire das Thema zu beenden.

»Dann kannst du es mir ja sagen«, beharrte Amalie.

»Und dass er trotzdem froh war, nicht bei dir in Deutschland geblieben zu sein«, flüsterte sie.

Das tat weh. Amalie schluckte den Ärger hinunter, der fast unmittelbar in ihr hochkam. »Warum um alles in der Welt hat er mich dann eingeladen, hier bei euch zu wohnen?«

»Genau aus dem Grund, den er dir genannt hat. Wir haben dringend eine Hilfe benötigt. Da kamst du gerade recht. Dass du ihn dann auch noch für seine Arbeit bewundert und ihn als Lehrmeister gesehen hast, hat seinem Ego zusätzlich geschmeichelt.«

»Mein Gott, war ich dumm.« Amalie war den Tränen nahe.

Claire legte einen Arm um sie. »Georges liebt niemanden außer sich selbst«, sagte sie traurig. »Sei froh, dass du jederzeit gehen kannst. Ich kann das nicht«, fügte sie leise hinzu.

Amalie blickte die Französin an. Traurigkeit lag in ihrer Stimme, und Tränen schimmerten in ihren Augen.

»Ich habe mich, wahrscheinlich genau wie du, von seinen sanften blauen Augen blenden lassen und von dem Charme, den er ja durchaus hat. Doch leider habe ich zu spät erkannt, was sich hinter seiner Fassade verbirgt. Da ist nichts als grenzenloser Egoismus. Alles muss so laufen, wie er es sich vorstellt. Nur seine Ideen sind es wert, umgesetzt zu werden. Nur wenn er entscheidet, dass etwas angeschafft werden soll, dann wird es gekauft. Sobald ich etwas möchte, blockt er ab oder weist mich zurück.«

Nun rollte eine Träne über ihre Wange. So beherrscht sie sonst wirkte, so erkannte Amalie nun, wie angegriffen sie war.

»Ich möchte meinem Sohn ein stabiles Zuhause bieten. Wenn ich mich von ihm trenne, verliere ich alles. Meine Eltern würden das nicht verstehen und mich ganz sicher nicht unterstützen. Und was soll dann aus mir werden? Nein. Ich bleibe bei ihm und versuche, mich mit ihm und meinem Leben so gut wie möglich zu arrangieren.«

Amalie ging nachdenklich im Zimmer auf und ab und wusste nicht, was sie denken, geschweige denn, was sie sagen sollte. Da waren mit einem Mal so viele Informationen, die sie erst verarbeiten musste.

»Claire, ich möchte eine Runde spazieren gehen, um über alles nachzudenken. Ich kann einfach nicht glauben, dass ich mich so in ihm getäuscht habe.«

Claire nickte. »Mach das. Und doch, leider ist es so. Ich verstehe, dass du zweifelst. Mir ist es nicht anders ergangen. Mein Rat wäre: Kümmere dich darum, dass du wieder nach Hause kommst. Bei dir zu Hause hast du die Chance, dir ein schönes Leben aufzubauen. Glaub mir, das ist das Beste für dich.«

Amalie nickte. Dann umarmte sie Claire spontan. »Danke. Und es tut mir unendlich leid, dass ich hier aufgetaucht bin und dir zusätzlichen Kummer bereitet habe.« Amalie bedauerte es aufrichtig.

»Das hast du anfangs, das ist richtig. Aber dank dir habe ich jetzt endgültig begriffen, dass nicht ich das Problem bin. Auch bei dir verhält Georges sich nicht anders. Von daher kann ich nun endlich aufhören, es ihm recht machen zu wollen. Das wird mir ohnehin nie gelingen. Eigentlich müsste ich mich fast bei dir bedanken.« Sie lächelte schief.

Amalie griff nach ihrer Strickjacke und öffnete die Haustür. »Ich gehe spazieren und überlege, was ich nun tun werde. Sobald ich einen Entschluss gefasst habe, sage ich es dir. Ist es in Ordnung, wenn ich so lange noch hier wohnen bleibe?«

»Aber natürlich.«

»Danke, Claire.«

An diesem Abend war Amalie lange draußen unterwegs. Sie erklomm den Weg hinauf zur Kapelle, setzte sich dort auf eine Bank und ließ ihren Blick über das weite Tal schweifen. Auf dem Weg nach oben hatte sie immer wieder einen Blick auf den Stern erhascht, der an einem Seil zwischen den Gipfeln hing. Mehrmals war sie nachdenklich stehen geblieben und hatte gedacht: Dieser Stern wird mir den Weg weisen. Er wird mich begleiten – mein Leben lang. Egal, wohin es mich verschlägt.

Und mit jedem Schritt war ihre Zuversicht gewachsen, dass sie ihren Weg finden würde. Sie war jung, sie war gesund, sie war ungebunden, und sie hatte in den vergangenen Monaten hier viel gelernt. Da war einerseits die Sprache, aber auch das Keramikhandwerk. Daraus musste sich doch etwas machen lassen, oder?

Als sie dann oben vor der Kapelle saß, fasste sie einen Entschluss: Sie würde nach Hause zurückkehren. Dort warteten ein Haus und ein Garten auf sie. Den großen Schuppen auf dem Grundstück würde sie in ein Atelier verwandeln. Worauf sie dabei zu achten hatte, hatte sie ja nun gelernt. Blieb noch das Problem, wie sie den Brennofen, das Material und die Werkzeuge finanzieren sollte – ganz zu schweigen vom Umbau des Schuppens. Aber irgendwo würde sie mit Sicherheit Arbeit finden und sich dann Stück für Stück eine eigene Existenz aufbauen.

Amalie straffte ihre Schultern. Nein, sie würde niemals so abhängig werden wie Claire. Und niemals würde sie sich an jemanden binden, der sie so wenig achtete. Das schwor sie sich in diesem Moment. Als sie sich an den Abstieg machte und der Stern wieder in Sicht kam, beschloss sie, ihn zu ihrem Glücksbringer zu erklären. Er sollte sie immer daran erinnern, was sie sich gerade eben vorgenommen hatte. Voller Zuversicht und Elan kehrte sie in den Ort zurück.

So zügig sie bislang immer das Haus verlassen hatte, um möglichst viel Zeit mit Georges in der Werkstatt zu verbringen, so sehr trödelte sie nun, um Zeit allein mit Claire zu haben. Sie berichtete von ihrem Vorhaben und ihren Plänen und erhielt von ihr viel Zuspruch. Claire war es auch, die sie animierte, noch möglichst viel Zeit in der Werkstatt mit Georges zu verbringen, um sich so viel Wissen und Handwerksgeschick wie möglich anzueignen. All das würde ihr zugutekommen, wenn sie künftig auf eigenen Beinen stehen musste.

Amalie begleitete ihn zu Lieferanten, hörte gut zu, wenn er geschickt verhandelte, und beobachtete jeden seiner Handgriffe bei der Arbeit akribisch. Georges schien nicht aufzufallen, dass sich ihr Interesse an ihm merklich abgekühlt hatte. Solange sie ihn und seine Arbeit bewunderte, war für ihn die Welt offenbar in Ordnung.

Claire hatte ihr geraten, ihm nichts von ihrem Sinneswandel und ihren Zukunftsplänen zu erzählen. Und so packte sie ihre Sachen, als er einmal wieder einen Auswärtstermin hatte.

Claire hatte das Auto ihrer Eltern organisiert und fuhr sie zum Bahnhof nach Digne. Sie hatten sich in den vergangenen Wochen so gut angefreundet, dass sie sich nun versprachen, einander zu schreiben – und zwar an die Adresse von Claires Eltern. Denn Georges sollte davon nichts mitbekommen.

Als Amalie dann im Zugabteil saß, lehnte sie sich aus dem Fenster, um Claire ein letztes Mal zuzuwinken. Mit der anderen Hand griff sie automatisch nach ihrer neuen Kette, an der ein kleiner gelber Keramikstern baumelte. Sie hatte ihn heimlich angefertigt, ihren Glücksbringer, der sie von nun an immer begleiten sollte. Der Schaffner pfiff, und der Zug setzte sich langsam in Bewegung. Claire, die Hügellandschaft der Haute-Provence und ihre vermeintliche große Liebe Georges blieben hinter ihr zurück.

20. Kapitel

Moustiers-Sainte-Marie, 2019

Am nächsten Morgen hatte Sonja gerade die Augen geöffnet, als es bereits energisch an die Tür ihres Mobilheims klopfte. Schlaftrunken schälte sie sich aus dem Bett und überlegte verwundert, wer das wohl sein könne. Sie öffnete die Tür, und vor ihr stand Valérie und schwenkte eine Tüte, aus der es verlockend nach Croissants duftete.

»Hallo, Sonja, ich habe Frühstück mitgebracht«, trällerte sie fröhlich.

Sonja schüttelte ungläubig den Kopf. »Hallo, Valérie. Was machst du denn so früh schon hier? Und woher weißt du, in welchem Camper ich wohne?«

»Ach, das mit dem Camper war einfach. Lilith an der Rezeption hat mir gesagt, wo ich dich finde.«

»Weiß dein Papa, wo du bist? Also ich freue mich, dass du hier bist, aber ich will keinen Ärger mit ihm bekommen, verstehst du das?«

Valérie nickte. Dann erklärte sie ganz unschuldig: »Papa glaubt, dass ich bei Claire bin. Dort holt er mich heute

Nachmittag ab. So lange haben wir also Zeit, um etwas zu unternehmen. Toll, oder?«

Offenbar erwartete sie ein Lob für diese Lüge ihrem Vater gegenüber. Sonja musste schmunzeln. Na ja, nun konnte sie ohnehin nichts mehr an der Situation ändern. Also musste man das Beste daraus machen – und es gab Schlimmeres, als frische Croissants direkt an die Haustür geliefert zu bekommen.

»Also gut. Komm rein. Lass uns zusammen Kaffee kochen. Was magst du denn? Kakao habe ich leider nicht. Aber Tee könnte ich dir anbieten.«

»Ich trinke einen Milchkaffee. Ganz viel Milch und einen Schluck Kaffee«, bestellte Valérie forsch.

Sonja zuckte die Schultern. Das würde schon passen. Gemeinsam deckten sie den Tisch vor dem Camper, und Valérie holte die Croissants aus der Tüte. Als sie vor den dampfenden Kaffeetassen saßen, fragte Sonja: »Wer ist denn nun Claire? Am besten bringe ich dich später dann zu ihr, oder?«

»Genau das war mein Plan. Dann merkt Papa niemals, dass ich nicht den ganzen Tag bei ihr war, sondern nur ein paar Stunden. Claire ist meine Uroma. Sie lebt ganz in unserer Nähe und ist total cool für ihr Alter. Ihr kann ich auch die Wahrheit erzählen. Claire versteht das. Vor allem, wenn du mich bei ihr ablieferst. Du wirst sie mögen. Und deinen Teller kannst du auch gleich mit zu ihr nehmen. Wenn Papa sich so blöd anstellt, ist sie deine einzige Chance.«

Valérie hatte sich offenbar einen ausgeklügelten Plan zurechtgelegt. Sonja verschluckte sich fast, so beeindruckt war sie von der Kreativität der Zehnjährigen. »Okay. Wenn du das alles so minutiös durchgeplant hast, dann weißt du sicherlich auch schon, was wir heute Vormittag zusammen unternehmen wollen, oder?«

Ohne mit der Wimper zu zucken, nickte Valérie. »Klar.« Sonja hob fragend die Augenbrauen. »Du gibst mir einen

Erste-Hilfe-Kurs. Du hast doch gesagt, dass du bei der Bergrettung warst. Also kannst du das bestimmt. Und Papa hat jetzt so lange gezögert, dass die anderen schon ein paar Stunden Vorsprung haben mit ihren Kursen. Wenn ich also den Anschluss nicht verlieren will, dann brauche ich deine Hilfe. Und du bist doch außerdem auch Lehrerin – dann kannst du mir das bestimmt super beibringen.« Erwartungsvoll blickte sie Sonja an.

Die musste lachen. »Überredet, meine kleine Madame. Ich krame in meinem Gedächtnis und bringe dir die wichtigsten Dinge bei. Aber spätestens um zwölf Uhr am Mittag liefere ich dich bei deiner Uroma ab. Okay?«

»Das geht klar«, antwortete Valérie lässig und tunkte ihr Croissant in die Kaffeetasse.

Während Valérie ihr Croissant aß, machte Sonja sich Gedanken und Notizen zum Grundlagenwissen in Erster Hilfe, das sie dem Mädchen vermitteln wollte. Und dann legten sie los. Immer wieder blieben ein paar der anderen Campinggäste interessiert stehen, während sie auf der Wiese vor dem Mobilheim die stabile Seitenlage oder die Herzdruckmassage übten. So schnell hatte sie noch nie Bekanntschaft mit so vielen Leuten gemacht, dachte Sonja schmunzelnd. Es machte ihr großen Spaß, der Kleinen ihr Wissen zu vermitteln. Vor allem, weil diese so wissbegierig war und ihre Anweisungen rasch begriff und in die Tat umsetzen konnte. Viel schneller als gedacht wurde es Mittag.

»So, und jetzt packen wir zusammen, und ich bringe dich zu deiner Uroma«, erklärte Sonja energisch.

Zögernd nickte Valérie.

»Es hat mir großen Spaß gemacht, Valérie«, fügte Sonja noch hinzu. »Aber ich will gar nicht wissen, was los ist, wenn dein Vater herausfindet, wo du den heutigen Vormittag verbracht hast – und woher du auf einmal all dein Wissen über Erste Hilfe hast.«

Valérie nickte erneut. »Das sehe ich ein. Nimm den Teller noch mit, und dann stelle ich dir Claire vor.«

Die beiden machten sich auf den Weg hinauf ins Dorf, bogen aber vor dem Zentrum rechts in eine schmale Gasse ein. Dort ging es noch einmal kräftig bergan, bis sich ein kleines Plateau vor ihren Augen öffnete. Inmitten von prächtigen Bougainvilleen, Oleanderbäumen in Töpfen und Lavendelbüschen duckte sich ein uriges Steinhaus direkt an die Felswand.

»Das ist ja ein wunderschöner Ort.« Verzückt blieb Sonja stehen.

»Ja. Das finde ich auch«, bekräftigte Valérie und zog sie zur roten Eingangstür, an deren Vorderseite ein großer Eisenring prangte, den Valérie nun zweimal scheppernd gegen die Tür fallen ließ.

Nach einer Weile hörten sie schlurfende Schritte, und eine betagte Dame mit einem schlohweißen Dutt auf dem Hinterkopf, in Jeans und eine weite weiße Bluse gekleidet, öffnete ihnen. Bei jeder ihrer Bewegungen klirrten unzählige Armreife, und Sonjas Blick fiel auf bunt lackierte Zehennägel und Füße, die in Flipflops steckten. Sie verstand, warum Valérie ihre Uroma so bewunderte – sie war alles andere als eine typische Oma.

Wache Augen blickten zunächst Valérie an. Und als diese sich in die Arme ihrer Uroma sinken ließ, auch Sonja.

Valérie beeilte sich, ihre neue Freundin vorzustellen. »Omi, das ist Sonja. Sie kommt aus Deutschland und ist sehr nett.«

Liebevoll blickte die alte Dame ihre Urenkelin an und hielt dann Sonja die Hand zur Begrüßung hin. »So macht man das in Deutschland, nicht wahr?« Sie lächelte Sonja freundlich an.

Sonja ergriff die Hand. »Freut mich. Ich bin Sonja Liebherr und hatte die Freude, Ihre Urenkelin kennenzulernen.«

Als die alte Dame ihren vollen Namen hörte, weiteten sich ihre Augen. »Du heißt Sonja Liebherr?«, fragte sie, und ihre Stimme zitterte ein wenig.

»Ja, das ist richtig.«

Die alte Dame schlug nun beide Hände vor den Mund und wankte ein wenig. Sonja legte schnell einen Arm um sie, um sie zu stützen. Dabei hörte sie, wie Valéries Uroma flüsterte: »Amalie.«

Sonja erstarrte. Hatte die alte Frau gerade den Vornamen ihrer Großmutter genannt? Das musste ein Zufall sein. Oder sie hatte sich verhört.

Auch Valérie bemerkte offensichtlich, dass sich hier gerade Seltsames abspielte, und blickte forschend zwischen den beiden Frauen hin und her. »Uroma, das hier ist Sonja. Sie heißt nicht Amalie«, stellte sie klar.

Sonja nickte und musterte ihr Gegenüber eingehend. Claire musste einmal eine sehr schöne Frau gewesen sein. Ihr zarter Körperbau war ihr erhalten geblieben. Sie strahlte Wärme und Zufriedenheit aus – ganz ähnlich, wie es auch ihre Großmutter getan hatte. Claire starrte sie noch immer an, als hätte sie gerade einen Geist gesehen. Vielleicht täuschte der äußere Eindruck, überlegte Sonja, und die alte Dame war geistig nicht mehr ganz rege? Aber woher kannte sie dann den Namen ihrer Großmutter?

Claire schüttelte ungläubig den Kopf, versuchte sich wieder zu fassen, drehte sich um und bedeutete ihnen, ihr zu folgen.

Das Erdgeschoss bestand nur aus einem einzigen großen Raum, der sehr gemütlich eingerichtet war. Zahlreiche bunte Teppiche lagen auf dem glatten, hellen Steinboden. Um einen Palettentisch gruppierten sich verschiedene gemütlich anmutende Sessel, und an den Wänden hingen zahlreiche Ölgemälde in unterschiedlichen Größen. Claire winkte sie durch den Raum und durch eine große Terrassentür auf der Südseite. Zahlreiche Korbmöbel luden auch hier zum Sitzen ein; Sonja fiel allerdings sofort die Hollywoodschaukel ins Auge, die sich leicht im Wind wiegte.

Valérie steuerte zielgenau auf diese zu, griff nach einem Buch, das auf der Liegefläche lag, und ließ sich hineinfallen. »Das ist mein Lieblingsplatz, Sonja. Hier liest mir Uroma immer Geschichten vor«, trällerte sie fröhlich.

Sonja konnte es nicht glauben. Es war ein Déjà-vu der unheimlichen Art. Fast glaubte sie, im Garten ihrer Oma in Deutschland zu sein.

Claire hatte sie die ganze Zeit aufmerksam gemustert. Nun nickte sie. »Das erinnert dich an zu Hause, nicht wahr?«

Sonja lief es kalt den Rücken hinunter. Was passierte hier gerade? War sie in irgendeine Parallelwelt geraten? Sie war völlig verwirrt.

»Jetzt setz dich erst mal, Sonja. Dann hole ich uns Zitronenwasser und erkläre es dir.« Die alte Dame war immer noch etwas blass, aber ein leichtes Lächeln umspielte nun wieder ihre Lippen. Offensichtlich hatte sie sich von dem Schreck erholt, während er bei Sonja gerade erst einsetzte.

Claire deutete auf einen Korbstuhl und legte Sonja mitfühlend eine Hand auf den Arm, während sie sie sanft in die Polster drückte.

Sonja setzte sich steif in den Sessel und wartete angespannt, bis Claire wieder aus dem Haus kam, mit einem Tablett, auf dem sie eine Karaffe Zitronenwasser, drei Gläser und einen Teller mit Gebäck balancierte.

Sonja schüttelte erneut fassungslos den Kopf.

Claire setzte sich ihr gegenüber, schenkte die drei Gläser ein und reichte Valérie eines hinüber. Nachdem sie einen Schluck genommen hatte, begann sie zu erzählen: »Glaub mir, ich war gerade genauso überrascht wie du. Nie im Leben habe ich damit gerechnet, dass du einmal vor meiner Haustür stehen würdest. Aber als du deinen Namen genannt hast, habe ich dich gleich wiedererkannt. Mimi hat mir immer mal wieder Fotos von dir geschickt. Das hat mich jetzt doch ganz schön überrascht, und ich brauchte eine Minute, um mich zu sammeln. Doch ich kann mir vorstellen, dass das Ganze für dich noch viel seltsamer, unwirklicher und verstörender wirken muss. Denn ich denke, du hast keine Ahnung, was deine Großmutter und mich verbindet.«

Sonja schüttelte den Kopf. Nein, sie hatte tatsächlich keine Ahnung. Heiser brachte sie heraus: »Das war also kein Zufall, dass du mich Amalie genannt hast? Du kennst Mimi tatsächlich, oder?«

Claire nickte fast unmerklich. »O ja, wir kennen uns seit vielen Jahrzehnten. Aber lass mich am besten von vorn anfangen. Ich hoffe, du hast ein wenig Zeit?« Sie hob fragend die Augenbrauen.

»Aber natürlich«, antwortete Sonja. Alle Zeit der Welt würde sie sich nehmen. Sie würde hier mehr Antworten bekommen, als sie jemals Fragen gehabt hatte. Sie konnte ihr Glück kaum fassen. Dann sah sie hinüber zur Hollywoodschaukel. »Allerdings könnte es ein kleines Problem geben, wenn Valérie von ihrem Vater abgeholt wird. Der wird nämlich alles andere als begeistert sein, wenn er mich hier sieht.«

Claires Augenbrauen wanderten noch einen Zentimeter nach oben. »Was hat er denn für ein Problem mit dir?«, fragte sie.

Sonja berichtete, was geschehen war.

Daraufhin nickte Claire. »Ich verstehe. Um diese Geschichte kümmern wir uns das nächste Mal. Es wird sonst alles ein bisschen viel. Dennoch haben wir heute noch ein wenig Zeit, denn Maurice kommt normalerweise so gegen drei.«

Sonja nickte und zog währenddessen den Teller aus ihrer Handtasche. Wie gut, dass Valérie noch daran gedacht hatte.

Claire griff nach dem Teller und hielt ihn andächtig in ihren Händen. Dann drehte sie ihn um und strich zärtlich über die Inschrift. »Pour mon étoile – offenbar schließt sich hier und heute der Kreis. Auch diesen Teller jemals wieder in den Händen zu halten, hätte ich nie erwartet.« Sie schloss die Augen.

So neugierig Sonja auch war, sie ließ der alten Dame diese Minuten, in denen sie offenbar weit in die Vergangenheit zurückreiste.

Eine Träne rann über ihre Wange. Langsam strich sie sie mit ihrer faltigen Hand weg und öffnete dann wieder die Augen. »Amalie ist tot, oder?« Das war mehr eine Feststellung als eine Frage.

Sonja nickte. »Sie ist kurz vor Weihnachten gestorben. Als ich danach in ihr Haus kam, stand dieser Teller auf dem Küchentisch. Er ist einer der Gründe, warum ich hier bin.«

Claire nickte, als wäre das eine ganz logische Erklärung.

Wieder vergingen Minuten, bis die alte Dame sich straffte und zu erzählen begann: »Ich habe Amalie zum ersten Mal im Mai 1951 gesehen …«

Sonja lauschte mit offenem Mund, als Claire ihr die Liebesgeschichte zwischen Amalie und Georges erzählte, die ihren Anfang in genau dem Lokal genommen hatte, das nun Dani gehörte. Sie unterbrach die alte Dame nicht, bis diese an dem Punkt angekommen war, als sie dem Zug, in dem Amalie saß, auf dem Bahnsteig von Digne hinterherwinkte.

»So, das reicht für heute, mein Kind. Es ist schon fast drei, und mein Enkel wird wohl bald hier auftauchen. Ich finde sein Verhalten nicht in Ordnung – aber dazu erzähle ich dir bei unserem nächsten Treffen mehr. Für heute lasse ich ihm noch seinen Willen – denn das alles war schon mehr als genug Aufregung für mich. Aber bald rede ich mit ihm.«

Valérie war während der Erzählung über ihrem Buch in der Hollywoodschaukel eingeschlafen.

»Das ist mir auch immer passiert«, sagte Sonja und schmunzelte. »Ich habe noch so viele Fragen an Sie. Ich weiß gar nicht, wo ich anfangen soll. Es wäre wunderbar, wenn ich wiederkommen dürfte.«

»Aber natürlich. Du musst mir alles von dir erzählen«, erwiderte die alte Dame. »Und nenn mich bitte Claire.«

Sie gingen durch den großen Raum im Haus zur Tür und verabschiedeten sich mit zwei Wangenküsschen.

Sonja sah zu, dass sie schnell das Grundstück verließ, damit sie nicht doch noch Maurice über den Weg lief. Dann ging sie zurück zum Campingplatz, packte ein paar Dinge zusammen und fuhr einige Kilometer weiter nach Estoublon, um sich auf eine kleine Wanderung entlang eines Olivenbaumpfades zu machen. Sie hoffte, dabei den Kopf wieder einigermaßen freizubekommen und ihre Gedanken sortieren zu können.

Wie passend, dachte sie, als sie zunächst der Beschilderung in Richtung Digne folgte. Diesen Weg waren Claire und ihre Großmutter damals ebenfalls gefahren, vor fast siebzig Jahren. Unglaublich. Sie parkte und folgte den Wanderwegweisern. Ihre Großmutter hatte offenbar gut Französisch gesprochen. Das hatte sie zeitlebens vor ihr verheimlicht. Warum? Und wieso hatte sie niemals Georges erwähnt? Auch wenn das eine unglückliche Liebe war? Und wenn sie nicht über ihn hatte sprechen wollen, dann hätte sie doch zumindest von Claire erzählen können. Mit ihr hatte sie doch offensichtlich so etwas wie eine Freundschaft verbunden. War Mimi wirklich nie mehr hierher nach Moustiers zurückgekehrt? Was war aus Georges geworden? Und warum hatte Mimi den Teller so auf dem Küchentisch platziert, dass Sonja förmlich darüber stolpern musste? Was hatte sie im Schilde geführt? Offenbar hatte sie nicht nur Dani angeheuert, Sonja wieder zurück ins Leben zu führen, sondern ihr selbst auch noch eine Aufgabe gegeben. Nur welche?

Der Weg führte zunächst durch den Ort und dann in ein schattiges Waldstück, wo vor allem Olivenbäume standen. Entlang eines kleinen Baches ging es dann wieder zurück in Richtung Parkplatz.

Sonja nahm kaum etwas von der Landschaft wahr, so beschäftigt war sie mit ihren Gedanken und der unglaublichen Erkenntnis, dass es hier in diesem verschlafenen Bergdorf jemanden gab, der Mimi gut gekannt hatte.

21. KAPITEL

Horgau, 1951

Es würde schwer werden. Das war Amalie von dem Moment an klar, als sie im Zug zurück nach Deutschland saß. Zwar wartete in Horgau das Bahnhäuschen mitsamt seinem großzügigen Garten auf sie, doch wovon sollte sie leben? Geschweige denn ihre Träume verwirklichen? Es war Herbst, und sie konnte in ihrem Garten nichts ernten. Wenn sie im Winter nicht hungern wollte, musste sie schleunigst Arbeit finden. Ein Notgroschen lag noch immer hinter der Gartenhütte in der Erde vergraben – Schmuckstücke, die man verpfänden konnte. Doch auch damit würde sie nicht lange überleben. Mit bangem Herzen näherte sie sich Kilometer für Kilometer ihrem Zuhause. Hatte sich Maria um das Nötigste gekümmert, wie sie es ihr versprochen hatte? Sie hatte fast alles Geld gespart, das sie von Claire für den Verkauf ihrer Stücke im Laden bekommen hatte. Doch nun war sie drei Tage lang unterwegs gewesen, und ihre Geldreserven waren drastisch geschrumpft.

Endlich stieg sie müde und erschöpft aus der Weldenbahn aus, die sie bis vor ihre Haustür gebracht hatte. Sie kramte in ihrer Handtasche nach dem Schlüssel und sperrte die Tür auf. Es roch etwas muffig, aber sämtliches Inventar – von den Möbeln bis zum Geschirr – schien noch vorhanden zu sein.

Eine genauere Inspektion verschob sie auf morgen. Sie stellte ihr Gepäck ab, hängte den Mantel an die Garderobe und stieg die Treppe zum Schlafzimmer hoch. Sie schaffte es gerade noch, das Bett mit frischer Bettwäsche aus der Truhe zu beziehen, dann sank sie, ohne sich umzuziehen, in die Kissen und fiel in einen tiefen, traumlosen Schlaf.

Lautes Gepolter und ein Schmerzensschrei weckten sie am nächsten Morgen. Verwirrt blickte sie sich um. Es dauerte einen Moment, bis ihr klar wurde, wo sie sich befand. Und dass sie offensichtlich nicht allein im Haus war.

Sie sprang aus dem Bett und wankte schlaftrunken zur Treppe. Als sie nach unten blickte, sah sie Maria auf dem Boden sitzen und sich mit schmerzverzerrtem Gesicht das Schienbein halten.

Sie blickte nach oben, während Amalie die Treppe herunterkam. Dann schimpfte sie los. »Bist du von allen guten Geistern verlassen, deinen Koffer hier einfach mitten im Weg hinter der Tür stehen zu lassen? Wie soll ich denn bitte ahnen, dass du zurück bist? Ich wollte nach dem Rechten sehen und das Haus lüften, und fast hätte ich mir alle Knochen gebrochen.«

»O Gott, Maria. Das tut mir leid. Ich war gestern so müde, und es war schon so spät, als ich heimgekommen bin. Da habe ich gar nicht mehr darüber nachgedacht, dass der Koffer im Weg sein könnte. Ist dir etwas passiert?«

»Nein, ich glaube nicht. Wohl nur geprellt«, grummelte sie. »Warum hast du mir nicht geschrieben, dass du kommst? Und wo ist dein Herzallerliebster?«, erkundigte sie sich neugierig.

Amalie seufzte. Nun ging die Fragerei los. Aber es half ja nichts. Besser, sie erzählte Maria gleich alles, dann würde es in zwei Stunden das ganze Dorf wissen, und sie müsste nicht alles unendlich oft wiederholen. »Es gibt keinen Herzallerliebsten,

Maria. Ich bin allein zurückgekommen und werde mich wohl auch allein durchschlagen müssen. Aber ich habe Pläne.«

»O je, du Arme. Am besten erzählst du mir alles bei einer Tasse Kaffee. Wollen wir zu mir hinübergehen? Hier gibt es ja keine Vorräte ...«

»Das wäre sehr nett. Danke.«

Und so fand sich Amalie wenig später in Marias Küche wieder, wo sie die Ereignisse der letzten Monate ausgiebig schilderte. »Und jetzt muss ich mir irgendwo eine Arbeit suchen, damit ich über den Winter nicht verhungere und mir Stück für Stück meinen Traum vom eigenen Atelier erfüllen kann.« Amalie seufzte. »Hast du eine Idee, was ich tun könnte? Ich war ja doch ein paar Monate weg – gibt es hier in der Gegend irgendeine Tätigkeit, die mir ein wenig Geld einbringen könnte?«

»Hm. Es werden im Grunde überall händeringend Arbeitskräfte gesucht. Aber wenn ich dich richtig verstehe, möchtest du nebenbei auch noch dein eigenes Atelier eröffnen, oder? Dann kannst du sicher nicht den ganzen Tag arbeiten ...«

»Ich bin da nicht wählerisch. Aber ich bräuchte möglichst schnell etwas. Denn ich habe eigentlich kein Geld mehr«, gestand Amalie.

Maria überlegte. »Vielleicht habe ich da eine Idee. Ich weiß nicht, ob das funktioniert – dafür muss ich erst mit ein paar Leuten sprechen.« Sie runzelte die Stirn. »Ich höre mich mal um und komme dann später bei dir vorbei, um dir das genauer zu erklären. Wenn alle mitmachen, könnte das für dich genau das Richtige sein.«

Amalie schaute sie verwundert an. Maria sprach in Rätseln. Aber da sie offenbar nicht gewillt war, im Moment mehr zu verraten, blieb Amalie nichts anderes übrig als abzuwarten. Sie nickte. »Es wäre wunderbar, wenn ich mir zumindest keine Sorgen mehr darüber machen müsste, wie ich überlebe.

Danke.« Sie nahm Maria in die Arme und drückte sie, bevor sie sich voneinander verabschiedeten.

Zurück auf ihrem Grundstück, inspizierte Amalie den Garten und die Hütte. Im Moment konnte sie hier nicht viel tun. Es war zu spät im Jahr, um noch irgendetwas auszusäen. Sie begrüßte ihre Hühner und die Ziege, um die sich Maria ebenfalls gekümmert und von denen sie im Gegenzug Eier und Milch bekommen hatte. Der Auslauf und der Stall waren sauber und sehr gut in Schuss. Sie seufzte. Hoffentlich würde Marias Idee ihr weiterhelfen, sodass sie sich bald keine Sorgen mehr um ihr tägliches Auskommen zu machen brauchte. Amalie atmete die reine Landluft tief ein und ließ den Blick über ihr Zuhause schweifen. Es war idyllisch hier. Jedoch ganz anders als in der Provence – keine Berge in Sicht, viel kühler und kein Duft von Lavendel in der Luft.

Als sie so dastand, breitete sich ein innerer Frieden in ihr aus, gepaart mit dem Gefühl, hier wirklich zu Hause zu sein, und mit der Zuversicht, nun ihr Leben selbst in die Hand zu nehmen.

Sie ging hinüber zum Gartenschuppen. Hier wollte sie ihr Atelier entstehen lassen. Im Geiste malte sie sich aus, welche Umbauarbeiten nötig sein würden. Ihr war bewusst, dass sehr viel Arbeit auf sie zukam, bevor sie überhaupt das erste Stück würde töpfern können. Aber das war egal. Sie hatte ihr Ziel fest vor Augen und würde sich durch nichts davon abbringen lassen.

Voller Elan und Energie machte sie anschließend einen Rundgang durch das Haus und notierte sich alle notwendigen Anschaffungen – vom Putzmittel bis zu den Vorräten – auf der Rückseite eines alten Kalenderblattes, das noch an der Wand hing.

Es dauerte nicht lange, bis Maria vorbeikam. Allein an ihrem Gesichtsausdruck konnte Amalie bereits erkennen, dass sie erfolgreich gewesen war. Nun war sie gespannt auf ihren Vorschlag. Und sie musste nicht lange warten.

»Hier gibt es doch viele Bauernhöfe, zu denen große Felder und Gärten gehören. Seit Ende des Krieges ist es aber schwierig, all das zu bewirtschaften, weil es hinten und vorne an Arbeitskräften fehlt.«

Amalie nickte. Das war ein bekanntes Problem.

Maria fuhr fort: »Aber selbst wenn es gelingt, alles zu bewirtschaften und eine gute Ernte einzufahren, haben viele das nächste Problem: Die Ware muss verkauft werden. Auch das kostet viel Zeit. Zeit, die man einfach nicht hat, wenn man so einen Hof fast allein versorgen muss.«

Amalie nickte erneut, konnte aber noch nicht erkennen, wohin diese Geschichte führte.

»Seit letztem Jahr ist ein Teil des Augsburger Stadtmarktes wieder aufgebaut und erfreut sich wachsender Beliebtheit. Viele von uns hier würden dort gern ihre Waren anbieten, schaffen es aber zeitlich nicht. Deshalb war meine Idee, dass du das übernehmen könntest. Die Bauern bringen ihre Waren zu dir, du fährst damit auf den Stadtmarkt und verkaufst sie. Dafür bekommst du einen Anteil am Gewinn. Die Bauern sparen Zeit, du hast Arbeit und verdienst Geld. Damit wäre allen geholfen. Ich habe mit einigen Leuten gesprochen, die angesichts dieser Idee alle Feuer und Flamme waren. Wir mieten zusammen einen Stand, wo du jeden Tag Eier, Obst und Gemüse aus unserem Dorf anbietest. Damit reduzieren sich auch die Standkosten für jeden Einzelnen. Na, was meinst du?«

Begeistert sprang Amalie auf. »Das ist eine großartige Idee! Ich konnte in den vergangenen Monaten ja auch viel darüber lernen, wie man seine Ware präsentiert und anpreist.« Sie schmunzelte, als sie an die Bäckersfrau aus Digne dachte und an all die Tricks und Schmeicheleien, mit denen sie Kunden auf dem Markt von Moustiers angelockt hatte. Je besser ihre

Französischkenntnisse geworden waren, desto mehr hatte sie die Marktfrauen dort für ihre Wortgewandtheit bewundert. Fast zwangsläufig wanderten ihre Gedanken auch gleich wieder zu Georges. Doch sogleich verbannte sie diese eisern ganz nach hinten in ihr Gedächtnis. »Oh, Maria!« Amalie lief um den Tisch herum. »Das ist wundervoll! Du bist ein Engel.« Sie gab ihr einen Kuss auf die Wange. »Nun stellt sich nur noch die Frage, wie ich mit all den Waren nach Augsburg komme. Der Zug fährt zwar direkt hier ab – aber vom Bahnhof zum Stadtmarkt ist es ja doch noch ein Stück …«

»Da finden wir eine Lösung«, entgegnete Maria zuversichtlich. »Und jetzt essen wir erst einmal etwas. Du bist bestimmt am Verhungern, wenn ich an deine leere Vorratskammer denke.«

Amalies Magen knurrte vernehmlich, und die beiden brachen in Lachen aus.

»Ich habe von gestern noch Eintopf übrig. Den habe ich uns mitgebracht.« Maria griff in ihren Korb und zauberte einen gefüllten Topf heraus. Sie erhitzten das Gericht und löffelten dann genüsslich.

Während des Essens erzählte Maria von vielen Dingen, die sich in den Monaten während Amalies Abwesenheit zugetragen hatten, und Amalie fühlte sich bald so, als wäre sie nie fort gewesen.

»Am Freitagabend, also morgen, sitzen fast alle Bauern bei mir in der Gaststube und läuten das Wochenende mit einem Feierabendbier ein. Komm doch einfach rüber, dann können wir gemeinsam die Details klären. Ich habe hier im Korb auch noch ein paar Lebensmittel – Eier, Milch und Mehl –, damit kommst du vielleicht ein kleines Stück über die Runden. Und dann hoffen wir mal, dass du bald loslegen kannst. Gerade ist ja die ideale Zeit für den Stadtmarkt – die Ernte war gut, die Keller sind voll mit Äpfeln, Kartoffeln und Rüben. Vielleicht kannst du am Montag schon das erste Mal los.«

»Das wäre wunderbar.« Amalie lächelte glücklich. »Und vielen Dank für das Essen und die Vorräte. Ich zahl dir alles zurück, sobald ich das erste Geld verdient habe.«

»Darüber mach dir jetzt mal keine Gedanken. Wir halten hier zusammen – das war schon immer so.«

* * *

Sie konnte es kaum glauben, als sie tatsächlich eine knappe Woche später zum ersten Mal auf dem Augsburger Stadtmarkt stand und dort ihre Waren auslegte. Alle waren begeistert gewesen am letzten Freitagabend. Marias Idee hatte die Bauern sofort überzeugt. Als Amalie in die Gaststube kam, war man schon eifrig am Pläneschmieden, und alle freuten sich, sie wiederzusehen. Man überlegte hin und her, wie man den Transportweg am einfachsten gestalten könnte – denn mit dem Zug war es doch ziemlich umständlich.

»Wir könnten Kuno fragen, ob wir uns seinen Lieferwagen ausleihen dürfen«, schlug schließlich ein junger Mann namens Vinzenz vor.

»Aber den braucht er doch selbst«, kam sofort der Einwand.

»Schon. Aber wie wäre es, wenn wir beispielsweise morgens um sieben die Waren aufladen, Kuno Amalie mitnimmt und sie zusammen auf den Markt fahren? Dort laden sie alles aus, und Kuno fährt nach Hause. Am Abend kann er Amalie wieder abholen, oder sie fährt – wenn sie alles verkauft hat – mit dem Zug zurück. Das wäre doch eine gute Lösung, bis uns etwas Besseres einfällt.«

»Ich rede mal mit ihm«, sagte ein Mann, den Amalie noch nicht kannte.

»Ich bin Vaclav«, stellte er sich vor. »Ich wohne und arbeite auf dem Tretter-Hof.«

215

Amalie nickte. Die Tretters waren beide schon in den Siebzigern und konnten alle Hilfe gebrauchen, die sie bekamen. Vaclav war wohl einer der Vertriebenen, die sich seit Ende des Krieges mehr und mehr in das Alltagsleben integrierten. Auch sein Akzent war kaum noch wahrnehmbar. Sie lächelte ihn an.

»Amalie. Ich wohne drüben im Bahnhäuschen.«

»Ja, das habe ich gehört.« Er wandte sich wieder den anderen Anwesenden zu. »Wenn Kuno nicht fahren will, kann ich das ja machen.« Damit war dieser Punkt zumindest einmal geklärt.

»Ich fahre am Montag dann gleich einmal zum Marktamt und erkundige mich nach einem Stand«, erklärte der Bürgermeister der Gemeinde. »Ich kenne dort einen der Mitarbeiter, vielleicht hilft das, schnell etwas zu bekommen. Das wird wahrscheinlich noch nicht die beste Lage sein, aber am Anfang ist uns alles recht. Oder seht ihr das anders?«

Auch hier waren sich alle einig gewesen.

Und nun stand Amalie also hier vor der großen neu gebauten Viktualienhalle. Mit Vaclavs Hilfe hatte sie zwei große Tische von Kunos Transporter abgeladen und mit Waren bestückt. Der Wiederaufbau der Viktualienhalle war noch im Gange, aber auf der Freifläche davor drängten sich die Stände. Man würde sehen, wie sich das Geschäft anließ, und dann, sobald die Halle fertiggestellt war, vielleicht dort unterkommen. Zum Glück durften sie ihre Tische nachts dort in einem abschließbaren Schuppen deponieren, sodass sie sie nicht jeden Tag transportieren mussten.

Amalie betrachtete ihre Auslage zufrieden. Zwar sah es bei ihr im Vergleich zu den farbenfrohen, von der Sonne beschienenen Ständen in Moustiers eher trist aus, aber die Vielfalt der Waren und die Qualität konnten nicht besser sein. Kartoffeln, Zwiebeln, Rote Bete, Sellerie und Karotten – der Tisch bog sich förmlich unter der Last der Gemüsesorten.

Und all die kleinen Details, die dafür sorgten, dass der Stand noch mehr Beachtung fand, würden sich mit der Zeit finden, davon war sie überzeugt. Sie könnte zum Beispiel Kräuterbüschel binden und diese als Blickfang zwischen die Körbe legen. Oder auf größere Steine die Sortennamen der Kartoffeln schreiben und diese auslegen. Und irgendwann würde sie ihre eigenen Töpferwaren hierherbringen und zum Verkauf anbieten. Hier eine bunte Salatschüssel, dort ein netter Kaffeebecher.

Doch bevor sie sich weiter in Träumen verlor, galt es nun erst einmal, Kunden auf das neue Angebot aufmerksam zu machen. Die ersten Hausfrauen schlenderten schon über den Markt. Sie machte sich ans Werk und bot ihre Waren mit lauter Stimme feil.

Es war unglaublich, wie viel sich hier auf dem Stadtmarkt von Augsburg in den vergangenen zwei Jahren getan hatte. An allen Ecken wurde renoviert, und neue Hallen entstanden. Die Trümmer, die den alten Markt seit einem Bombenangriff 1944 bedeckt hatten, nachdem er gerade vierzehn Jahre existiert hatte, hatte man weggeschafft. Denn erst 1930 war das 10 000 Quadratmeter große Areal, auf dem vormals die Lotzbecksche Tabakfabrik gestanden hatte, so weit umgebaut worden, dass dort der Zentralmarkt hatte stattfinden können. Die Fleischhalle brachte man praktischerweise in den Produktionsstätten der Fabrik unter, und auch die Stadtverwaltung war mit ihren Büros auf das Gelände gezogen. Seitdem war der Markt ein wichtiger Treffpunkt für die Augsburger geworden, jäh zerstört durch die Bombenangriffe in der Nacht vom 25. auf den 26. Februar 1944.

Und nun stand vieles davon wieder, und das Leben kehrte zurück, sinnierte Amalie.

»Ich hätte gern ein Pfund Karotten«, holte sie die Stimme einer Kundin in die Realität zurück. Im gleichen Maß, wie sich der Markt nun mit Kunden füllte, nahm das Warenangebot an Amalies Stand ab. Bereits mittags waren ihre beiden Tische wie leer gefegt. Dumm, dass sie mit Vaclav vereinbart hatte, dass er sie erst nachmittags um drei, wenn der Markt schloss, abholen sollte. Na ja, dann musste sie die verbleibende Zeit wohl absitzen. Denn ihren Platz zu verlassen, traute sie sich nicht aus Angst um die beiden Tische. Die würde sie mit Vaclav dann in den Schuppen tragen, kurz bevor dieser schloss. Sie schwor sich, am nächsten Tag etwas zu lesen oder eine andere Beschäftigung mitzunehmen, um mögliche Wartezeiten sinnvoll zu verbringen.

Am Abend traf sie sich mit Maria und einigen der Lieferanten in der Gaststätte und blätterte das Geld auf den Tisch. »Es ist sehr gut gelaufen. Ich hatte bereits mittags keine Waren mehr.«

»Fantastisch! Dann geben wir dir morgen noch mehr mit – auf der Ladefläche ist ja nun zusätzlich Platz, da die Tische wegfallen. Welchen Eindruck hattest du von den Preisen? Waren wir zu billig?« Einer der Bauern blickte sie erwartungsvoll an.

»Ich glaube, ja. Ich habe mich etwas umgehört und an den Nachbarständen umgesehen – die waren überall deutlich teurer. Ich denke, wir können die Preise etwas anheben. Denn auf der Ware sitzen bleiben werden wir trotzdem nicht.«

»Dann würde ich vorschlagen, dass du einfach vor Ort entscheidest, wie viel du verlangst. Du bekommst mit der Zeit sicherlich ein Gefühl für die Preise und kannst uns das ja dann immer bei der Wochenabrechnung sagen. Wir haben auch beschlossen, dass du das Geld des heutigen Tages als Vorschuss für dich verwenden kannst. Wir verrechnen das dann mit den nächsten Einnahmen. Denn ich denke, du brauchst das Geld jetzt am dringendsten. Einverstanden?«

Amalie fiel angesichts dieses Vorschlags von Maria ein Stein vom Herzen. »Einverstanden. Vielen Dank für eure

Großzügigkeit und euer Vertrauen. Ich hätte auch gleich noch ein paar weitere Ideen. Wie wäre es zum Beispiel, wenn ihr täglich frische Kräutersträuße binden würdet? Die machen sich sehr gut als Dekoration am Stand, sie riechen gut, und ich denke, viele Städter wissen frische Kräuter zu schätzen. In Frankreich war das jedenfalls so. Und wir sollten uns etwas überlegen, was wir in den Wintermonaten anbieten können, wenn es weniger Obst und Gemüse gibt. Vielleicht stellt ihr einen Likör her oder backt Brot ... keine Ahnung. Das sind nur Vorschläge ...«

Die versammelten Bauern nickten.

»Gute Idee. Wir denken mal drüber nach, was wir so produzieren könnten. Das Ganze lässt sich auf jeden Fall schon einmal gut an.«

Und so sollte es bleiben. Amalie war mit ihrem Stand schon bald eine feste Institution auf dem Stadtmarkt und hatte ihre Stammkundschaft. Die Kräuterbüschel fanden tatsächlich reißenden Absatz, und die Bauernfamilien erwiesen sich als äußerst kreativ, wenn es darum ging, das Sortiment auch im Winter attraktiv zu halten. Neben verschiedenen Likören fanden sich bald schon gehäkelte Topflappen, gedrechselte Holzschüsseln und süßes Hefegebäck im Angebot. Man musste nur darauf achten, die Marktregeln nicht zu verletzen, die besagten, dass nur Selbstproduziertes verkauft werden durfte.

Das Geschäft florierte, was auch dem gesamtwirtschaftlichen Aufschwung geschuldet war, der nun langsam in Deutschland überall zu spüren war.

Und auch Amalies Finanzen erholten sich zusehends, und sie begann mit der Verwirklichung ihrer Pläne. Erst investierte sie in ein paar Hühner, dann in die Renovierung des großen Schuppens. Zum Glück war sie dank ihrer Tätigkeit nun bestens in die Dorfgemeinschaft integriert und fand stets ein paar Helfer, wenn es darum ging, morsche Bretter auszuwechseln, ein Fenster einzusetzen oder einfach nur das nötige Material auszusuchen und heranzuschaffen.

Als unschätzbare Hilfe erwies sich dabei Vaclav, der handwerklich sehr begabt und immer glücklich war, wenn er auch am Wochenende etwas zu tun hatte. Nach und nach freundete sich Amalie mit ihm an. Sie verbrachten viele Sonntagnachmittage im Schuppen, der sich allmählich zu einem echten Schmuckstück mauserte.

»Was willst du denn eigentlich hier einmal machen? Du hast doch sicherlich Pläne, wenn du so viel Zeit und Geld investierst?«, fragte er eines Tages.

»Oh, habe ich dir das noch nicht erzählt? Ich möchte mir hier ein Keramikatelier einrichten. Mein Traum ist es, Motive für Fayencen zu entwerfen und diese auch selbst herzustellen. Aber es wird noch eine Weile dauern, bis ich das machen kann. Denn ich habe zum Beispiel keine Ahnung, wo ich das Zubehör – vom Ton über die Glasur bis zu den Farben – geschweige denn den Brennofen herbekomme. Ganz abgesehen davon, dass ich mir das auch erst einmal leisten können muss.«

Vaclav staunte. »Wie kommst du denn ausgerechnet auf Fayencen? Das ist ja jetzt kein normales Hobby wie Sticken oder Stricken.«

Und Amalie berichtete ihm von ihrer Zeit in Frankreich, ließ die Geschichte mit Georges aber lieber aus.

Als sie geendet hatte, dachte Vaclav einen Augenblick nach. »Ich habe einen guten Freund, der in Augsburg in einem Keramikatelier mitarbeitet. Ich könnte ihn einmal fragen, wo sein Arbeitgeber die Materialien herbekommt und ob er vielleicht weiß, wo man günstig einen Brennofen kaufen kann. Ich denke, dir würde am Anfang ein gebrauchter genügen, oder?«

Amalie strahlte. »Oh, Vaclav, das wäre ja wunderbar, wenn du ihn fragen könntest! Was für ein Wink des Schicksals, dass du diesen Freund hast.«

Vaclav schmunzelte und erwiderte: »Das ist doch immer so im Leben. Wenn man gerade überhaupt nicht damit rechnet, passieren die wundervollsten Dinge.«

Und so kam es, dass ein paar Wochen später Vaclav und sein Freund Alexander bei Amalie zum Mittagessen eingeladen waren. Amalie freute sich auf dieses Treffen wie ein kleines Kind. Sie hoffte, endlich jemanden zu finden, mit dem sie über die konkrete Umsetzung ihres Traumes reden konnte. Alexander war nach Vaclavs Erzählungen in einer Keramikwerkstatt angestellt, die sich schon seit über fünfzig Jahren einen guten Namen gemacht hatte und jetzt damit betraut war, zahlreiche beschädigte Baudenkmäler in Augsburg sukzessive zu restaurieren. Es war die Rede von der Fuggerei und vom Rathaus selbst. Ein lukrativer Auftrag, der bestimmt nur an wirklich gute Handwerker vergeben wurde. Und so hoffte Amalie, heute Mittag einen kompetenten Gesprächspartner zu haben, der ihr weiterhelfen konnte. Und ihre Hoffnung wurde nicht enttäuscht.

Zunächst war Alexander ziemlich zugeknöpft, gestand ihr aber bald, dass er vor allem Angst habe, Firmengeheimnisse auszuplaudern. Doch Amalie beruhigte ihn. Ihr ging es vor allem darum, zu erfahren, woher sie qualitativ hochwertige Ausgangsmaterialien bekommen konnte und nach Möglichkeit auch einen gebrauchten Brennofen. Dann erzählte sie ihm von ihren Erfahrungen mit der Fayencemalerei. Nach und nach taute Alexander auf, und sie fachsimpelten den ganzen Nachmittag.

Vaclav hatte sich irgendwann auf die Couch zurückgezogen und war dort eingeschlafen.

Kurz bevor er sich mit dem letzten Sonntagszug um siebzehn Uhr auf den Heimweg machte, versprach Alexander, mit seinem Chef zu sprechen, ob Amalie einmal vorbeikommen könnte, um sich die Glasuren und alles anzusehen und vielleicht über die Werkstatt eine erste Grundausstattung zu bestellen.

»Außerdem liebäugelt der Chef, glaube ich, mit einem modernen Brennofen. Dann würde er den alten bestimmt ausrangieren. Vielleicht könntest du ihn dann haben.«

»Das wäre fantastisch. Gib mir bitte Bescheid, wann ich vorbeikommen kann. Und sag deinem Chef, dass ich euch ganz bestimmt keine Konkurrenz machen will. Was mir vorschwebt, hat nichts mit Restauration oder Kachelofenbau zu tun, sondern ich möchte Gebrauchsgegenstände produzieren, die auch als Schmuckstücke durchgehen könnten«, versicherte Amalie ihm noch einmal.

Als der Zug abgefahren war, kehrte Amalie ins Haus zurück, wo Vaclav verschlafen auf der Couch saß.

»Ich muss wohl weggenickt sein«, brummte er verlegen und erhob sich.

Amalie lachte. »Ein bisschen.« Sie zwinkerte ihm zu. »Danke, dass du mich mit Alexander bekannt gemacht hast. Das werde ich dir nie vergessen.«

Verlegen kratzte er sich am Kopf, blickte auf den Boden und sagte: »Weißt du, ich denke, wir sind ein wirklich gutes Team. Wir können gut zusammenarbeiten, miteinander reden und lachen viel gemeinsam. Vielleicht könnte daraus ja mehr werden ...« Seine letzten Worte waren kaum zu hören gewesen, so verlegen hatte er sie gestammelt.

Amalie glaubte sich verhört zu haben. Sie hatte in Vaclav bislang nur den guten Freund gesehen und nicht mehr. Dieser Gedanke kam für sie deshalb völlig überraschend. »Vaclav, glaub mir, ich schätze dich und unsere Freundschaft sehr. Und gerade deshalb möchte ich keine Beziehung mit dir anfangen. Das würde unter Umständen alles kaputt machen. Ich habe eine fürchterliche Enttäuschung hinter mir, und ich möchte nie wieder so verletzt werden.«

Vaclav sah sie mit ernstem Gesicht an. »Mir geht es genauso. Und deshalb glaube ich, dass wir zwei gut zusammenpassen würden. Denn wenn nicht so viele Gefühle im Spiel sind, ist auch die Verletzungsgefahr deutlich geringer, oder?«

So hatte Amalie das noch nie gesehen. Zweifelsohne hatte er recht. Keine Gefühle – keine Verletzungsgefahr. Stattdessen Sicherheit, Freundschaft, Beständigkeit und nicht die triste Aussicht, als alte Jungfer zu enden. Und Vaclav war wirklich nett, er sah ganz gut aus, und es war nie schlecht, einen Mann im Haus zu haben. All diese Gedanken schossen Amalie in Sekundenschnelle durch den Kopf, während sie noch überlegte, was sie erwidern sollte.

Vaclav legte ihr die Hände auf die Schultern. »Ich weiß, dass ich dich überrumpelt habe. Überleg es dir. Ich bin dir auch nicht böse, wenn du ablehnst. Danke für den schönen Nachmittag.« Und mit diesen Worten ging er und ließ Amalie in großer Verwunderung darüber zurück, welche Wende die Dinge an diesem Sonntagnachmittag genommen hatten.

22. Kapitel

Moustiers-Sainte-Marie, 2019

Am nächsten Vormittag machte Sonja sich wieder auf den Weg zu Claire. Zu neugierig war sie, zu erfahren, was aus Georges geworden war und warum Claire und ihre Großmutter offenbar zeitlebens in Verbindung geblieben waren. Als sie den Türklopfer betätigte, musste sie nicht lange auf die schlurfenden Schritte warten. Gleich darauf öffnete sich die Tür. Heute war Claire in einen langen, farbenfrohen Sari gewandet, die bunten Zehennägel waren die gleichen wie gestern, nur steckten die Füße heute in Riemchensandalen. Auch das schlohweiße Haar trug Claire heute offen, und es fiel ihr elegant bis über die Schultern.

Sie lächelte, als sie Sonja sah. »Ich dachte mir schon, dass du bald wiederkommst. Wir haben uns viel zu erzählen.« Mit einer einladenden Geste bat sie Sonja herein, und die beiden gingen durch das Haus hinaus in den Garten.

»Maurice ist heute unterwegs auf Einkaufstour bei seinen Lieferanten und hat Valérie mitgenommen.« Claire zuckte mit den Schultern. »Also sind wir in den nächsten Stunden hier absolut ungestört und haben Zeit, uns zu unterhalten und besser kennenzulernen.«

Auf dem Tisch standen bereits eine Karaffe mit Zitronenwasser und ein Teller mit Gebäck. Sie setzten sich auf die Stühle und beobachteten eine ganze Zeit lang schweigend die Hollywoodschaukel, die sich sanft im leichten Wind wiegte.

»Seid ihr beide zeitlebens in Kontakt miteinander geblieben?«, eröffnete Sonja das Gespräch.

Claire nickte. »Ja. Wenn auch oft ein ganzes Jahr verging, bis einmal wieder ein Brief von ihr kam oder bis ich ihr zurückschrieb. Aber selbst dann kommt über einen Zeitraum von sechzig Jahren viel zusammen. Und das verbindet.«

»Ihr habt euch nie wieder persönlich getroffen?«

Claire zögerte kurz. »Doch. Aber das erzähle ich dir später.«

»Was ist aus Georges geworden? Oder ist die Frage zu persönlich?«, forschte Sonja nach.

»Nein. Mit dieser Frage habe ich gerechnet, und ich hatte ja jetzt Zeit, mich auf die Antwort vorzubereiten. Aber vorweg muss ich dir eines sagen: Ich weiß, was dir im vergangenen Jahr passiert ist. Ich kenne Mimis Einstellung zu deinem Mann, und ich kann mir sehr gut vorstellen, wie dir zumute sein muss mit dem Wissen, dass ein anderer Mensch bei dem Unfall zu Schaden kam.«

Sonja presste die Lippen zusammen und nickte langsam. Natürlich hatte ihre Großmutter ihrer langjährigen Freundin davon geschrieben.

»So, und jetzt erzähle ich dir von Georges und mir. Als ich aus Digne zurückkam, nachdem ich deine Oma am Bahnhof abgeliefert hatte, wartete er schon auf mich und fragte nach Amalie. Ich habe ihm ganz ruhig gesagt, dass sie nichts mehr von ihm wissen wollte und auf dem Weg nach Hause war.«

Claires Stimme war mit jedem Wort leiser geworden. Sonja musste sich nach vorne beugen, um sie zu verstehen. Man

225

merkte, dass es der alten Frau nicht leichtfiel, über all das zu sprechen.

»Georges war ein fleißiger Mann«, fuhr Claire fort. »Er ist voll und ganz in seinem Beruf aufgegangen und hat immer für seine Familie gesorgt. Das war ihm ein wichtiges Anliegen. Aber als ich ihm damals gesagt habe, dass ich Amalie zum Bahnhof gebracht hatte und sie nach Hause fuhr, hat er sich wortlos umgedreht und das Haus verlassen. Ich habe zunächst gedacht, das sei eine ganz normale Reaktion. Ich wusste ja, dass es schwer für ihn war, wenn die Dinge nicht so liefen, wie er es gern hatte. Am Abend, wenn er von der Arbeit nach Hause kam, würde er sich schon wieder beruhigt haben, dachte ich. Als er dann heimkehrte, war es schon sehr spät. Er roch nach Schnaps, holte sich sein Bettzeug aus unserem Schlafzimmer und ging in die Kammer, in der Amalie genächtigt hatte. In den nächsten Wochen sprach er nur das Allernötigste mit mir.« Claire hielt die Augen geschlossen, als sie das erzählte.

Sonja blieb der Mund vor Entsetzen offen stehen. »O mein Gott. Wie schrecklich. Wie kann ein Mensch nur so grausam sein?«

»Tja, das ist eine gute Frage.« Claire nickte. »Aber die habe ich mir damals nicht gestellt. Ich habe ihn angefleht und angebettelt, doch wieder mit mir zu reden. Habe mich tausend Mal bei ihm entschuldigt und versucht, ihm zu erklären, warum Amalie weggefahren ist. Ich wollte, dass unsere Ehe wieder einigermaßen funktioniert.«

Sonja nickte.

»Du musst verstehen, dass das in den Fünfzigerjahren war. Da waren Scheidungen noch nicht so häufig wie heute, und die Rechtslage war anders. Ich hätte alles verloren, zumal ich auch nie einen Beruf erlernt hatte. Ich hätte mittellos mit einem kleinen Kind dagestanden. Und auch meine Eltern hätten das alles nicht verstanden. Denn nach außen hin gab Georges den

Musterehemann. Waren wir bei meinen Eltern, spielte er mit Théo, legte den Arm um mich und machte meiner Mutter Komplimente. Und da auch das Geschäft blendend lief, hatten meine Eltern überhaupt nichts an ihm auszusetzen. Ich habe ein paarmal versucht, mit ihnen zu reden. Die Antwort war immer die gleiche: Keine Ehe ist immer ein Zuckerschlecken. Euch geht es doch gut. Georges schlägt dich nicht, er trinkt nicht, und er ist fleißig. Sei dankbar dafür, und sei ihm eine gute Frau.«

Claire machte eine lange Pause und nippte einige Male an ihrem Zitronenwasser. »In den Fünfzigerjahren war man so sehr bemüht, eine heile Welt zu erschaffen, um das Grauen des Krieges zu vergessen, dass sämtliche Probleme unter den Tisch gekehrt wurden. Und Begriffe wie Psychoterror oder emotionale Erpressung, die es heute gibt, hatten wir nicht. Wurde man in einer Ehe nicht geschlagen, hatte finanzielle Sicherheit und war der Mann kein Säufer, hatte man gefälligst glücklich zu sein. Dass psychische Misshandlungen mindestens genauso schlimm sein können, konnte man sich einfach nicht vorstellen. Auch ich nicht. Ich habe verzweifelt versucht, mir einzureden, dass es mir doch gut geht. Ein gesundes Kind, ein fleißiger Mann, ein schönes Haus, ein florierendes Geschäft – was wollte ich denn noch mehr vom Leben? Es hat nicht funktioniert. Ich habe kaum noch geschlafen, konnte nichts mehr essen, und irgendwann habe ich das Schlafzimmer einfach nicht mehr verlassen.«

Sonjas Herz krampfte sich zusammen, so sehr übermannte sie der Schmerz, den Claire damals gefühlt haben musste. Am liebsten hätte sie sich die Ohren zugehalten, um nicht mehr zuhören zu müssen.

Claire fuhr fort: »Und natürlich war ab diesem Zeitpunkt Georges der arme Mann, dessen Frau verrückt geworden war und um den man sich rührend kümmern musste. Meine Eltern bedauerten ihn und machten mir Vorwürfe. Aus heutiger Sicht ist das unbegreiflich. Aber ich vegetierte jahrelang so vor mich hin. Théo wuchs mehr oder weniger bei seinen Großeltern auf. Warme Mahlzeiten gab es bei uns nicht, weil ich einfach nicht in der Lage war, aus dem Haus zu gehen und einzukaufen.« Claire schüttelte den Kopf, als könnte sie das alles auch heute noch nicht glauben.

Auch Sonja fiel es schwer, die unglückliche Frau, deren Geschichte sie gerade gehört hatte, mit der in sich ruhenden, grazilen Dame, die ihr jetzt gegenübersaß, in Verbindung zu bringen.

Claire blickte auf und sah Sonja in die Augen. »Du fragst dich, was passiert sein muss, damit ich achtundachtzig Jahre alt werden konnte – und heute glücklich bin, stimmt's?«

Sonja nickte.

»Ganz einfach. Ich bin der richtigen Person begegnet.« Claire schmunzelte, als sie das sagte. »Es gibt dieses Sprichwort: Das Leben stellt dir immer die richtigen Menschen zur Seite. Und genauso ist es. Mein Leben änderte sich dramatisch, als ich nach einem Arztbesuch in Digne in einem Café auf den Bus wartete. Ich war dabei aufzugeben und überlegte ernsthaft, mir etwas anzutun. Um mein Leiden und das meiner Familie zu beenden. Da setzte sich eine alte Dame neben mich und sagte: »Tun Sie es nicht. Auf Sie wartet noch ein wundervolles Leben.«

Sonjas Augen weiteten sich. »Woher wusste sie, was du dachtest?«

»Das habe ich mich auch lange Zeit gefragt. Im Nachhinein denke ich, dass das gar nicht so schwer war, wenn man ein geschultes Auge besaß. Ich war sehr, sehr dünn, blass und mein äußeres Erscheinungsbild ungepflegt. Dazu noch ein verzweifelter Blick – aufmerksame Beobachter können da schon schnell die richtigen Schlüsse ziehen.«

»Und diese Dame war eine aufmerksame Beobachterin?«, fragte Sonja.

»O ja. Sie war jemand ganz Besonderes. Eine unglaubliche Persönlichkeit mit einer unfassbaren Lebensgeschichte. Und allein ihr habe ich es zu verdanken, dass ich heute so gelassen hier sitzen kann.«

»Was hat sie denn getan, dass es dir besser ging?«

»Sie hat mich zunächst gefragt, was mich bedrückt. Und als ich ihr erklärte, dass mein Mann seit Jahren nicht mehr mit mir redet und mich, abgesehen von ein paar Nächten im Jahr, in denen er sein Recht einfordert, wie Luft behandelt, hat sie nachdenklich genickt. Und mir dann eine Geschichte erzählt.«

»Welche denn?« Jetzt war Sonja wirklich neugierig. »Und wer war diese Frau?«

Claire schmunzelte erneut. »Diese Frau war Alexandra David-Néel.«

»Müsste ich sie kennen?« Sonja schüttelte den Kopf. »Nein, den Namen habe ich noch nie gehört.«

»Das wundert mich nicht. Sie ist zwar wirklich eine Berühmtheit, aber nicht so bekannt wie zum Beispiel George Clooney oder Angelina Jolie.« Claire lächelte. »Wenn es dich aber interessiert, im Internet kannst du alles über sie nachlesen. Und in ihrem Haus in Digne ist ein Museum eingerichtet, das ihr Leben illustriert. Heute will ich dir nur in groben Zügen über sie berichten – damit du verstehst, warum sie mir helfen konnte. Als sich Alexandra im Café neben mich gesetzt hat, war sie neunzig Jahre alt und konnte mit einer unglaublichen Biografie aufwarten. Denn sie büxte bereits als Fünfjährige von zu Hause aus, heiratete später einen Lebemann, war Sängerin und Schriftstellerin und verbrachte zwei Jahre in einem tibetischen Kloster. Und es war ihr Wissen über den Buddhismus, das mir so sehr geholfen hat. In diesem Café erzählte sie mir eine Geschichte, die mein Leben nachhaltig veränderte. Ich habe mich danach noch sehr oft mit Alexandra getroffen, wir haben miteinander geredet, und durch ihre Sichtweise auf die Welt konnte meine Seele langsam heilen.«

»Welche Geschichte war das denn?«, fragte Sonja neugierig.

»Ein Mann kam zu Buddha und beleidigte ihn heftig unter den Blicken vieler Anwesender. Doch Buddha reagierte gelassen und blieb ruhig und still. Als der Mann weg war, fragten seine Anhänger Buddha, warum er zuließ, dass man ihn so beleidigte, und sich nicht wehrte. Buddha antwortete: ›Wenn ich dir ein Pferd schenke und du es nicht annimmst, wem gehört es dann?‹ Die Anhänger antworteten: ›Wenn ich es nicht annehme, dann gehört es noch immer dir.‹ Buddha nickte und sagte: ›Auch wenn einige Menschen sich dazu entscheiden, ihre Zeit damit zu verschwenden, uns zu beleidigen, können wir dennoch entscheiden, ob wir diese Beleidigungen annehmen oder nicht. Genauso wie mit jedem anderen Geschenk. Wenn du es annimmst, akzeptierst du es. Wenn nicht, bleibt derjenige, der dich beleidigt, einfach mit einer Beleidigung in den Händen zurück.‹«

Claire lächelte. »Das war der Schlüssel zu meinen Problemen. Ich hatte Georges' Verhalten viel zu sehr an mich herangelassen, es angenommen. Mit der Hilfe von Alexandra habe ich es geschafft, mich von seinem Verhalten zu distanzieren und mich wieder auf mich selbst zu konzentrieren. Ich habe begonnen, mein eigenes Leben zu leben. Und mit jedem Schritt, den ich geschafft habe, wurde ich selbstsicherer und Georges' Verhalten unwichtiger für mich. Ich habe wieder für mich gesorgt, dann bald auch für Théo und schließlich mit meinem neuen Selbstbewusstsein dafür, dass Georges mir die Ladengestaltung allein überließ. Sonst – das war meine Drohung, und ich habe das ernst gemeint – würde ich mich scheiden lassen. Denn ich wusste, diesen Skandal wollte Georges auf keinen Fall. Er hat sich darauf eingelassen, und auf einmal hatte ich eine Aufgabe und sah wieder einen

Sinn in meinem Leben. Denn Inneneinrichtung war schon immer meine Leidenschaft gewesen. Und so habe ich begonnen, unseren Laden auf Vordermann zu bringen. Und er ist so schön geworden, dass mich auch andere Ladenbesitzer um Rat gefragt haben. Wenn man etwas mit Liebe und Hingabe macht, dann ist man erfolgreich. Es lohnt sich immer, auf sein Herz zu hören. Das Ende vom Lied war, dass ich irgendwann mein eigenes Innendesignstudio aufgemacht und bis vor wenigen Jahren auch große Unternehmen bei der Gestaltung von Läden, Büros und Showrooms beraten habe.«

Ihre Augen leuchteten. Man spürte förmlich, wie sehr sie ihren Job geliebt hatte und noch immer liebte.

»Wow. Claire, ich bin beeindruckt.« Sonja war fasziniert von dieser fragilen Frau, die ihr gegenübersaß und so viel Energie ausstrahlte. Kaum zu glauben, dass es Jahre in ihrem Leben gegeben hatte, in denen sie das Schlafzimmer nicht verlassen und sogar überlegt hatte, ihrem Leben ein Ende zu setzen. »Was für ein Wahnsinnsleben du hattest …«, staunte Sonja. »Und was ist aus Georges geworden?«

Claire seufzte. »Je stärker ich geworden bin, desto schlechter ging es ihm. Er hat es nicht ertragen, dass ich mindestens genauso erfolgreich war wie er. Dass ich mir mit meiner Arbeit immer mehr Unabhängigkeit – auch finanzieller Natur – erwarb. Er entwickelte einen krankhaften Ehrgeiz, besser zu sein als ich, mehr zu verdienen. Das hat ihn kaputt gemacht. Er hat sich keine Pausen mehr gegönnt, stattdessen lieber zur Flasche gegriffen. Irgendwann konnte er den Pinsel nur noch dann ruhig halten, wenn er genügend Alkohol getrunken hatte. Es ging schnell bergab mit ihm. 1969 ist er gestorben. Er liegt hier in Moustiers auf dem Friedhof begraben.«

»Das tut mir leid. Ihr habt euch also nicht mehr versöhnt oder wieder zueinander gefunden?«

»Nein. Das war einfach nicht mehr möglich. Dafür hatte er zuvor die Gräben zu tief gezogen. Über die konnte er später nicht mehr drüberspringen.« Sie seufzte.

»Hast du dich irgendwann wieder neu verliebt? Was ist aus Théo geworden?«

»Oh, so viele Fragen. Also eine nach der anderen ... Nein. Neu verliebt habe ich mich nicht. Ich habe das Leben genossen, einige Affären gehabt ...« Sie lächelte Sonja verschwörerisch an. »Schließlich sind wir ja hier in Frankreich, da gehört sich das.« Sie zwinkerte ihr zu. »Ansonsten hat mich mein Beruf erfüllt ... Und irgendwann kam dann Maurice in mein Leben. Denn seine Mutter ist in einer Nacht-und-Nebel-Aktion einfach kurz nach der Geburt verschwunden und hat Théo mit dem Baby allein zurückgelassen.« Sie schwieg kurz, bevor sie leise fortfuhr: »Und ich konnte sie verstehen. Théo war kein einfacher Mensch und Diana viel zu jung. Sie stammte aus Kanada und war eigentlich nur für ein Auslandssemester hier. Die Schwangerschaft hat die beiden völlig überfordert. Wir haben seitdem nie wieder etwas von ihr gehört. Und weder Théo noch Maurice haben je versucht, wieder Kontakt mit ihr aufzunehmen. So, aber jetzt brauche ich mal eine Pause. Das viele Reden macht mich müde. Da merke ich eben doch, dass ich keine fünfzig mehr bin.«

»Du hast wirklich ein sehr bewegtes und oft auch anstrengendes Leben hinter dir. Vielen Dank, dass du mir das alles erzählt hast. Vieles davon hat mich sehr nachdenklich gemacht.«

»O ja, das glaube ich. Und wenn es dich interessiert, dann schau dir das Haus von Alexandra an. Der Wetterbericht meldet für heute Nachmittag Unwetter – da ist ein Museum vielleicht genau das Richtige. Ich würde mich sehr freuen, wenn du mich morgen so gegen zehn wieder besuchen würdest. Dann erzählst du mir aber auch mal etwas über dich. Was meinst du?«

»Sehr gern.« Sie verabschiedeten sich, und Sonja kehrte nachdenklich zum Campingplatz zurück. Am Nachmittag folgte sie dem Rat von Claire und verbrachte einige Stunden in Digne – zuerst besuchte sie das Haus von Alexandra David-Néel, danach machte sie einen Einkaufsbummel durch die Innenstadt. Am Abend bereitete sie sich einen Salat zu und setzte sich mit einem Glas Wein und einem guten Buch vor ihr Mobilheim, bis ihr irgendwann die Augen zufielen.

* * *

»Wann habt ihr euch wiedergesehen?«, fragte Sonja, als sie am nächsten Tag wieder in Claires Garten saß; diesmal neben ihr in der Hollywoodschaukel, was ihr ein äußerst vertrautes Gefühl vermittelte. Es war fast so, als säße ihre Großmutter neben ihr. Als sie am Morgen aufgewacht war, hatte sie sich an Claires Aussage erinnert, dass sie Mimi nach deren Abreise 1952 noch ein weiteres Mal gesehen habe. Daher leitete sie das heutige Gespräch damit ein.

»Das war vor zwölf Jahren. Wir haben uns in Freiburg getroffen, weil das auf halber Strecke für uns beide lag«, erzählte Claire nach kurzem Zögern.

»Und warum ausgerechnet vor zwölf Jahren?«, fragte Sonja.

Claire schwieg und gab der Hollywoodschaukel einen leichten Schubs, sodass sie sanft in Bewegung geriet. Dann blickte sie Sonja mit einem herausfordernden Blick an.

Sonja überlegte angestrengt – ganz offensichtlich musste sie den Anlass kennen. Vor zwölf Jahren – das war das Jahr 2007. Im Jahr 2007 war … Die Erkenntnis traf sie wie ein Blitz. Claire nickte zustimmend und sagte leise: »Genau.«

»Aber warum?« Sonja verstand noch nicht wirklich. »Warum hat sie sich mit dir getroffen? Versteh mich nicht falsch, aber Mimi hatte doch auch zu Hause jede Menge Freundinnen, mit denen sie reden konnte. Warum mit dir? Und nach so langer Zeit?«

»Weil ich zu dieser Zeit genau das Gleiche durchmachte wie sie. Weil ich genau verstand, was sie fühlte. Weil wir uns gegenseitig Halt geben konnten.« Nach einer kurzen Pause fuhr sie fort: »Das Schicksal hat uns zweimal zueinander geführt. Einmal war Georges der Grund …«

»… und das zweite Mal der Tod eurer Kinder«, vollendete Sonja leise den Satz. 2007 war ihre Mutter gestorben – ganz plötzlich an einer Hirnblutung. Fassungslos hatten sie und ihre Oma an ihrem Grab gestanden und einfach nicht glauben können, dass Katja tot war – einfach eines Morgens nicht mehr aufgewacht. Sie hatten sich gegenseitig Trost gespendet. Ihre Großmutter hatte darauf bestanden, dass Sonja auf jeden Fall ihr Auslandssemester antrat – das sie in Paris absolvieren wollte und auf das sie sich seit Monaten freute. Widerstrebend war Sonja gefahren, nachdem ihre Oma ihr versichert hatte: »Ich habe viele Freunde – ich komme gut klar. Und ich werde mir auch eine kleine Auszeit nehmen und mir ein paar Tage im Schwarzwald gönnen. Ich muss hier einfach einmal raus, um auf andere Gedanken zu kommen. Und wenn ich mir das erlaube, kannst du auf jeden Fall nach Paris gehen. Katja wird immer in deinem Herzen sein – egal wo du auch bist, vergiss das nie. Sie hätte gewollt, dass du dein Leben mit Freude weiterlebst. Daran solltest du dich immer erinnern.«

Also war Mimi nach Freiburg gefahren und hatte sich offenbar dort mit Claire getroffen. Davon hatte sie allerdings nie erzählt.

»Wie ist Théo gestorben?«, fragte Sonja leise.

»Er ist bei einer Wanderung hier im Gebirgsmassiv ums Leben gekommen. Sie haben ihn erst zwei Tage nach seinem Tod gefunden, weil er niemandem gesagt hatte, wo er unterwegs war.«

Mitfühlend ergriff Sonja Claires Hand und hielt sie gedrückt. Sie spürte, wie schwer die Erinnerung an diesen Schicksalsschlag der alten Frau noch immer zusetzte.

»Und dann kam der Brief von deiner Großmutter, in dem sie mir schrieb, dass ihre Tochter gestorben war. Wir haben uns in Freiburg getroffen und dort zwei sehr heilsame Wochen verbracht, haben uns gegenseitig Trost gespendet, über unsere Kinder geredet und sie dann langsam losgelassen – wenn du verstehst, was ich meine.«

Sonja nickte. »Ja. Das verstehe ich sehr gut. Jedes Mal, wenn man darüber redet, verschwindet der Schmerz ein kleines bisschen mehr und macht nach und nach der Trauer Platz. Und wenn man durch die hindurch ist, dann bleibt die Erinnerung – hoffentlich an sehr viele schöne Momente.«

Claire drückte ihre Hand. »Besser hätte ich es nicht sagen können. Genauso ist es.«

»Wenn ihr euch damals so gut verstanden habt, warum habt ihr euch dann nicht öfter gegenseitig besucht? Das verstehe ich nicht.«

»Wir hatten das immer vor. Aber irgendwie haben wir es nicht hinbekommen. Du weißt ja vielleicht selbst, wie das ist. Man nimmt sich etwas vor und denkt: Das mache ich irgendwann. Und auf einmal ist ein Jahr vorbei, und man hat es noch immer nicht getan. So war das bei uns. Leider.« Sie machte eine Pause. »Aber dafür haben wir einander ab diesem Zeitpunkt nicht mehr nur geschrieben, sondern auch sehr oft miteinander telefoniert. Fast wöchentlich. Ich weiß also sehr viel mehr über dich, als du glaubst.« Sie schmunzelte.

Sonja schüttelte nachdenklich den Kopf. »Und weshalb hat meine Großmutter mir dann nicht einfach einen Zettel hinterlassen, dass ich nach ihrem Tod mit dir Kontakt aufnehmen soll? Stattdessen stellt sie mir den Sternenteller vor die Nase, damit ich dich gewissermaßen auf Umwegen finde und du an ihrer statt für mich da sein kannst. Das verstehe ich nicht wirklich.«

Claire lächelte. »Wenn da ein Zettel gelegen hätte, wärst du wirklich einfach so hierhergekommen? Ich glaube, deine Oma hat dich ganz gut gekannt und mit dem Teller deine Neugier geweckt. Und ihr Plan hat ja funktioniert.« Sie machte eine kurze Pause, bevor sie fortfuhr. »Sie war schon eine Geheimniskrämerin. Denn auch mir hat sie nichts von ihrem Plan verraten. Deshalb war ich völlig überrascht, als du plötzlich vor mir standst. Aber jetzt habe ich die ganze Zeit von mir berichtet. Es wird Zeit, dass du mir von dir erzählst. Wie geht es dir? Wie geht es dem Unfallopfer? Und wie denkst du heute über Rolf und eure Ehe?«

Sonja antwortete zunächst zögerlich, wurde dann aber mit jedem Satz, den sie Claire erzählte, sicherer.

»Ich erkenne immer mehr, wie sehr Rolf mich eingeengt hat. Wie sehr er mich kontrollieren wollte. Und ich habe das zugelassen. Als dann der Unfall passierte, kamen zu all dem auch noch die Schuldgefühle dazu, einem anderen Menschen großen Schaden zugefügt zu haben. Aber, Gott sei Dank, konnte ich mich inzwischen mit dem Unfallopfer – er heißt übrigens Markus – aussprechen.« Sie machte eine kurze Pause und fuhr dann fort: »Wir haben uns sogar angefreundet, und ich habe ihm auch schon von hier geschrieben und ein Foto geschickt. Damit er ein wenig mitbekommt, was hier so alles passiert, was ich denke und erlebe. Markus ist ein sehr einfühlsamer Mensch.« Unwillkürlich musste Sonja lächeln.

Claire musterte sie aufmerksam. »Kann es sein, dass das zwischen euch vielleicht sogar etwas mehr ist als Freundschaft?«

Sonja zuckte mit den Schultern. »Ich habe noch gar nicht darüber nachgedacht. Ich weiß nur, dass ich mich in seiner Gegenwart sehr wohlfühle. Und das Beste ist, dass er nun bereits wieder die Arme bewegen kann und es inzwischen sogar

Hoffnung gibt, dass er vielleicht auch irgendwann wieder gehen kann. Ich würde es mir so sehr wünschen.« Sie seufzte.

In der nächsten Stunde sprachen sie auch über Dani und Joey und über mögliche Zukunftspläne von Sonja.

»Ich bin sehr froh, dass du es geschafft hast, aus dieser tiefen Krise herauszukommen, Sonja. Denn ich weiß ja selbst, wie es ist, wenn einen die Schuldgefühle zu erdrücken drohen. Mich hat es im Leben gleich zweimal erwischt. Vom ersten Mal habe ich dir bereits berichtet. Lass mir nun noch von meinem zweiten Schicksalsschlag erzählen.« Claire richtete sich auf und atmete einmal tief durch. »Du merkst, es fällt mir auch heute noch schwer, obwohl Théos Tod inzwischen ja schon zwölf Jahre her ist. Théo ist bei einem Bergunfall ums Leben gekommen. Er war ein erfahrener Bergsteiger, und die Tour, die er unternommen hatte, wäre für ihn unter normalen Umständen überhaupt nicht problematisch gewesen. Bevor er losging, schaute er noch schnell bei mir vorbei. Ich war gerade dabei, die Küche zu renovieren, und schimpfte, weil mich mein Nachbar im Stich gelassen hatte. Er hatte mir helfen wollen, die beiden Hochschränke abzubauen. Das schaffte ich nicht allein. Als ich das Théo erzählte, packte er natürlich mit an. Bis wir die Arbeit erledigt hatten, vergingen zwei Stunden, und somit brach er viel später auf, als er beabsichtigt hatte. Zudem hatte er aus irgendeinem Grund an diesem Tag nicht auf das Wetter geachtet. Es waren schwere Gewitter angesagt, wie auch ich erst hinterher erfuhr. Als er losging, schien noch die Sonne. Aber der Aufstieg der Tour, die er sich vorgenommen hatte, dauerte rund drei Stunden, und in dieser Zeit schlug das Wetter um. Wahrscheinlich war er schon auf dem Rückweg und wurde von dem Unwetter überrascht, bevor er eine der Schutzhütten am Weg erreichen konnte. Oder er dachte, er würde es noch bis nach unten schaffen. Das Dumme war nur: Durch den vielen Regen, den das Unwetter mit sich brachte, war ein Stück des

Höhenweges, an dem es auf einer Seite steil bergab geht, abge-
rutscht. In der Dämmerung hat er das wohl zu spät gesehen, ist
weggerutscht und in die Schlucht gestürzt. Seine Verletzungen
waren nicht sofort tödlich – aber da niemand wusste, wo er
unterwegs war, hat man ihn trotz eines Großeinsatzes zu spät
gefunden. Er war tot.«

Sonja schauderte. Sie konnte sich vorstellen, wie Claire sich
fühlte. Auch wenn sie natürlich überhaupt nichts für den Tod
ihres Sohnes konnte.

Claire blickte sie an. »Was würdest du mir antworten, wenn
ich dir sagen würde, dass ich mich unsagbar schuldig am Tod
meines Sohnes fühle?«

Da brauchte Sonja nicht lange zu überlegen. »Ich verstehe, dass du dich schuldig fühlst. Aber das bist du nicht. Es
war allein die Entscheidung deines Sohnes, sich so spät und
ohne sich über die Wetterlage zu informieren, auf den Weg zu
machen. Und selbst als er schon unterwegs war, hätte er ja jederzeit umkehren können. Er war ein erwachsener Mann. Er hat
diese Entscheidungen getroffen. Wie gesagt, ich verstehe deine
Gedanken, aber für seinen Tod kannst du nichts.«

Claire nickte. »Genau. Das ist auch das, was mir jahrelang
so viele Menschen gesagt haben. Und ich habe das auch verstanden – nur gefühlt habe ich es nicht. Lange Zeit konnte ich
das nicht. Bis mir irgendwann, als ich wieder einmal verzweifelt
war, jemand gesagt hat: ›Warum behandelst du dich selbst nicht
ebenso gut wie deine beste Freundin? Du machst dich so fertig,
wie es niemand sonst tun würde. Tritt doch mal gedanklich ein
paar Schritte zurück und betrachte dich von außen – eben als
deine eigene beste Freundin. Was würdest du ihr raten? Eben.
Genau das, was wir dir alle seit Jahren sagen.‹ Und an diesem
Abend bin ich nach Hause gegangen und habe mich selbst
seit Langem wieder wie meine beste Freundin behandelt. Und
Stück für Stück sind diese übermächtigen Schuldgefühle von

mir abgefallen. Das braucht Zeit, ja. Aber es geht. Vielleicht wollte Mimi, dass ich dir diese Geschichte erzähle. Sie konnte ja nicht wissen, wie schnell und wie gut du die ganze Sache verarbeitest. Da wollte sie dir vielleicht auch auf diese Weise helfen.«

Sonja nickte.

Claire fuhr fort: »Ich denke, auch du hast dich in den ersten Wochen und Monaten nach dem Unfall schlechter behandelt, als du es jeder guten Freundin raten würdest.«

»Da hast du absolut recht. Aber es wird tatsächlich täglich besser.« Sonja nickte zustimmend. »Aber es dauert in der Tat. Und ich habe dabei ja noch das Glück, dass ich mit Markus reden konnte, mich entschuldigen durfte und wir uns inzwischen wirklich gut verstehen. Zudem gibt es die Hoffnung, dass er vielleicht irgendwann wieder ein ganz normales Leben wird führen können. Das sind alles Dinge, die dir verwehrt waren. Und die machen die Sache in deinem Fall wahrscheinlich noch ein ganzes Stück schwerer.«

Claire nickte.

Sonja fuhr fort: »Ich bin so froh, dass Joey damals die richtigen Worte gefunden hat, um mir klarzumachen, dass ich Markus ruhig noch einmal besuchen soll.« Sonja schmunzelte. »Jetzt muss ich da auch an dich und deinen Spruch ›Das Leben stellt dir immer die richtigen Menschen zur Seite‹ denken. Wo wäre ich ohne Dani und Joey? Ich hätte nicht Markus als neuen Freund gewonnen, und ich wäre bestimmt nicht hier bei dir.«

Claire blickte sie an. »Erzähl mir mehr von Markus. Wenn du seinen Namen nennst, wird deine Stimme ganz weich und sanft.«

Sonja lachte und wurde sogar ein wenig rot. »Ja. Er tut mir unheimlich gut. Ihm kann ich alles erzählen – meine Sorgen, meine Träume und meine Ängste.« Sie dachte mit einem Lächeln an ihr letztes Treffen vor zwei Wochen zurück.

Murnau, zwei Wochen vorher

Wie immer hatte sie ihr Auto auf dem Parkplatz vor der Klinik abgestellt. Sie ergriff den Korb, in dem sie einige Dinge hatte, von denen sie wusste, dass sie Markus große Freude machen würden. Drei Hörbücher waren darunter, fünf neue Filme auf DVD und eine Schüssel mit frischen Erdbeeren aus dem Gewächshaus in ihrem Garten. Sie sperrte das Auto ab und steuerte auf den Eingang zu.

Vor der Tür saß ein Mann im Rollstuhl und blickte ihr entgegen.

»Hallo, Sonja, schön, dass du da bist«, grüßte er sie.

Sonja fiel vor Schreck fast der Korb aus der Hand, als sie begriff, dass Markus vor ihr saß. Es war das erste Mal, dass sie ihn nicht im Bett liegend vorfand. Er trug eine Jeans und einen dunkelblauen Pullover, der seine Augen noch mehr zum Strahlen brachte. Er war frisch rasiert und lächelte sie schelmisch an. Dann rollte er langsam auf sie zu, indem er dem Gefährt mithilfe seiner Hände Schwung gab. Sonja konnte es nicht fassen.

»Überraschung gelungen?«, fragte er.

Sonja ließ den Korb nun endgültig fallen, sprang auf ihn zu, bückte sich und umarmte ihn lachend. »Unglaublich. Mein Gott, seit wann kannst du denn deine Arme und Hände bewegen? Warum weiß ich nichts davon?«

»Wenn ich es dir erzählt hätte, wäre es ja keine Überraschung mehr gewesen«, erwiderte er lächelnd.

Sonja boxte ihn sanft in den rechten Arm. »Das ist einfach unfassbar. Mich die ganze Zeit in dem Glauben zu lassen, dass du deine Arme nicht bewegen kannst. Wie oft habe ich dir ein Wasserglas gereicht oder dir die Brille aufgesetzt, obwohl du das bereits selbst hättest tun können?«

»Ich habe irgendwann aufgehört zu zählen. Aber du hast das sehr gut gemacht«, lobte er.

Sonja erhob drohend den Zeigefinger. »Tu das nie wieder. Ab sofort frage ich jedes Mal, wenn ich dich besuche, die Schwestern, was du schon alles kannst und was nicht.«

»Och, die Schwestern fressen mir aus der Hand«, meinte er schmunzelnd. »Die würden dir das niemals verraten.« Er wurde ernst. »Nein. Es geht noch nicht lange. Kurz nach deinem ersten Besuch habe ich ein Kribbeln in meinem Arm und in meinen Fingern gespürt. Ab diesem Zeitpunkt haben wir die Muskeln immer wieder stimuliert. Und ich habe geübt wie ein Wahnsinniger, damit ich dich heute hier sitzend begrüßen kann. Aber diese zwei kleinen Bewegungen mit meinen Händen sind im Moment noch alles, was ich zustande bringe. Ich fühle mich jetzt, als ob ich einen Marathon gelaufen wäre, so kaputt bin ich.«

»Das kenne ich. So ging es mir vor ein paar Monaten auch, als ich aus der Klinik nach Hause gefahren bin. Kaum war ich dort angekommen, musste ich erst einmal stundenlang schlafen.«

»Das mit dem Schlafen hebe ich mir auf, bis du wieder weg bist. Aber du darfst mich jetzt gern nach drinnen schieben. Ich sehne mich nach meinem Bett, in dem ich mich wieder ausstrecken kann.«

Zurück in seinem Zimmer, plauderten sie zunächst über allerlei Belangloses, bis Markus sie fragte, ob sie sich nun schon Gedanken über ihre Zukunft gemacht habe.

»Ich habe mich ab September für eine Lehrerstelle beworben«, antwortete Sonja.

»Das ist wunderbar. Du bist bestimmt eine tolle Lehrerin, so begeistert wie du von all den Pflanzen berichtest, die hier draußen im Moos wachsen.«

Er spielte damit auf ihr letztes Treffen an. Bevor Sonja ihn damals besucht hatte, war sie eine große Runde durch das berühmte Murnauer Moos gewandert, hatte Vögel beobachtet und Pflanzen bewundert. Danach hatte sie Markus alles detailliert beschrieben und erklärt und in ihm einen geduldigen und interessierten Zuhörer gefunden.

»Ja, nur meine Französischkenntnisse sind etwas eingerostet. Aber die poliere ich in den nächsten Wochen wieder auf, wenn ich nach Moustiers fahre. Ich habe ein Mobilheim auf dem Campingplatz gebucht und fahre in zwei Wochen.«

»Prima«, sagte er lächelnd. »Endlich fängst du an, Pläne zu machen.«

»Ja, ich staune auch über mich. Vor einigen Wochen wollte ich noch alles aufgeben, und nun geht mein Blick langsam wieder nach vorne. An Rolf denke ich immer weniger, unsere Freundschaft bedeutet mir dagegen unendlich viel. Auch wenn ich immer noch große Schuldgefühle wegen des Unfalls habe.« Sonja schloss die Augen und knetete ihre Hände. Es hatte sie bislang bei jedem Besuch viel Kraft gekostet, Markus so hilflos in seinem Bett liegen zu sehen. Doch nun schien seine Genesung mit einem Mal schneller voranzugehen. »Ich bin so unendlich froh, dass du jetzt zumindest schon deine Hände und Arme bewegen und dadurch wieder viele Dinge selbst machen kannst. Ich könnte Freudensprünge machen. Ich bin ja eigentlich kein religiöser Mensch, aber heute gehe ich in eine Kirche und zünde eine Kerze an. Aus Dankbarkeit.«

»Ja. Es war ein fast unwirkliches Gefühl, dieses Kribbeln zum ersten Mal zu spüren. Am Anfang habe ich gedacht, ich bilde mir das nur ein oder habe es geträumt. Erst als es dann immer öfter zu spüren war, habe ich überhaupt gewagt, das einer Schwester zu sagen. Und dann hatte ich fürchterliche Angst, dass sie mich auslacht oder bei den Untersuchungen herauskommt, dass das nur Phantomerscheinungen sind. Aber dann war schnell klar, dass ich wirklich etwas spüre. Und von diesem Moment an haben die hier Vollgas gegeben – mit Massagen,

Reizstrom und Krankengymnastik. Alle hier sind so unglaublich bemüht.«

»Du bist ja auch ein sehr netter Patient – da glaube ich schon, dass du die Schwestern um den Finger wickeln kannst.«

Markus grinste und nickte. »Jepp. So ist es.«

»Wenn du jetzt die Arme wieder spürst, gibt es denn dann auch Hoffnung für die Beine? Oder sollte ich das lieber nicht fragen?« Sonja war unsicher.

»Natürlich darfst du das fragen. Das war auch das Erste, was ich von den Ärzten wissen wollte. Aber die legen sich da natürlich nicht fest. Die Antwort ist immer: Kann sein, kann aber auch nicht sein. Im Moment bin ich dem Schicksal auf jeden Fall sehr dankbar, dass ich bald auch längere Zeit wieder ein Buch halten und selbst die Suppe löffeln können werde. Obwohl es mir schon gefallen hat, wenn du das gemacht hast. Und ich möchte dir auf jeden Fall sagen, dass ich sehr froh bin, dich kennengelernt zu haben. Klar wäre es mir ohne Unfall lieber gewesen. Aber das lässt sich nun nicht mehr ändern. Ich freue mich immer sehr, wenn du mich besuchen kommst.«

Sonja lächelte ihn glücklich an. Ihr ging es ebenso. Sie konnten über so vieles reden, hatten ähnliche Interessen und den gleichen Humor. Wenn sie zurückdachte, wusste sie nicht mehr, wann sie zuletzt mit Rolf gelacht hatte. Mit ihm hatte sich alles über Jahre so anstrengend und freudlos angefühlt. Jetzt hier mit Markus war das etwas ganz anderes. »Hast du denn jetzt schon Pläne für deine Zukunft gemacht?« Sie hatte ihn schon ein paarmal danach gefragt und immer hinzugefügt, dass sie ihn unterstützen würde, wo es nur ging.

»Ich habe letzte Woche endlich mit meinem Chef telefoniert. Wenn man das Telefon selbst halten kann, fühlt sich das gleich viel souveräner an«, witzelte er.

Sonja wusste, dass er sich lange vor diesem Gespräch gedrückt hatte aus Angst, möglicherweise gekündigt zu werden.

Markus war Chemiker und bei einem großen Konzern im Forschungslabor angestellt. »Und, wie war das Telefonat?«, forschte Sonja ungeduldig nach.

»Sehr gut.«

»Nun spann mich nicht so auf die Folter. Gibt es einen Plan? Was sagt dein Chef?«

»Es war ein sehr gutes Gespräch. Er hat mir versichert, dass sie meinen Arbeitsplatz für mich freihalten, wenn ich es körperlich irgendwie schaffe, wieder zu arbeiten. Er schätzt meine Arbeit sehr und meinte, auch die Kollegen würden sich schon mit Ideen überschlagen, wie sie mich Krüppel am besten ins Labor bekommen.« Er grinste. »Als ich ihm dann gesagt habe, dass meine Hände wieder funktionieren, hat er sich unglaublich für mich gefreut und natürlich auch hinzugefügt, dass das einiges erleichtert. Er und zwei weitere Kollegen kommen mich nächste Woche besuchen.«

Sonja wusste, wie lange er damit gehadert hatte, Bekannte und Freunde wiederzusehen. »Ich will das Mitleid nicht in ihren Augen sehen«, hatte er ihr erklärt. »Lieber bleibe ich allein.« Nach und nach aber hatte er den Widerstand aufgegeben, und inzwischen war auch Sonja schon einigen seiner Freunde begegnet.

»Wenn ich geahnt hätte, wie viel Mut mir alle machen und wie lustig es auch jetzt noch mit ihnen ist, hätte ich nicht so lange abgeblockt«, meinte er nachdenklich.

»Na, das ist doch alles fantastisch. Wenn du in der Arbeit nur halb so engagiert bist, wie ich glaube, dann ist es kein Wunder, dass die dich unter allen Umständen zurückhaben wollen. Dein Kopf funktioniert ja noch.« Sie erschrak einen Augenblick über ihre Äußerung, aber als sie Markus lächeln sah, entspannte sie sich.

Sie redeten noch eine ganze Weile, dann verabschiedete Sonja sich. »Das nächste Mal bringe ich dir auf jeden Fall ein paar Bücher mit. Und ich kann dir nun ja auch schreiben.« Sie deutete auf das Notebook, das auf seiner Kommode lag. »Wie ich sehe, hast du technisch aufgerüstet. Dann schicke ich dir eine Mail, sobald es etwas zu erzählen gibt. Okay?«

»Das wäre prima. Ja, ich habe mir von meinen Eltern mein Notebook bringen lassen. Und mein Chef hat mir sogar schon ein paar Arbeitsaufträge geschickt, die ich hier recherchieren kann.« Er zuckte mit den Schultern. »Ich bin zwar noch krankgeschrieben – aber ich liebe meine Arbeit. Und so kann ich meine Kollegen unterstützen und langweile mich wenigstens nicht ganz so sehr. Jetzt, wo du mich ja auch noch verlässt …«

Sonja musste grinsen, als sie seinen Schmollmund sah. »Wer hätte vor ein paar Wochen gedacht, dass ich so etwas einmal aus deinem Mund höre. Unfassbar.« Sie schüttelte den Kopf. »Aber ich halte dich auf dem Laufenden. Über alles, was ich in Frankreich erlebe.«

»Das ist gut. Solange du mir auf Deutsch schreibst. Ich bin wirklich gespannt, ob du irgendetwas über den Teller herausfindest. Es ist schon ein komischer Zufall, dass dir überall Sterne über den Weg laufen. Ich wünsch dir auf jeden Fall einen schönen Urlaub, und erhol dich gut. Das hast du wirklich verdient.«

Sonja hatte einen Kloß im Hals, als sie die Klinik verließ. Wie nett manche Menschen sein konnten. Und oftmals ausgerechnet die, mit denen es das Schicksal gerade nicht gut meinte, überlegte sie.

23. Kapitel

Horgau, 1953

Die Dorfbewohner standen Spalier. Ein paar Musiker hatten sich ebenfalls eingefunden und spielten laut und falsch irgendeinen Hochzeitsmarsch. Die Sonne schien. Es war ein milder Tag im Mai, und seit wenigen Minuten war sie Vaclavs Frau. Sie hatten in der Dorfkirche geheiratet und sich dann auf den Weg zurück nach Hause gemacht. Und wenn Amalie bislang gedacht hatte, dass ihr Hochzeitstag sich nur wenig von allen anderen Tagen unterscheiden würde, so hatte sie die Rechnung ohne ihren Mann gemacht.

Als sie am Haus ankamen, hob er sie hoch und trug sie auf seinen Armen durch die Reihen der Dorfbewohner, die Blumen streuten und das Brautpaar hochleben ließen. Er strahlte sie an, und fast glaubte sie, dass er ehrlich verliebt in sie war und sie nicht nur eine Zweckgemeinschaft bildeten.

In den vergangenen Wochen hatte sie ihn kaum zu Gesicht bekommen. Die ganze Zeit über hatte sie gehört, wie er im Schuppen hinten gehämmert, gesägt und gebohrt hatte. Doch er hatte ihr verboten, einen Blick ins Innere der Hütte zu werfen. Und daran hatte sie sich gehalten.

Und nun trug er sie mit freudestrahlenden Augen genau dorthin. Die Tür stand weit offen, und Vaclav musste sich bücken und etwas zur Seite drehen, damit sie beide durch die schmale Öffnung passten. Als sie diese passiert hatten, setzte er Amalie ab und blickte sie erwartungsvoll an.

Nach dem gleißenden Sonnenschein draußen dauerte es einen kurzen Moment, bis Amalies Augen sich an das spärliche Licht im Inneren gewöhnten. Als sie dann erkannte, was vor ihr lag, kam sie aus dem Staunen nicht heraus. Immer wieder hatte sie Vaclav in den vergangenen Monaten von Georges' Atelier erzählt. Sie hatte berichtet, dass der Arbeitstisch vor dem Fenster stand, der Drehtisch unmittelbar daneben. Sie hatte von den Holzregalen erzählt, in denen viel Platz für die Keramiken in allen Fertigungsstadien war. Von der Wanne für das Glasurbad, den Schubladen für das Werkzeug und den Halterungen für Pinsel, Farben und die vielen anderen Kleinigkeiten. Und ganz genau so hatte Vaclav hier nun ihr kleines Reich eingerichtet.

Fassungslos blickte Amalie in die hintere Ecke, in der ein Brennofen stand, die Tür weit geöffnet – auf erste Werkstücke wartend. Amalie schlug die Hände vor den Mund und brachte kein Wort heraus.

Vaclav trat hinter sie, legte ihr beide Hände auf die Schultern und flüsterte ihr ins Ohr: »Mein Stern, das ist dein Reich. Ich hoffe, du findest hier Erfüllung. Ich wünsche mir, dass wir eine glückliche und fröhliche Ehe führen. Ich liebe dich.«

Das war zu viel für Amalie. Sie konnte das alles nicht glauben. Nicht, dass sie nun tatsächlich ihre eigene, perfekt ausgestattete Werkstatt besaß. Nicht, dass darin sogar ein Brennofen stand. Nicht, dass hinter ihr ein Mann stand, mit dem sie nun verheiratet war. Und nicht, dass dieser sie offenbar aus ganzem Herzen liebte. Sie drehte sich zu ihm um und sah ihm in die Augen. Und in diesem Moment war es um sie geschehen. Die Musik schien zu verstummen, das Gelächter und die Stimmen der Gäste im Garten waren mit einem Mal nur noch ein fernes Gemurmel – selbst die Staubflocken, die in der Hütte zuvor im Sonnenlicht getanzt hatten, hielten kurz inne. Und Amalie wusste in diesem Moment: Sie hatte die richtige Entscheidung getroffen. Es war keine Liebe auf den ersten Blick gewesen, nein. Es war sogar von ihrer Seite aus bis vor Kurzem vor allem eine Vernunftehe gewesen. Aber nun war mit einem Mal alles anders, und auch Vaclav bemerkte es.

Seine Augen blickten sie liebevoll an, dann strahlten sie. Zunächst erschienen neben den Augen einige Lachfältchen, dann wurde sein Lächeln breiter, sein Mund öffnete sich leicht, und er breitete die Arme weit aus, um sie dann zu umschließen.

Und Amalie schmiegte sich an ihn. Sie spürte seinen muskulösen Körper, sie fühlte, wie sein Herz pochte, sie roch sein herbes Rasierwasser, und in diesem Moment fühlte sie aus ganzem Herzen, dass sie angekommen war. Angekommen in ihrem Hafen. Sie wusste, sie würde sich immer auf Vaclav verlassen können. Sie wusste, er würde ihr jeden Wunsch von den Augen ablesen und sein Möglichstes versuchen, um sie glücklich zu machen. Sie hatte das große Los gezogen – und dabei war ihr dieses Los einfach so in den Schoß gefallen.

Sie flüsterte: »Vaclav, ich glaube, ich liebe dich auch.«

Sie spürte, wie seine Arme sie noch fester umschlossen.

Dann hob sie den Kopf und sah in seine lächelnden Augen. Er umfasste ihr Gesicht unendlich zärtlich mit seinen Händen. Ihre Augen ließen seine nicht mehr los, als er sich langsam ihrem Mund näherte und ihr schüchtern einen ersten Kuss gab.

Sie schloss die Augen. Nie hätte sie gedacht, dass er so zärtlich sein konnte. Dann wurden seine Lippen fordernder, und Amalie entfuhr ein leises Stöhnen. Ihr Körper reagierte, und sie drängte sich an ihn. Sie wusste nicht, wie lange dieser innige Moment dauerte, aber er war auf jeden Fall zu kurz.

Denn unter Johlen und Klatschen freuten sich nun die Spaliersteher mit dem Brautpaar, klopften Vaclav auf den Rücken, umarmten Amalie und unterbrachen so den zauberhaften Moment, der Amalie für immer im Gedächtnis bleiben würde.

Maria hatte in der Zwischenzeit zusammen mit einigen anderen Frauen Stühle und Tische herangeschafft, jeder der Gäste hatte etwas zum Hochzeitsmahl beigesteuert, und Vaclav hatte für die Getränke gesorgt. Nun wurde gegessen, getrunken und gefeiert.

Amalie erlebte diese Stunden wie in Trance. Sie konnte die Augen nicht mehr von ihrem Mann lassen. Wie hatte sie nur so lange übersehen können, wie attraktiv er war? Wie muskulös sein Körper, wie fesselnd sein Charme, wenn er mit den anderen scherzte? Und das Wunderbarste war sein Blick, wenn er Amalie ansah. Sie spürte seine Liebe. Sie sah auf den Grund seiner Seele und fühlte sich ihm so verbunden wie noch nie zuvor einem Menschen.

Wie hatte sie nur glauben können, das mit Georges sei Liebe? Das waren die Träume eines sechzehnjährigen Mädchens gewesen – Wunschträume, besser gesagt. Zum Glück hatte das Schicksal ihr Georges erspart. Arme Claire. Sie musste ihr unbedingt bald schreiben und von ihrem neuen Glück berichten. Hoffentlich ging es ihr gut. All diese Gedanken schossen ihr wirr durch den Kopf, während sie dem Moment entgegenfieberte, wenn der letzte Gast gehen und sie endlich mit ihrem Mann allein sein würde. Das Kribbeln in ihrem Körper signalisierte ihr deutlich, dass sie sich nichts sehnlicher wünschte, als endlich neben ihm im Bett zu liegen und auszuprobieren, wovon sie schon so viel gehört hatte …

Am nächsten Morgen erwachte sie spät. Die Sonne stand schon hoch am Himmel, und als sie die Augen öffnete, fiel ihr Blick auf Vaclavs dunklen Haarschopf. Er schlief noch friedlich neben ihr, und sie bewunderte seine langen, dunklen Wimpern, die seinem ansonsten markanten Gesicht etwas Sanftes gaben. Zärtlich fuhr sie mit einem Finger an seinem Haaransatz entlang, über das Ohr bis zu seinem Hals.

Er öffnete die Augen, und sie blickten sich an. »Guten Morgen, meine wunderschöne Frau«, raunte er.

»Guten Morgen, mein unglaublicher Liebhaber«, flüsterte Amalie.

Vaclav hob seine Bettdecke etwas an, und Amalie kuschelte sich eng an ihn. »Bin ich froh, dass ich diese Vernunftehe eingegangen bin.« Sie drehte ihr Gesicht zu ihm und lächelte ihn schelmisch an.

»Ich auch. Denn dazu gehört ja wohl, dass du mir jetzt das Frühstück ans Bett bringst und mir meine Kleidung für den Tag herauslegst«, frotzelte er zurück.

Amalie blickte ihn empört an. »Ach, so hast du dir also die Ehe mit mir vorgestellt?«

Er nickte. »Na klar, wie denn sonst? Die Frau sei dem Manne untertan – so steht es doch schon in der Bibel, oder?«

»Das kannst du haben«, sagte Amalie verführerisch, und Vaclavs Augen weiteten sich.

»Sag bloß, du hast noch immer nicht genug? Was habe ich mir da bloß für ein unersättliches Weib ins Haus geholt?« Er beugte sich über Amalie, und sie vergaßen die Welt um sich.

Später standen sie Hand in Hand im Schuppen, und Vaclav zeigte Amalie alle Einzelheiten. Er war so stolz auf sein Werk, und Amalie wurde nicht müde, ihm zu sagen, wie groß ihre Freude war.

»Ich bin schon sehr gespannt, was du hier alles herstellen wirst«, meinte Vaclav.

Amalie nickte. »Ich auch. In den nächsten Wochen werde ich mir über Alexander die Grundausstattung anschaffen. Ich weiß ja zum Glück schon genau, was ich alles brauche. Und dann freue ich mich wahnsinnig darauf, mich langsam an meine eigenen Entwürfe heranzutasten und zu sehen, wie ich mit dem Ofen hier zurechtkomme. Vaclav, ich kann dir gar nicht sagen, wie glücklich du mich hiermit gemacht hast.« Sie stand in der Mitte des Raumes, streckte den Arm weit aus und drehte sich einmal im Kreis.

Vaclav stoppte sie, indem er sie von hinten mit seinen Armen umfing und ihr einen Kuss auf das Haar drückte. »Ich hoffe, nicht nur damit.«

Amalie strahlte ihn an und schüttelte den Kopf. »Nein. Nicht nur damit. Ich bin die glücklichste Frau auf Erden. Aber eines musst du mir noch verraten.«

»Und was?«

»Warst du damals, als du mir den Antrag gemacht hast, schon in mich verliebt?«

»Natürlich. Bis über beide Ohren. Ich mache einer Frau doch keinen Heiratsantrag, wenn ich sie nicht liebe.«

»Warum hast du dann von einer Vernunftehe gesprochen?«

»Hättest du eine Heirat in Erwägung gezogen, wenn ich dir damals meine bedingungslose Liebe gestanden hätte? Ich glaube nicht. Du wärst um dein Leben gerannt.«

»Und wenn ich mich niemals in dich verliebt hätte?«

»Tja, das war das Risiko, das ich eingehen musste. Ich hatte eine höllische Angst, dass dich irgendein anderer wegschnappt.« Er lächelte sie an.

»Mit allen Wassern gewaschen, sag ich da nur.« Amalie schüttelte ungläubig den Kopf. »Wie konnte ich nur so blind sein.«

»Hauptsache, du bist es jetzt nicht mehr«, erwiderte er zärtlich und küsste sie.

In den nächsten Wochen wurden sie im Alltag immer mehr zu einem eingespielten Team. Tagsüber gingen sie ihrer Arbeit nach. An den folgenden hellen Sommerabenden begann

Amalie, in ihrer Werkstatt zu arbeiten, während Vaclav draußen den Garten bestellte und Schreinerarbeiten für Freunde und Bekannte erledigte, denn es hatte sich schnell herumgesprochen, wie geschickt er war. An den Sonntagen blieben sie jedoch lange im Bett liegen, erzählten sich Geschichten aus ihrer Vergangenheit und schmiedeten Zukunftspläne. Nach einigen Monaten war Amalie klar, dass ihre Liebe kein Strohfeuer war. Sie empfand eine tiefe Verbundenheit mit ihrem Mann. Mit ihm konnte sie lachen, Pläne schmieden und nachts eng umschlungen in den Sternenhimmel blicken. Und sie dankte dem Herrn, dass sie am Tiefpunkt ihres Lebens, als sie in einem fremden Land begriffen hatte, dass die vermeintliche Liebe ihres Lebens trotz aller Hoffnung nicht auf sie gewartet hatte, nicht verzweifelt war, sondern den Mut besessen hatte, neu anzufangen. Hier in ihrem Bahnwärterhäuschen. Denn sonst wäre ihr Vaclav nie begegnet. Und ein Leben ohne ihn konnte und wollte sie sich nicht mehr vorstellen.

24. Kapitel

Moustiers-Sainte-Marie, 2019

»Was du mir noch immer nicht erzählt hast, ist, warum Maurice mich beim Anblick dieses Tellers hochkant hinausgeworfen und Valérie jeglichen Kontakt mit mir verboten hat. Selbst nach deinen bisherigen Erzählungen kann ich es mir nicht wirklich erklären.«

Claire seufzte. »Ja, du hast recht. Ich sollte dich nun endlich aufklären. Aber es ist schwierig für mich. Du wirst es verstehen, wenn du die Geschichte kennst. Und ich habe fürchterliche Angst vor dem, was dann passiert.«

Sonja schüttelte verwundert den Kopf. »Ich verstehe nicht, was du meinst ...«

Bevor sie weiterreden konnte, wurden sie von einer lauten Stimme unterbrochen, die von der Terrassentür her polterte: »Was macht denn die hier?« Maurice stand wütend in der Tür, die Hände in die Hüften gestemmt, eine Zornesfalte auf der Stirn, und konnte sich offensichtlich nur mühsam beherrschen.

Sonja hatte den Eindruck, dass er jeden Moment auf sie zustürmen, sie aus dem Sessel zerren und zum Hoftor hinausbefördern würde. Um eine Eskalation dieser Art zu vermeiden, sprang sie lieber schnell auf. »Entschuldige, Claire. Aber ich

denke, ich sollte jetzt lieber gehen. Klärt ihr das besser unter-
einander. Du weißt ja, wo du mich findest.« Schnell griff sie
nach ihrer Handtasche und ging außen um das Haus herum,
um sich nur ja nicht an Maurice vorbeidrücken zu müssen, der
den Durchgang zum Wohnzimmer breitbeinig versperrte.

Noch bevor sie um die Ecke war, hörte sie Claires wütende
Stimme: »Was fällt dir eigentlich ein, dich hier so aufzuführen?
Sie ist mein Gast, und es steht dir nicht zu, zu bestimmen, mit
wem ich mich unterhalte und mit wem nicht. Du setzt dich jetzt
sofort hin, und wir reden miteinander. So geht das nicht weiter.«

Als Sonja das Haus umrundet hatte, sah sie einen
Transporter in der Hofeinfahrt stehen. Wahrscheinlich gehörte
er Maurice. Beide Vordertüren waren geöffnet – vielleicht hatte
er nur schnell Claire etwas vorbeibringen wollen. Sie dachte
nicht weiter darüber nach, stellte jedoch fest, dass ihr Maurice
bei jeder Begegnung unsympathischer wurde. Sie beschleunigte
ihre Schritte und tauchte schon bald in das Touristengewimmel
im Zentrum von Moustiers ein.

Während sie sich auf den Weg zu ihrem Mobilheim machte,
überlegte sie, was sie mit dem restlichen Tag anfangen wollte.
Nach kurzem Nachdenken entschloss sie sich, heute einmal
eine Pause einzulegen und sich die Zeit mit Lesen zu vertreiben
und endlich eine ausführliche Mail an Markus und Dani zu
schreiben. Das hatte sie sich ja gestern schon vorgenommen,
aber noch immer nicht in die Tat umgesetzt. Am Abend könnte
sie dann wieder zu Justine ins Bistro gehen – vielleicht fänden
sich dort dann ja auch Céline und Françoise ein.

Sie erwachte von lautem Rufen. Verwirrt blickte Sonja sich um.
Sie musste eingeschlafen sein. Nachdem sie Markus und Dani
geschrieben hatte, hatte sie es sich mit einem Roman auf der

Liege auf ihrer kleinen Veranda gemütlich gemacht. Nach ein paar Seiten war sie aber wohl eingeschlafen.

Nun aber hörte sie erneut ihren Namen. Laut und deutlich riefen zwei Stimmen nach ihr. Sie richtete sich auf, und das Buch, das ihr auf den Bauch gerutscht war, fiel polternd auf die Holzdielen der Veranda.

Sie hob es auf und sah dann zwei bekannte Gestalten auf sie zulaufen: Claire und Maurice. Was machten die denn hier? Warum suchten sie nach ihr? Schnell richtete sie sich auf und winkte, in der Hoffnung, dass die beiden sie sehen und nicht weiter den gesamten Campingplatz mit ihren Rufen aufscheuchen würden. Anscheinend war die Rezeption nicht besetzt gewesen, sonst hätten sie dort bestimmt Auskunft erhalten, wo sie zu finden war, und müssten jetzt nicht quer über das gesamte Terrain laufen.

Doch die beiden waren so aufgeregt, dass sie Sonjas Winken gar nicht bemerkten. Deshalb musste sie jetzt wohl oder übel auch noch rufen: »Claire! Hier bin ich!«

Maurice entdeckte sie zuerst, tippte seine Großmutter an, und gemeinsam eilten sie zu Sonja.

Bevor Sonja auch nur ein weiteres Wort sagen konnte, fragte Claire schon atemlos: »Sonja, ist Valérie bei dir?«

Sonja sah irritiert zwischen beiden hin und her. Deshalb waren die beiden so aufgeregt, Valérie war wohl schon wieder ausgebüxt. Dieses kleine Luder hatte es wirklich faustdick hinter den Ohren. »Nein, tut mir leid. Valérie ist nicht hier.« Sie runzelte die Stirn. »Aber warum seid ihr so aufgeregt, es ist doch nicht das erste Mal, dass sie für ein paar Stunden verschwindet?«

Atemlos standen Maurice und Claire vor ihrer Veranda und stützten sich auf das Holzgeländer.

»Nein. Aber dieses Mal ist es anders. Sie hat weder ihre Wanderschuhe an noch einen Rucksack mit Getränk oder einer Brotzeit dabei. Sie ist heute Vormittag einfach aus meinem Auto verschwunden – mit Flipflops an den Füßen. Zuerst dachte ich auch, dass das wieder typisch für Valérie ist. Als sie nach ein paar Stunden noch immer nicht aufgetaucht war und ich sie auch nicht auf ihrem Handy erreichen konnte, bin ich hinauf zur Kapelle gelaufen, um nach ihr zu sehen. Da war sie aber nicht. Also bin ich zurück zu meiner Großmutter in der Hoffnung, dass sie sich inzwischen bei ihr eingefunden hat. Doch da war sie auch nicht, also sind wir zusammen hier herunter. Denn um achtzehn Uhr findet hier drüben«, er deutete auf die Rettungswache auf der anderen Seite des Baches, »immer der Kurs für die neuen Jugendfeuerwehrler an. Und ich hatte ihr versprochen, dass sie ab sofort dorthin darf. Deshalb waren wir uns sicher, sie dort anzutreffen, denn nie im Leben würde sie sich das entgehen lassen. Aber sie ist nicht dort.«

Da musste Sonja ihm zustimmen. Wenn Valérie ihrem Vater endlich das Versprechen hatte abringen können, bei Feuerwehr und Bergwacht aktiv werden zu dürfen, hätten sie keine zehn Pferde davon abhalten können, an der Veranstaltung teilzunehmen.

Sie nickte. »Ja, das sehe ich auch so. Aber leider ist sie auch nicht hier bei mir. Und ich habe keine Ahnung, wo sie stecken könnte. Warum ist sie überhaupt weggelaufen? Gab es einen Grund dafür?« Sie blickte Maurice forschend an. Seine gesamte Arroganz und Selbstsicherheit waren auf einmal von ihm abgefallen. Der mürrische und wütende Gesichtsausdruck, mit dem sie inzwischen ziemlich vertraut war, war tiefer Sorge und Verzweiflung gewichen. Fast tat er ihr leid.

Maurice schaute betreten auf seine Füße. »Ich weiß nicht, also ... na ja, als ich heute früh zu meiner Großmutter gefahren bin, saß sie neben mir auf dem Beifahrersitz. Da habe ich ihr auch versprochen, dass sie heute Abend erstmals zum Rettungskurs gehen darf. Alles war gut zwischen uns. Als ich dann nach unserem …«, er zögerte, »Gespräch zurückgekommen bin, war das Auto leer.«

Sonja erinnerte sich, an dem Lieferwagen vorbeigehastet zu sein. Und ihr fiel ein Detail ein, dem sie zu diesem Zeitpunkt überhaupt keine Beachtung geschenkt hatte. »Die Beifahrertür stand offen, als ich daran vorbeigelaufen bin. Valérie war zu diesem Zeitpunkt definitiv nicht mehr im Wagen, und ich habe sie auch nirgendwo in der Nähe gesehen«, sagte sie.

Maurice und Claire blickten sich an.

Zögernd murmelte Claire: »Na, hoffentlich war sie da nicht schon im Haus.«

»Du meinst, weil ihr Vater sich wieder einmal so aufgeführt hat?« Sonja sah sie stirnrunzelnd an.

Sie bekam keine Antwort. Ratlos standen sie zu dritt da und überlegten.

Dann hatte Sonja einen Einfall. »Wenn dort drüben gerade ein Kurs stattfindet, sind doch bestimmt auch einige ihrer Freunde dort. Vielleicht sollten wir die mal fragen. Oft gibt es ja Lieblingsplätze und Verstecke, die Freunde miteinander teilen und daher kennen.«

»Gute Idee. Lass uns noch mal rübergehen«, meinte Claire. »Wir müssen sie unbedingt vor Einbruch der Dunkelheit finden.« Sorge schwang in ihrer Stimme mit.

»Ich komme mit«, antwortete Sonja. »Geht ihr schon vor. Ich ziehe mir nur rasch meine Wandersachen an, packe einen Rucksack mit allem Nötigen und komme nach.«

In Windeseile suchte sie ihre Kleidung zusammen, stopfte Müsliriegel, eine Wasserflasche und Traubenzucker in ihren Rucksack, suchte die Wanderkarte heraus und überprüfte, ob auch Taschenlampe und Taschenmesser noch im Seitenfach waren. Vorsichtshalber hängte sie sich auch noch ein Kletterseil um und befestigte ein paar Karabiner an ihrem Gürtel. So ausgerüstet hastete sie den anderen beiden hinterher.

Als sie in der Rettungswache ankam, erkannte sie auf einen Blick, dass hier noch niemand eine zündende Idee gehabt hatte.

Valéries Freunde schüttelten ratlos den Kopf.

»Sie hat mir heute früh noch eine WhatsApp geschickt, dass sie sich auf heute Abend freut«, berichtete Nicolas.

»Wann war das denn?«, fragte Maurice.

Der Junge holte sein Handy hervor und schaute nach: »Um 10 Uhr 28.«

Maurice überlegte. »Da saß sie noch mit mir im Auto. Wir sind um kurz nach halb elf bei meiner Großmutter auf den Hof gefahren. Die Verkehrsmeldungen waren da gerade vorbei.«

»Es muss irgendetwas passiert sein«, überlegte Sonja laut.

Claire blickte Maurice an. »Und wenn sie im Wohnzimmer war und unser Gespräch gehört hat?«, fragte sie zögernd.

Maurice erstarrte.

Claire fuhr fort: »Nachdem du Sonja so angefahren hast, ist sie gegangen. Als sie aber am Auto vorbeikam, war es bereits leer. Vielleicht musste Valérie auf die Toilette und ist ins Haus gegangen. Und dann hat sie unser Gespräch gehört …«

Maurice schlug die Hände vors Gesicht. »O mein Gott. Du hast recht. Dann weiß sie jetzt alles. Und fühlt sich von uns beiden gnadenlos hintergangen. Und das sind genau die Momente, in denen Valérie dann wegläuft … Wir müssen sie unbedingt finden. Mein Gott, wenn sie ohne Ausrüstung und mit so viel Wut oder Trauer unterwegs ist, will ich mir gar nicht ausmalen, was alles passieren kann.«

Auch Claire war blass geworden. »Es ist wie ein Déjà-vu«, flüsterte sie mit Tränen in den Augen, und Sonja wusste, dass sie auf Théos Bergtour anspielte. »O mein Gott, wir müssen sie finden. Ich ertrage es nicht, wenn durch meinen Fehler noch ein Mensch ums Leben kommt.« Claire taumelte, und Sonja legte schnell den Arm um sie und schob sie sanft in Richtung eines

Sofas, das im Übungsraum stand, wo sie sich hinlegen konnte, damit sich ihr Kreislauf wieder etwas stabilisierte.

»Was hat sie denn gehört? Worüber habt ihr gesprochen?«, fragte sie dann.

Maurice, der geholfen hatte, seine Großmutter auf das Sofa zu betten, wechselte einen kurzen Blick mit ihr.

Claire nickte unmerklich.

Dann räusperte sich Maurice. »Sie hat von einem Familiengeheimnis erfahren. Und ich könnte mir vorstellen, dass sie das sehr erschüttert hat.«

Claire hatte die Augen geschlossen und lag bleich auf der Couch, einen Arm über ihrem Gesicht. »Sie hat mir absolut vertraut, hat immer geglaubt, dass ihre Uroma ein guter Mensch ist. Das, was sie heute möglicherweise erfahren hat, wirft ein ganz anderes, hässliches Licht auf mich. Und Valérie ist im Moment aufgrund der Trennung ihrer Eltern sowieso sehr empfindlich. Wenn sie jetzt zudem noch das Gefühl hat, auch mir nicht mehr vertrauen zu können, weiß ich nicht, was ihr einfällt. Es fühlt sich für mich jetzt noch viel schlimmer an als damals mit Théo.« Sie schluchzte. »Ich überlebe das nicht, wenn ihr etwas passiert.«

Sonja sah, wie sehr das Ganze auch Maurice mitnahm. Ihr kam ein Gedanke. Sie zog Maurice ein wenig zur Seite. »Wo genau ist denn dein Vater ums Leben gekommen? Welche Tour hat er damals unternommen? Könntest du mir das vielleicht zeigen? Und: Weiß Valérie, wo das war?«

Maurice blickte sie zuerst verständnislos an, doch dann begriff er, worauf sie hinauswollte. Er zog sie hinüber zu der großen Karte des Gebiets rund um Moustiers.

Dort deutete er auf einen Punkt, der östlich des Ortes mitten im Gebirge lag. »Da haben sie ihn gefunden.« Sein Finger wanderte ein gutes Stück weiter nach rechts. »Und von hier oben muss er weggerutscht sein.« Er tippte auf eine

Stelle, nahm dann einen roten Klebepunkt aus einer Schale, die auf dem Regal unter der Karte stand, und markierte den Ort. »Man erreicht diese Stelle über einen Wanderweg vom Ort aus. Zunächst muss man hinauf zur Kapelle, und dann geht es weiter Richtung Osten. Der Weg ist nicht allzu anspruchsvoll – wenn die Wetterverhältnisse passen und man eine gute Ausrüstung hat.« Er zögerte. »Mit Flipflops wird es allerdings schwierig.« Er schluckte. »An einigen Stellen führt der Weg über Geröllfelder. Es ist teilweise sehr steil, und man kann leicht abrutschen. Ein Knöchel ist dann schnell verstaucht. Bis zu der Stelle, an der mein Vater verunglückt ist, sind es rund drei Stunden Fußmarsch.«

Sonja blickte auf die Uhr. Kurz vor sechs. Sie fasste einen Entschluss und zog ihre Karte aus dem Rucksack. »Zeichne mir bitte den Weg auf meiner Karte ein. Ich mache mich sofort auf den Weg. Wir dürfen keine Zeit verlieren. Keine Widerrede«, sagte sie, als Maurice ihr vehement widersprechen wollte. »Du wirst hier gebraucht. Du kannst die Einsatzkräfte koordinieren. Ich bin eine erfahrene Bergsteigerin, das kannst du mir glauben. Ich habe schon einige Rettungseinsätze hinter mir und weiß, wie man Erste Hilfe leistet. Ich gehe jetzt gleich los.«

Maurice zögerte. Sonja wusste, dass es einige Zeit dauern würde, bis genügend Leute verfügbar wären, um eine groß angelegte Suche zu starten. Im Moment waren sie nur zu dritt. Einer musste auf jeden Fall hierbleiben, um die Aktion zu koordinieren, zwei mussten im Hubschrauber mitfliegen, sobald man eine Rettungsaktion startete. Die Zeit lief ihnen davon. Der Weg, den Sonja gehen wollte, war einer der einfachsten – zumindest am Anfang. Wenn dann noch andere Retter eintrafen, konnten diese die schwierigeren Strecken übernehmen.

Maurice sah sie an. »Ich alarmiere gleich alle verfügbaren Leute. Wir koordinieren eine groß angelegte Suche. Aber vielleicht ist sie gar nicht so weit gegangen, und wir finden sie bald.«

Hoffnung schwang in seiner bebenden Stimme mit. »Fühlst du dich wirklich dazu in der Lage?«

Sonja nickte. »Ja. Mein letzter Einsatz ist zwar schon eine Weile her, aber verlernen kann man da wenig.«

Maurice erklärte ihr, welche Abzweigung sie bei der Kapelle nehmen musste. Sonja hörte genau zu und ging dann hinüber zu Claire, die noch immer weinend auf der Couch lag. »Claire, ich mache mich jetzt auf den Weg. Wir werden Valérie wohlbehalten wiederfinden. Da bin ich mir sicher.« Sie drückte die eiskalte Hand der alten Dame. »Hörst du mich? Wir werden sie finden. Valérie ist vielleicht impulsiv, aber sie ist nicht dumm. Sie weiß genau, was sie sich zutrauen kann und was nicht. Wahrscheinlich ist sie längst wieder auf dem Rückweg, oder sie hat sich eine Schutzhütte für die Nacht gesucht.« Sonja versuchte, so viel Optimismus wie möglich in ihre Worte zu legen. Aber natürlich war auch ihr bewusst, wie schnell es in den Bergen gefährlich werden konnte. Gegen Unfälle war man dort nie gefeit.

Claire nickte schwach und drückte Sonjas Hand. »Danke. Danke, dass du dich so sehr für Valérie einsetzt. Pass aber bitte, bitte auch auf dich auf.«

»Natürlich«, versicherte Sonja ihr. Die beiden anderen anwesenden Retter begleiteten sie nach draußen. Einer von ihnen machte sich daran, die Landefläche für den Hubschrauber zu markieren, den Maurice bereits angefordert hatte und der das Einsatzgebiet großräumig absuchen konnte.

Der andere Mann zog einen Schlüsselbund aus seiner Hosentasche und sagte: »Madame, bitte in den blauen Wagen dort drüben einsteigen. Ich fahre Sie hinauf ins Dorf, bis es mit dem Auto nicht mehr weitergeht. Das sind kostbare Minuten, die Ihnen und Valérie vielleicht helfen.«

Sonja nickte. Das war eine gute Idee. Wenig später stand sie an den Treppenstufen, die hinauf zur Kapelle führten, schulterte ihren Rucksack und marschierte los.

25. KAPITEL

Horgau, 1957

Voller Hingabe streifte Amalie mit den Fingerkuppen die letzten
Unebenheiten der Vase aus. Grazil und mit einer asymmetrisch
geformten Öffnung stand das Werkstück auf dem hölzernen
Drehteller. Sie setzte den Teller vorsichtig in Bewegung und glitt
mit ihren Händen sanft über die glatte Oberfläche. Über ihr
Gesicht huschte ein Lächeln, und sie seufzte vor Freude, wieder
einmal ein so wunderschönes Einzelstück gefertigt zu haben.
Der Ton fühlte sich unter ihren Fingern weich und geschmeidig
an. Sie liebte dieses Material, aus dem sich so viele unterschiedliche Dinge formen ließen. Sie empfand pures Glück, wenn
sie sich, so wie heute, einfach einen Nachmittag Zeit nehmen
konnte, um etwas Neues auszuprobieren. Das war ihr ganz
persönliches Erfolgsgeheimnis. Denn nur dadurch hatte sie es
nach und nach zu großer Meisterschaft in Sachen Keramiken
gebracht. Nicht nur was das Formen anging, auch bei der
Glasur und der Bemalung hatten sich ihre Hartnäckigkeit, ihre
Fantasie und ihre Experimentierfreude ausgezahlt.

Sie betrachtete die Vase liebevoll. Im Moment wies nur
die ungewöhnliche Form darauf hin, dass in Amalies Werkstatt

keine Massenware entstand. Der Clou würde dann die Bemalung sein. Vor ihrem geistigen Auge sah Amalie die fertige Vase vor sich. Piet Mondrian würde diesmal Pate stehen für die Bemalung. Nach dem weißen Glasurbad würde sie in lockerer Verteilung waagrechte und senkrechte geschwungene schwarze Linien auftragen. In das Muster, das sich dann ergab, würde sie gelbe, blaue und rote Quadrate und Rechtecke malen.

Sie schmunzelte. Wenn sie Vaclav im Voraus von ihren Ideen erzählte, wirkte er oftmals regelrecht verzweifelt. »Ich weiß, dass es toll aussehen wird, Amalie. Wie alles, was du anfasst. Aber ich kann mir das vorher, wenn du mir davon erzählst, nicht vorstellen. Dafür reicht meine Fantasie einfach nicht.« Amalie blickte ihn dann immer liebevoll an, umarmte ihn und drückte ihm einen Kuss auf die Stirn. »Das macht gar nichts. Hauptsache, dir gefällt das Ergebnis und du bewunderst mich ausreichend dafür«, neckte sie ihn. Und das tat er immer.

Die vergangenen Jahre waren für sie beide in wunderbarer Harmonie verlaufen. Vaclav hatte von der Bauernfamilie, für die er lange gearbeitet hatte, das alte Austragshäuschen geerbt und dort eine Schreinerwerkstatt eingerichtet, die inzwischen florierte. Amalie bewunderte ihren Mann für sein handwerkliches Geschick und profitierte natürlich auch selbst davon. Nach und nach war ihr Keramikatelier professionell ausgestattet worden, und sobald sie ein zusätzliches Regal oder eine neue Arbeitsplatte brauchte, sorgte Vaclav umgehend dafür. Es hatte fast zwei Jahre gedauert, bis sie es gewagt hatte, ihre ersten eigenen Keramikstücke auf dem Stadtmarkt anzubieten. Es war schwieriger gewesen, als sie gedacht hatte, den richtigen Ton zu bekommen, die Brenntemperatur verlässlich zu regulieren und gute Qualität bei Engoben und Glasuren zu erhalten. Mehr als einmal war sie kurz davor gewesen aufzugeben. Die Vase war brüchig, der Teller schief, die Farben verschwommen oder die Glasur alles andere als glatt. Sie hatte vor Frust Tränen vergossen, und das eine oder andere Stück hatte daran glauben müssen. Vaclav hatte wortlos die Scherben aufgefegt, sie getröstet und ihr Mut gemacht.

Ihre gesamten Einnahmen flossen während dieser Zeit in ihr Hobby, ohne dass dieses einen Pfennig Gewinn abwarf. Ein anderer Mann hätte ihr wahrscheinlich gezürnt und ihr schlichtweg verboten, so einer brotlosen Kunst nachzugehen. Und allein dafür, dass Vaclav sie in jeder Hinsicht unterstützte, liebte sie ihn.

Mit den Jahren war ihre gegenseitige Liebe immer tiefer geworden. Sie glich einem ruhigen Fahrwasser, und sie war stets verlässlich. Vaclav war ihr Fels in der Brandung und sie sein Anker. Sie schätzten einander, lachten miteinander und genossen ihre Zweisamkeit. So fragil ihre Keramikstücke waren, ihre Liebe war es nicht. Nachdem sie an ihrer ersten großen Liebe fast zerbrochen wäre, wusste sie nun sehr zu schätzen, wie sicher und geborgen sich das Leben an Vaclavs Seite anfühlte.

Amalie lächelte erneut. Wie wunderbar sich alles doch entwickelt hatte. Sie dachte an den Tag zurück, als sie zum ersten Mal ein paar kleine Zierteller mit auf den Stadtmarkt genommen hatte. Wie sehr sie gefürchtet hatte, dass niemand sie haben wollte. Das Gegenteil war der Fall gewesen. Kaum hatte sie die Tellerchen mit der exotischen Nierenform und der fantasievollen Bemalung zwischen Kräuterbüschel, frischen Erdbeeren und Waldhimbeeren dekorativ platziert, fragten schon die ersten Kundinnen nach dem Preis. Bis Mittag waren alle zehn Teller verkauft, und Amalie konnte Vaclav am Abend erstmals erleichtert erzählen, dass sie mit ihrem Hobby Geld verdient hatte.

Als sie am nächsten Tag wieder auf dem Markt stand, fragten weitere Kundinnen nach ihren Tellern. Sie hatten diese bei ihrer Nachbarin, Freundin oder Schwägerin gesehen, und sie gefielen ihnen so gut, dass sie ebenfalls solche haben wollten.

Amalie legte Nachtschichten ein und arbeitete am Wochenende durch, um die Nachfrage decken zu können. Man merkte nun deutlich, dass es wirtschaftlich bergauf ging. Die Leute hatten wieder Geld in der Tasche, um sich auch einmal etwas Besonderes zu leisten. Und kleinere Gebrauchs- und Ziergegenstände waren ideal, um nach all den entbehrungsreichen Jahren wieder etwas Exotik ins Leben zu bringen. Craqueléglasuren oder Glasuren in auffallenden Farben kamen gut an bei der Käuferschaft. Ob afrikanische Motive oder abstrakte Kunst – je ausgefallener das Motiv, desto begehrter war das Steingut. Und die Leute wollten nicht nur Alltagsgeschirr. Von Vasen über Bowleservice bis hin zu Aschenbechern und Schälchen für Knabbergebäck reichte das Sortiment, das Amalie nach und nach fertigte.

Bald war sie so erfolgreich und die Nachfrage nach ihren Keramiken so groß, dass sie sich beruflich abermals neu orientieren musste. Sie hatte lange überlegt, wie sie weitermachen wollte. Und als sie eines Tages in der Innenstadt an einem Haushaltswarengeschäft vorbeiging, kam ihr die zündende Idee. Spontan betrat sie das Geschäft und fragte nach dem Inhaber. Sie erkundigte sich ohne Umschweife, ob er Interesse daran habe, ihre Teller und Vasen zu verkaufen. Er hatte schon von ihr gehört und war gleich bereit, es auf einen Versuch ankommen zu lassen.

Schnell zeigte sich, dass dies für beide Seiten ein gutes Geschäft war. Der Ladeninhaber bekam viele neue Kunden und konnte mit einem Sortiment aufwarten, das es sonst in der Stadt nicht gab, und Amalie brauchte sich nicht mehr um den Verkauf ihrer Erzeugnisse zu kümmern. Nun musste nur noch jemand gefunden werden, der den Stadtmarktstand übernahm. Aber auch diese Hürde war bald genommen, denn die älteste Tochter des Gemischtwarenhändlers erklärte sich dazu bereit. Im Frühjahr 1956 war es dann so weit, dass Amalie ihr Hobby endgültig zum Beruf machte und fortan den ganzen Tag in ihrem Atelier verbrachte.

Einmal die Woche fuhr sie nach Augsburg, brachte die neuen Stücke im Laden vorbei und holte das Geld aus den Verkäufen ab. Sie war sehr zufrieden und glücklich mit ihrem Leben.

»Amalie!«, rief Vaclav, und als sie aufblickte, sah sie ihn durch den Garten auf sie zueilen. Er schwenkte einen Brief in der Hand. »Der Postbote war gerade da. Deine französische Brieffreundin hat dir endlich einmal wieder geschrieben.«

Amalie fiel ein Stein vom Herzen. Sie hatte schon begonnen, sich Sorgen zu machen. Seit Jahren schrieben sie sich regelmäßig, doch inzwischen hatte sie schon zwei Briefe abgeschickt und bislang keine Antwort erhalten. Nun hatte Claire wohl endlich Zeit gefunden zu schreiben.

Sie war neugierig und wollte ihrem Mann den Brief förmlich aus der Hand reißen.

Doch der war schneller und schwenkte ihn nun hoch über seinem Kopf. »Den bekommst du erst, wenn du mich vorher küsst«, forderte er.

Amalie stellte sich auf die Zehenspitzen und gab ihm einen schnellen Kuss auf die Wange. »So, erledigt. Jetzt her damit.«

Er protestierte, dass das ja kein echter Kuss gewesen sei.

»Genauer wünschen, mein Lieber. Und jetzt gib her ...«

Vaclav reichte ihr den Brief, und Amalie riss den Umschlag auf. Bevor sie sich in den Inhalt vertiefen konnte, sagte er: »So, ich kümmere mich jetzt noch um die Hühner und den Gemüsegarten, und wenn Madame dann irgendwann einmal Zeit für mich hat, könnten wir den restlichen Tag im Bett verbringen ...«

Amalie hob den Kopf und lächelte ihn an. »Das ist eine ausgezeichnete Idee.«

26. Kapitel

Moustiers-Sainte-Marie, 2019

Es ging langsam, aber stetig bergauf. Sonja befand sich in einem schmalen Einschnitt zwischen zwei Bergmassiven. In engen, kurzen Serpentinen schlängelte sich der Weg nach oben. Zwischendurch war es so steil, dass sie ihre Hände zu Hilfe nehmen musste, um den nächsten Tritt sicher zu setzen. Diesen Weg mit Flipflops zu gehen, war sicherlich kein Spaß. Aber wer so sportlich und geübt war wie Valérie, konnte das durchaus bewerkstelligen. Nur durfte man sich dann keinen Fehltritt leisten, sonst riss man sich an den Felsen die Füße auf oder riskierte einen verstauchten Knöchel. Seit knapp zwei Stunden war Sonja nun unterwegs. Bei jeder Abzweigung studierte sie die Karte, damit sie sich auf keinen Fall verlief. Während des Gehens hielt sie immer wieder inne und lauschte, ob sie nicht irgendwo Valéries Stimme hörte, falls sie um Hilfe rief. Auch sie hatte immer wieder Valéries Namen gerufen. Aufgrund dieser Pausen würde sie wahrscheinlich deutlich länger als die üblichen drei Stunden benötigen, bis sie am Unglücksort von Valéries Opa ankam. Aber das war egal. Wichtig war, dass ihr entlang des Weges nichts entging. Zweimal hatte sie etwas abseits des Weges einen Unterstand für Tiere entdeckt und auch dort gründlich gesucht. Und immer, wenn sie in der Felswand eine Spalte oder eine kleine Höhle entdeckte, die zugänglich war, spähte sie ebenfalls hinein.

Bislang gab es jedoch kein Lebenszeichen von Valérie. Aus der Ferne hörte sie Hubschrauberlärm. Wahrscheinlich suchten sie aus der Luft auch mit Wärmebildkameras, hoffte Sonja. Eine lebensrettende Erfindung, mit der man verunglückte Bergsteiger oft gerade noch rechtzeitig fand.

Noch zwei Kehren, und sie war oben auf dem Hochplateau. Sie atmete tief durch. Die vielen Rad- und Wandertouren in den vergangenen Wochen hatten zumindest dafür gesorgt, dass ihre Kondition inzwischen wieder gut war. Sie blickte sich um und holte wieder die Karte heraus. Am Ende des Plateaus gabelte sich der Weg erneut, dann musste sie den linken Abzweig nehmen und noch einmal steil bergauf gehen, wenn sie den Wegverlauf anhand der Höhenlinien auf der Karte richtig interpretierte.

Langsam wurde es deutlich kühler. Die Sonne war bereits hinter einem der hohen Felsen verschwunden. Sonja holte ihren Pullover und eine dünne Windjacke aus dem Rucksack, zog beides über und setzte ihren Weg fort. Eigentlich hätte sie das Panorama um sich herum genießen müssen, so wunderschön war die einsame Bergwelt hier. Schroffe Felsen umgaben das Plateau, auf dem Flechten wuchsen und Bergblumen in Hülle und Fülle blühten. Doch mit jeder Minute, in der sie Valérie nicht fand, wurde ihre Sorge größer. Wenn die Dunkelheit hereinbrach, musste sie sich einen Unterschlupf suchen. Dann weiterzugehen, wäre viel zu gefährlich, zumal sie sich in diesem Terrain nicht auskannte.

Der Hubschrauberlärm wurde lauter, und kurz darauf sah sie, dass der Helikopter langsam von Westen kommend auf sie zuhielt. Vor einer halben Stunde hatte sie kurz mit Maurice telefoniert, als ihr Handy gerade genug Netz hatte, und ihm ihren Standort durchgegeben. Der Hubschrauber war nun am anderen Ende des Plateaus angekommen und schwebte langsam nach unten. Eine Tür ging auf, und zuerst flog ein Paket nach draußen, danach sprang jemand hinterher. Als die Person und die Fracht draußen waren, erhob sich die Maschine wieder in die Luft und knatterte davon.

Sonja beschleunigte ihren Schritt und erkannte dann, dass Maurice sich hier oben hatte absetzen lassen.

Als sie bei ihm angelangt war, schulterte er seinen Rucksack, der dreimal so groß war wie ihrer, und sie setzten den Weg gemeinsam fort.

»Ich habe dort unten alles organisiert. Sam ist jetzt da – unser erfahrenster Einsatzleiter. Er war heute eigentlich in Grasse, ist aber gleich losgefahren, als er gehört hat, was passiert ist. Da er nun vor Ort ist, erschien es mir am sinnvollsten, wenn du Verstärkung bekommst. Denn es wird bald dunkel, du kennst dich hier nicht aus, und ich habe die große Hoffnung, dass Valérie hier entlanggegangen ist. Das halbe Dorf ist unterwegs und sucht in Teams die wichtigsten Wege und Hütten ab. Bislang aber ergebnislos.« Er seufzte. »Ich habe so wahnsinnige Angst um meine Tochter.« Ihre Blicke trafen sich für einen Augenblick, und Sonja nickte stumm. Auch sie machte sich große Sorgen um Valérie. Dann gingen sie schweigend weiter.

Unablässig suchten sie die Umgebung mit den Augen ab, und von Zeit zu Zeit riefen sie nach dem Mädchen.

Als sie am Ende der Hochebene angelangt und auf den linken Pfad abgebogen waren, wurde es wieder steil. Der Weg, wenn man ihn so nennen wollte, ging nahezu senkrecht nach oben. Nur hin und wieder sah man rote Markierungen auf größeren Felsen, die den Weg wiesen.

Maurice ließ Sonja vorgehen und folgte ihr trotz seines schweren Gepäcks mühelos. Schweigend bewältigten sie den langen Anstieg. Oben angekommen, sahen sie, dass sich der

Weg nun an der Bergflanke entlangschlängelte, immer wieder zackige Felsen umrundete und Schwindelfreiheit verlangte, weil es auf der linken Seite teilweise fast senkrecht bergab ging.

»Das ist das letzte Stück, bevor wir zur Unglücksstelle kommen«, flüsterte Maurice.

Sonja spürte, dass die Angst ihn nun voll im Griff hatte. Angst, dass sie hier nun auch irgendwo seine Tochter verletzt finden würden – oder möglicherweise jede Hilfe zu spät kam.

»Ich gehe vor«, bestimmte er.

»In Ordnung.«

Langsam schritten sie voran, immer wieder einen Blick in den Abgrund werfend und Valéries Namen rufend. Mit der fortschreitenden Dämmerung wurde es zunehmend schwierig, Unebenheiten im Boden auszumachen. Sie kamen nur sehr langsam voran. Nun war Sonja sehr froh, dass sie hier oben nicht allein unterwegs war. Das wäre tatsächlich viel zu gefährlich gewesen.

»Gleich da vorn ist die Unglücksstelle.« Maurice wies auf den nächsten Felsvorsprung, den der Weg umrundete. »Etwa einen halben Kilometer weiter kommt eine etwas größere Schutzhütte. Bis dorthin gehen wir. Dann sehen wir weiter.«

Sie tasteten sich Stück für Stück voran.

»O nein!«

Sonja kam ins Rutschen, so sehr hatte Maurices Ausruf sie erschreckt. Sie strauchelte kurz, aber zum Glück reagierte Maurice schnell und hielt sie fest.

Als sie wieder sicher stand, sah sie, warum er gerufen hatte. An einem knorrigen Strauch, der sich an die abschüssige Felswand krallte, hing ein Flipflop.

Sie starrten den Schuh beide an.

In Sonjas Kopf spielten sich grausige Szenen ab, in denen sie Valérie schon irgendwo im Abgrund liegen sah.

Aber so verzweifelt sie sich umsahen und sosehr sie riefen – es gab kein Lebenszeichen von ihr.

Und nun kam auch noch Wind auf und pfiff ihnen um die Ohren, sodass jegliches Rufen wahrscheinlich ohnehin unhörbar für jeden wurde, der weiter als zehn Meter entfernt war.

Stück für Stück suchten sie den Weg und die Umgebung ab. Jeder Fels, den sie umrundeten und hinter dem sie Valérie nicht fanden, ließ sie einerseits erleichtert, andererseits unruhig zurück.

Die Dunkelheit brach nun endgültig über sie herein und machte die letzten hundert Meter extrem beschwerlich. »Dieses Stück suchen wir morgen früh noch einmal genauer ab.« Maurices Stimme zitterte – ob vor Angst oder vor Anspannung, konnte Sonja nicht sagen. »Sie muss hier irgendwo sein. Barfuß weiterzulaufen, wäre der pure Wahnsinn. Bestimmt ist sie dort vorne im Unterstand.«

Sonja hörte die Hoffnung in seiner Stimme.

Doch als sie diesen erreichten, wurden sie enttäuscht. Weit und breit keine Spur von Valérie.

Maurice legte den Rucksack ab und setzte sich auf eine der beiden Bänke. Dann vergrub er das Gesicht in den Händen. »Ich werde wahnsinnig vor Sorge. Am liebsten würde ich die ganze Nacht weitersuchen, aber ich weiß, dass das lebensgefährlich wäre. Wenn ich allerdings daran denke, dass ich die nächsten zehn Stunden hier untätig herumsitzen muss, kommt mir das kalte Grausen.«

»Das kann ich nachvollziehen. Geht mir genauso. Aber es wäre absolut unvernünftig, jetzt bei Dunkelheit weiterzugehen.«

Das Funkgerät, das Maurice an seinem Gürtel eingehakt hatte, fing an zu rauschen.

»Hallo, Maurice, wir haben gerade einen Anruf bekommen, dass deine Tochter wohlbehalten wieder im Tal ist. Offenbar haben zwei andere Wanderer sie mit hinuntergenommen. Ihr geht es so weit gut.«

Maurice und Sonja blickten sich an. Erleichterung war auf ihren Gesichtern zu lesen.

»Gott sei Dank«, seufzte Maurice auf und umarmte Sonja vor Freude.

»Vielen Dank, Jungs, dass ihr mich gleich informiert habt. Wir sind jetzt oben auf dem Plateau. Wir haben Ausrüstung dabei und werden hier übernachten und morgen früh absteigen.« Während Maurice in das Funkgerät sprach, blickte er Sonja fragend an.

Diese nickte zustimmend. Als die Verbindung wieder beendet war, meinte sie: »Mit dem Wissen, dass es Valérie gut geht, übernachte ich gern hier oben. Die Jungs von der Bergwacht brauchen uns nicht zu holen.«

»Ich habe in meinem Rucksack zwei Schlafsäcke und ein paar belegte Baguettes. Hast du Hunger?«

»Und wie.«

Maurice griff nach seinem Rucksack und holte das Brot sowie die Schlafsäcke hervor. Sie breiteten jeweils einen auf den beiden Bänken aus. So würde es heute Nacht einigermaßen gehen. Wenngleich es unbequem war, mussten sie wenigstens nicht frieren.

Schweigend aßen die beiden. Nach einer Weile meinte Maurice verlegen: »Ich denke, ich sollte mich für mein Verhalten in den vergangenen Tagen entschuldigen.«

Sonja nickte. »Ja, solltest du.«

»Ich stand so unter Strom wegen meiner Ex-Frau, und dann kamst auch noch du. Das hat mich völlig aus der Bahn geworfen.« Er stockte und verstummte dann.

Sonja blickte ihn an. »Aber ich verstehe es nicht. Was habe ich denn getan, dass du mich aus deinem Atelier rausgeworfen und Valérie den Kontakt mit mir verboten hast – woran sie sich natürlich nicht gehalten hat?«

»Das hätte ich mir denken können. Sie ist so ein eigensinniges Kind.«

Sonja sah ihm an, dass er mit sich rang, ob er sich ihr anvertrauen sollte.

»Es war der Teller.«

Sonja erinnerte sich an seine heftige Reaktion. »Das ist mir klar. Dennoch verstehe ich es nicht. War das auch der Grund für die schlechte Laune heute Vormittag bei Claire?«

Maurice nickte. »Ja. Das ist eine lange Geschichte. Und keine schöne. Eigentlich waren wir auf einem guten Weg, Gras über die ganze Sache wachsen zu lassen. Aber dann kamst du. Und jetzt weiß auch Valérie alles.«

»Ich habe zwar immer noch keine Ahnung, wovon du redest. Aber ich bin mir sicher, dass ich nichts dafür kann.«

»Ich weiß. Es ist allein meine Schuld. Ich hätte mein Temperament zügeln müssen und Claire nicht ihre Vergangenheit lautstark vorwerfen dürfen.«

»Ich würde die Geschichte gern hören. Wenn ich schon der Auslöser für all das hier bin, würde ich das auch gern verstehen. Wir haben die ganze Nacht Zeit, da kann man auch die längste Geschichte erzählen …«

Maurice seufzte. »Ich dachte mir schon, dass du mir keine Ruhe lässt. Das Dumme ist nur, in dieser Geschichte spielst auch du eine Rolle. Und ich bin mir nicht sicher, ob du wirklich wissen willst, welche …«

Sonja blickte ihn erstaunt an. »Ich spiele darin eine Rolle? Das kann ich mir nicht vorstellen. Aber das macht mich nur noch neugieriger …«

Er nickte. »Das habe ich befürchtet. Lass uns zuerst in Ruhe essen, dann schlüpfen wir in unsere Schlafsäcke, und ich erzähle dir die Geschichte, in Ordnung?«

»Klingt nach einem guten Plan«, bestätigte Sonja.

Sie machten es sich auf den Bänken in ihren Schlafsäcken bequem, so gut es ging. Getrennt durch den Tisch in der Mitte, starrten sie hinaus in die dunkle Bergwelt. Es war bedeckt, doch ab und zu blinzelte doch der eine oder andere Stern durch die Wolkendecke.

Maurice schwieg lange, und erst als Sonja dachte, er sei womöglich eingeschlafen, begann er zu reden.

»Mein Großvater Georges muss ein schrecklicher Tyrann gewesen sein. Ich habe ihn Gott sei Dank nicht mehr kennengelernt. Als ich geboren wurde, war er schon lange tot. Mein Vater Théo hat nur ganz selten über ihn gesprochen, und ich habe natürlich nicht nachgefragt – als Kind und Jugendlicher interessiert einen so etwas einfach nicht. Als mein Vater dann tödlich verunglückt ist, ging es mir miserabel. Und auch Claire hat fürchterlich gelitten. Diese Wochen nach dem Unfall haben uns beide einander sehr nahe gebracht. Und nachdem wir irgendwann die schlimmste Trauer hinter uns gelassen hatten, bat sie mich eines Tages, zu ihr zu kommen, da sie mir etwas Wichtiges sagen wollte.«

27. KAPITEL

Horgau, 1959

Seit Stunden kämpfte Claire. Der Schweiß stand ihr auf der Stirn. Ihre Kräfte schwanden nach und nach. Als die nächste Wehe anrollte, biss sie die Zähne zusammen und ließ sie über sich ergehen.

Die Hebamme neben ihr schüttelte zum wiederholten Mal besorgt den Kopf und murmelte etwas in einer ihr fremden Sprache.

Sie achtete nicht darauf. Sie war ausschließlich damit beschäftigt, die letzten Kräfte zu mobilisieren, um ihrem Kind auf die Welt zu helfen. Tief in ihrem Inneren wusste sie, warum diese Geburt so lange dauerte. Warum sie das Kind am liebsten für immer in ihrem Leib behalten würde. Auch wenn sie nun zumindest sicher sein konnte, dass es ihm künftig gut gehen würde. Doch der Preis, den sie dafür zahlen musste, war hoch. Und darum zögerte sie den entscheidenden Moment so lange hinaus wie irgend möglich.

Die nächste Wehe rollte an. Dieses Mal war der Drang zu pressen so groß, dass sie ihm nachgeben musste.

Die Hebamme atmete erleichtert auf und sprach ihr Mut zu – zumindest schloss sie das aus dem Tonfall. Sie wischte ihr mit einem Tuch den Schweiß von der Stirn.

Nun gab sie ihren inneren Widerstand auf. Sie konnte wirklich nicht mehr. Nach zwei weiteren heftigen Wehen war es dann endlich geschafft.

Die Hebamme nabelte das Kind ab, untersuchte es kurz und legte es ihr auf den Bauch. Sie lächelte und sagte etwas. Claire vermutete, dass sie ihr zur Geburt des kleinen Mädchens gratulierte.

Sie blickte auf das hilflose Wesen, das auf ihrem Bauch lag. Auf die winzigen Hände, die großen Augen, die sie aufmerksam musterten – und ihr wurde angst und bange. Hatte sie die richtige Entscheidung getroffen? Konnte sie ihren Plan wirklich durchziehen? Tränen rollten über ihre Wangen, als sie das zarte kleine Geschöpf betrachtete, das noch so hilflos war und auf die Liebe und Fürsorge seiner Mutter angewiesen war.

Die Hebamme packte geschäftig ihre Tasche zusammen. Sie hatte ihre Arbeit getan. Das Kind war auf der Welt, es war gesund und die Mutter wohlauf. Mit einem Nicken verabschiedete sie sich, öffnete die Zimmertür und verschwand.

Zärtlich strich Claire über die weiche Haut ihres Kindes. Noch immer blickten sie die Augen ihrer Tochter unverwandt an. Fast schon fragend: Bist du dir sicher? Nein, sie war sich nicht sicher. Und doch war sie nun hier. In einem fremden Land, in einem fremden Bett. Noch konnte sie ihre Entscheidung rückgängig machen – noch war nichts Endgültiges passiert. Aber dann führte sie sich wieder all die Gründe vor Augen, warum sie sich für diesen Weg entschieden hatte. Sie straffte sich. Es war die einzige Möglichkeit, ihrer Tochter ein gutes und friedliches Leben zu ermöglichen. Wenn sie dafür dieses große Opfer bringen musste, dann war sie dazu bereit. Ihre unschuldige kleine Tochter hatte das Recht auf eine unbeschwerte Zukunft. Wenigstens ihr wollte sie diese ermöglichen.

Sie setzte sich vorsichtig auf, drückte das kleine Wesen noch einmal innig an sich und hauchte ihr einen zarten Kuss auf den flaumigen Kopf. Dann rief sie nach ihrer Freundin.

Die Tür ging auf, und Amalie kam zögernd herein. Als sie Claire mit dem Baby auf dem Arm sah, traten auch ihr die Tränen in die Augen. Sie setzte sich neben die beiden und legte den Arm um Claire.

»Die Hebamme hat mir gesagt, dass du ein gesundes, munteres Mädchen zur Welt gebracht hast. Geht es dir gut?«

»Ja. Körperlich auf jeden Fall. Ich denke, ich erhole mich hier noch ein, zwei Tage und mache mich dann auf den Rückweg«, erwiderte Claire traurig.

Amalie nickte. »Du kannst deine Entscheidung immer noch rückgängig machen. Es muss unglaublich schwer sein, keinen anderen Ausweg zu sehen. Aber vielleicht gibt es ja doch einen.«

Claire schüttelte langsam den Kopf. »Nein, Amalie. Ich habe mir das tausend Mal überlegt. Am liebsten würde ich dieses zauberhafte Wesen hier überhaupt nicht mehr hergeben – aber ich weiß, was aus ihr werden würde, wenn Georges sie unter seine Fuchtel bekommt. Und das will ich nicht. Bei dir und Vaclav wird sie all die Liebe bekommen, die sie verdient. Da bin ich mir sicher. Ihr werdet ihr wundervolle Eltern sein, und sie wird frei von Wut, Aggression und Trunkenheit aufwachsen. Dieser Gedanke ist es, der es mir hoffentlich ermöglicht, meinen Plan durchzuziehen. Aber je länger ich hierbleibe, desto schwerer fällt es mir wahrscheinlich, sie zurückzulassen. Deshalb werde ich baldmöglichst abreisen.«

Amalie nickte. »Ich verstehe dich. Und ich verspreche dir, dass wir die Kleine großziehen werden wie unser eigenes Kind.«

Sie schwiegen lange und betrachteten das Baby, das jetzt friedlich schlummerte.

»Das Leben geht seltsame Wege, findest du nicht auch?«

Claire nickte. »Das Schicksal hat uns zueinander geführt. Ohne dich hätte ich nicht gewusst, was ich tun soll.«

»Ich war so lange traurig darüber, dass Vaclav und ich keine Kinder bekommen können. Und nun schenkt uns das Schicksal eine wunderbare Tochter. Auch Vaclav freut sich riesig. Er baut noch immer eifrig an der Ausstattung für das Kinderzimmer. Deine Tochter wird es gut haben bei uns. Und ich werde dir regelmäßig schreiben, wie sie sich entwickelt. Und natürlich bist du hier jederzeit willkommen. Und wenn du irgendwann feststellst, dass du sie gern zu dir holen möchtest – weil sich vielleicht auch deine Lebensumstände ändern –, dann finden wir auch dafür einen Weg.« Amalie streichelte ihre Freundin, der die Tränen über die Wangen liefen.

»Danke, Amalie. Der Gedanke tröstet mich. Aber ich denke, die Würfel sind gefallen, sobald ich sie hier zurücklasse. Sie soll in Ruhe aufwachsen dürfen. Und wenn ich Georges erzähle, dass ich eine Totgeburt hatte, dann gibt es keinen Weg mehr zurück.«

Amalie nickte. »Dennoch bist du hier jederzeit willkommen.«

»Ich weiß. Danke.«

Zwei Tage später bestieg Claire den Zug zurück nach Frankreich und ließ ihre Tochter in Deutschland zurück.

28. KAPITEL

Moustiers-Sainte-Marie, 2019

Zunächst hatte Sonja neugierig gelauscht, dann hatte sie sich entsetzt aufgesetzt und fassungslos den weiteren Verlauf der Geschichte verfolgt. Nun öffnete sie ihren Schlafsack, sprang auf und lief hinaus ins Freie. Mit beiden Händen umfasste sie ihren Kopf, hob den Blick und starrte in den dunklen Himmel. Das musste alles ein riesengroßer Irrtum sein. Nein. Niemals konnte das wahr sein. Ihr ganzes Leben wäre damit auf den Kopf gestellt. Ihre Gedanken überschlugen sich. Was würde es für sie bedeuten, wenn all das wirklich zutraf? Wer bin ich?, fragte sie sich im nächsten Atemzug und schüttelte vehement den Kopf. Nein. Maurice musste sich irren. Er hatte sicherlich von einer anderen Amalie geredet. Das konnte niemals ihre Großmutter sein. Stopp. Das war dann auch nicht ihre Großmutter. Claire war ihre Großmutter. O Gott. Warum war sie bloß hierhergekommen? Sie verspürte den dringenden Impuls, ihre Sachen zu packen und wegzulaufen. Aber auf zweitausend Meter Höhe, an einer schwierigen Bergpassage im Dunkeln war das wahrscheinlich keine gute Idee.

Leise war Maurice neben sie getreten. »Ich weiß genau, was in dir vorgeht. Genauso erging es mir damals auch. Für mich ist eine Welt zusammengebrochen. Auf andere Weise als für dich, aber dennoch. Und Valérie konnte heute vermutlich einfach nicht fassen, dass ich ihr nie etwas davon erzählt hatte und dich dann auch noch so schlecht behandelt habe. Sie war bestimmt fürchterlich wütend.«

Sonja nickte stumm, und Maurice fuhr fort: »Das Schlimmste für mich an dieser Geschichte war allerdings nicht, dass Claire ihr Kind weggegeben hatte. Das Schlimmste für mich waren die Gründe, die sie zu dieser Entscheidung getrieben hatten.«

So weit waren Sonjas Gedanken noch gar nicht gekommen. Aber natürlich, die Gründe mussten gewichtig gewesen sein. Sonst hätte sich Claire niemals zu diesem Schritt entschlossen. »Willst du darüber reden? Also, über ihre Gründe?«

»Ja. Ich will, dass du es verstehst. Und Claire will das auch. Darüber haben wir heute Vormittag lange gesprochen.« Er räusperte sich. »Claire hat dir ja schon erzählt, dass es ihr in den Fünfzigerjahren lange Zeit nicht gut ging. Sie war müde und kraftlos, wollte am liebsten das Bett nicht mehr verlassen und konnte sich weder um ihren Sohn noch um ihren Haushalt kümmern. Heute weiß man, dass das alles Symptome einer schweren Depression sind, und würde sie entsprechend behandeln. Aber damals hat niemand über so etwas gesprochen. Da hieß es: Reiß dich doch endlich mal zusammen. Und genau das konnte sie nicht. Weder Georges noch ihre Eltern hatten verstanden, was mit ihr los war. Und sie wollten es auch nicht. Claire hatte also nirgendwo Rückhalt. Im Gegenteil: Ihre Eltern setzten sie unter Druck, indem sie sie enterbten und lieber ihren Enkelsohn als Erben einsetzten. Und wenn sie versuchte, ihnen zu erklären, wie grausam Georges zu ihr war, stieß sie auf Unverständnis. Er sei doch ein fleißiger Mann, er sorge sich um sie, was wolle sie denn mehr. Dass Georges sie beleidigte, sie niedermachte und ihr mit jeder Geste und jedem Wort zu verstehen gab, dass sie ein schlechter Mensch sei, glaubten sie ihr nicht. Heute weiß man, dass das Psychoterror ist. Aber damals war Claire dem Ganzen hilflos ausgeliefert. Und da sie sich auch nicht um ihr Kind, meinen Vater, kümmern konnte, übernahm das ebenfalls Georges. Und er sorgte dafür, dass auch Théo seine Mutter nur in schlechtem Licht sah. Georges entfremdete ihn ihr. Und bald bekam sie auch von ihrem siebenjährigen Kind zu hören, dass sie ja nur faul rumliege und zu nichts fähig sei. Das tat Claire fürchterlich weh. Und so wenig Georges sie tagsüber beachtete, nachts forderte er dennoch ab und zu sein Recht als Ehemann ein. Und es blieb nicht aus, dass Claire noch einmal schwanger wurde. Als sie völlig verzweifelt nach einem Arztbesuch in Digne in einer Bar saß, traf sie zum Glück Alexandra. Mit ihr konnte sie über all ihre Sorgen reden. Sie hatte eine Heidenangst davor, dass es ihr nach der zweiten Schwangerschaft weiterhin schlecht gehen würde und sie Georges noch mehr ausgeliefert wäre. Und ihre größte Sorge war, dass er es schaffen würde, auch das zweite Kind gegen sie aufzubringen. Der einzige Ausweg, den sie sah, war, das Kind von Amalie, ihrer langjährigen Brieffreundin, großziehen zu lassen. Denn sie wusste aus ihren zahlreichen Briefen, dass Amalie sich sehnlichst ein Baby wünschte, aber keine Kinder bekommen konnte. Mit Alexandras Hilfe schmiedeten sie einen ausgeklügelten Plan, um das zu bewerkstelligen.«

»Es kann doch auch damals nicht so einfach gewesen sein, ein Kind verschwinden zu lassen?«, grübelte Sonja.

»Einfach war es auch nicht. Sie hatten das wirklich bis ins kleinste Detail geplant. Amalie hat zum Beispiel monatelang eine Schwangerschaft vorgetäuscht, damit die Menschen in ihrer Umgebung keine Fragen stellen würden, wenn sie auf einmal ein Baby hatte. Und sie hat eine Hebamme organisiert, die

281

eine Hausgeburt begleitete und das Ganze danach sofort wieder vergaß. Das war wahrscheinlich nicht ganz billig.«

»Und Claire konnte Georges nach ihrer Rückkehr davon überzeugen, dass sein Kind eine Totgeburt war?«, fragte Sonja zweifelnd.

»Ja. Denn Claire war ja tatsächlich völlig am Boden zerstört. Und aus Georges' Sicht gab es überhaupt keinen Grund, etwas anderes zu glauben. Er hat ihr natürlich für den Rest seines Lebens vorgeworfen, durch ihre Reise sein Kind getötet zu haben. Denn er hatte diese Reise ja nie befürwortet.«

»Hat er denn nie bei Amalie nachgefragt? Oder wollte das Grab seines Kindes sehen?«

»Nein. Ganz einfach weil er nie erfahren hat, dass Claire bei Amalie war. Sie hatte ihm nämlich von einem Erholungsaufenthalt in den Bergen erzählt – und Alexandra hat diese Geschichte gedeckt. Denn sie hatte ein kleines Häuschen in den Alpen, in dem Claire angeblich ein paar Tage verbringen durfte. Und als es dann überraschend zu einer Frühgeburt kam, war außer ihnen beiden niemand dabei. Sie haben sogar ein kleines Grab dort oben geschaufelt und mit einem Holzkreuz versehen. Nur für den Fall, dass Georges auf die Idee gekommen wäre, dorthin zu fahren. Aber diesen Gedanken hatte er niemals. Und so konnte Claires Tochter in aller Ruhe bei Amalie aufwachsen.«

»Meine Mutter also«, flüsterte Sonja. Sie fröstelte angesichts der vielen Gedanken, die in ihrem Kopf durcheinanderwirbelten. All die Erinnerungen an ihre Mutter und ihre Oma musste sie nun neu überdenken und in ein neues Licht setzen. Maurice nickte. »Ja, deine Mutter.«

Sonja wandte sich ihm zu. »Und was hat es jetzt mit dem Teller auf sich? Darüber hast du noch gar nicht gesprochen …«

Maurice schmunzelte. »Na ja, er ist ja auch nur ein kleines Detail in einer unglaublichen Geschichte. Aber ja, der Teller.

Claire war eines Tages in der Werkstatt von Georges und hat dort einige Teller mit einem Sternmotiv entdeckt, die noch nicht das zweite Mal im Ofen waren. In einer spontanen Aktion hat sie sich einen genommen und auf der Rückseite mit einem Pinsel den Schriftzug »Pour mon étoile« hinzugefügt. Als Georges die Charge dann aus dem Ofen geholt und Claires Werk entdeckt hat, hat er sich fürchterlich darüber aufgeregt, dass sie einfach so in sein Atelier marschiere und seine ganze Arbeit verderbe. Claire hat nur wortlos den einen Teller an sich genommen und das Atelier danach nie wieder betreten. Und typisch für meinen Großvater: Als seine erste Wut verraucht war, hat er diesen Schriftzug in viele seiner Kunstwerke aufgenommen, und mit der Zeit ist er sogar zu seinem Markenzeichen geworden. Aber dass ihn Claire erst auf diese Idee gebracht hat, hat er niemals erzählt.«

»Und Claire hat den Teller dann meiner Großmutter geschickt«, ergänzte Sonja.

»Genau. Und deine Großmutter hat ihn nun als Köder für dich ausgelegt. Und voilà – nun bist du hier. Meine Cousine!«

»Hmm. Das muss ja dann schon vor vielen, vielen Jahren gewesen sein. Dann hat die Zeitungsseite, die ich bei meiner Oma gefunden habe, wahrscheinlich gar nichts mit dem Teller zu tun, sondern Claire wollte Mimi einfach nur über aktuelle Ereignisse auf dem Laufenden halten und hat einem ihrer Briefe diese Zeitung beigelegt.« Sonja schwieg nachdenklich. »Letztlich ist es auch egal. Hauptsache, ich habe hierhergefunden.«

Sie sahen sich beide an. Lange. Wortlos. Es hatte etwas Unwirkliches, hier in der Einsamkeit der Berge zu stehen, mitten in der Nacht, und auf einmal einen Cousin zu haben. Sonja schlang die Arme um ihren Körper. »Und ich dachte, ich hätte keine Familie mehr«, schüttelte sie fassungslos den Kopf.

»Kannst du dir jetzt vorstellen, wie erschrocken ich war, als du mir diesen Teller unter die Nase gehalten hast?«

Sonja verzog das Gesicht zu einem schiefen Lächeln und nickte. »Ja, so aus heiterem Himmel mit der Vergangenheit konfrontiert zu werden, kann schon ziemlich erschreckend sein. Aber sag mal, warum hast du nie Kontakt zu uns gesucht? Es ist doch inzwischen schon über zehn Jahre her, dass du Bescheid weißt.«

»Ich könnte es mir jetzt einfach machen und sagen, dass meine Großmutter mich um Stillschweigen gebeten hat. Das war auch tatsächlich so. Nach allem, was Amalie für sie getan hatte, wollte sie ihr jetzt nicht ihre Enkelin streitig machen. So empfand sie es zumindest. Aber wie gesagt, das allein war nicht der Grund, warum ich nichts unternommen habe, um Kontakt aufzunehmen. Ich wollte einfach keine Veränderung in meinem Leben haben. Ich hatte gerade geheiratet, meine Frau war schwanger, ich hatte hier ein schönes Leben und konnte mich nach dem Tod meines Vaters nun auch endlich beruflich verwirklichen. Da war eine entfernte Verwandte in Deutschland das Letzte, worüber ich nachdenken wollte. Und als dann Valérie auf der Welt war, habe ich einfach gar nicht mehr daran gedacht. Und dann kamst du …«

»… und habe dich aus deiner Lethargie gerissen. Du hattest Claire noch gar nichts von meinem Besuch bei dir gesagt, oder? Deshalb warst du so fürchterlich wütend, als du mich auf einmal bei ihr gesehen hast«, stellte Sonja fest.

Maurice nickte. »Ich habe auch da einfach den Kopf in den Sand gesteckt und gehofft, dass meine Abfuhr Grund genug für dich ist, wieder abzureisen. Aber offenbar hat mir Valérie da einen Strich durch die Rechnung gemacht. Wenn ich etwas aus der Vergangenheit gelernt habe, dann, dass Geheimnisse immer die Tendenz haben, im ungünstigsten Moment ans Licht zu kommen. Wie schockiert muss Valérie gewesen sein, als sie mitbekommen hat, was ihre Uroma und ich ihr verschwiegen haben. Und dass ich ihr darüber hinaus noch verboten hatte, etwas mit dir zu unternehmen, machte es vermutlich besonders schlimm. Valérie verehrt ihre Uroma, und wahrscheinlich ist ihr Weltbild gründlich ins Wanken geraten, als sie mitbekommen hat, dass diese ein Kind weggegeben hat. Die Gründe dafür kennt sie ja nicht. Bislang hatten wir keine Chance, mit ihr zu reden.«

»Dann wird es jetzt höchste Zeit. Valerie ist ein cleveres Mädchen, sie wird das alles sicherlich verstehen. Und ich bin heilfroh, dass sie inzwischen offenbar wohlbehalten im Tal ist. Schließlich möchte ich meine Großnichte – oder welches Verwandtschaftsverhältnis wir auch immer haben – noch viel besser kennenlernen. Es ist sowieso erstaunlich, wie viele ähnliche Interessen wir haben. Und jetzt verstehe ich auch, warum es mich immer in die Berge gezogen hat – obwohl ich doch ein gutes Stück von ihnen entfernt aufgewachsen bin. Seinen Genen kann man offenbar nicht entkommen«, meinte Sonja und schmunzelte.

Langsam kroch die Kälte unter ihren Pullover, und sie gingen zurück zum Unterstand, um wieder in ihre Schlafsäcke zu kriechen.

Maurice hatte gerade zwei Schritte gemacht, als sein Handy piepste. In der stillen Atmosphäre hier oben klang es wie ein Geräusch aus einer weit entfernten Welt.

Schnell zog er das Gerät aus seiner Hosentasche und aktivierte den Bildschirm. »Valérie!«, grollte er. »Sie schreibt mir, dass es ihr gut geht.« Und nach einer kurzen Pause: »Na, die kann was erleben, wenn ich morgen zurück bin.«

Sonja musste lachen. »Und schon hast du wieder Oberwasser. Jetzt sei erst einmal froh, dass ihr Ausflug so glimpflich ausgegangen ist.«

»Du hast ja recht. Hauptsache, sie ist gesund zurück. Oh, wie bin ich froh! Jetzt wickele ich mich gern wieder in meinen

Schlafsack, genieße die Ruhe hier oben und freue mich morgen auf einen entspannten Abstieg.«

»Darauf freue ich mich auch. Dann kann ich das Panorama hier auch wirklich genießen«, stimmte Sonja zu, schlüpfte ebenfalls in ihren Schlafsack und gähnte.

Still lagen sie einige Zeit da.

»Bist du noch wach, weil deine Gedanken Karussell fahren?«, fragte Maurice nach einer Weile.

»Mhm«, bestätigte Sonja.

Maurice räusperte sich. »Claire hat gesagt, dass du eine sehr schwere Zeit hinter dir hast. Ich will nicht neugierig sein, aber wenn du darüber reden willst … Ich hätte gerade Zeit.«

Bei diesen Worten musste sie lächeln. Eigentlich war er wohl doch ein netter Kerl. Und auch sie hatte im Moment nichts Besseres zu tun, denn der Schlaf wollte nicht kommen. Zu aufwühlend waren all die Erkenntnisse der letzten Stunde gewesen. Und so berichtete sie ihrem Cousin von ihrem Leben. »Seit ich Markus kenne, weiß ich, wie es ist, wenn man wertschätzend miteinander umgeht. Wie es ist, wenn einem die eigenen kleinen Macken nicht nachgetragen werden. Wie schön es ist, wenn man einfach so sein kann, wie man ist. Mit all seinen Fehlern, Ecken und Kanten. Natürlich ist es ein Unterschied, ob man mit jemandem liiert ist oder nur befreundet – aber wenn mich mein Partner schlechter behandelt als ein Freund, dann stimmt etwas gewaltig nicht.«

»Genau die gleiche Erfahrung habe ich auch mit meiner Frau gemacht«, kommentierte Maurice. »Sie hatte an allem etwas auszusetzen, hat überall das Haar in der Suppe gefunden. Sie ist immer noch auf der Suche nach dem perfekten Partner. Lange habe ich mich bemüht, genau dieser zu sein. Aber inzwischen bin ich froh, dass sie ihre Ansprüche an jemand anderen stellt. Das Leben ist ohne sie deutlich entspannter. Keine Belastung mehr, kein dauernder Stress. Den hat sie zum

Glück mitgenommen. Im Moment kämpfe ich schon noch mit unserer Trennung, und ein Markus, wie bei dir, ist bei mir nicht in Sicht ...«

»Das wird nicht lange so bleiben, glaub mir. Ich kenne da ein paar junge Damen, die nur darauf warten, dass du deine Wut und deine Verzweiflung hinter dir lässt und wieder am Leben teilnimmst. Und wenn du nett bist, verrate ich dir vielleicht auch irgendwann ihre Namen.« Sonja grinste. »Und was Markus betrifft: Er ist ein sehr guter Freund. Mehr nicht.«

»Ist schon klar«, frotzelte Maurice. »Ich erinnere dich in einem Jahr wieder daran.«

»Hey, was soll das heißen? Du kennst ihn doch gar nicht. Und mich eigentlich auch nicht.«

»Das brauche ich auch nicht. Ich habe Augen und Ohren. Wir werden sehen«, lenkte er diplomatisch ein.

Sie unterhielten sich noch einige Zeit über viele Kleinigkeiten, und irgendwann fielen ihnen dann doch die Augen zu.

Erst als die Sonne über den umliegenden Gipfeln aufging, wachten sie auf und machten sich in aller Ruhe auf den Rückweg.

Als sie einige Stunden später in Moustiers ankamen, wurden sie bereits von einer erleichterten Claire und einer zerknirschten Valérie erwartet.

»Entschuldigung, Papa. Das war echt blöd von mir, so unüberlegt wegzulaufen, und dann auch noch da hinauf in schwieriges Gelände«, nahm Valérie ihrem Vater, der gerade zu einer kräftigen Standpauke ansetzen wollte, den Wind aus den Segeln.

Sonja bewunderte die Kleine dafür, wie sie ihren Papa immer wieder mit den richtigen Worten um den Finger wickeln konnte.

Und Maurice' Ärger war auch sofort wie weggeblasen. Er schnaufte einmal tief durch und nahm dann seine Tochter in die Arme. »Hauptsache, du bist gesund zurück. Aber wenn du so etwas noch einmal machst, dann lasse ich dich niemals wieder zur Feuerwehr und Bergwacht, das kannst du mir glauben. Jemanden, der so unüberlegt handelt, können die nicht gebrauchen.«

Reumütig nickte Valérie. Dann blickte sie von ihrem Vater zu Sonja und fragte: »Und ihr beide habt euch vertragen? Ich habe mir große Sorgen um Sonja gemacht, als ich erfahren habe, dass ihr zusammen da oben übernachtet. So wütend, wie du gestern auf sie warst …«

»Das war nicht richtig von mir, ich weiß, Valérie. Ich habe mich bei Sonja entschuldigt, und wir beide haben uns ausgesprochen.«

»Uroma hat auch mit mir geredet. Ich weiß jetzt alles«, erwiderte Valérie und wippte, zappelig vor Verlegenheit, auf ihren Zehenspitzen.

Maurice suchte Blickkontakt mit seiner Großmutter.

Die nickte unmerklich und lächelte Valérie liebevoll an. »Meine Urenkelin hat ein großes Herz. Man kann mit ihr wirklich schon reden wie mit einer Großen.« Sie strich Valérie zärtlich über die Haare. »Ich hatte einfach solche Angst, dass sie meine damalige Entscheidung nicht verstehen und unser enges Verhältnis zueinander dadurch belastet würde.« Sie seufzte. »Hätte mich jemand anders in derselben Situation um Rat gefragt, hätte ich, ohne zu zögern, gesagt, dass nur Ehrlichkeit und Offenheit helfen. Doch wenn man selbst betroffen ist, ist es so viel schwerer, das umzusetzen«, seufzte sie. »Aber jetzt liegen die Karten alle auf dem Tisch.« Sie blickte Sonja an. »Ich hoffe, Maurice hat dir die Wahrheit schonend beigebracht. Denn für dich bedeutet das Ganze ja die größte Veränderung und Überraschung. Wie fühlst du dich mit diesem Wissen? Wie geht es dir?«

»Zum Glück hatte ich ja jetzt schon ein paar Stunden, um mich langsam mit diesen neuen Tatsachen anzufreunden. Aber natürlich hat es mich dort oben eiskalt erwischt. Ich hatte überhaupt keine Ahnung, dass meine Mutter nicht das leibliche Kind meiner Großmutter war. Und mein erster Reflex war, Maurice' Geschichte als Märchen abzutun.«

Claire schüttelte den Kopf. »Nein. Das ist leider kein Märchen. Ich habe wirklich meine Tochter bei Amalie zurückgelassen. Du musst mir glauben, ich wollte das Allerbeste für mein Kind. Und ich denke, das hat sie auch bekommen. Amalie und Vaclav waren wundervolle und liebevolle Eltern. Und das hat mir den Schmerz, den ich angesichts des Verlustes meines Kindes gespürt habe, deutlich erleichtert.«

»Dann hast du damals vor zwölf Jahren innerhalb weniger Wochen beide Kinder verloren. Deshalb hast du dich dann auch nach so vielen Jahren wieder mit Amalie getroffen. Wie schrecklich für dich.«

»Ja, das war noch einmal eine sehr schlimme Zeit. Aber es war auch tatsächlich so, wie ich gesagt habe, Amalie und ich konnten uns in diesen gemeinsamen Wochen gegenseitig Halt geben. Deine Oma hat mir so viel Schönes von meiner Tochter erzählt, wie fröhlich sie war, was für ein guter Mensch. Und auch, dass sie nicht hat leiden müssen. Dass der Tod sie buchstäblich aus dem Leben gerissen hatte. Durch unsere Gespräche konnten wir, glaube ich, beide ihren Tod annehmen. Denn alles andere hätte ja auch niemandem weitergeholfen.«

»Ihr habt damals also beschlossen, mir auch weiterhin nicht die Wahrheit zu sagen?«, forschte Sonja nach.

»Da ging es Amalie mit dir genauso wie mir mit Valérie. Sie hatte eine höllische Angst davor, dass sich dann euer Verhältnis zueinander ändern oder sogar verschlechtern würde. Und dieses Risiko wollte sie nicht eingehen. Zumal …« Sie verstummte.

»Zumal was?«

Claire seufzte. »Da sowieso schon der Tag der Wahrheit ist, kann ich jetzt auch weiterreden. Deine Großmutter hatte große Angst um dich. Nicht nur dass du den Tod deiner Mutter verkraften musstest, sie sah auch mit zunehmender Sorge, wie dein Mann dich vereinnahmte und du immer weniger du selbst warst.«

Sonja schloss die Augen, als die Erkenntnis sie übermannte, dass ihre Oma schon sehr früh erkannt hatte, was Rolf mit ihr machte. Und sie hatte ihr das auch immer wieder gesagt, aber sie hatte nicht darauf hören wollen.

Claire fuhr fort: »Amalie hat damals gesagt: ›Wenn sie nun auch noch erfährt, dass ich nicht ihre leibliche Oma bin, dann verliere ich vielleicht auch noch das letzte bisschen Kontakt zu ihr, und Rolf vereinnahmt sie vollkommen. Lass noch ein wenig Zeit vergehen, Claire. Wenn sie über den Tod ihrer Mutter hinweg ist und anfängt, zu sehen, dass Rolf ihr einfach nicht guttut, dann rede ich mit ihr. Versprochen.‹«

»Und du warst einverstanden?«

»Natürlich. Ich kannte dich doch gar nicht und konnte überhaupt nicht einschätzen, wie du auf die Wahrheit reagieren würdest. Und Amalie hat so viel für mich und deine Mutter getan, dass ich ihr diesen Wunsch niemals hätte abschlagen können.«

»Und ich habe Jahre gebraucht, um zu sehen, wie Rolf wirklich ist und wie sehr ich mich verbogen habe, um nur ein wenig Liebe und Anerkennung von ihm zu bekommen.«

»Tja, bei den Frauen in dieser Familie geht es wohl immer schief, was Liebe und Anerkennung betrifft«, erwiderte Claire traurig.

»Nicht nur bei euch Frauen«, brummte Maurice. »Das scheint ein durchgängiges Verhaltensmuster bei uns zu sein. Dass wir zu sehr nach der Anerkennung und Liebe anderer streben, statt uns selbst zu lieben und dann die Konsequenzen zu ziehen, wenn andere uns einfach nicht guttun.«

»Das wird mir hier jetzt zu schwülstig«, maulte Valérie. »Darf ich rüber zu Nicolas, Papa? Der kann mir dann alles über den Kurs gestern erzählen, den ich verpasst habe.«

»Moment, Madame. So schnell kommst du mir nicht davon.« Maurice winkte seine Tochter, die schon gehen wollte, wieder heran. »Zuerst erzählst du mir bitte noch, was mit deinem Schuh passiert ist und wie du es geschafft hast, wieder unversehrt hier unten zu landen. Denn Sonja ist den Weg gegangen und hat dich bestimmt nicht übersehen, oder?«

»Nein, hat sie nicht.«

»Ein bisschen ausführlicher, meine Dame«, ermahnte Maurice. »Sonst bleibst du hier.«

Valérie wollte schon lautstark protestieren, fing dann aber mahnende Blicke von Sonja und ihrer Urgroßmutter ein und gab sich geschlagen. »Bis oben auf den Grat war es überhaupt kein Problem für mich. Ich musste zwar langsam und vorsichtig steigen, aber es ging trotz meiner Flipflops. Als ich dann oben war, habe ich mich lange an die Absturzstelle von Opa gesetzt und nachgedacht. Ich war so wütend auf euch. Dass Oma ihre Tochter weggegeben hat, fand ich zwar nicht toll, aber das hat mich weniger belastet als die Tatsache, dass ihr mir einfach alles verschwiegen habt. Irgendwann hatte ich mich wieder einigermaßen beruhigt und wollte weiter bis zu diesem Unterstand, als auf einmal ein Hund um den nächsten Felsen schoss. Ich bin so erschrocken, dass ich weggerutscht und unsanft auf meinem Po gelandet bin. Leider ist einer meiner Schuhe den Abhang hinunter. Es hat nicht lange gedauert, und die beiden Hundebesitzer sind aufgetaucht. Als sie mich gesehen haben und ich ihnen sagte, dass ihr frei laufender Hund der Grund war, warum ich nun einbeinig barfuß dasaß, fühlten sie sich natürlich verantwortlich. Die beiden waren von der anderen

Seite aus hochgestiegen und wollten auch wieder dorthin zurück. Also haben wir beschlossen, dass ich mit ihnen mitgehe. Bei den steilsten Passagen konnten sie mich dann zumindest stützen und zum Teil sogar tragen. Allerdings hat der Rückweg deshalb sehr lange gedauert. Unten im Tal sind wir dann gleich mit deren Auto los und zurück nach Moustiers gefahren. Aber auch das dauert ewig, denn man muss ja das gesamte Bergmassiv umfahren. Und so bin ich erst spätabends hier angekommen.«

»Und warum hast du nicht vorher schon irgendwen angerufen? Du hättest dir ja denken können, dass wir uns Sorgen machen. Und dass irgendwann auch eine Suchaktion anläuft.«

»Mein Akku war leer«, gestand Valérie zerknirscht. »Und die beiden Bergsteiger hatten überhaupt kein Handy dabei. Die waren noch vom alten Schlag.« Sie wirkte nun doch etwas zerknirscht.

»Ich weiß, das hätte ich besser machen können. Es wird nicht wieder vorkommen, Papa. Versprochen.«

Maurice nickte. »Also gut. Dann geh jetzt zu Nicolas und informier dich über alles, was du gestern im Kurs verpasst hast. Künftig werde ich dich akribisch abfragen. Denn jetzt weiß ich, dass du doch nicht immer so umsichtig reagierst, wie ich geglaubt hatte.« Er grinste seine Tochter an, was seinen Worten etwas die Schärfe nahm.

Valérie überlegte kurz, ob sie noch eine schlagfertige Antwort geben sollte, verzichtete dann aber lieber darauf und machte sich schnell auf den Weg zu ihrem Freund.

Claire wies mit einer einladenden Geste hinüber zur Terrasse. »So, und nun setzen wir drei uns hier gemütlich hin und erzählen uns aus unserem Leben. Es wird höchste Zeit, dass ich dich, Sonja, endlich genauer kennenlerne.«

Und so verging die Zeit wie im Flug.

Am späten Nachmittag erhob sich Maurice. »Ich muss noch einmal in die Werkstatt. Hab da ein paar Dinge im Ofen, die jetzt fertig sind und die ich überprüfen möchte.«

»Darf ich mitkommen?«, fragte Sonja.

»Gern.«

»Und danach holst du deine Sachen vom Campingplatz und ziehst hier bei mir ein. Was hältst du davon?«, schlug Claire vor.

»Das ist sehr nett von dir, Claire. Das mache ich gern. Aber zuerst muss ich noch mit der Platzbesitzerin sprechen – denn eigentlich habe ich für zwei Wochen gebucht …«

»Das dürfte kein Problem sein. Mit Lilith bin ich gut befreundet. Wenn sie hört, dass du meine Enkelin bist, dann freut sie das so sehr, dass sie dich gern ziehen lässt. Außerdem ist gerade Hochsaison, und sie bekommt das Mobilheim bestimmt gleich wieder vermietet.«

»Ich kläre das.« Sonja nickte. »Und ich freue mich darauf, hier in deinem Zuhause ein Gästezimmer zu bekommen.«

»Und ich freue mich, dass dann in den nächsten Wochen hier etwas Leben ins Haus kommt.«

Maurice und Sonja verabschiedeten sich und schlenderten ein paar Hundert Meter weiter in die Werkstatt. Als sie gemeinsam die gebrannten Gefäße aus dem Ofen nahmen und in die Regale stellten, kam Maurice erneut auf ihr Beziehungsproblem zu sprechen.

»Glaubst du wirklich, dass wir uns zu sehr nach Liebe und Anerkennung sehnen?«, fragte er.

»Ich glaube, jeder sehnt sich danach«, überlegte Sonja laut. »Aber mein Problem war eindeutig, dass ich mich selbst darüber vergessen habe. Ich war die ganze Zeit so bemüht, es Rolf recht zu machen, dass ich gar nicht darüber nachgedacht habe, ob ich es mir recht mache. Denn wenn ich damit angefangen hätte, hätte ich sehr schnell gemerkt, dass das mit Rolf einfach nicht funktioniert. Was ist das denn für eine Beziehung, in der sich immer nur einer anstrengen muss, es dem anderen recht zu machen? Und der andere wie selbstverständlich davon ausgeht, dass er selbst super und perfekt ist? Nein. Ich denke, die Sehnsucht nach Liebe und Anerkennung darf sein, muss sogar sein. Denn diese beiden Komponenten sind ganz wesentliche Aspekte einer Beziehung. Aber man sollte nicht dafür kämpfen müssen. Beides sind Dinge, die automatisch da sein müssen. Von Anfang an. Wenn man immer erst etwas tun muss, um vom anderen geliebt zu werden, sollte man besser ganz schnell das Weite suchen.«

»Mmh. Ich glaube, du bist schon weiter mit deinen Gedanken als ich. Wenn ich so überlege, war es bei meiner Frau und mir ähnlich. Wenn ich zum Beispiel am Nachmittag keine Lust hatte, mit ihr zum Shoppen zu fahren, konnte das schnell in einen Streit ausarten. Und dann musste ich damit rechnen, dass sie mir die nächsten Tage und Wochen die kalte Schulter zeigen würde.«

»Also geht man um des lieben Friedens willen mit zum Shoppen«, führte Sonja die Geschichte weiter.

»Genau. Aber wehe, ich habe den Wunsch geäußert, dass wir einmal zusammen eine Wanderung unternehmen. Den Vorschlag hat sie sofort abgeblockt. Es hätte ja nichts Schwieriges sein müssen – mir ist es einfach nur um gemeinsam verbrachte Zeit gegangen. Aber da ist sie stur geblieben. Und wenn ich dann enttäuscht war, kam es wieder zum Streit, und sie war danach lange beleidigt und abweisend.« Er seufzte. »Offenbar haben wir dieselben Gene.«

»Das spielt vielleicht auch eine Rolle, klar. Aber wie gesagt, im Grunde genommen sind das doch gute Eigenschaften, die wir haben. Wir sind damit nur an Menschen geraten, die sie ausgenutzt haben. Und da werde ich in Zukunft bestimmt gut aufpassen. Sobald mir künftig mein Bauchgefühl sagt, dass da etwas nicht stimmt, werde ich es ansprechen. Und wenn sich dann nichts ändert, ziehe ich den Stecker. Es bringt nichts, immer nur derjenige in der Beziehung zu sein, der gibt. Irgendwann ist dann nämlich der Tank leer.«

»Wie hast du es geschafft, so reflektiert zu werden?«

Sonja lachte. »Das habe ich meiner Oma, meiner besten Freundin und ihrem Mann zu verdanken. Joey ist Buddhist und hat mir mit einigen seiner Weisheiten zu einer neuen Sichtweise auf viele Dinge verholfen. Und Dani war einfach immer für mich da und hat dafür gesorgt, dass der Tank mit dem Selbstwertgefühl und der Selbstliebe langsam wieder gefüllt wurde. Und meiner Oma habe ich zu verdanken, dass die beiden überhaupt da waren. Denn so wie ich mich jahrelang verhalten habe, wäre es nur zu verständlich gewesen, wenn es Dani egal gewesen wäre, was mit mir passiert.«

Nachdem die Arbeit getan war, sperrte Maurice die Werkstatt wieder ab, und sie gingen langsam zurück ins Zentrum.

Vor dem Café winkte Justine ihr zu und rief: »Hallo, Sonja, ah, da hast du ja den Experten für Fayencen im Schlepptau! Céline wollte später vorbeikommen. Hättet ihr beide nicht Lust auf einen Digestif hier?«

»Du scheinst ja nach so kurzer Zeit schon das halbe Dorf zu kennen«, wunderte sich Maurice.

»Das ist auch einfach bei so netten Menschen«, erwiderte Sonja, und als sie bei Justine angekommen waren, sagte sie: »Gern. Ich würde mich sehr freuen. Bei euch fühle ich mich einfach wohl. Was meinst du, Maurice? Traust du dich in die Gesellschaft von drei Frauen?«

Justine hatte Sonja und Maurice prüfend gemustert und dabei eine Augenbraue leicht gehoben.

Sonja musste innerlich schmunzeln. Wahrscheinlich überlegte sie gerade, ob da was zwischen ihnen lief und ob

Sonja womöglich gerade im Begriff war, ihr den begehrtesten Junggesellen von Moustiers wegzuschnappen.

»Wir werden dich auch gut behandeln«, machte Sonja Maurice Mut.

»Davon gehe ich natürlich aus.« Maurice zögerte noch kurz, gab sich dann aber geschlagen. »Na gut. Um acht Uhr? Dann habe ich noch ein paar Stunden, um mich mental auf euch vorzubereiten. Meine Damen, dann verabschiede ich mich hier von euch. Bis später.«

Er nickte Justine zu, umarmte Sonja und gab ihr die obligatorischen Wangenküsschen. Dann schlenderte er davon.

Justine schaute ihm hinterher und blickte dann Sonja an. »Was war denn das? Sag bloß, du hast bei Mister Griesgram das Eis gebrochen? Läuft da was mit euch?«

Sonja lachte. »Ja, ich denke, ich habe das Eis gebrochen.« Als sie Justines Gesicht sah, in dem sich Betroffenheit abzeichnete, fügte sie schnell hinzu: »Aber nicht so, wie du denkst.«

Justines Miene hellte sich wieder auf. »Du sprichst in Rätseln …«

»Warte bis heute Abend, wenn die beiden anderen auch da sind. Ich verspreche euch, ihr bekommt die Geschichte des Jahres zu hören.«

Justine blieb der Mund offen stehen. »Mit dir wird es nie langweilig, oder? Okay, ich trommle die anderen auf jeden Fall zusammen, und mit der Aussicht auf eine Sensationsstory ist das Lokal heute Abend wahrscheinlich rappelvoll mit lauter Neugierigen, die vorgeben, nur mal schnell etwas trinken zu wollen.«

Sonja wurde mulmig. Sie wollte nicht diejenige sein, die dafür verantwortlich war, dass Claires Geheimnis in null Komma nichts Dorfgespräch Nummer eins war. Da war sie jetzt in ein großes Fettnäpfchen getreten. Ihr wurde ganz heiß vor Scham, und schnell versuchte sie zurückzurudern. »Justine, bitte häng das nicht an die große Glocke. Maurice muss entscheiden, was er alles erzählen will und was nicht. Bitte erwähn den anderen gegenüber nichts. Ich wollte nur, dass du dir keine Sorgen darüber machst, dass ich dir Maurice wegschnappen könnte. Ich versichere dir, das werde ich nicht.«

Justine nickte. »Das Ganze wird immer rätselhafter. Na gut. Ich schweige und bin gespannt, ob ich Mister Unausstehlich heute Abend die Geschichte entlocken kann. Ich überlege mir eine Strategie. Wäre doch gelacht. Bis später, ich muss nachdenken«, verabschiedete sie sich und hastete davon.

Bestimmt geht sie sich hübsch machen, überlegte Sonja und freute sich für Maurice. Justine schien eine offene, kluge Frau zu sein. Mal sehen, ob sie ihre Trümpfe richtig ausspielte …

Zurück in ihrer Urlaubsherberge, legte Sonja sich in ihren Liegestuhl und versuchte, ihre Gedanken zu ordnen. So viel war in den vergangenen vierundzwanzig Stunden auf sie eingestürmt, so viele neue Entwicklungen zu verarbeiten, dass sie nun unbedingt ein paar Stunden für sich allein benötigte, um das alles zu sortieren. Es erfüllte sie mit einem warmen Gefühl, dass sie nun wieder eine Familie hatte – eine Großmutter, einen Cousin und eine Großcousine. Ergriffen legte sie ihre Hand auf ihre Sternenkette und dachte voller Dankbarkeit an Dani, die nicht müde geworden war, ihr diese Reise schmackhaft zu machen. Ja, sie hatte eine Familie. Sie hatte wieder Wurzeln. Und das auch noch in einem wunderschönen französischen Bergdorf. Es war einfach unglaublich. Sie freute sich darauf, in den nächsten Tagen Claire, Maurice und Valérie näher kennenzulernen. Sie wollte sämtliche Anekdoten und Geschichten aus der Vergangenheit hören. Sie hatten alle so viel nachzuholen. Eigentlich – so überlegte sie – könnte sie durchaus noch länger bleiben als die geplanten zwei Wochen. Sie hatte sich ja erst zum neuen Schuljahr im September für eine Stelle beworben. Bis dahin hatte sie keinerlei Verpflichtungen, die sie nach

Deutschland zurückführten. Natürlich war da das Haus – aber Dani würde sicherlich gern weiterhin ein Auge darauf haben, den Briefkasten leeren und nach dem Rechten sehen. Viel mehr gab es im Moment ohnehin nicht zu tun.

Doch dann dachte sie an Markus. Und es überkam sie ein großes Verlangen, ihre Sachen sofort zu packen und zu ihm zu fahren. Sie wollte ihm am liebsten alles sofort erzählen und war gespannt auf seine Reaktion. Mit ihm zusammen fiel es ihr immer leichter, die Dinge zu sortieren und in den richtigen Fokus zu rücken. Er war ihr Kompass, und ihm konnte sie hundertprozentig vertrauen. Sie seufzte. Nie konnte man alles haben. Immer war da irgendwo ein Haken. Dann musste wohl Skype herhalten. Denn einfach nur mit ihm zu telefonieren, war ihr zu wenig. Sie wollte sein Gesicht sehen und sich selbst ein Bild davon machen, wie es ihm ging. Er hatte in seinen letzten Nachrichten keinerlei Hinweise darauf gegeben, wie es mit seiner Genesung stand, ob es Fortschritte gab oder nicht. Und Sonja wollte auch nicht explizit nachfragen. Denn wenn es keine Fortschritte gab, würde sie vermutlich in einer offenen Wunde stochern. Und das war das Letzte, was sie wollte. Sie klappte ihren Laptop auf und wählte sich in Skype ein. Ungeduldig wartete sie darauf, dass eine Verbindung zustande kam. Aber auch nach mehrmaligen Versuchen wollte es nicht klappen. Sie beschloss, es stattdessen bei Dani zu probieren. Vielleicht war im Gasthof noch nicht allzu viel los. Sie hatte Glück und erwischte ihre Freundin beim ersten Versuch – und sie hatte Zeit. Als sie ihr die neuesten Entwicklungen berichtet hatte, war Dani zunächst sprachlos. Ein Zustand, der nur äußerst selten bei ihr eintrat.

Aber sie fing sich schnell wieder. »Wow. Sonja, das ist unglaublich. Ich muss mich schnell setzen, sonst haut mich das wirklich um. Da kenne ich dich, deine Mutter und deine Oma ihr ganzes Leben, und jetzt so etwas. Wie geht es dir mit dieser Entdeckung?«

»Gut. Natürlich könnte ich meiner Oma – also Amalie – Vorwürfe machen, weil sie mir nie etwas gesagt hat. Aber ich weiß ja, dass sie gute Gründe dafür hatte und nur das Beste für mich und meine Mutter wollte. Also bin ich ihr vor allem sehr, sehr dankbar für alles. Und was meine neue Familie hier angeht – sie sind alle unglaublich nett, sogar Maurice, den ich ja zu Beginn gar nicht leiden konnte.«

»Warum das denn?« Sonja hatte Dani nur die wichtigsten Ereignisse erzählt und dabei verschwiegen, wie pampig Maurice zunächst in der Werkstatt gewesen war und dass er sie quasi aus dem Garten ihrer Oma geworfen hatte.

»Das erzähle ich dir ausführlich, wenn ich wieder nach Hause komme. Aber das kann vielleicht ein wenig länger dauern als geplant. Ich habe ja noch Zeit bis September. Zeit, die ich vielleicht hier verbringen möchte, um meine neue Familie besser kennenzulernen. Ich könnte sogar bei Claire wohnen. Und deshalb wollte ich dich fragen, ob du noch ein wenig länger meinen Briefkasten leeren und einen Blick auf das Haus haben könntest.«

»Na klar. Das mache ich auf jeden Fall. Und ich melde mich sofort, falls ein Brief von der Schulbehörde eintrudelt.«

Das hatten die beiden schon vor Sonjas Abreise vereinbart. Denn sie wollte so bald wie möglich wissen, ob und wo sie einen neuen Job bekam.

»Wunderbar. Ach, Dani, ich bin dir so dankbar, dass du mich gedrängt hast hierherzukommen. Nicht auszudenken, was ich versäumt hätte, wenn ich zu Hause geblieben wäre.«

»Siehst du. Ich freue mich so sehr für dich.« Danis Stimme war so voller Wärme und Herzlichkeit, dass Sonja fast die Tränen kamen.

»Das Einzige, was es mir ein wenig schwer macht, länger hier zu bleiben, ist Markus«, gestand ihr Sonja dann. »Ich würde ihm so gern persönlich von all den neuen Entwicklungen erzählen. Ich vermisse die Gespräche mit ihm, und ich würde ihm am liebsten die Menschen hier persönlich vorstellen und ihm den Stern, der oben zwischen den Bergen hängt, und diesen wunderschönen Ort zeigen.« Sie seufzte. »Aber man kann im Leben eben nicht alles auf einmal haben. Ich habe vorhin versucht, ihn zumindest per Skype zu erreichen, aber das WLAN hier spinnt offenbar gerade. Und nur anrufen will ich eigentlich nicht. Weißt du, ich würde mir gern selbst ein Bild davon machen, wie es ihm geht.«

Dani zögerte ein wenig mit ihrer Antwort, und als Sonja schon nachfragen wollte, ob sie noch in der Leitung sei, erwiderte sie: »Mach dir um Markus keine Sorgen. Ihm geht es wirklich gut. Joey war vorgestern bei ihm. Es ist alles in Ordnung. Aber höre ich da in deiner Stimme vielleicht ein wenig Sehnsucht nach ihm? Ist das mehr zwischen euch, als du mir bisher verraten hast?«

Dani war nun schon die Dritte, die diese Vermutung äußerte. Langsam sollte sie selbst einmal darüber nachdenken, ob das möglicherweise stimmte. Deshalb versuchte sie, genauer in sich hineinzuhören, bevor sie ihrer Freundin antwortete: »Ich weiß es nicht, Dani. Ich weiß nur, dass ich wahnsinnig gern mit ihm zusammen bin. Es ist, als würden wir uns schon ewig kennen. Mich mit ihm zu unterhalten, ist immer interessant und die Stimmung so leicht und unbeschwert – das ist für mich ein völlig neues Gefühl, nach all den schwierigen Jahren mit Rolf.«

»Das glaube ich dir sofort. Und ganz ehrlich: Markus ist ein toller Mensch. Und er sieht auch noch verdammt gut aus«, stimmte ihr Dani zu. »Meinen Segen hättest du, wenn du dich in ihn verliebt hättest.«

»Danke«, erwiderte Sonja lächelnd. »Aber so weit würde ich noch nicht gehen. Ich traue mir selbst ja noch nicht über den Weg. Da fällt es mir schwer, meinen Gefühlen für andere zu trauen.«

»Mhm, belüg dich nur weiter selbst«, frotzelte Dani. »Ich beobachte doch schon die ganzen vergangenen Monate, wie deine Augen strahlen, wenn du von ihm erzählst, wie gut deine Laune wird, wenn ein Besuch bei ihm bevorsteht, und wie sie noch besser ist, wenn du zurückkommst. Nein, meine Liebe, für mich ist der Fall schon klar.«

»Na, dann weißt du mal wieder mehr als ich. Habt ihr viel zu tun?« Sonja versuchte, das Gespräch in andere Bahnen zu lenken.

»Du, wir haben heute Abend tatsächlich eine größere Gruppe hier, und ich glaube, sie befinden sich gerade im Anmarsch. Lass uns doch am Wochenende mal skypen, wenn du wieder WLAN hast. Okay?«

»Na klar. Jetzt sieh zu, dass du an die Arbeit kommst. Und sag Joey einen lieben Gruß von mir.« Sonja war erleichtert, dass sie das Gespräch beenden konnte und nicht länger über Markus und ihre Gefühle für ihn reden musste.

Wie Justine vorausgesagt hatte, war die Bar abends um acht Uhr ziemlich voll – aber das sei ganz normal, versicherte sie, als sie Sonjas erschrockenen Gesichtsausdruck sah, die schon befürchtete, alle wollten der Enthüllung des Geheimnisses live beiwohnen.

Justine hatte einen Tisch draußen direkt an der Hauswand für sie reserviert, an der es windgeschützt war und wo im Moment noch die letzten Sonnenstrahlen für angenehme Wärme sorgten. Um den Tisch waren sieben Stühle gruppiert.

»Wer kommt denn noch alles?«, fragte Sonja verwundert, die nur mit fünf Personen gerechnet hatte.

Justine zuckte die Schultern. »Keine Ahnung, aber Maurice hat vorhin angerufen, dass er noch zwei Leute mitbringt.«

In diesem Moment kam Maurice auch schon um die Ecke, rechts hatte er seine Tochter untergehakt und links seine

301

Großmutter. Als sie beim Lokal ankamen, begrüßte man sich mit Wangenküsschen, und sie nahmen alle fünf Platz.

Als kurz danach auch Céline und Françoise eintrafen, wiederholte sich das Ritual.

Die Bedienung, heute ein junges Mädchen, das sich in den Ferien etwas dazuverdiente, nahm die Bestellungen auf.

Bis die Getränke kamen, tauschten die sechs Einheimischen Neuigkeiten sowie Klatsch und Tratsch über alle möglichen Bekannten und Verwandten aus.

Als die Bedienung dann Chardonnay für die Damen und ein belgisches Bier für Maurice serviert hatte, erhob Claire ihr Glas und klopfte mit einem der Messer, die auf jedem Tisch in den Besteckkörben steckten, daran.

Am Tisch kehrte Stille ein, und auch an den umliegenden Tischen reckte man neugierig die Hälse.

Die meisten, so glaubte Sonja, kannten Claire vermutlich und fragten sich nun, was sie Wichtiges zu sagen hatte.

»Ihr wundert euch bestimmt«, sie nickte Justine, Céline und Françoise zu, »warum ich heute mit meiner wunderbaren Urenkelin hier bin. Nicht nur, dass wir jeweils den Altersdurchschnitt hier am Tisch drastisch in entgegengesetzte Richtungen ziehen – nein, es gibt noch einen anderen Grund.« Sie machte eine Pause und blickte lächelnd und mit einer hochgezogenen Augenbraue in die Runde. »Diese Bar im Herzen von Moustiers ist der ideale Ort, um möglichst schnell dafür zu sorgen, dass unser neues Familienmitglied in die Dorfgemeinschaft aufgenommen wird.«

Nun hatte sie die Aufmerksamkeit der gesamten Barkundschaft, die ohnehin fast nur aus Einheimischen bestand.

»Darf ich euch«, sie wies auf Sonja, »meine wunderbare Enkelin Sonja Liebherr vorstellen.«

Den drei Mädels am Tisch blieb der Mund offen stehen, so überrascht waren sie. Auch unter den anderen Gästen herrschte zunächst erstauntes Schweigen.

Aber als Maurice und Valérie zu applaudieren begannen, von ihren Stühlen aufstanden und Sonja umarmten, begannen alle zu klatschen. Als auch Claire in die Umarmung eingebunden wurde, steigerte sich das Ganze zu einem frenetischen Applaus.

Irgendjemand stimmte die Marseillaise an, und das halbe versammelte Dorf sang mit.

Sonja traten die Tränen in die Augen, so gerührt war sie von diesem Moment. Sie stand hier, in einem kleinen Bergdorf, wo ein Stern am Himmel hing, inmitten von Menschen, die sie schätzten und die ihre Familie waren. Ihr Herz lief über vor Freude und Dankbarkeit.

Sie ergriff ihr Glas, räusperte sich und wartete, bis wieder Ruhe einkehrte. »Ich bin eigentlich niemand, der gern Ansprachen hält. Und schon gar nicht in einer fremden Sprache.«

Gelächter erklang. Denn ihr Französisch klang alles andere als fremd.

Sonja wurde ernst. »Bis vor ein paar Wochen dachte ich, dass ich ganz allein auf der Welt sei. Ja sogar, dass das Leben nichts mehr für mich bereithalten würde.« Sie machte eine Pause und betrachtete die Menschen um sich herum. »Und nun habe ich eine neue Familie und wahnsinnig nette Freunde in einem fremden Land.«

Sie pausierte erneut und wischte sich eine Träne aus dem Augenwinkel. Sie konnte es selbst nicht fassen, dass sie hier nun stand und tatsächlich eine Rede auf Französisch hielt. All das wäre vor ein paar Monaten noch undenkbar für sie gewesen. Wie gehemmt hatte sie sich mit Rolf gefühlt. Nun war sie frei, entspannt und mit sich selbst im Reinen.

»Ich würde mir wünschen, dass jeder, der einmal in einem tiefen, tiefen Loch sitzt und meint, da nicht mehr rauszukommen, so wunderbare Erfahrungen machen darf wie ich. Es muss ja nicht gleich eine neue Familie sein.«

Gelächter erklang.

»Schon das Wissen, dass man nicht allein ist, sondern Freunde, Bekannte, Kollegen hat, die für einen da sind, ist eine unglaubliche Erleichterung. Und nun will ich mit euch allen auf meine wunderbare Großmutter Claire, auf meinen Cousin Maurice und meine wagemutige Großcousine Valérie anstoßen.« Sonja sah in die Runde. »Ich fühle mich bei euch hier in Moustiers so unglaublich wohl und bin froh, dass mich dieser Stern«, Sonja nestelte an ihrer Kette, bis sich der Verschluss gelöst hatte und sie sie mitsamt dem Sternanhänger in einer Hand hochhalten konnte, »hierhergeführt hat. Das alles wäre nicht passiert, wenn nicht meine andere Großmutter auch im Tod noch ihre schützende Hand über mich gehalten hätte, sodass mich der Stern dorthin geleiten konnte, wo ich zu Hause bin. Santé!«

Applaus ertönte erneut, alle hoben ihre Gläser und prosteten ihr zu.

Natürlich stand danach ihr Tisch im Mittelpunkt der Aufmerksamkeit, und immer wieder kamen Menschen aus dem Dorf zu ihnen, stellten sich vor und wollten die Details der Geschichte hören. Auch Valérie strahlte über das ganze Gesicht und wich den ganzen Abend nicht mehr von Sonjas Seite. »Ich finde es einfach nur toll, dass du meine Großcousine bist«, schwärmte sie. »Zum Glück hat Papa es nicht geschafft, dich zu vergraulen.« Sie warf einen triumphierenden Blick hinüber zu Maurice. Doch der war so sehr in ein Gespräch mit Justine vertieft, dass er es gar nicht bemerkte.

Sonja schmunzelte. Justine hatte sich also eine Strategie ausgedacht – und im Moment schien sie zu funktionieren, so wie Maurice an ihren Lippen hing.

In diesem Moment spürte Sonja eine warme Hand auf ihrem Arm. Claire. »Na, meine Liebe – bist du glücklich?«

Sonja blickte ihrer Großmutter in die Augen und spürte eine tiefe Verbundenheit zu dieser starken Frau. Sie schloss die

Augen und nickte. »Ja, das bin ich. Das bin ich tatsächlich. Glücklich und unendlich dankbar für all die Menschen, die in den vergangenen Monaten in mein Leben getreten sind.«

Sie öffnete die Augen wieder, lächelte Claire an und umarmte die alte Frau in ihrem Stuhl. »Aber obwohl es schon fast unersättlich klingt, hätte ich noch einen einzigen Wunsch an das Universum.«

Claire hob die Augenbrauen, und Sonja flüsterte ihr den Wunsch ins Ohr.

Claire nickte verständnisvoll, und in inniger Verbundenheit lagen sie sich noch ein paar Sekunden lang in den Armen.

Es wurde ein lustiger, feuchtfröhlicher Abend, an dem Sonja zahlreiche neue Menschen kennenlernte, alten Geschichten aus der Vergangenheit von Claire und Maurice lauschte und das Gelächter der fröhlichen Menge den Platz erfüllte.

Als sie sich spätabends von allen verabschiedete, um hinunter zu ihrem Campingplatz zu gehen, lehnte Sonja jede Begleitung ab. »Ich möchte jetzt gern allein sein. In Ruhe durch die Gassen wandern und meine neue Heimat mit allen Sinnen wahrnehmen. Morgen, Claire, ziehe ich dann bei dir ein und bleibe noch ein paar Wochen, um das alles hier«, sie machte eine ausholende Armbewegung, die den Ort, die Berge und die Menschen einschloss, »richtig kennenzulernen.«

Als sie anschließend allein durch die spärlich erleuchteten Gassen lief, ging ihr Blick in Richtung Berge. Sie konnte ihn in der Dunkelheit nicht mehr erkennen, aber sie wusste, dass er da war: der Stern, der über ihr Leben wachte.

29. Kapitel

Moustiers-Sainte-Marie, 2019

Sonja stellte die letzte Tasse auf das Abtropfsieb in der Küche, trocknete ihre Hände am Küchentuch ab und hängte es wieder an den Haken neben dem Fenster. Ihr Blick fiel nach draußen auf den Garten, wo Claire gerade ihre morgendliche Runde machte, hier und da verwelkte Blüten abschnitt oder Unkraut zupfte und am Ende einige Blütenzweige abzwickte, um die Vase auf dem Gartentisch mit frischen Blumen zu bestücken.

Sonja lächelte. Es war erstaunlich, wie schnell sich im Leben eine neue Routine einstellte. Seit knapp drei Wochen wohnte sie nun hier bei Claire, und alles fühlte sich so vertraut an, als ob sie schon jahrelang zusammenleben würden. Es hatte sich schnell eingespielt, dass sie den Abwasch des Frühstücksgeschirrs übernahm und später ins Dorf ging, um Lebensmittel einzukaufen. Den Speiseplan besprachen sie meist beim Frühstück, und Claire übernahm dann am Abend das Kochen, denn das liebte sie. Genauso wie Sonja das Einkaufen im Dorf. Der beschauliche Rhythmus tat ihr gut. Sie schlenderte mit ihrer Einkaufstasche durch die Gassen, begutachtete in aller Ruhe das frische Gemüse bei Madame Poullier und diskutierte mit Monsieur Dupont darüber, welches Stück vom Rind sich wohl am besten für ein Bœuf bourguignon eignete. Ab und zu kam sie mit anderen Kunden ins Gespräch, die mit Maurice befreundet oder die Mütter von Schulkameraden von Valérie waren. Die Menschen begegneten ihr freundlich und interessierten sich für das neue Familienmitglied der Bonnets. Nicht selten wurde sie dann eingeladen, am Abend doch einmal auf ein Glas Wein vorbeizukommen. So lernte sie nach und nach die Einheimischen kennen und lebte sich immer mehr ein. Waren die Einkäufe beendet, schaute sie meist noch auf einen Kaffee bei Justine in der Bar vorbei, wechselte mit ihr ein paar Worte und spazierte dann gemütlich zurück zu Claire. Wenn sie ihre Einkäufe verstaut hatte, legte sie sich entweder in die Hollywoodschaukel und las, oder sie besuchte Maurice in seiner Werkstatt. Dort hatte sie inzwischen ihren Lieblingsplatz gefunden: die Bank vor dem Haus. Dort hielt sie ihr Gesicht in die Sonne, schloss die Augen und lauschte den Arbeitsgeräuschen, die von drinnen an ihr Ohr drangen. Die Tür zur Werkstatt und die großen Fenster links und rechts der Bank standen im Sommer immer offen, und so konnten sie sich miteinander unterhalten, während Maurice arbeitete. Sie erzählten sich gegenseitig viele Geschichten aus ihrer Kindheit und sprachen über ihre Wünsche und Träume. Nach und nach wuchs das Band zwischen ihnen, und Sonja erkannte, was für ein feinfühliger Mann sich hinter Maurice' oft harter Schale versteckte. Dass dieser immer mehr zum Vorschein kam, war vielleicht auch Justine zu verdanken, die wohl den richtigen Weg gefunden hatte, um sich langsam in Maurice' Herz zu stehlen. Immer öfter machte er jetzt nach der Arbeit noch einen Abstecher in die Bar, um dort einen Kaffee zu trinken und mit Justine zu plaudern.

Auch Valérie war das natürlich schon aufgefallen. »Gott sei Dank. Endlich hat Papa sich mal eine nette Frau ausgesucht.

Hoffentlich benimmt er sich bei ihr und vergrault sie nicht gleich«, war ihr Kommentar, der Sonja zum Schmunzeln brachte.

Es hätte also alles perfekt sein können. Das Einzige, was Sonja zunehmend fehlte, war Markus' Nähe. Sie telefonierten zwar viel und tauschten täglich WhatsApp-Nachrichten aus – aber das war dennoch etwas anderes, als sich von Angesicht zu Angesicht gegenüberzustehen. Wie schön wäre es doch, wenn er hier wäre. Zudem hatte sie immer öfter das Gefühl, dass er ihr etwas verschwieg. Das beunruhigte sie.

Und heute Morgen war auch noch Claire so komisch gewesen und hatte sie fast aus dem Haus gedrängt, als sie gerade dabei war, es sich mit einem Buch auf der Terrasse gemütlich zu machen.

»Maurice würde sich sicherlich freuen, wenn du ihm heute Nachmittag Gesellschaft leisten würdest, was meinst du?«, hatte sie gefragt.

Und als Sonja erwidert hatte, dass er eine große Bestellung fertig machen müsse und wahrscheinlich gar keine Zeit hätte, nebenbei noch mit ihr zu reden, hatte Claire doch glatt erwidert: »Aber mir wäre es recht. Weißt du, ich bin es nicht mehr gewohnt, dauernd von Menschen umgeben zu sein. Vielleicht könntest du mich heute Nachmittag mal allein lassen?«

Sonja hatten diese Worte einen kleinen Stich versetzt. Doch sie sollte das vielleicht nicht persönlich nehmen. Schließlich war Claire eine alte Dame und hatte tatsächlich lange Zeit allein gelebt. Also hatte sie genickt. »Natürlich, Claire. Das verstehe ich. Ich nehme einfach mein Buch nachher mit und lese vor der Werkstatt. Vielleicht braucht Maurice auch Hilfe, dann kann ich ihm unter die Arme greifen.« Und so verließ sie wenig später das Haus und machte sich auf den Weg zur Werkstatt. Sie setzte sich auf die Bank in die Sonne und wunderte sich über das Verhalten von Claire.

»Kannst du mir vielleicht beim Verpacken der Lieferung helfen?«, bat Maurice einige Stunden später.

»Natürlich, ich bin schon ganz steif vom vielen Herumsitzen.« Sonja lächelte. »Morgen mache ich eine Wanderung, dann nerve ich auch Claire nicht den ganzen Tag.«

»Aber das tust du doch nicht. Sie ist heilfroh, dass endlich wieder Leben in ihr Haus gekommen ist«, erwiderte Maurice verwundert.

Sonja berichtete ihm von Claires seltsamem Verhalten am Morgen.

»Das verstehe ich tatsächlich auch nicht. Ist sie vielleicht krank? Hmm. Komm, wir verpacken noch die letzte Charge hier, und dann begleite ich dich nach Hause zu meiner Großmutter und rede mal mit ihr. Ich will wissen, was da los ist …«

Sonja nickte. Kurze Zeit später schlossen sie die Werkstatt ab und machten sich auf den Weg.

Als sie Claires Haus betreten wollten, fanden sie die Haustür versperrt vor. Aber ein handschriftliches Schild hing an der Klinke: »Bitte um das Haus herum in den Garten gehen!«

Verwundert blickten Sonja und Maurice sich an.

»Es wird immer rätselhafter.« Er schüttelte den Kopf. »Dreht meine Großmutter jetzt komplett durch?«

Sie umrundeten mit eiligen Schritten das Haus, um in den Garten zu gelangen. Maurice ging voraus, Sonja folgte ihm.

Auf einmal blieb Maurice abrupt stehen, sodass Sonja gegen seinen Rücken lief.

»Was ist denn los?«, schimpfte sie und machte einen Schritt zur Seite. Und dann sah sie den Grund, warum Maurice so plötzlich innegehalten hatte.

Auf der Terrasse saß ein fremder Mann in der Hollywoodschaukel.

Maurice murmelte: »Was zum Teufel ist denn hier los?« Und lauter, an den Fremden gewandt: »Wer sind Sie? Was machen Sie hier? Verlassen Sie sofort dieses Grundstück! Wo ist meine Großmutter?«

Bei diesen Worten kam wieder Bewegung in seinen Körper, und er ging auf den Fremden zu, der keine Anstalten machte aufzustehen, sondern nur abwehrend seine Hände hob.

Kurz bevor Maurice bei dem Eindringling war und sich anschickte, ihn aus der Hollywoodschaukel zu reißen, fand Sonja ihre Sprache wieder: »Stopp, Maurice! Nicht. Lass ihn in Ruhe. Bitte!«

Maurice drehte sich verwundert um, und Sonja wusste, dass in ihrem Gesichtsausdruck nun mehr als nur ein Fragezeichen zu erkennen war, als sie den Mann ansah.

»Markus?«, fragte sie fassungslos und schüttelte ungläubig den Kopf.

»Puh, das war knapp«, stöhnte dieser und zeigte auf Maurice. »Fast hätte ich meine drei Bodyguards doch noch benötigt.« Lächelnd zwinkerte er in Richtung Terrassentür.

Maurice und Sonja drehten sich um und blickten in drei grinsende Gesichter: Valérie, Claire und Dani. War das denn zu glauben?

Ein Strahlen breitete sich auf Sonjas Gesicht aus. Sie lief rasch auf Markus zu, bückte sich zu ihm hinunter und umarmte ihn. »O mein Gott! Was für eine wundervolle Überraschung! Ich freue mich so, dass du da bist! Ich habe mir in den letzten Tagen so große Sorgen gemacht. Lange hätte es nicht mehr gedauert, und ich wäre nach Deutschland zurückgefahren, um nach dem Rechten zu sehen. Wir konntet ihr mich nur so lange im Ungewissen lassen? Warum habt ihr denn nicht zumindest eine Andeutung gemacht?«

Dani war neben sie getreten, und auch die beiden Freundinnen umarmten sich. »Was glaubst du, wie schwierig es für mich war, dir auch wirklich nicht den winzigsten Hinweis zu geben. Ich habe doch gemerkt, wie deine Sorgen bei jedem

Anruf größer geworden sind. Aber er«, sie deutete auf Markus, »wollte dich partout total überraschen. Und das Beste hat er dir noch gar nicht gezeigt.« Sie lächelte bis über beide Ohren.

»Es kommt noch besser?«, fragte Sonja.

»Das darfst du glauben!«, erwiderte Dani. »Deshalb hat es jetzt auch so lange gedauert, bis wir endlich herkommen konnten.« Mit diesen Worten wandte sie ihren Blick wieder zu Markus.

Auch Sonja sah ihn nun fragend an. »Also gut, dann will ich euch mal nicht länger auf die Folter spannen«, lachte er.

Markus stützte sich mit beiden Händen auf der Sitzfläche der Hollywoodschaukel ab, die wohl arretiert worden war, denn sie blieb fest und starr in der Ruheposition und wackelte nicht. Dann erhob er sich Zentimeter für Zentimeter, bis er schließlich aufrecht vor Sonja stand.

Sonja schlug ihre Hände vor den Mund. »Wahnsinn! Du kannst stehen! Sag mir bitte, bitte, dass ich nicht träume!« Tränen traten ihr in die Augen, und ganz vorsichtig legte sie ihre Hände auf seine Brust.

Markus hob langsam seine Arme und schloss sie um Sonja, die nun ihren Freudentränen freien Lauf ließ.

Minutenlang standen sie eng umschlungen da, bis Markus zaghaft sagte: »Ich glaube, meine Beine haben ihre Belastungsgrenze jetzt erreicht.« Er löste die Arme von Sonja und ließ sich mit ihrer Hilfe langsam wieder auf das Polster der Hollywoodschaukel sinken.

Inzwischen waren auch Claire und Valérie herangetreten und hatten während Sonjas und Markus' Umarmung Maurice mit wenigen Worten auf den aktuellen Stand gebracht und ihm Dani vorgestellt.

Nun reichte Maurice auch Markus die Hand und ließ sich erleichtert neben ihn in die Schaukel plumpsen. »Was bin ich froh, dass Sonja mich rechtzeitig zurückgepfiffen hat. Wer weiß, was ich angerichtet hätte, wenn ich dich erst einmal am Schlafittchen gepackt hätte.«

»Das wäre nicht passiert. Deshalb haben wir doch schon an der Tür Wache geschoben.« Seine Großmutter zwinkerte ihm zu.

»Ihr habt das alles von langer Hand geplant, oder?«, fragte Sonja. »Deshalb wolltest du mich heute Nachmittag loshaben?«

Claire nickte.

Und Dani ergänzte: »Claire weiß seit zwei Wochen, dass wir herkommen wollen – ich habe sie angerufen. Zum Glück hast du in einem unserer Telefonate einmal ihren vollen Namen erwähnt. Und Gott sei Dank hat sie nicht gleich wieder aufgelegt, als ich mit meinem miserablen Schulfranzösisch verzweifelt versucht habe, ihr unser Vorhaben zu erklären. Aber der da«, sie deutete auf Markus, »wollte unbedingt so weit sein, dass er aufstehen kann, um dich zu überraschen. Und bis er dieses Kunststück endlich beherrscht hat, hat sich die Zeit gezogen. Es war die Hölle für mich«, seufzte sie theatralisch.

»Und für mich erst«, gab Markus zurück. »Was glaubt ihr, unter welchem Druck ich stand. Jeden Tag rief sie bei mir an und wollte wissen, ob wir jetzt endlich fahren könnten.«

Sonja übersetzte diesen verbalen Schlagabtausch ins Französische, und alle brachen in fröhliches Lachen aus.

Dann nahmen sie rund um den Tisch Platz, Valérie brachte Getränke, Baguette, Obst und Käse, und eine rege Unterhaltung begann, bei der Markus und Dani Hände und Füße einsetzten, um sich mit ihrem Schulfranzösisch einigermaßen an der Unterhaltung zu beteiligen.

Gelang dies einmal nicht, übersetzte Sonja eifrig. Später stieß auch noch Justine dazu, die Maurice telefonisch benachrichtigt hatte. Es wurde ein lustiger Abend, an dem viel gescherzt und geredet wurde.

Sonja konnte nicht fassen, wie viel Glück ihr zuteilwurde. Hier saß sie inmitten ihrer neuen Familie, mit Freunden in einem wunderschönen Garten. Und Markus konnte seine Arme bewegen und aufstehen. Die Chancen, dass er wieder würde gehen können, standen gut. Das hatte ihr Dani vorhin zugeflüstert.

Spät am Abend verabschiedeten sich Maurice, Justine und Valérie und gingen nach Hause. Auch Dani und Claire gähnten. Als die beiden abräumen wollten, widersprach Sonja. »Lasst bitte alles stehen. Ich räume das entweder hinterher noch auf oder morgen früh.«

»Ich glaube, wir sollten die beiden Turteltauben jetzt allein lassen.« Dani grinste breit.

Und als Claire Sonja fragend ansah, weil sie nicht verstanden hatte, was Dani gesagt hatte, meinte Sonja nur: »Claire, ihr solltet jetzt einfach ins Bett gehen. Es war ein langer Tag für euch.«

»Und ein wunderschöner!«, erwiderte diese. »Wer in meinem Alter hat schon das Glück, das Haus voller junger, fröhlicher Gäste zu haben.«

Die beiden gingen ins Haus, und Sonja blieb mit Markus, der inzwischen wieder in seinem Rollstuhl saß, allein auf der Terrasse zurück.

Schweigend saßen sie eine Weile nebeneinander.

Dann räusperte sich Markus: »Kann man denn hier vom Ort aus den Stern sehen? Irgendwo, wo ich auch mit dem Rollstuhl hinkomme? Ist er nachts beleuchtet? Ich habe mir jetzt wochenlang ausgemalt, ihn zu sehen, aber bislang noch keinen Blick darauf erhaschen können. Und jetzt würde ich das gern zusammen mit dir nachholen.«

Sonja überlegte kurz. Im Ort gab es tatsächlich nicht allzu viele Plätze, von denen man freie Sicht auf den Stern hatte. Beleuchtet war er außerdem nicht. Es würde schwer werden, ihn zu erkennen. Aber heute war Vollmond, und es gab nur wenige Wolken am Himmel. Vielleicht hatten sie Glück. An der alten Brücke über den Fluss sollte vielleicht ein Blick möglich sein. Und diese war auch für Rollstuhlfahrer zugänglich. Sie nickte. »Ich glaube, ich weiß, wo wir hingehen. Und mit etwas Glück zeigt sich der Mond und bescheint den Stern. Ich ziehe mir nur schnell eine Jacke an. Brauchst du auch eine?«

»Nein, danke, mir wird durch das Rollstuhlschieben schon warm.« Er lächelte sie an.

Sonja ging schnell ins Haus und zog sich an, dann machten sie sich gemeinsam auf den Weg.

Die Gassen waren inzwischen menschenleer. Bald erreichten sie eine der Brücken über den Fluss, der sich rauschend in die Tiefe stürzte. Am Brückengeländer hingen zahlreiche Blumenkästen. Der Duft von Lavendel, Zitronenmelisse und Thymian betörte die Sinne.

»Von hier aus sollten wir ihn mit etwas Glück sehen können.«

Sie standen in der Mitte der Brücke und blickten hoch zum Gebirgsmassiv.

Ihre Augen suchten den Himmel ab, der Vollmond verbarg sich noch teilweise hinter einer Wolke. Sonja zeigte nach oben. »Wenn du meinem Finger folgst, kannst du ihn vielleicht erkennen.« Sie ging in die Hocke, um auf Augenhöhe mit ihm zu sein.

Doch Markus bat sie, stehen zu bleiben. »Ich stehe noch einmal auf. Muss ich ja schließlich üben«, tat er kund und schob sich langsam nach oben. Dann stützte er sich mit den Armen am Brückengeländer ab und folgte mit seinem Blick der Richtung, in die Sonjas Finger wies.

In diesem Moment verzog sich die Wolke, und der Vollmond erhellte den Himmel. Der Lichtschein fiel auf den Stern und ließ ihn für wenige Sekunden mattgolden glänzen.

Zutiefst berührt griff Sonja mit einer Hand nach Markus' Arm, der auf dem Geländer ruhte. Mit der anderen tastete sie nach ihrem Sternenanhänger. »Dieser Moment wird für immer in meinem Gedächtnis bleiben«, flüsterte sie ergriffen.

Markus wandte sein Gesicht ihr zu. »Ich bin so unendlich dankbar, dass das Schicksal uns zusammengeführt hat. Jemanden an meiner Seite zu wissen, mit dem ich über alles reden kann und von dem ich weiß, er ist auch da, wenn es mir schlecht geht, ist das schönste Geschenk, das man sich wünschen kann. Ich habe dich die letzten Wochen schrecklich vermisst.«

Sonja hatte sich bei seinen Worten ebenfalls ihm zugewandt. Ein unglaublich warmes Gefühl durchflutete ihren Körper. Sie spürte seine Zuneigung, er war ihr so vertraut, als würden sie sich schon eine halbe Ewigkeit kennen. Sie fühlte sich bei ihm sicher und geborgen. Sie konnte dem Impuls, sich an seine Brust zu schmiegen, kaum widerstehen.

Er schwankte etwas, als er mit einer Hand in die Brusttasche seines Hemdes griff und eine kleine Schachtel hervorholte. »Ich war mir nicht sicher, ob ich mutig genug sein würde.« Er räusperte sich verlegen, als er Sonja die Schachtel überreichte. »Aber ich bin es jetzt einfach und vertraue dem Schicksal. Das ist für dich. Bitte öffne es.« Er stützte sich wieder auf dem Geländer ab.

Sonja blickte verwundert auf das Kästchen. Dann hob sie vorsichtig den Klappdeckel an. »Der ist wunderschön«, flüsterte sie und blickte ergriffen auf den Ring, der glitzernd in der kleinen Schmuckschatulle lag. Er bestand aus zahlreichen Sternen, die sich an den Ecken berührten und so den Ring formten. Sie nestelte ihn aus dem Kästchen und betrachtete ihn. Silbrig schimmerte er im fahlen Mondlicht.

»Probier ihn an«, forderte Markus sie auf, und Sonja schob ihn über ihren Ringfinger. »Er passt perfekt. Ich kann gar nicht aufhören, ihn anzusehen, so wundervoll ist er.« Sie blickte auf und sah Markus in die Augen.

Er räusperte sich erneut. »Ich würde dir jeden Stern vom Himmel holen, Sonja«, flüsterte er. »Ich wünsche mir so sehr, dass wir uns ein gemeinsames Leben aufbauen. Nur weiß ich nicht, ob du das auch willst. Ich kann dir nicht sagen, ob ich jemals eine Bergtour werde machen können. Aber ich werde dich niemals davon abhalten, eine zu machen, das verspreche ich dir. So, und nun warte ich voller Hoffnung auf deine Antwort.«

Bei seinen Worten füllten sich Sonjas Augen mit Tränen. Sie empfand so viel Liebe für diesen Mann, dass es schon fast wehtat. Sie hätte nie gewagt, ihn danach zu fragen. Zu viel Angst hatte sie, dass der Unfall für immer zwischen ihnen stehen würde – trotz aller guten Gespräche und der tiefen Gefühle, die sie für ihn empfand.

Sie löste sanft einen seiner Arme vom Geländer und schmiegte sich ganz eng an ihn. Gemeinsam blickten sie nach oben. »Ich liebe dich«, flüsterte Sonja. »Ich kann mir nichts Schöneres vorstellen, als für immer an deiner Seite zu sein.«

Sie blickten sich an und erkannten die große Liebe, die in den Augen des anderen stand. Sonja strich ihm sanft übers Haar, und langsam beugte er sich zu ihr herab. Sie schloss glücklich die Augen und ergab sich seinem zärtlichen Kuss.

Zeitfracht Medien GmbH
Ferdinand-Jühlke-Straße 7
99095 Erfurt, Deutschland
produktsicherheit@kolibri360.de

Druck:
CPI Druckdienstleistungen GmbH
im Auftrag der
Zeitfracht Medien GmbH
Ein Unternehmen der Zeitfracht - Gruppe
Ferdinand-Jühlke-Str. 7
99095 Erfurt